RUINATION

ANTHONY REYNOLDS

RUINATION

UMA HISTÓRIA DE

LEAGUE OF LEGENDS™

Tradução
Camila Fernandes

1ª edição

Galera
RIO DE JANEIRO
2023

CIP-BRASIL. CATALOGAÇÃO NA PUBLICAÇÃO
SINDICATO NACIONAL DOS EDITORES DE LIVROS, RJ

R355r Reynolds, Anthony
Ruination : uma história league of legends / Anthony Reynolds ; tradução Camilla Fernandes. - 1. ed. - Rio de Janeiro : Galera Record, 2023.

Tradução de: Ruination
ISBN 978-65-5981-252-3

1. Ficção australiana. I. Fernandes, Camilla. II. Título.

22-81897 CDD: 828.99343
CDU: 82-3(94)

Gabriela Faray Ferreira Lopes - Bibliotecária - CRB-7/6643

Texto revisado segundo o novo Acordo Ortográfico da Língua Portuguesa.

Direitos exclusivos de publicação em língua portuguesa somente para o Brasil adquiridos pela
EDITORA GALERA RECORD LTDA.
Rua Argentina, 120 – Rio de Janeiro, RJ - 20921-380 - Tel.: (21) 2585-2000,
que se reserva a propriedade literária desta tradução.

Impresso no Brasil

ISBN 978-65-5981-252-3

Seja um leitor preferencial Record.
Cadastre-se e receba informações sobre nossos lançamentos e nossas promoções.

Atendimento e venda direta ao leitor:
sac@record.com.br

Para Beth, meu amor e minha vida.

Linhagem Real de

ALVARO
O LEÃO DE CAMAVOR
Morto

NIVORA
A DOURADA
Primeira esposa, morta

ELIANTE
A DEVOTA
Morta

NIVOR
Morto

CASTILLIA
Morta pouco depois de nascer

KALISTA

vol Kalah Heigaari

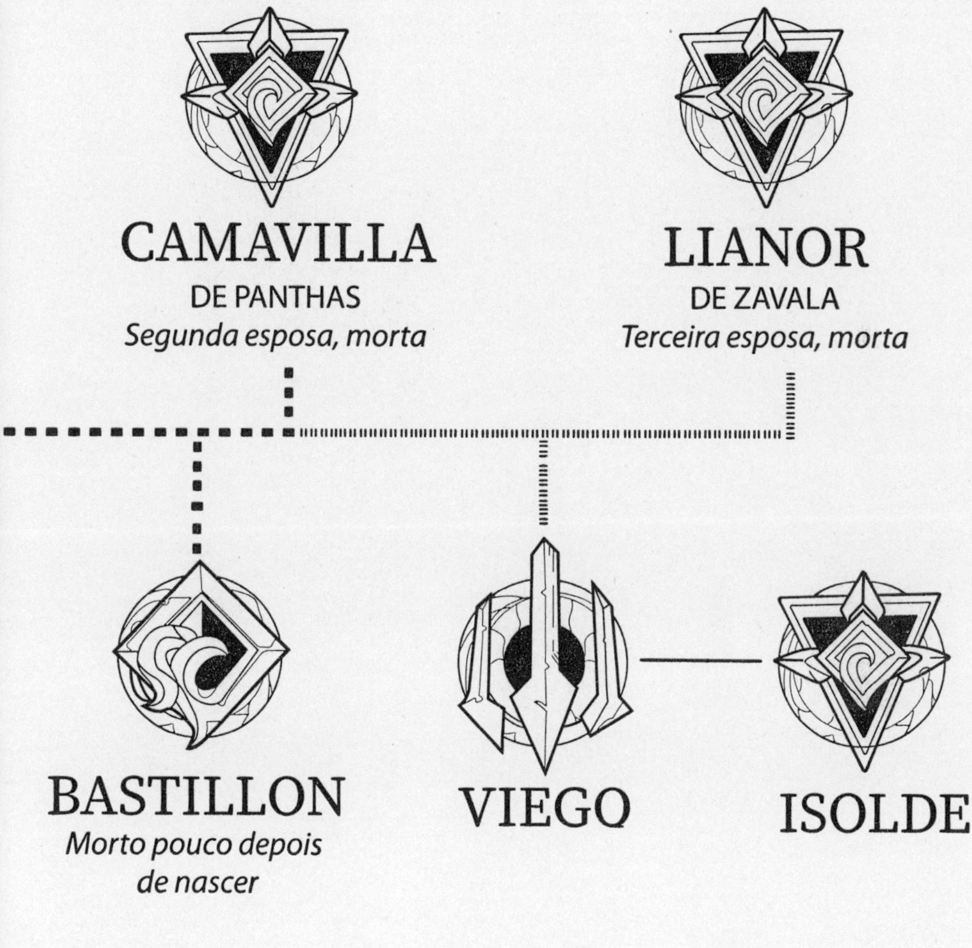

RUINATION

Inevitavelmente, todas as nações se desfazem, caem em ruínas e são esquecidas. E muitas vezes em seus últimos suspiros, arrastam outras consigo.

— *A história do império, volume VI*
Tyrus de Helia

Prólogo

Helia, Ilhas das Bênçãos

Erlok Grael estava separado dos colegas, aguardando a Escolha. Os rapazes aguardavam em um pequeno anfiteatro ao ar livre, todo feito de mármore branco e reluzente, com detalhes banhados a ouro. Helia exibia sua opulência com orgulho, como se desafiasse as brutalidades da vida fora das Ilhas das Bênçãos.

Os outros faziam piadas e riam juntos. O nervosismo coletivo os unia. Mas Grael estava calado e sozinho, com um olhar focado. Ninguém falou com ele ou o incluiu nas piadinhas sussurradas. Muitos sequer notaram sua presença — o olhar deles passava por cima e ao redor de Grael como se ele não existisse. Para a maioria deles, Grael não existia mesmo.

Grael não se importava. Não tinha interesse em ficar de papo-furado com eles nem invejava aquela camaradagem juvenil. Hoje seria seu momento de triunfo. Hoje ele seria acolhido no círculo interno como aprendiz dos altos escalões secretos da Sociedade da Luz. Ele mais do que merecia seu lugar ali. Nenhum outro aluno chegara perto de ter um desempenho tão bom. Podiam vir das classes ricas e nobres enquanto ele vinha de uma linhagem de analfabetos criadores de porcos, mas nenhum dos outros era tão talentoso ou tão digno quanto ele.

Os mestres chegaram, descendo a escadaria central um por um, silenciando o grupo de aspirantes. Grael os observou com um brilho faminto no olhar. Lambeu os lábios, saboreando o prestígio e a glória que em breve lhe pertenceriam, antecipando todos os segredos que logo conheceria.

Os mestres se acomodaram na parte superior do anfiteatro com expressões solenes, encarando os alunos no andar abaixo deles. Por fim, depois de um longo momento de suspense, um mestre pomposo, com jeito de sapo, pele pálida e aspecto úmido — o ancião Bartek — pigarreou e deu as boas-vindas aos graduandos. Fez um discurso verborrágico, carregado de seriedade e elogios a si mesmo, e Grael parou de prestar atenção.

Finalmente chegou a hora de os mestres escolherem quais dos estudantes ficariam sob sua tutela como aprendizes. Entre os mestres havia líderes de todas as principais disciplinas e denominações da Sociedade. Representavam as Ciências Arcanas, as várias escolas de lógica e metafísica, os Arquivos das Bênçãos, os Astrovidentes, a Oratória Hermética, a Geometria Esotérica, os Investigadores e outros ramos de estudo. Todos serviam, de um jeito ou de outro, ao propósito maior da Sociedade: a coleta, o estudo, a catalogação e a proteção dos mais poderosos artefatos arcanos que existiam.

Era uma reunião auspiciosa com algumas das mentes mais brilhantes do mundo, mas Erlok Grael se concentrava apenas numa delas: a hierarca Malgurza, Mestra da Chave. Sua pele escura era bastante enrugada, e seus cabelos, antes cor de ébano, agora estavam quase completamente grisalhos. Malgurza era uma lenda entre os estudiosos de Helia. Não comparecia à cerimônia da Escolha todos os anos, mas quando o fazia, era sempre para acolher um novo aprendiz no círculo interno.

O Bastão da Escolha foi trazido. Primeiro, foi entregue à hierarca Malgurza, a mais honrada entre os mestres presentes. Ela o pegou com a mão enrugada, causando uma onda de murmúrios entre os estudantes. Malgurza realmente ia escolher um aprendiz hoje, e a sombra de um sorriso curvou os lábios finos de Grael. A anciã lançou seu olhar de gavião a todos os aspirantes reunidos, que prenderam a respiração de imediato.

Quem fosse nomeado estaria destinado à grandeza, unindo-se a um santificado grupo de elite, e seu futuro estaria garantido. Erlok Grael abria e fechava as mãos, cheio de expectativa. Era o seu momento. Já estava quase dando um passo adiante quando a hierarca finalmente falou, com a voz espessa como um destilado envelhecido em barril de carvalho:

— Tyrus de Hellesmor.

Grael piscou, aturdido. Por um segundo, pensou que devia haver um engano antes que a fria realidade da rejeição o atingisse como água gelada no rosto.

O escolhido deu um grito de alegria, acompanhado por uma explosão de sussurros e suspiros. O aprendiz recém-nomeado deu um passo à frente em meio a uma chuva de tapinhas nas costas e subiu os degraus do anfiteatro para ocupar seu lugar atrás da hierarca Malgurza, com um sorriso enorme no rosto presunçoso.

Grael não demonstrou nenhuma reação, embora tenha ficado perigosamente quieto.

O restante da cerimônia se passou num borrão indistinto e surreal. O Bastão da Escolha passou de mestre para mestre, cada um escolhendo um novo aprendiz. Nome após nome, a multidão de aspirantes em torno de Grael diminuiu até que só restasse ele. O mar de mestres e ex-colegas o olhava do alto, como um júri pronto para anunciar sua execução.

Suas mãos já não se contraíam. A vergonha e o ódio se contorciam dentro dele como um par de serpentes travando uma luta mortal. Com um estalo definitivo, o Bastão da Escolha foi selado outra vez em seu estojo cerimonial e levado por criados de vestes douradas.

— Erlok Grael — anunciou Bartek, com um olhar divertido. — Nenhum mestre o reclamou, mas a Sociedade é, acima de tudo, benevolente. Há um lugar reservado para você, onde esperamos que possa vir a aprender a muito necessária humildade e ao menos um pouco de empatia. Com o tempo, talvez um dos mestres possa se dignar a aceitá-lo...

— Onde? — interrompeu Grael, provocando murmúrios e sons de reprovação com os quais não se importou.

Bartek olhou para ele por cima do enorme nariz. Sua expressão era a de alguém que sem querer tinha pisado numa coisa asquerosa.

— Você servirá como assistente-menor dos Vigias do Umbral — respondeu, com a malícia brilhando no olhar.

Ouviram-se risadinhas sendo reprimidas. Os *Umbreiros*, como os ex-colegas de Erlok Grael gostavam de chamar, ocupavam o posto mais inferior entre os inferiores, simbólica e literalmente: eram aqueles que protegiam e patrulhavam os níveis mais profundos das câmaras subterrâneas de Helia. Consistiam naqueles que haviam provocado a ira dos mestres, fosse por meio de um erro político grosseiro ou por uma pequena transgressão, e em quaisquer outros que a Sociedade quisesse tirar do caminho. Lá embaixo, na escuridão, podiam ser esquecidos. Eram motivo de piada. Uma vergonha.

Bartek continuou, condescendente, mas Grael mal ouviu as palavras.

Naquele momento, jurou que este não seria o fim. Ele serviria entre os vigias e os faria notar seu valor, de modo que nenhum daqueles mestres pomposos e hipócritas ou os colegas esnobes pudessem rejeitá-lo. Trabalharia no subterrâneo por um ano, talvez dois, e em seguida tomaria seu lugar de direito no círculo interno.

Ele não seria derrotado.

E não se esqueceria daquela ofensa.

Alovédra, Camavor

Estava escuro e fresco no interior do sagrado Santuário do Julgamento, e Kalista apreciou o alívio do verão camavorano escaldante que deixara lá fora. Em posição de sentido e trajando uma armadura justa e um elmo de plumas altas, ela esperava o julgamento acontecer.

Apesar de estar longe do sol, o jovem magro que era o herdeiro do Trono Prateado, ajoelhado ao lado dela, suava, e sua respiração era curta e rápida.

Seu nome era Viego Santiarul Molach vol Kalah Heigaari, e ele esperava para saber se seria coroado rei ou se este seria o último dia de sua vida.

Reinado absoluto ou morte. Não havia meio-termo.

Viego era tio de Kalista, mas, para ele, a sobrinha era como se fosse uma irmã mais velha. Tinham crescido juntos, e ele sempre a vira como um exemplo. Nunca fora considerado para ser o próximo rei. O monarca devia ter sido o pai de Kalista, o primogênito, mas sua morte inesperada tornou Viego, o irmão mais novo, o próximo na linha de sucessão.

As paredes frias do santuário atenuavam o som da multidão reunida lá fora. Sacerdotes encapuzados, com o rosto oculto pela sombra e por máscaras brancas de porcelana, esperavam na escuridão, anônimos, formando um círculo. Seus incensários exalavam um cheiro enjoativo e acre, e seu canto era um sussurro monótono e sibilante.

— Kal? — sussurrou Viego.

— Estou aqui — assegurou Kalista, de pé ao lado dele, em voz baixa.

Viego olhou para ela. Seu rosto era aristocrático, longo e bonito, mas naquele momento parecia ter menos do que seus 21 anos. Havia pânico em seus olhos, como nos de um animal dividido entre lutar ou fugir. Na testa, três linhas tinham sido desenhadas com sangue, convergindo em um ponto entre as sobrancelhas. Tradicionalmente, o tridente de sangue era desenhado apenas nos mortos, para acelerar seu percurso rumo ao Além e garantir que os Ancestrais Venerados os reconhecessem. Simbolizava a letalidade do que estava por vir.

— Diga outra vez as últimas palavras do meu pai — pediu Viego.

Kalista enrijeceu. O velho rei tinha sido o Leão de Camavor, famoso por ser temível no campo de batalha — e também no âmbito político. Mas, em seu leito de morte, não lembrara em nada o robusto rei guerreiro que tanto havia aterrorizado os inimigos. Nos momentos finais, seu corpo estava magro e debilitado; todo o seu poder e vitalidade, tão alardeados, tinham se esvaído. Os olhos ainda irradiavam uma faísca do poder que um dia tivera, no auge, mas era como a última centelha das brasas numa fogueira, um último lampejo antes de a escuridão tomar posse dele.

Ele usou suas últimas forças para segurar Kalista com mãos que pareciam mais as garras de um abutre do que qualquer coisa pertencente a um homem.

— Prometa — resmungou com a voz rouca urgente e desesperada. — O garoto não tem o temperamento certo para governar. A culpa é minha, mas

é você quem deve sustentar o fardo, minha neta. Prometa que vai guiá-lo. Aconselhá-lo. Controlá-lo, *se necessário.* Proteja Camavor. *Agora esse é o seu dever.*

— Prometo, avô — disse Kalista. — Prometo.

Viego esperava, ansioso, olhando para ela. O vago rugido da multidão lá fora subia e descia como o estrondo de ondas distantes.

— Ele disse que você seria um ótimo rei — mentiu Kalista. — Que eclipsaria até mesmo seus maiores feitos.

Viego assentiu, tentando se confortar com aquelas palavras.

— Não há nada de errado em ter medo — afirmou ela, suavizando a expressão severa. — Você seria um tolo se não tivesse. — Ela deu uma piscadela para Viego. — Quer dizer, *mais* tolo.

Viego riu, embora o som denunciasse um leve desespero e soasse alto demais naquele espaço cavernoso. Os sacerdotes os olharam, e o herdeiro do trono se recompôs. Colocou uma mecha rebelde do cabelo ondulado atrás da orelha e ficou imóvel mais uma vez, fitando a escuridão.

— Não pode deixar que o medo o controle — aconselhou Kalista.

— Se a lâmina tirar minha vida, *você* vai ser a próxima a se ajoelhar aqui, Kal — sussurrou Viego, e refletiu sobre isso por um momento. — Você seria uma governante *muito* melhor do que eu.

— Não diga uma coisa dessas. Você foi abençoado pelos Ancestrais com um poder que corre em suas veias, um poder que seu pai não tinha. Você é digno. Ao cair da noite será coroado rei, e tudo isso será apenas uma lembrança. A lâmina não vai tirar sua vida.

— Mas e se...

— *A lâmina não vai tirar sua vida* — repetiu ela.

Viego meneou a cabeça devagar.

— A lâmina não vai tirar minha vida — ecoou.

Houve uma mudança no ar, e o canto incessante dos sacerdotes acelerou. Os incensários balançavam de um lado para o outro. A luz penetrou no santuário através de uma lente de cristal situada no centro da altíssima cúpula, quando o sol finalmente se alinhou diretamente acima dela. Partículas de poeira e torvelinhos de fumaça perfumada pairaram no feixe de luz, revelando... nada.

Então a Espada do Rei apareceu.

Seu nome era Santidade, e Kalista prendeu a respiração quando a encarou. Erguida em pleno ar, a espada imensa existia apenas nos Salões dos Ancestrais, a não ser quando convocada pelo legítimo governante de Camavor ou pelos sacerdotes para o julgamento de um novo soberano.

Cada monarca de Camavor usava a Coroa Prateada, um círculo intimidante com três pontas, perfeitamente adequado para a longa linhagem de governantes igualmente intimidantes, mas Santidade era o verdadeiro símbolo do trono. A primazia de quem portava Santidade era incontestável, e possuir a Espada do Rei era vincular-se a ela pela alma, embora nem todos os herdeiros do trono de Camavor tivessem sobrevivido ao ritual de vínculo.

Kalista sabia que não se tratava de uma ameaça vaga e mítica. Ao longo de eras, dezenas de herdeiros pereceram ali, no Santuário do Julgamento. Havia uma boa razão para alguns chamarem a espada de Rasga-almas, ela era temida tanto pelos herdeiros quanto pelos inimigos de Camavor.

Fez-se silêncio lá fora e a multidão esperou, calada pela expectativa e pronta para dar as boas-vindas a um novo monarca ou lamentar a morte do príncipe. Ou as portas se abririam e Viego surgiria glorioso empunhando a espada, ou o sino no alto do santuário soaria uma badalada solitária e triste indicando o fim do jovem.

— Viego — chamou Kalista. — Está na hora.

O príncipe herdeiro assentiu e se levantou. A lâmina pairava diante dele, esperando que a empunhasse. Ainda assim, ele hesitou. Olhou para a sobrinha, paralisado, aterrorizado. Os sacerdotes o fitaram, os olhos arregalados por trás das máscaras inexpressivas, instigando-o em silêncio a fazer o que haviam instruído.

— Viego... — sussurrou Kalista.

— Você estará comigo, certo? — murmurou ele, apressado. — Acho que não consigo fazer isso sozinho. Governar, quero dizer.

— Estarei com você — assegurou ela. — Estarei com você, como sempre. Eu prometo.

Viego assentiu e se voltou para Santidade, que ainda pairava imóvel sob o facho de luz. Em segundos tudo acabaria. A hora do julgamento havia chegado.

O canto dos sacerdotes atingiu um tom febril. A fumaça espiralava em volta da lâmina santificada como um bando de serpentes, coleando e se contorcendo. Sem mais delongas, Viego deu um passo adiante e agarrou a espada, fechando as duas mãos na empunhadura.

O príncipe arregalou os olhos e suas pupilas se contraíram intensamente.

Então ele abriu a boca e começou a gritar.

PARTE UM

Como o mundo poderia ser diferente se aquela lâmina tivesse atingido o alvo...

— Sentinela-Artífice Jenda'kaya

Querida Isolde, irmã do meu coração,

Quando receber esta mensagem, já terá deixado Alovédra e estará a poucos dias de Santoras.

Entristece-me que nossos esforços para encontrar uma solução diplomática não tenham surtido efeito, mas não desanime: durante o governo do meu avô, a ideia de uma negociação sem derramamento de sangue não teria sido sequer considerada. Estamos progredindo, e seus apelos fervorosos para que Camavor evite fazer mais inimizades e preserve a economia de nosso aliado foram convincentes. Se Viego não estivesse tão interessado em consolidar seu reinado com uma vitória em campo, talvez não tivesse dado ouvidos aos argumentos do sacerdócio e das Ordens de Cavalaria.

Viego tem seu conselho na mais alta estima, e sua influência positiva sobre ele impedirão os maiores excessos da Ordem. Desde que se casaram, ele já progrediu tanto! Já promoveu mudanças com que eu jamais poderia sonhar. A abertura noturna das cozinhas dos Quartéis do Leste para alimentar os pobres e necessitados — o que, como sei, aconteceu a pedido seu — rendeu a ele muito afeto entre os menos favorecidos de Alovédra, e ainda me admira você ter conseguido convencê-lo a dar um posto no Conselho a um representante eleito das classes mais humildes.

Ainda me preocupo com sua viagem para Santoras, onde ficará perto demais do conflito vindouro, mas entendo seu raciocínio. De fato, se o restante da corte de Viego tivesse ao menos uma fração de sua sabedoria, empatia e compaixão, o mundo seria um lugar muito mais radiante. Não há dúvida de que Santoras cairá, como já caíram tantas outras nações e cidades-estado, mas creio que você tenha razão: sua presença garantirá que Santoras não seja aniquilada depois da batalha.

Os grão-mestres hesitarão perante a ordem de não saquear a cidade, pois enriqueceram enchendo seus cofres com as riquezas ilícitas tomadas de inimigos derrotados, mas não se atreverão a desobedecer Viego. Certamente ainda haverá violência e saques — seria fantasia pensar que não —, mas acredito que este seja o raiar de uma nova era para Camavor, alicerçada no incentivo ao comércio com os aliados e na melhoria da vida dos camavora-

nos comuns, e não focada em conquistas brutais e derramamento de sangue encobertos pelo pretexto de uma "nobre missão".

Levará algum tempo para mudar a cultura obsoleta e selvagem das Ordens de Cavalaria, mas, com sua ajuda, acredito que possamos orientar Viego a acabar com isso de uma vez por todas. O que talvez tenha começado como uma tarefa nobre foi corrompido pela ganância, e já passou da hora desse costume vil terminar. Seu povo foi o mais brutalmente afetado; ninguém deveria ter que ver sua terra devastada e seus entes queridos massacrados como foram. É impossível expiar tamanha atrocidade, mas podemos assegurar que ela jamais se repita.

Os livros de história registarão sua influência na grandeza futura de Camavor, não tenho a menor dúvida. Você desperta o que há de melhor em Viego. Isso me dá esperança de um belíssimo futuro.

Sua melhor amiga e aliada,
Kalista

Capítulo Um

Planícies Abrasivas, Santoras
18 meses após a coroação de Viego

Kalista vol Kalah Heigaari, General da Hoste, Lança do Trono Prateado e sobrinha do rei, despiu-se do elmo. Respirou fundo e passou a mão pelos cabelos compridos, úmidos de suor.

O sol a atingiu, implacável e inclemente. O calor era abrasador, queimando seus pulmões, mas aos poucos sua frequência cardíaca começou a se estabilizar. Só então, com a fúria da batalha dissipada, sentiu a dor e a ardência de feridas que não percebera ter sofrido. A cabeça estava pesada e os ouvidos zumbiam. Teria sofrido uma pancada na cabeça? Era possível, mas a batalha fora tão caótica que não saberia dizer.

Os braços pesavam como chumbo, as costas doíam. Queria apenas desabar no chão e fechar os olhos, mas não o fez. Nenhum soldado queria ver sua comandante se entregar à exaustão. Portanto, ela continuou de pé, rezando aos Ancestrais para que suas pernas não desmoronassem sob seu peso.

Milhares de corpos se espalhavam sobre a planície empoeirada. No local em que o conflito havia sido mais intenso, formavam-se pilhas altas e fileiras onde os soldados se enfrentaram e pereceram. A maior parte já não se mexia, mas alguns, sim. Sobreviventes de ambos os lados se contorciam e gemiam. Mas os camavoranos foram os vencedores. Assim, enquanto os feridos de Camavor seriam levados do campo de batalha e seus ferimentos tratados, os de Santoras já estavam sendo exterminados.

Além do campo de batalha, as esposas e filhas, maridos e filhos daqueles combatentes observavam das muralhas inclinadas de arenito, o ponto mais alto da cidade. Kalista pensou ter ouvido os lamentos do povo. Haveria pânico dentro daquelas muralhas. O rei de Santoras tinha apostado tudo contra Camavor e perdido, e sua cidade seria tomada.

Muito atrás de Kalista, numa elevação do terreno com vista para o campo de batalha, estava a tenda de onde o rei de Camavor observava, com a rainha a seu lado. Viego queria estar lá embaixo, com os soldados na frente de batalha, empunhando a poderosa espada Santidade. Afinal de contas, ele vinha de uma linhagem de reis guerreiros, e seu pai era o lendário Leão de Camavor. Viego era rei havia um ano e meio, e queria provar sua força tanto aos aliados quanto aos inimigos.

Antes da batalha, dispensara a sugestão de seus conselheiros e generais, que o incentivavam a observar de longe, fora de perigo. Depois que partiram, Kalista o confrontara:

— Você é o rei e ainda não tem herdeiros — dissera ela entre dentes, começando a perder a paciência.

— Estou farto de viver à sombra do meu pai — revidara Viego, ríspido. Estava vestido para a batalha, usando uma armadura preta reluzente com bordas douradas. — Sou tão guerreiro quanto ele. Quero que essa vitória seja minha.

— Será sua quer você entre em campo ou não. Os livros de história vão registrá-la como uma vitória do rei Viego. Não importa se lutou ou não.

— Importa para mim — insistira ele, enfurecido.

Ninguém mais ousaria falar com ele como Kalista, mas, quando criança, ele sempre quisera a aprovação dela, e, em muitos aspectos, ainda queria.

Mesmo assim, Viego não se deixou convencer. Preparava-se para continuar discutindo quando a rainha Isolde pousara a mão em seu braço.

— Kalista é sábia, meu amor — dissera ela. — Fique comigo, por favor. Você não precisa provar nada.

Por mais gentil que fosse sua voz, havia uma força extraordinária em Isolde. Viego suspirara e finalmente cedera.

— Acho que é apenas o orgulho que me faz querer lutar — admitira ele, cobrindo a mão da rainha com a sua. — Farei como pede, meu amor.

No campo de batalha empoeirado e quente, cercada por mortos e moribundos, Kalista ergueu a lança ao céu, saudando à distância o casal real.

— É melhor cuidar disso aí, general — disse uma voz grave e retumbante.

Kalista se virou para ver Ledros, seu capitão mais confiável e competente. Era um homem gigantesco, cuja cabeça e ombros ficavam acima mesmo dos outros soldados mais altos das fileiras de Camavor, e o rosto bastante queimado de sol exibia cicatrizes pálidas que se cruzavam entre si. Assim como todos os soldados plebeus da Hoste, sua armadura era em pouco mais do que um peitoral de couro fervido, um elmo simples de bronze e grevas de couro. Seu grande escudo de madeira estava estilhaçado e se desfez em pedacinhos quando ele o tirou de um dos enormes braços, tão grandes quanto as coxas de um homem comum. Ledros estava todo salpicado de sangue, mas a maior parte não era seu.

Kalista o encarou, tentando entender o que ele quis dizer. O capitão apontou para a lateral da cabeça da general, que levou a mão à têmpora, franzindo a testa ao ver as pontas dos dedos voltarem ensanguentadas. Olhando para o elmo, que segurava sem força e com dedos dormentes, viu a fenda aberta na lateral. Fora um golpe de machado. Devia ter sido apenas de raspão, senão ela estaria deitada com os outros cadáveres. Tivera sorte, e Ledros sabia disso.

— Não é nada, capitão — respondeu.

Ledros carregava uma cabeça decapitada, segurando o mórbido troféu pelos cabelos. O rei de Santoras. Fora a morte do guerreiro-monarca que derrotara o inimigo. E, como sempre, iniciada a derrota, o fim era inevitável. No campo de batalha, o medo era contagioso e a determinação dos soldados podia ser frágil. A morte de um único homem podia fazer com que toda uma linha de batalha se desfizesse, assim como uma única pedra podia causar uma avalanche.

— Foi uma bela morte — comentou Kalista.

O rei inimigo era famoso por ser um exímio espadachim, e pelo que Kalista tinha visto, a reputação não fora exagerada. Ele atacara o flanco direito do exército de Camavor à frente de uma guarda de elite, lutando como um semideus, massacrando tudo pelo caminho. A linha camavorana recuara, ameaçando se romper, até que Ledros abrira caminho em meio ao conflito para enfrentá-lo.

Sem dúvida o rei fora um guerreiro talentoso, apenas nunca enfrentara alguém como Ledros.

— O desgraçado foi páreo duro — resmungou ele.

— Ao que parece, não duro o bastante — observou Kalista. — As Ordens de Cavalaria ficarão furiosas por perder a oportunidade de reivindicar essa glória.

Ledros sorriu. Suas feições eram brutas e rústicas demais para que fosse considerado bonito, mas tinha um rosto confiável. Não possuía absolutamente nenhuma astúcia, o que era uma característica raríssima.

— Isso só deixa essa vitória ainda mais doce — saboreou ele, com um brilho travesso nos olhos escuros.

Kalista bufou. Sendo da nobreza, aquele som não era digno de sua posição, mas não havia ninguém para ouvi-lo, exceto Ledros e os outros soldados leais da Hoste. Ela podia ser nobre de nascença, mas sempre se sentira mais à vontade entre os soldados comuns do que entre outros nobres, com toda lisonja, mentiras e traições. A política da corte de Camavor era tão perigosa quanto qualquer campo de batalha, cheia de fintas, ataques repentinos e defesas desesperadas, mas Kalista preferia enfrentar seus inimigos em campo. Pelo menos lá era possível ver quem segurava a lâmina.

Ao longe, nuvens de poeira mostraram para onde os sobreviventes dispersos do exército inimigo haviam fugido. Não durariam muito. Três grandes Ordens de Cavalaria se reuniram para a batalha ao lado da Hoste a fim de derrotar Santoras — os Cavaleiros da Chama Azul, os Chifres de Ébano e a Ordem de Ferro —, além de um punhado de ordens menores. Fora-lhes negada a glória de uma investida decisiva e vitoriosa, pois o inimigo havia cedido antes que qualquer uma delas se envolvesse totalmente na batalha. Então tais cavaleiros se contentariam em atropelar os sobreviventes.

Afastando a exaustão, Kalista caminhou entre a Hoste com Ledros a seu lado: queria que vissem sua general. Parou diversas vezes para elogiar soldados diretamente, fazer piadas com alguns e prantear com outros. Ajoelhou-se ao lado dos feridos, segurou a mão dos moribundos e desenhou o tridente de sangue na testa daqueles que já haviam partido, dizendo palavras de gratidão por sua bravura. Para ela eram frases vazias, mas pareciam consolar os que ainda viviam para ouvi-las. Disse-as também aos soldados mais jovens, que agora eram veteranos, e cumprimentou os verdadeiros veteranos de olhos assombrados. Sacerdotes com máscaras de porcelana cruzavam o campo com cuidado, batendo na superfície retesada de seus pequenos tambores para ajudar a guiar os espíritos dos mortos até os Ancestrais Venerados.

Por onde quer que passassem, soldados cumprimentavam Ledros. Até mesmo aqueles que não o viram matar o rei inimigo sabiam do ocorrido. Todos os soldados da Hoste o admiravam e reverenciavam. Era o talismã deles. Kalista temia o que aconteceria se Ledros perecesse em batalha algum dia, pois ele era de fato o coração e a alma da Hoste.

O sol já estava baixo quando Kalista e Ledros atravessaram os grupos de soldados. Sua garganta estava seca e tomada pela poeira, e ela aceitou com gratidão um odre de água oferecido por um de seus oficiais.

Agora que o choque do combate se dissipava, havia um clima de júbilo na Hoste. Tinham sobrevivido ao dia e saído vitoriosos. Veriam suas esposas, maridos e filhos mais uma vez, e isso tornaria o amanhecer seguinte glorioso.

Saudaram Ledros, que, gentil, ergueu seu troféu sangrento para todos verem. Kalista viu o rubor nas bochechas largas dele, e sorriu. Por mais indomável que fosse em batalha e capaz de enfrentar o ataque de uma cavalaria pesada sem o menor sinal de medo, esse tipo de adoração o deixava nervoso. Ela achou sua expressão cativante.

Ledros percebeu que ela o observava. *Socorro*, ele implorava com o olhar, o que só serviu para provocá-la. A general apoiou a mão no ombro imenso dele — muito acima da cabeça dela — e ergueu sua lança.

— Ledros! — anunciou. — O Matador de Reis!

O capitão a encarou, horrorizado, e Kalista riu do seu constrangimento.

A Hoste rugiu em aprovação e entoou o nome dele. Agora todos estavam de pé, erguendo suas armas amassadas e ensanguentadas. Só quando as saudações começaram a diminuir foi que Kalista notou o cavaleiro de armadura completa nos arredores, observando-os em silêncio. Coberto de aço e montado num cavalo de batalha de proporções titânicas, o cavaleiro resplandecia em sua armadura ornamentada, com um belo manto roxo do veludo mais fino pendurado nos ombros.

Hecarim, Grão-Mestre da Ordem de Ferro. *Meu prometido.*

Tirou depressa a mão do ombro de Ledros. O júbilo dos instantes anteriores desapareceram, restando apenas o silêncio. O grande capitão se voltou para Hecarim e baixou o olhar em obediente deferência, tal como todos os membros da Hoste. Kalista não os acompanhou. Tinha sangue real e não baixava o olhar para ninguém senão o rei.

Os traços de Hecarim eram angulosos e nobres, refinados e aristocráticos, e ele lançou o olhar imponente aos soldados. Demorou-se em Ledros antes de se fixar em Kalista. O cabelo escuro e ondulado alcançava ombros, e a pele marrom-clara não exibia manchas nem defeitos. Os olhos verdes eram escuros como as profundezas do oceano, e a intensidade de seu olhar era ao mesmo tempo atraente e ameaçadora.

Hecarim desmontou suavemente com o tilintar da armadura. Era alto e tinha ombros largos. *Não tão alto quanto Ledros, mas ninguém é.* Uma escudeira se adiantou — a filha de algum nobre rico o bastante para lhe comprar um posto ao lado de Hecarim — e pegou as rédeas do cavalo. O animal bufou e bateu um dos cascos calçados de ferro, com olhos ardentes de fúria. Por um momento, pareceu que ia atacar a garota, mas uma palavra brusca de seu mestre o acalmou.

— Lady Kalista — cumprimentou Hecarim, inclinando a cabeça sem desfazer o contato visual.

— Milorde Hecarim — retribuiu Kalista, inclinando levemente o queixo.

O silêncio se prolongou enquanto ela o esperava falar. Por baixo da armadura, uma gota de suor escorreu pelas costas musculosas de Kalista. Era esperado que se casassem antes do fim do ano, mas essa era apenas a terceira vez que conversavam. Havia um constrangimento compreensível entre eles, pois eram pouco mais do que desconhecidos. Dezenas de pessoas os observavam e ouviam, mas, se Kalista fosse sincera consigo mesma, admitiria estar atenta principalmente a Ledros, ainda parado como uma estátua a seu lado.

Como se lesse os pensamentos dela, Hecarim voltou a olhar para Ledros, fixando-se na cabeça degolada que o capitão ainda segurava. Kalista imaginou se diria algo sobre um soldado de origem humilde negar-lhe a honra daquela morte. Em vez disso, ele sorriu. E o sorriso caloroso iluminou seu rosto.

— Aceita me acompanhar em uma caminhada, milady? — propôs.

— Certamente — concordou ela.

O cavaleiro se virou e ofereceu o braço. Kalista entregou a lança para um criado e se colocou ao lado de Hecarim, pousando a mão com leveza no braçal ornamentado que ele usava.

Acho que somos uma visão bem estranha. Um agradável passeio vespertino por um jardim talvez fosse mais adequado para um casal de noivos, mas lá estavam eles, caminhando por entre os mortos e feridos. Hecarim parecia impecável, e Kalista sabia bem que estava coberta de sangue, poeira e suor.

— Jamais diga que não a levo aos lugares mais bonitos — brincou Hecarim. — Se tiver sorte, da próxima vez posso levá-la para visitar um ossuário. Ou um pântano. Com uma dama de companhia, é claro.

Kalista ficou contente ao ver que Hecarim possuía algum senso de humor. Sentiu a tensão entre os dois ceder um pouco e olhou para ele. *Como pode ter dentes tão perfeitos?*, pensou, distraída.

— É bom vê-la sorrir, milady — murmurou ele.

Kalista olhou ao redor.

— O que me admira é conseguir sorrir — admitiu ela — dadas as circunstâncias.

— Você obteve uma vitória importante hoje. Uma vitória decisiva.

— Em nome do rei, glória a ele.

— É lógico.

As fileiras da Hoste assumiam posição de sentido ao vê-los passar, saudando-os enfaticamente.

— Os soldados realmente a veneram, não é mesmo? — perguntou Hecarim.

— Eles gostam de uma general que não os trata como ralé.

Hecarim grunhiu. Kalista não sabia ao certo se aquilo o divertia ou se ele nunca havia pensado no assunto. Na verdade, poucos nobres pensavam.

— Alguns temem que você tenha influência demais sobre os plebeus — comentou ele.

— Porque não os mando para o abate feito gado?

— Porque são muito *numerosos* — ressaltou ele, coçando o queixo. — No passado, monarcas populistas chegaram ao poder por meio de rebeliões da plebe.

Kalista riu.

— Qualquer um que pense que estou conspirando para tomar o Trono Prateado é um tolo abjeto — a general desdenhou. — Não tenho a menor vontade de governar e detesto a política da corte. Prefiro o campo de batalha.

Hecarim sorriu. *Pelos Ancestrais, que homem lindo.*

— E lidera bem os seus soldados — observou ele. — Mas, na ausência de boatos decentes, há muitos que sentem a necessidade de inventá-los. Se bem que proclamar seu melhor soldado *Matador de Reis*, bom, talvez não ajude a suprimir esse tipo de comentário.

Kalista franziu a testa.

— Honestamente, não me importo com o que sussurram pelas minhas costas — declarou. — A corte é um ninho de cobras.

A expressão de Hecarim ficou mais séria, e foi como o sol encoberto por uma nuvem. Ele parou e se virou para encará-la, pegando suas mãos. Era a primeira vez que se tocavam assim.

— Peço desculpas, cara dama — disse ele com sinceridade. — Não foi minha intenção aborrecê-la. Vim apenas para ter certeza de que estava bem e parabenizá-la por sua perícia estratégica na batalha de hoje.

Kalista sentiu as bochechas corarem.

— Obrigada — murmurou.

Hecarim soltou suas mãos, e os dois seguiram em silêncio até chegarem ao local de onde partiram. A escudeira do cavaleiro ainda segurava o feroz cavalo cor de ébano, e pareceu aliviada ao devolver as rédeas.

— Preciso deixá-la, cara dama. O rei ordenou que não haja saques à cidade, e quero garantir que esse decreto seja cumprido — afirmou Hecarim.

— Haverá um banquete triunfal no interior da muralha. Milady me daria a honra de se sentar ao meu lado?

— A honra será minha, milorde.

Abrindo um último sorriso, Lorde Hecarim voltou a montar o imenso corcel. Virou-se uma vez e depois partiu, com criados o seguindo como folhas ao vento. O lorde cavalgava como se tivesse nascido na sela, como se ele e seu feroz cavalo de batalha fossem um só.

Os cavaleiros da Ordem de Ferro saudaram quando seu grão-mestre se juntou a eles. Com o toque de uma corneta, aquele que era conhecido como Precursor de Ferro sinalizou a partida, e a ordem cavalgou rumo à cidade conquistada.

Em seu rastro deixaram poeira, e a expressão de Kalista endureceu. A cidade de Santoras não seria saqueada, mas ainda haveria algum nível de roubo e pilhagem, apesar do que Hecarim dissera. Depois das batalhas, sempre havia.

E Kalista sabia que qualquer um que resistisse seria massacrado.

Ledros cuspiu no chão.

— Ele até que cavalga bem — comentou. — Isso eu tenho que admitir.

Capítulo Dois

Santoras

Quando se tratava de casamentos arranjados, Kalista não tinha muito de que reclamar.

Sendo neta do antigo rei e sobrinha do atual, Viego, ela sempre soube que não poderia escolher o próprio marido. Seu casamento só poderia ser por aliança política, e ela jamais se ressentira por isso. É como deveria ser. Havia muito tempo que se resignara com a ideia de se casar com algum velhote nobre. Por isso, quando Viego a informara de que pretendia casá-la com Hecarim, fora uma surpresa agradável.

Obviamente não alimentava nenhuma ilusão de que seu noivado fora orquestrado simplesmente para consolidar o poder. Entretanto, sentar-se ao lado de Hecarim no banquete triunfal, na praça central da cidade conquistada de Santoras, a fez sentir que os Ancestrais tinham sido bondosos com ela.

Hecarim era só alguns anos mais velho do que Kalista, e sua ascensão na Ordem de Ferro fora rápida. Era o grão-mestre mais jovem de todos os tempos e já havia conquistado uma série de vitórias e honrarias. A Ordem de Ferro era a Ordem de Cavalaria mais poderosa do reino em relevância política e poderio militar. Isso sem falar em riqueza. Centenas de anos de conquistas asseguraram que os cofres da fortaleza impenetrável da Ordem de Ferro transbordassem ouro, pedras preciosas e artefatos mágicos.

A noite já caíra havia horas. As mesas estavam abarrotadas de comida, e cerveja e vinho eram servidos sem parar. Ficou evidente que a festa já estava sendo preparada enquanto os dois exércitos ainda se enfrentavam na planície diante da cidade. Sem dúvida era para ser o banquete de vitória do rei de Santoras. Kalista percebeu o medo entre os criados, embora tentassem escondê-lo. Seus senhores haviam sido massacrados por aqueles a quem agora serviam.

— Obrigada — disse ao jovem criado que deixou um prato diante dela, que pareceu aturdido demais por ela lhe dirigir a palavra e praticamente saiu correndo dali.

O banquete já estava uma balbúrdia só. Os participantes camavoranos gritavam por cima das mesas, rindo alto enquanto brindavam à vitória. Havia músicos tocando, e uma trupe de dançarinos vastayeses felinos se apresentavam, traçando torvelinhos mágicos de luz iridescente enquanto giravam e davam cambalhotas e piruetas com graça sobre-humana.

Viego e sua jovem rainha ainda não haviam chegado, mas mandaram avisar que os outros deviam começar sem eles, e os nobres acataram a ordem sem titubear. Kalista achava obsceno comer e beber enquanto os moradores da cidade se encolhiam em suas casas, temendo por suas vidas, então ela apenas fingia comer. Ficaria ali apenas pelo tempo necessário e nem um instante a mais. É óbvio que tudo seria muito, muito pior para a cidade se Viego não tivesse proibido os saques, mas isso não era um grande consolo para aqueles que perderam seus entes queridos.

Ela ainda trajava sua armadura, agora limpa. Não tivera tempo de tomar banho, mas havia lavado as mãos e o rosto, e os criados pentearam e untaram com óleo seu longo cabelo cor de ébano. Ela o usava solto e livre, como faria até o dia de seu casamento, depois do qual o prenderia em tranças, simbolizando a união de sua vida à de Hecarim. Apoiara a lança na mesa ao lado, ao alcance das mãos.

Havia quase cem pessoas presentes, todos nobres de nascença. A maioria era cavaleiros, embora alguns fossem aristocratas servindo como oficiais na Hoste. Esses haviam ficado com as mesas mais distantes do centro. Não havia grande honra em servir na Hoste, e ainda menos ouro. Era nas Ordens de Cavalaria que se conseguia verdadeira riqueza e prestígio. Kalista conhecia bem seus privilégios por fazer parte da linhagem real, mas gostava de pensar que teria servido na Hoste de um jeito ou de outro. Sem dúvida, preferiria estar se banqueteando com seus soldados fora da cidade a ficar sentada entre a elite guerreira de Camavor. Mas era lá que Viego a queria, então era lá que estaria.

Hecarim estava sentado à sua esquerda. Era um noivo atencioso e encantador, de conversa fácil e leve. Logo ao redor deles estavam os outros líderes das Ordens de Cavalaria que acompanharam Viego e a Hoste até Santoras: Lorde Ordono, dos Cavaleiros da Chama Azul, alto e severo; e a majestosa Lady Aurora, Grã-Mestra dos Chifres de Ébano. Era uma mulher ruidosa e objetiva, com uma reputação assustadora. Kalista logo simpatizou com ela.

Do outro lado da mesa estava sentado o Grão-Mestre da Escudo Dourado, uma das Ordens de Cavalaria menores. Era um homem corpulento de meia-idade, olhos pequenos e caídos, e uma cicatriz feia no rosto pálido. Também já havia bebido muito.

— Parece que alcançou o inalcançável, Lady Kalista — comentou ele numa fala arrastada.

Kalista suspirou discretamente, sem vontade de incentivar aquela conversa fiada, mas o agraciou com um breve sorriso.

— O que quer dizer, grão-mestre Siodona?

— Milady transformou a plebe num exército razoavelmente decente. — Ele ergueu a taça sem firmeza, derramando parte da bebida. — Brindo a isso, pois jamais imaginei que tal coisa fosse possível. Não que alguém já tivesse tentado, menos ainda alguém da linhagem real.

— Gosto de desafiar as expectativas — provocou Kalista.

A maior parte da corte ficava horrorizada por Kalista liderar a Hoste. Ela não considerava arrogância reconhecer o próprio talento para estratégia militar, e assumir o posto de general do imenso exército oficial de Camavor era, ela pensava, a melhor maneira de servir à sua nação. A aristocracia não considerava uma honra liderar soldados de origem humilde, mas por que Kalista se importaria com o que a nobreza fútil achava dela?

— Mas por que a Hoste? — insistiu Siodona. — Qualquer ordem nobre ficaria honrada em recebê-la. Por que liderar essa gentalha?

— Essa *gentalha* ganhou a batalha do dia — retorquiu Kalista. — Além do mais, estou onde melhor posso servir Camavor. *Toda* Camavor. Muitas vezes, no passado, a Hoste foi usada apenas para absorver flechas e amortecer o ataque dos inimigos.

— Eles são *plebeus*. — Siodona enxugou a boca.

— São camavoranos e merecem mais do que ser tratados como descartáveis. Acredito que a Hoste possa ser muito mais do que isso. E a força da Hoste pode ajudar a garantir a força de Camavor.

O grão-mestre Siodona grunhiu quando alguém encheu sua taça, argumentando:

— As *Ordens de Cavalaria* garantem a força de Camavor. É *nelas* que reside o verdadeiro poder. É como sempre foi.

Kalista mal conseguiu esconder sua antipatia por Siodona.

— As Ordens de Cavalaria *não são* Camavor — rebateu ela. — Houve momentos em que várias ordens traíram suas promessas ou se recusaram a jurar lealdade a um monarca recém-coroado. Creio que os cavaleiros da Escudo Dourado tenham lutado *contra* a coroa durante o reinado do meu ancestral, o rei Seuro, não é mesmo?

— Agora ela o pegou, Siodona — interveio Lady Aurora, sorrindo.

O homem fez uma carranca.

— Isso foi há trezentos anos — rosnou ele. — Minha ordem derramou mais sangue pelo Trono Prateado do que a maioria. Juramos lealdade ao novo rei no dia da coroação. É mais do que se pode dizer das outras. — Olhou enfaticamente para Hecarim.

O juramento da Ordem de Ferro a Viego não fora imediato. Não era incomum, mas também não era um sinal de confiança no novo rei, principalmente porque a Ordem de Ferro sempre fora a defensora mais leal do trono. Levara uma semana inteira — e a promessa do noivado de Kalista com Hecarim — para que a Ordem de Ferro jurasse lealdade.

Cabeças se viraram enquanto os nobres sentados por perto esperavam para ver se Hecarim responderia à provocação, mas ele se limitou a rir baixinho, enxugando a boca com um guardanapo de seda.

Kalista acenou num gesto de conciliação. Atiçar Siodona ainda mais não serviria de nada, mesmo que fosse divertido.

— Ninguém questiona a honra da Escudo Dourado. Quero dizer apenas que é sensato Camavor ter sua própria força militar firme, leal e independente *ao lado* das honradas Ordens de Cavalaria, e que estas sirvam por muito tempo.

— E você concorda com isso? — resmungou Siodona para Hecarim.

O jovem grão-mestre deu de ombros.

— Se uma Hoste forte significar menos mortes da minha gente, por que me opor?

Siodona gesticulou com desdém.

— Se você não fosse se casar com ela, sua resposta seria outra. E esse comando do rei de não saquear a cidade? Argh! Desse jeito, a guerra mal vale a pena!

O sorriso de Hecarim ficou sombrio, embora seu tom de voz continuasse descontraído.

— Beba um pouco de água, grão-mestre Siodona — recomendou em voz alta —, senão amanhã vai acordar com dor de cabeça e um punhado de duelos em nome da honra de todas as pessoas que ofendeu hoje.

Os que ouviam a conversa riram baixinho. O debate havia reunido uma espécie de plateia, já que a nobreza ansiava pelos dramas dos cortesãos. Dois grão-mestres se exibindo era uma iguaria a que poucos conseguiam resistir. Siodona bufou e tomou outro gole da bebida, ignorando a sugestão de Hecarim sobre a água.

Kalista apreciou a habilidade de Hecarim em desviar a atenção dela. O cavaleiro deu uma piscadela que só a general viu. *Ele é muito melhor do que eu nas artimanhas políticas.* Era óbvio que fora mais do que a força bruta que o alçara tão depressa ao posto de líder da ordem depois que o grão-mestre anterior perecera em batalha.

Forjar uma aliança entre a Ordem de Ferro e o trono através do casamento era uma jogada inteligente. A princípio, Kalista desconfiara que a ideia viera do astuto conselheiro-chefe do rei, mas agora imaginava se não teria partido do próprio Hecarim. Sem dúvida ele era ousado o bastante para levar a proposta diretamente a Viego. E, se fora esse o caso, Kalista não sabia ao certo se deveria admirar tamanha ambição ou temê-la. Um pouco dos dois, decidiu.

Antes que pudesse ponderar um pouco mais, um arauto ergueu a voz acima do burburinho do banquete:

— Rei Viego de Camavor e rainha Isolde! Vida longa ao seu reinado!

Os nobres reunidos se ergueram em uníssono para saudá-los.

Com a guarda real a flanqueá-lo e a figura onipresente do guarda-costas real, Vaask, logo atrás, Viego e Isolde entraram no pátio em meio a uma fanfarra de trombetas. O jovem rei avançou com avidez, um sorriso amplo e vitorioso nos lábios, enquanto sua esposa, de braço dado com ele, parecia deslizar com graça. Estavam completamente apaixonados um pelo outro, e Kalista não poderia estar mais feliz por eles.

Quando criança, Viego não tivera muito afeto: ganhava tudo o que queria, menos o amor dos pais. Sua mãe havia morrido no parto, e o pai, já em idade avançada quando Viego nascera, o ignorara completamente até a morte do herdeiro mais velho. Mesmo depois disso, sua atenção era fria, sufocante e autoritária. O velho rei morrera apenas alguns meses depois, então Viego não fora preparado o suficiente para governar.

Kalista o amava como se fosse um irmão e o protegia ferozmente, mas mesmo ela reconhecia que Viego fora um menino mimado e se tornara um jovem arrogante, acostumado a conseguir o que queria. No entanto, a general o conhecia melhor do que ninguém: ele tinha bom coração e sentia tudo de forma intensa, para o bem e para o mal. Com a orientação certa, ela acreditava que Viego poderia se tornar um bom rei depois de amadurecer um pouco.

A princípio, Kalista ficara tão chocada com o casamento impulsivo de Viego quanto os outros nobres, e um tanto apreensiva. Isolde não era de uma linhagem antiga e louvável, e a união sequer trouxe poder político ou riqueza a Camavor. Ela nem mesmo era camavorana — era apenas uma plebeia costureira de uma nação conquistada. Contudo, depois de vê-los juntos, Kalista logo entendera.

Viego adorava Isolde como nunca adorara nada nem ninguém em toda a sua vida. Pela primeira vez, punha outra pessoa acima dos próprios desejos e necessidades. Ele a ouvia, valorizando as opiniões dela muito mais do que as de seus conselheiros, e até mesmo as de Kalista. E embora a nova rainha não tivesse educação formal, era extremamente inteligente e possuía uma compreensão instintiva das pessoas e da política da corte. E o mais importante, talvez, era que Isolde, gentil e ponderada, moderava as decisões mais impulsivas e egoístas de Viego. Finalmente Kalista tinha uma aliada, alguém que poderia ajudá-la a refrear Viego e a garantir a estabilidade do reino.

Agora ele finalmente estava se moldando ao papel de monarca de Camavor, e sua atuação essa noite — pois se tratava *mesmo* de uma atuação, e construída com primor — mostrava um vislumbre do governante poderoso e amado que poderia se tornar. Ele exalava carisma e confiança, e tinha calculado à perfeição o momento de sua chegada. A multidão já estava bem satisfeita, tanto pelo vinho quanto pela vitória, mas, a não ser por Siodona, já com o rosto vermelho, ninguém estava bêbado a ponto de ser imprudente ou agressivo.

Viego escolhera um traje majestoso, mas não excessivamente luxuoso — o que poderia ser adequado na corte em Alovédra, mas não em Santoras, em pleno banquete pós-batalha. No peito, usava sua couraça preta reluzente para demonstrar que era um guerreiro, mesmo que não tivesse participado da batalha. Usava a coroa dentada dos reis, mas a ausência de sua espada, Santidade, a imensa lâmina que era o verdadeiro símbolo da realeza, não passou despercebida.

De sua parte, Isolde, a rainha, era uma visão de beleza e modéstia. O rosto era perfeitamente oval, e os olhos, azuis, grandes e expressivos. O vestido, que ela mesma havia feito, era formado por inúmeras camadas de seda e veludo, espalhando-se em volta dela como as pétalas de uma flor. Em vez de tentar ocultar sua origem estrangeira com roupas tradicionais de Camavor, Isolde assumira a atitude ousada de criar um vestido que a *realçasse*. O efeito era ampliado pelas joias que a rainha escolhera engenhosamente: uma teia delicada de fios de prata enfeitados com safiras, diferente de tudo o que as damas da corte usavam, embora Kalista desconfiasse que muitas logo imitariam o estilo.

Da cabeça aos pés, Isolde parecia uma rainha estrangeira encantadora. Entre a turba de cavaleiros e nobres abrutalhados usando couraças e correntes, ela parecia tão delicada quanto uma flor e tão preciosa quanto uma joia. No entanto, mesmo assim, Kalista via o desprezo e a desaprovação por trás do sorriso de muitos daqueles que a cercavam. Eles detestavam o fato de Isolde ser plebeia e ainda mais por ser estrangeira.

Alheios a tal comportamento, Viego e Isolde se dirigiram à mesa reservada para eles na frente do pátio. Viego ajudou sua rainha a se acomodar na cadeira, beijando-lhe a mão, e então virou-se para os comensais.

— Irmãos e irmãs de Camavor — declarou, com a voz suave como veludo, mas alta o suficiente para alcançar todos os ouvidos —, hoje vocês deram orgulho ao seu reino! Deram orgulho aos Ancestrais Venerados! E deram orgulho a mim! — Havia um cálice em sua mão, e ele o ergueu. — Esta noite, eu brindo a *vocês*!

Os comensais deram vivas calorosos, e centenas de cálices se ergueram no ar, respingando vinho. Viego bebeu tudo da própria taça e a jogou de lado, para o deleite da multidão.

— Tragam mais! — bradou, rindo.

Viego estava prestes a se sentar, mas Isolde se inclinou ao seu lado e sussurrou algo, colocando a mão no peito do rei.

— Ah, sim, obrigado, meu amor. Quase esqueci — disse ele, embora Kalista soubesse que não esquecera nem por um instante. — O motivo de termos vindo para Santoras!

Ele bateu palmas e um silêncio reverente tomou conta do pátio enquanto um grupo de sacerdotes se aproximava, de cabeça baixa, o rosto de cada um escondido atrás de uma máscara de porcelana. Atrás deles, quatro criados carregavam uma caixa dourada sobre os ombros, tensos sob o peso. Eles a baixaram no chão de pedra, soltaram os bastões que usavam para sustentá-la e se curvaram, saindo de cena. Viego deu um passo à frente, sorrindo, e passou as mãos esbeltas pela superfície intrincada do objeto. Fez uma pausa dramática antes de abrir os fechos com estalos altos e erguer lentamente a tampa. Todos se inclinaram naquela direção tentando ver.

Kalista aplaudiu em silêncio. Viego sabia como manipular a multidão, e na opinião dela isso não era nada mau. Era uma habilidade necessária para um monarca bem-sucedido.

Viego arregalou os olhos, prolongando o momento, até que soltou um assovio.

— Vamos precisar de mais luz aqui — anunciou. A voz suave do monarca estava baixa, mas todos o ouviram nitidamente. Estavam ávidos por suas palavras.

A rainha Isolde ergueu uma esfera de vidro, pequena o bastante para se acomodar na palma de sua mão. Viego a pegou com um gesto gracioso e a levou aos lábios. Soprou uma palavra sobre a esfera e, em seguida, lançou-a com leveza no ar. O objeto pairou acima dele, a cerca de dez braços de distância, e começou a brilhar por dentro, lançando uma luz fraca sobre o rei e a caixa dourada.

Viego olhou para ela, apertando os olhos.

— Bom, sem dúvida essa luz não basta. — Esquadrinhou os rostos na multidão. — Onde está meu conselheiro mais leal? Nunyo Necrit, apresente-se, por favor, se já não tiver bebido demais! Seu rei precisa dos seus talentos!

Risadas acompanharam o conselheiro enquanto ele cruzava a multidão. Seu rosto estava completamente tenso, como couro gasto, e os olhos afundavam em órbitas sombreadas. Podia ser velho, mas em seu íntimo ainda brilhava uma inteligência afiada. Era austero na maior parte do tempo, entretanto sua carranca de sempre enrijeceu ainda mais enquanto se aproximava do rei. Era óbvio que não aprovava o uso de seu talento especial como um simples truque para entreter nobres embriagados, mas mesmo assim obedeceu.

Viego se debruçou junto ao conselheiro e cochichou em seu ouvido. Nunyo fez uma careta e deu uma resposta ríspida. Depois, olhou para a esfera luminosa, moveu a boca num sussurro, formando palavras silenciosas, incognoscíveis, e uma luz sobrenatural surgiu em seus olhos. Ele estendeu a mão, e a esfera subiu de repente rumo às alturas, como uma estrela cadente invertendo sua rota e voltando aos céus. Com isso, a luz que emitia se intensificou de tal forma que todos no pátio foram obrigados a desviar o olhar, temendo queimar os olhos.

Em instantes foi como se um novo sol tivesse nascido, ardendo friamente acima de Santoras, cobrindo tudo por léguas ao redor com uma luz forte e brilhante.

— Bravo! Bravo! — exclamou Viego, enquanto sua rainha aplaudia, alegre. — Meus agradecimentos, venerável Nunyo. Assim está *bem* melhor! Muitíssimo melhor.

Ainda carrancudo, o velho conselheiro se retirou.

— Hoje, meus amigos, somos motivo de orgulho para os fundadores da nossa grande nação — prosseguiu Viego. Desfilava diante dos nobres, com os olhos ardendo de paixão e convicção. — Nossos Ancestrais, os gêmeos fundadores Camor e a nobre Avora, sorriem para nós! Sorriem para toda Camavor! — Mais uma vez, parou diante do baú dourado. — E agora, sem mais delongas — anunciou ele, estendendo a mão para dentro do baú —, apresento a vocês, meus amigos, o Cálice de Mikael!

Com isso, ergueu o artefato reverenciado. O cálice estava coberto e adornado com gravações de runas e símbolos antigos. O ar ao redor dele pareceu cintilar levemente, como se estivesse cercado por uma névoa de calor. Murmúrios de apreço e espanto irromperam dos cavaleiros reunidos.

— Nossa nobre missão de libertar este artefato sagrado foi concluída! Quando o venerável Camor agonizava, perfurado no coração pela Flecha Negra de Astor, sua irmã, Avora, o salvou. Todos conhecemos a história. Mas o que eu não sabia até pouco tempo era que Avora o salvou usando isto! Ela levou este cálice aos lábios do irmão e os ferimentos de Camor se curaram! E agora, depois de tantos séculos, está de volta às nossas mãos!

O discurso foi recebido com urros e vivas, ainda mais animados do que antes. Olhando para o mar de rostos ao redor, Kalista ficou incomodada ao ver uma ganância voraz nos olhos dos aristocratas reunidos.

Há quanto tempo nossa nobre cultura dedicada às missões foi corrompida? Quanto tempo levou para que tais missões se tornassem pouco mais do que desculpas esfarrapadas e óbvias para atacar e saquear? Para matar, reivindicar terras férteis e roubar de nossos vizinhos? Quanto tempo até que fossem usadas para justificar a invasão de qualquer cidade-estado e nação que ampliasse a riqueza e o prestígio do reino de Camavor?

Nos momentos de maior generosidade, Kalista acreditava que algumas gerações haviam se passado até que o ideal da missão de Camor sofresse aquela mácula irrevogável. Nos de maior cinismo, imaginava se teria começado com o próprio Camor. Afinal, ele fora um líder guerreiro, e, empunhando Santidade, construíra sua amada nação sobre os cadáveres dos inimigos derrotados.

A batalha de hoje não havia sido diferente. Por muito tempo, Santoras tinha sido uma cidade-estado independente a sudeste de Alovédra, muito próxima das fronteiras em constante expansão de Camavor. Ao longo da história, lutaram como aliadas em várias ocasiões, e o comércio entre as duas beneficiara ambas. No entanto, para romper esses laços, bastou um sacerdote declarar que era a vontade dos Ancestrais recuperar — *proteger*, nas palavras dele — uma antiga relíquia de poder arcano que residia entre as muralhas de Santoras.

Qualquer satisfação que Kalista sentisse com a vitória do dia tinha um gosto amargo, e ela não se juntou às saudações alimentadas pela cobiça. *Isso tem que acabar.* Não seria nada fácil, é óbvio. Entretanto, apesar de todos os defeitos juvenis, ela sabia que Viego, no fundo, tinha um bom coração. Kalista acreditava que ele tomaria a atitude certa... com a orientação certa.

Enquanto todos aplaudiam, Kalista observava Isolde. A rainha estava sorridente, mas a general notou que eram gestos forçados. Em silêncio, agradeceu aos Ancestrais. Com a influência de Isolde, talvez a mudança fosse de fato possível. Embora tivesse se tornado a rainha de Camavor, o reino havia arrasado a nação de Isolde antes de ela nascer. Tal como o ataque a Santoras, o sacerdócio havia proclamado aquela invasão como missão sagrada. Se Kalista simplesmente tentasse guiar Camavor para além da sua cultura de missões, achava que não teria muito êxito. Mas com a ajuda de Isolde, estava convencida de que Viego se voltaria para o lado certo.

No entanto, Kalista era extremamente pragmática. Sabia que a batalha do dia não tinha nada a ver com recuperar o Cálice de Mikael. Quem, além dos sacerdotes, havia sequer *ouvido falar* daquele artefato antes de a invasão ser anunciada? Também não tinha muito a ver com tomar Santoras, embora a riqueza da cidade-estado fosse um acréscimo bem-vindo aos cofres de Camavor, ainda que as alianças comerciais pacíficas fossem mais lucrativas a longo prazo.

Não, o principal objetivo fora dar a Viego uma vitória em campo. Ele precisava mandar uma mensagem àqueles que estavam além das fronteiras do reino. A mensagem anunciava que embora o Leão, o lendário rei guerreiro de Camavor, estivesse realmente morto, o filho dele continuava sua linhagem; declarava que Viego era alguém que não deveria ser menosprezado. Era um lembrete oportuno de que Camavor ainda era uma força respeitável e que duvidar disso levaria a um massacre.

Além disso, as Ordens de Cavalaria estavam se rebelando. Dar a elas essa vitória as manteria satisfeitas, pelo menos por algum tempo.

Kalista se esforçou para sorrir e aplaudir. A batalha tinha sido necessária.

E, mesmo assim, enquanto olhava ao redor, os cavaleiros e nobres mal pareciam pessoas. A luz sobrenatural que vinha do alto desbotava a cor em seus rostos, fazendo com que todos se assemelhassem a espectros e demônios vis.

Um arrepio gélido de medo a invadiu.

Capítulo Três

Foi a calma calculada que os denunciou.

Todos os outros criados estavam nervosos e assustados, como se esperassem ver os camavoranos se voltarem contra eles a qualquer momento. Kalista não podia culpá-los por isso. O exército santorasiano fora massacrado em batalha poucas horas atrás. Os criados serviam aos conquistadores com mãos trêmulas, sem encará-los.

Por outro lado, os dois que se aproximavam da mesa do rei, levando novos jarros de bebida e travessas de comida, exibiam um comportamento impassível. Um homem e uma mulher de aparência comum em todos os sentidos e rostos fáceis de esquecer. Em outras circunstâncias, o disfarce seria perfeito, mas, naquela situação, foi o próprio treinamento que os denunciou a Kalista. Se tivessem aparentado nervosismo, ela talvez não os notasse até que agissem.

Ignorando os olhares confusos ao redor, Kalista se levantou e pegou a lança. Atrás dela, Hecarim disse alguma coisa, mas ela não ouviu, concentrada nos dois falsos criados. Não gritou, pois ainda não havia descartado a possibilidade de estar enganada.

Em vez disso, marchou em direção à mesa real. Os guardas que a rodeavam estavam atentos e revistaram os dois criados, verificando as mangas das roupas e as laterais dos corpos em busca de armas escondidas. Não encontrando nada, permitiram sua passagem.

Talvez eu esteja enganada, pensou Kalista. Mas alguma coisa naqueles dois ainda a inquietava, e ela acelerou o passo.

A dupla se separou, a mulher indo para o lado do rei, com o jarro na mão e a cabeça inclinada em sinal de respeito, enquanto o homem se dirigia para o lado oposto, com sua bandeja de iguarias recém-cozidas. Deixando na mesa os pratos repletos de comida, ele começou a recolher aqueles vazios e descartados, aproximando-se cada vez mais do rei.

Kalista estava agora a meio caminho da mesa. Viego admirava Isolde, alheio a todo o resto, e ainda não havia notado a aproximação da general. Mesmo assim, ela não gritou. Ainda não tinha certeza.

Vaask, o guarda-costas do rei, estava nas sombras perto dali, com uma das mãos no punho da espada, atento a ameaças. Ele voltou sua atenção para a criada que se aproximava Era conhecido como o falcão do rei, uma descrição adequada. Se houvesse perigo, ele perceberia.

Não perceberia?

A mulher moveu os lábios, e Viego virou a cabeça levemente em sua direção. Sem encará-la, ele acenou e agradeceu, indicando o cálice. Ela se debruçou e começou a enchê-lo, virando o corpo para esconder a outra mão do olhar atento de Vaask e a fechou.

Então, do punho oculto da mulher, surgiu uma fita sinuosa de fumaça escura, semelhante a um redemoinho de tinta na água. *Feitiçaria!* Uma fração de segundo depois, a fumaça se solidificou numa lâmina de pura escuridão. Era uma espécie de magia que Kalista nunca tinha visto. Nem Vaask, nem nenhum dos guardas do rei haviam notado algo errado. Apenas Kalista.

A assassina se preparou para o golpe fatal. Mesmo nessa hora, seu rosto continuou inexpressivo, não demonstrando qualquer emoção nem sugerindo sua intenção letal. Ainda assim Kalista não gritou, sabendo que o rei estaria morto antes que alguém pudesse reagir.

Com um grunhido, ela arremessou a lança. Investiu toda a sua força e seus anos de treinamento naquele arremesso, rezando aos Ancestrais para que fosse o bastante. A lança voou de forma direta e certeira, sibilando pelo ar, passando pelos guardas do rei.

A assassina olhou para cima, mas já era tarde demais. Ela tentou desviar, porém foi muito lenta: a lança a atingiu bem no peito, arremessando-a com força para trás.

Por um momento, fez-se um silêncio aturdido. Depois, o pátio virou um rebuliço. Gritos tomaram o ar. Cavaleiros e nobres se levantaram de uma vez, derrubando bancos e banquetas. Viego também se levantou, fitando de olhos arregalados a figura empalada da aspirante a assassina atrás dele.

Enquanto corria até lá, Kalista desembainhou a espada de lâmina curta que levava no quadril. Na confusão, vários guardas tentaram interceptá-la, mas ela desviou deles com destreza, esforçando-se para, em meio ao caos, não perder de vista o cúmplice da assassina morta. Ele deixara cair os pratos que vinha recolhendo e se ajoelhou junto da mesa, como que encolhido de medo e choque. Era um estratagema. Espirais de trevas surgiram e um par de lâminas se formou a partir do nada nas suas mãos.

Vaask notou Kalista se aproximando e desembainhou a espada.

— Ali! — gritou ela, apontando para o segundo assassino.

Vaask assentiu, identificando a ameaça. O guarda puxou Viego para trás sem muita delicadeza e se interpôs entre o assassino e seu rei. Isolde havia deixado a cadeira e estava agachada no chão. Com um rugido, Vaask virou de lado a mesa do rei, improvisando uma barricada. Pratos e jarros de cerâmica se estilhaçaram no piso de pedra.

O assassino rosnou, descartando a máscara de calma impassível. Dois guardas atacaram. Movendo-se como água, o homem desviou dos golpes das lâminas, fazendo os soldados parecerem desajeitados e lentos. Ele era absurdamente veloz, e seus gestos deixavam apenas um borrão de movimento para trás. Os guardas só caíram depois que ele passou. Kalista nem sequer *viu* seus golpes.

E então lá estava ela, com a lâmina sibilando, ávida pelo pescoço do assassino. Ele desviou da espada curta de Kalista, e com uma rapidez selvagem a atacou com a outra lâmina. A arma parecia gotejar sombras escuras. Kalista recuou para escapar do golpe brutal que por pouco não a atingiu. O pé do agressor acertou o peito dela, roubando-lhe o ar, e a general caiu para trás.

Mais dois guardas reais caíram, ceifados pelas lâminas de sombra. Em seguida, o assassino derrubou a barricada improvisada de ponta-cabeça, abrindo caminho até seu alvo. Vaask estava lá, lançando-se como o bote de uma serpente. Kalista vira poucos espadachins tão ágeis quanto o falcão do rei, mas até ele parecia lento em comparação com o assassino, como se estivesse debaixo d'água. O desconhecido escapou de todos os golpes de Vaask, aproximando-se a cada passo.

Kalista conseguiu se erguer, quase sem respirar, mas desesperada para proteger Viego.

Vaask sabia que ia perder. Kalista pôde ver em seus olhos. Ele empreendeu um ataque estranhamente desajeitado, que deu ao assassino a abertura de que precisava. O inimigo se aproximou e mergulhou as duas lâminas de sombra no peito de Vaask.

O guarda-costas do rei olhou por cima do ombro do assassino, com os olhos fixos nos de Kalista. E então ela entendeu: *Vaask se ofereceu para o golpe mortal de propósito.* O assassino também percebeu, mas era tarde demais. O falcão do rei o agarrou, segurando-o com força. O homem lutou para se libertar, mas não conseguiu. Kalista cravou a ponta da espada na base do pescoço dele, matando-o de imediato.

A general não teve a chance de agradecer a Vaask por seu nobre sacrifício: ele já estava no chão, contorcendo-se na agonia da morte. A escuridão se espalhava por suas veias, visível através da pele pálida do pescoço, e invadia seus olhos.

Kalista arrancou a lança do corpo da primeira assassina e foi para o lado do rei. Viego estava confortando Isolde e conduzindo-a de volta à cadeira, com o braço ao redor dela.

— Está ferido? — Kalista se apressou a perguntar a Viego.

— Estou bem.

— E você, minha rainha? — perguntou ela a Isolde.

Isolde ergueu o rosto, com os olhos arregalados de medo, e meneou a cabeça. O choque a deixara sem palavras.

— Quem são eles? — rosnou Viego.

— Talvez quem os mandou seja uma pergunta melhor — murmurou Kalista.

A general se censurou pela própria tolice. *Eu não devia ter matado o segundo.* O segredo de quem os havia contratado morrera com ele. Kalista cutucou com a ponta da lança a lâmina caída da assassina. A arma se desintegrou como se fosse feita de cinzas, deixando apenas uma mancha escura no chão.

Agora, mais guardas rodeavam o rei e a rainha, de armas em punho. No entanto, Kalista não baixou a guarda, examinando o mar de rostos em busca de qualquer outro perigo. Foi difícil, pois havia muito movimento e barulho, mas seus olhos foram atraídos por um criado que atravessava a multidão, cabisbaixo.

— Detenham aquele homem! — gritou Kalista, apontando para ele. — Peguem-no!

Os espectadores recuaram depressa e os guardas correram na direção do suspeito. Ele descartou a encenação e deu um salto ágil para cima de uma mesa, uma lâmina de sombra se formando em sua mão. Ele girou a faca, agora sólida, pegando-a pela ponta, e a arremessou.

A lâmina girou no ar em direção a Viego.

— Não! — berrou Kalista, pulando para a frente e brandindo a lança desesperadamente na rota da faca. Conseguiu alcançá-la, mas por pouco. Foi o menor dos toques, sequer um desvio verdadeiro, mas bastou para mudar a direção da lâmina arremessada.

Por um momento angustiante, Kalista pensou ter falhado. Ela acompanhou a rota da lâmina, certa de que mataria Viego.

A arma se enterrou na cadeira de espaldar alto onde Isolde estava sentada. A rainha se encolheu, afastando-se da lâmina odiosa que vibrava ao seu lado.

Kalista suspirou. Tinha feito o suficiente. *Por pouco.* Cavaleiros e guardas rodearam o assassino num círculo de aço. Não havia escapatória, nem mesmo para alguém com aquele talento.

— Vivo! — ordenou Kalista. — Precisamos dele vivo!

Três guardas caíram, mas o assassino foi derrubado por uma avalanche de escudos, punhos cobertos de metal e pancadas com a empunhadura das espadas.

Viego não se satisfez. Ver sua rainha quase ser atingida pela lâmina do assassino o levou além do limite da razão — e os assassinos não eram os únicos capazes de conjurar armas do nada. Ele estendeu a mão e, com um movimento de ar quase imperceptível, Santidade se materializou. Vinculado pela própria alma à Espada do Rei, ele era capaz de conjurá-la e dispensá-la à vontade. De rosto corado e olhos faiscando furiosamente, ele seguiu na direção do assassino, agora imobilizado no chão.

— Senhor rei — chamou Kalista, apressando-se a acompanhar os passos de Viego.

— Saia do meu caminho!

— Viego, precisamos...

— *Fora!* — Ele fez um movimento brusco para afastar Kalista, embora não a tenha tocado. Ainda assim ela foi empurrada, escorregando e cambaleando, por uma força à qual era impossível resistir.

Várias pessoas arfaram de espanto. Viego era o primeiro monarca na história de Camavor a ter aptidão para magia — em geral, acreditava-se que ele a tivesse herdado da mãe — e poucas pessoas fora do palácio já o tinham visto manifestá-la. Essa era uma das razões pelas quais Viego quisera lutar em campo: exibir aos súditos e aliados o poder que dominava.

Quando Kalista recuperou o equilíbrio, já estava a mais de quatro metros de distância.

— Fora! — o rei berrou mais uma vez, com expressão letal, e todos os soldados que prendiam o assassino ao chão voaram pelos ares, atingidos pela força invisível de sua fúria.

— Precisamos dele! — gritou Kalista, mas o rei sequer ouviu suas palavras. Ela já o vira assim. Viego estivera mais controlado desde que assumira o trono, mas seus acessos de fúria eram comuns quando criança. Quando o sangue de Viego fervia, ele não ouvia nada. E o poder arcano que corria em suas veias parecia se tornar mais poderoso quando suas emoções inflamavam.

Ele parou diante do assassino ensanguentado e quebrado, segurando Santidade com as duas mãos como a arma de um carrasco. Respirava com dificuldade e seus olhos estavam apertados de ódio.

— Você *se atreve* a ameaçar minha rainha? — sibilou ele. — *Ousa* tentar me matar?

O assassino, a muito custo, conseguiu se sentar. Sangue escorria de uma das orelhas, e os olhos estavam tão inchados que mal se mantinham abertos. Um dos braços estava dobrado num ângulo estranho. Era espantoso que ainda estivesse consciente. Confuso, ele olhou para Viego.

— Sou o rei de Camavor, a maior nação que este mundo já viu — rosnou Viego. — E você não é *nada*.

— Viego! Não o mate! — implorou Kalista, lutando contra o poder dele, mas era o mesmo que empurrar uma parede invisível.

Viego girou a espada, segurando a Espada do Rei com a ponta para baixo, e a enterrou no assassino.

A pressão que continha Kalista se desfez de repente e ela cambaleou para a frente. Viego libertou a lâmina, e o assassino escorregou no chão. A carne dele já estava secando como um pedaço de fruta deixado muito tempo ao sol.

No pátio, nada se ouvia. Todos estavam de pé, paralisados.

A voz da rainha rompeu o silêncio.

— Viego — sussurrou.

Havia sangue na ponta dos dedos dela.

Horrorizada, Kalista percebeu que a lâmina atirada pelo assassino a atingira de raspão, rasgando o delicado tecido do vestido e abrindo um corte superficial no ombro. Kalista pensou no guarda-costas do rei se debatendo no chão, a escuridão percorrendo suas veias, e seu coração desmoronou.

— Que os Ancestrais tenham misericórdia — murmurou ela.

A lâmina, ainda cravada no encosto da cadeira, se desfez em cinzas e foi levada pela brisa suave da noite.

Os olhos da rainha se reviraram para dentro das órbitas, e um grito de angústia irrompeu da garganta de Viego.

Com um suspiro, Isolde foi ao chão.

Capítulo Quatro

Helia, Ilhas das Bênçãos
18 meses após a coroação de Viego

Erlok Grael fez uma careta enquanto caminhava pelos corredores subterrâneos nas profundezas de Helia.

Correntes e chaves tilintavam em seu cinto, e a luz tremeluzente de sua lanterna projetava uma série de sombras bruxuleantes ao redor, como espíritos e demônios saltitantes. Longe de ficar nervoso com elas, Grael sentia certo conforto em sua presença. Durante quase quinze anos elas tinham sido suas companheiras, sua corte, seu batalhão. Eram suas testemunhas silenciosas e confidentes. Suas cúmplices.

Às vezes, as sombras pareciam julgá-lo. E, na escuridão, havia momentos em que falavam com ele aos sussurros, enchendo-o de impulsos odiosos e ideias cada vez mais violentas.

Ele parou para empurrar uma pesada porta de madeira, verificando se estava trancada. Erguendo a lanterna, olhou pela grande janela da porta. A cela continha apenas um baú de ferro com cadeado deixado no meio do espaço. Grael balançou a lanterna de um lado para o outro, banindo a escuridão que pairava nos cantos da cela para ter certeza de que nada perverso espreitava ali. Satisfeito, seguiu em frente.

Assim era sua vida como um humilde Vigia dos Umbrais. Sua tarefa era percorrer os corredores e passagens escuras debaixo da cidade de Helia, cuidando para que os artefatos considerados importantes ou perigosos o bastante para serem escondidos do mundo continuassem assim. O que o indignava era o fato de não guardar nem mesmo os artefatos mais poderosos, apenas os inferiores. Não tivera a oportunidade de se destacar, e seu superior direto, o mesquinho Oficial Maksim, se comprazia em embargar seu caminho e depreciá-lo a cada oportunidade.

Os mestres haviam mentido. Não o tinham mandado a Helia para passar um ou dois anos aprendendo a ter humildade e empatia. Ele nunca teria a oportunidade de provar que havia amadurecido com a experiência. Havia muito tempo reconhecia que fora enviado àquele lugar para *desaparecer*. Tinham-no tirado de vista e queriam esquecer sua existência.

Grael continuou sua patrulha solitária, verificando se as portas estavam trancadas, garantindo que os selos continuassem intactos. Naquela escuridão, era possível passar semanas sem ver outra alma viva. Em turnos, cada vigia do subterrâneo patrulhava a seção para a qual fora designado. Havia centenas de metros de túneis nas profundezas onde o sol não chegava, espalhados por dezenas de andares. Por isso era raro um vigia encontrar outro, a menos que quisesse. Grael preferia evitar os outros. Ele os desprezava.

Na superfície, Helia era um lugar de maravilhas, beleza e saber, onde jovens estudiosos e mestres de longas vestes exploravam e preservavam o conhecimento, uma utopia intelectual de paz e fartura. Bastaria arranhar a superfície, porém, para revelar o nepotismo e a hipocrisia fétidos da Sociedade.

Embora sustentasse a farsa de que a Sociedade da Luz valorizava o aprendizado igualitário, o círculo interno trabalhava com afinco para manter enterrados seus mistérios mais profundos. Grael assumira a missão de reivindicar tais segredos para si. E quanto mais se aprofundava, mais descobria.

O vigia exumava os segredos como se fossem cadáveres. Sem dúvida, qualquer coisa que os mestres se esforçavam tanto para ocultar era fonte de imenso poder. Quem eram eles para decidir quais conhecimentos deveriam ser divididos e quais deveriam permanecer ocultos? Tal arrogância era colossal. Os mestres do círculo íntimo estavam acumulando esse poder só para si, guardando-o gananciosos.

Ele devia fazer parte daquela camarilha. *Ele* devia ter sido acolhido por ela quinze anos atrás. Mas, em vez disso, decidiram conceder a honra a Tyrus de Hellesmor. Tyrus! O homem era um idiota! Mas nascera em berço de ouro e tradição, enquanto Grael viera do nada. E embora já tivesse acreditado que seu intelecto superior e sagacidade erudita o levariam ao topo, Grael acabara convencido de que os mestres nunca o receberiam naquele seleto grupo. Ele não tinha os contatos certos, nem riqueza, nem herança, e gente como ele era excluída.

Aquela humilhação ainda o corroía.

Os túneis que Grael patrulhava se estendiam por quilômetros, serpenteando abaixo da superfície. Era um labirinto e, apesar de toda sua exploração, ainda havia muito que não conhecia. Helia era como um tronco de madeira podre repleto de cupins: estava se deteriorando de dentro para fora, erigida sobre uma fundação de favoritismo e complacência. Era só questão de tempo até que desmoronasse.

Grael não era devoto a nada, não prestava lealdade a nenhum deus. Via a devoção como um medo desesperado do que vinha depois da morte, um desejo de falso conforto perante a verdade: que não existia um grande propósito na vida, que o mundo era um lugar frio e indiferente e que viver ou morrer não significava nada. Ainda assim, Grael rezava para estar presente quando as Ilhas das Bênçãos ruíssem.

Continuou seu percurso, seguindo pelos corredores silenciosos, acompanhado apenas pela comitiva das sombras e de sua amargura. Os intermináveis túneis eram um labirinto tortuoso e confuso, embora, depois de todos aqueles anos, ele os conhecesse bem. No começo, depois de se juntar às fileiras de vigias, perdia-se com frequência. Em determinada ocasião, ficara preso no escuro por três dias depois que o óleo da lanterna acabara. Tateara o caminho e só encontrara a saída por pura sorte. Não era raro um vigia perecer lá embaixo, principalmente se fosse novato.

Naqueles primeiros anos, ele confiara sua direção a mapas, carretéis de linha e marcas de giz nas paredes e pisos. Agora já não precisava mais deles. Conhecia de cor suas rotas de patrulha e, de vez em quando, tinha até mesmo começado a percorrer o caminho na escuridão total, para se desafiar. Conhecia cada degrau irregular, cada pedra desalinhada, e mesmo sem conseguir enxergar, não tropeçava. Nas horas vagas, quando não estava folheando avidamente os tomos e pergaminhos proibidos que havia surrupiado de câmaras trancadas, procurando os segredos que os mestres escondiam, mergulhava nas profundezas do labirinto, muito além dos andares designados a ele, explorando e testando os limites.

Ali, nas profundezas, era impossível calcular a passagem do tempo e até mesmo saber se era dia ou noite. A luz alcançava somente os andares superiores, por meio de dutos posicionados de forma perspicaz que levavam à superfície. Alguns corredores tinham janelas estreitas com vista para o mar, e embora não permitissem enxergar muito, a brisa fresca, carregada de sal e umidade, era um alívio bem-vindo ao ar estagnado e seco do subterrâneo. Logicamente, esses locais eram muito apreciados e protegidos apenas pelos vigias da mais alta patente — aqueles que, por meio de subornos e favores, tinham chegado ao topo.

Até mesmo a cela onde ele dormia e guardava seus poucos pertences ficava na escuridão que a tudo consumia. Quando apagava a lanterna, não conseguia ver sequer a própria mão diante do rosto. Depois de tanto tempo na escuridão, a mente começava a pregar peças. Privada de estímulos visuais, criava imagens próprias, tiradas das profundezas da memória e dos recantos mais profundos da alma. Não era raro os vigias sucumbirem à insanidade.

Terminando a longa e sinuosa patrulha, com a ponta dos dedos roçando distraidamente a pedra fria, ele começou a tomar o caminho de volta à cela. Quando o turno acabava, outros vigias iam diretamente para os refeitórios coletivos. Em geral, as refeições eram o único momento em que faziam contato com seres vivos, mas Grael só se sujeitava à presença dos outros quando necessário. Guardava em sua cela jarros de água e alimentos secos para várias semanas e comia sozinho. E, além disso, estava ansioso para continuar vasculhando os últimos tomos que havia roubado, poucos dias antes, de uma câmara num dos andares mais baixos a leste.

Estava descendo uma escada estreita e espiralada, esculpida em pedra sólida, quando ouviu algo abaixo dele. Parou, apagando a lanterna com pressa para ocultar a luz. Ficou ali por um longo tempo, ouvindo.

Nada.

Teria se enganado? Sem dúvida, era possível. O som tomava rumos estranhos nos túneis, dificultando o cálculo da distância e da direção de um ruído. Havia também uma grande quantidade de batidas, rangidos, gemidos e passos inexplicáveis que ecoavam pela escuridão.

Ele esperou mais um momento, e estava pronto para retomar seu caminho quando ouviu o som novamente. Desta vez não havia dúvida: era alguém sussurrando.

Mantendo a lanterna apagada, Erlok Grael desceu a escada com passos tão silenciosos quanto possível, depois virou no corredor em direção à sua cela. Ouviu murmúrios e um estalo de madeira se partindo. Seu rosto se retorceu de raiva quando contornou a última esquina e viu uma luz saindo da cela. Havia trancado a porta antes de iniciar a ronda, cerca de nove horas antes. O cadeado pesado que a fechava jazia no chão de pedra, partido.

Ouviu-se outro baque lá dentro, e Grael apertou o passo, caminhando furiosamente. Quando adentrou a cela, seus olhos estavam tomados por fúria e ódio. O lugar fora saqueado. As gavetas da escrivaninha foram arrancadas, o conteúdo jogado no chão. Seu pesado baú fora arrastado de baixo da cama, o fecho arrebentado, e as roupas e livros dentro dele espalhados. A cama em si havia sido afastada com brusquidão da parede, os lençóis e cobertores arrancados do colchão duro.

Logo viu que o compartimento secreto no fundo do baú fora descoberto. A placa de pedra que escondia o nicho esculpido atrás da cama também fora retirada.

Aquilo não era nada bom.

Vigias como ele estavam encarregados de *proteger* os artefatos e tomos trancados nas câmaras. Banimento era o destino daquele que retirasse algum objeto sem a permissão expressa e por escrito dos mestres — e ele estava fazendo isso havia anos. E ali, na cela, todas as provas dos seus crimes se revelavam.

De rosto vermelho e olhos esbugalhados, Grael fitou a figura calva e balbuciante do vigia que havia descoberto suas transgressões. O homem estava ajoelhado, folheando seus cadernos. E então ergueu o olhar.

Era o Oficial Maksim. Seu rosto pálido e carnudo exibia uma expressão de descarado deleite. Havia muito tempo que ele fazia da vida de Grael uma tortura tentando destruí-lo. E por muito tempo Grael tinha resistido, suportado todos os pequenos tormentos que o oficial lhe infligira.

Maksim lambeu os lábios como se saboreasse uma deliciosa iguaria.

— Este é seu fim, Grael — declarou ele.

Capítulo Cinco

O Vale Ardente, Camavor

Kalista percorreu toda a extensão da coluna em marcha, caminhando na direção contrária à dos soldados. A Hoste marchava em fileiras espremidas, golpeando a terra dura e rachada com os calçados num uníssono perfeito, elevando uma grande nuvem de poeira em seu rastro. Não chovia havia quase duas estações e já se falava do impacto da seca nos estoques de grãos do reino. Um exército faminto era fonte de grande preocupação para Kalista, mas era um problema a se resolver outro dia.

Quando a general passou, os soldados ergueram suas lanças, mas ela não retribuiu a saudação. Sua expressão estava sombria, e seu olhar, fixo na enorme liteira fechada.

A liteira real era gigantesca, maior do que a maioria das casas da plebe, e carregada nos ombros de cinquenta soldados suados da Hoste. Estavam marchando havia três dias em meio a um calor implacável. Os carregadores da liteira se revezavam a cada duas horas para que o ritmo não diminuísse. Tinham começado a marchar antes do amanhecer, caminhando sem parar até fazer uma breve pausa no meio do dia e continuando além do pôr do sol. Era um ritmo exaustivo, mas os levaria de volta à capital, Alovédra, em dois dias.

A rainha ainda estava viva, e Kalista agradeceu aos Ancestrais por essa misericórdia. Se não fosse pelo Cálice de Mikael, Isolde poderia muito bem ter morrido no banquete. Havia uma ironia sombria nisso: o ataque de Camavor a Santoras podia ter desencadeado a tentativa de assassinato, mas também entregara ao reino o artefato mágico que sustentava a vida da rainha. Na verdade, Kalista estava um tanto surpresa com o funcionamento do artefato e por não ser apenas uma bugiganga usada como pretexto para o ataque a Santoras.

Aquele cálice sagrado tinha propriedades curativas divinas. Assim, depois de a rainha desmoronar no chão, serviram água às pressas no cálice e o levaram aos lábios dela. No entanto, o poder do artefato, mesmo ampliado pelo talento inato do conselheiro Nunyo, não pôde impedir que o veneno se espalhasse. Contudo, retardou o efeito, o que pelo menos deu a eles tempo para tentar encontrar uma cura.

Enquanto a rainha vivesse, ainda haveria esperança. Mas, dirigindo-se à liteira empoeirada, Kalista balançou a cabeça com amargura. A situação nunca deveria ter chegado àquele ponto. Ela se amaldiçoou por agir devagar demais, por não ter visto os assassinos mais cedo, por não ter gritado antes. Amaldiçoou-se por não ser rápida, forte ou inteligente o bastante para evitar a tragédia.

Foi enaltecida por salvar a vida do rei, mas não se sentia nada heroica. Sentia-se *fracassada*. Sua lança podia ter desviado a lâmina do assassino de seu verdadeiro alvo, porém tal desvio causara o ferimento na rainha. A cena a assombrava, e ela não parava de remoer a tentativa de assassinato, pensando no que poderia ter feito de diferente, em como poderia ter protegido melhor Viego e Isolde.

Kalista reprimiu o pesar e a autocrítica ao se aproximar da liteira. Os guardas ao redor menearam a cabeça, permitindo sua passagem. Uma escada dourada saiu da frente da liteira, descendo quase até o chão. Kalista subiu nela, um tanto incomodada por saber que agora as costas dos soldados sustentavam também seu próprio peso.

Tirou o elmo enquanto subia os degraus, colocando-o debaixo do braço. A pesada lona da liteira estava suspensa, deixando o ar e a luz entrarem, mas as cortinas de seda pura estavam fechadas por privacidade. Um guarda abriu caminho, afastando a cortina.

O interior era totalmente mobiliado e opulento, como convinha ao casal real. Era tão luxuoso, e o movimento da liteira tão estável, que Kalista quase esqueceu que não estavam no palácio. A rainha estava deitada na enorme cama, inconsciente, o que sem dúvida era melhor do que quando a dor e o delírio a torturavam.

Viego estava sentado ao lado dela, segurando uma de suas mãos frouxas. Olhou para cima quando Kalista entrou. Seus olhos estavam vermelhos e fundos, cercados por olheiras escuras. Kalista suspeitava que ele não dormia desde que a rainha fora ferida.

O médico real, Ramon, estava tratando o ferimento de Isolde, aplicando novas ataduras depois de concluir a inspeção. Havia chegado várias horas antes, saindo da cidade a cavalo para encontrá-los no caminho. Kalista o conhecia bem, pois ele servia à família real há décadas. Ramon cuidara dela na infância, quando quebrara o braço depois de tentar montar, sem sela, um garanhão indomado, e novamente depois de ela quase se afogar ao pular do promontório no Cabo de Camor, quase 30 metros acima do mar.

— E então? — perguntou Viego, com a voz rouca.

Ramon suspirou e enxugou o suor da testa.

— É diferente de tudo o que já vi — respondeu Ramon. — Preciso ver como o ferimento reage ao cataplasma curativo, mas não creio que serei capaz de fazer mais do que aliviar a dor dela. A escuridão está se espalhando por suas veias. Pouco a pouco, mas receio que eventualmente alcançará o coração. Lamento muitíssimo, Sua Majestade. Não sei mais o que fazer senão esperar por um milagre.

Kalista sentiu um aperto no peito. Viego não reagiu nem tirou os olhos de Isolde.

Ramon se virou para Kalista. Havia uma tristeza genuína nos olhos do médico, e seus ombros se curvaram. Ela abriu um sorriso cansado e ofereceu a ele um tapinha nas costas. O diagnóstico não era nenhuma surpresa. Não para ela.

— Então você não pode fazer *nada*? — Viego prosseguiu. O rei não usara um tom de voz agressivo e não deixara de olhar para Isolde nem por um instante, mas Kalista o conhecia bem o bastante para reconhecer os sinais de alerta.

— Viego... — disse ela numa advertência.

— Meu senhor rei... — começou Ramon, mas Viego o silenciou, voltando-se para ele com o dedo fino erguido.

— Não! Se não tem nada a dizer que possa ajudar minha rainha, não diga mais nada.

— Talvez eu pudesse ajudá-la se soubesse qual foi o veneno.

Kalista estremeceu por dentro. Se Viego não tivesse matado o último assassino, poderiam ter obtido essa informação.

Viego se levantou, agarrando o médico pela frente da túnica. Assim como Kalista, o rei era alto e esbelto feito um lobo, com uma força de aço nos braços e pernas. Ramon ficou boquiaberto como um peixe fora d'água.

— De que serve um curandeiro que não consegue curar? — rosnou ele.

— Viego, solte-o — ordenou Kalista, pondo a mão em seu ombro.

Mas Viego a ignorou. Ele empurrou Ramon, fazendo-o recuar um passo. Os calçados do velho médico se arrastaram, e ele escorregou, tentando se apoiar, enquanto era levado em direção à saída.

— Se não pode ajudar, faça algo de útil e encontre alguém que possa! — Com um grunhido enfurecido, Viego jogou Ramon para fora da liteira. Ele despencou pela escada com um grito antes de atingir a terra empoeirada com um baque surdo.

Com a respiração acelerada, Viego voltou à vigília de Isolde e pegou novamente a mão dela. Através das cortinas de seda pura, Kalista viu o médico se levantar com dificuldade.

— Não posso perdê-la, Kal — murmurou Viego. — Não me importa o custo. Não *posso* perdê-la.

Kalista franziu os lábios, mas não disse nada. Em silêncio, virou-se e saiu da liteira real. Descendo a escada dourada, recolocou o elmo emplumado e alcançou o chão com leveza.

— Perdoe-o — pediu, enquanto ajudava Ramon a se levantar. O velho estava coberto de poeira alaranjada e sem dúvida exibia alguns hematomas, mas apenas seu orgulho parecia ter se ferido na queda. — Ele está sofrendo. A rainha é tudo para ele.

O médico adotou uma expressão grave ao fazer uma tentativa vã de espanar a maior parte da poeira de seu manto.

— Então temo o que está por vir — respondeu —, pois acredito que a rainha *não vá* se recuperar. Ele sempre foi imprevisível e obstinado, mesmo quando criança. O que fará quando ela morrer?

Kalista não tinha uma boa resposta para essa pergunta.

— Eu pranteio pela rainha e lamento pelo rei, com toda a sinceridade — continuou Ramon. — Mas Camavor precisa de um governante forte e estável. Será mesmo ele?

— Cuidado, estimado senhor. — Kalista não gostava do rumo que a conversa estava tomando. — Ele é jovem e está sofrendo, mas também é seu rei legítimo. Não se esqueça.

Ele deu de ombros.

— Você tem muito mais qualidades do antigo rei do que Viego, Kalista. Quem dera fosse você no Trono Prateado.

— Nunca mais repita essas palavras — censurou ela, ríspida.

Ramon a encarou, depois resmungou:

— Não sei ao certo se minha presença será bem-vinda caso o pior aconteça. — Ele inclinou a cabeça e abriu um sorriso triste. — Foi uma honra servir à sua família, mas acho que é hora de me despedir.

Kalista o observou partir. Teve a sensação de que estava se afogando lentamente. *Você fez uma promessa*, lembrou a si mesma. Uma promessa a um rei moribundo. Agora ele era parte do panteão dos Ancestrais, observando e julgando. "Proteja Viego. Proteja Camavor." *Estou tentando*, sussurrou ela.

Os líderes das várias Ordens de Cavalaria e seus principais capitães estavam reunidos na opulenta barraca de comando de Hecarim, de pé ao redor do mapa aberto sobre uma mesa. Kalista estava entre eles, de braços cruzados e cenho franzido. Ledros estava com ela, embora ficasse nas sombras atrás dos nobres, como cabia a um plebeu.

— Não podemos deixar que esse ataque fique impune! — bradou Lorde Siodona, Grão-Mestre da Escudo Dourado. — Isso nos faria parecer tolos e fracos!

— E contra *quem* você propõe retaliar? — perguntou Lady Aurora, da Chifres de Ébano. — Não sabemos quem enviou os assassinos.

Siodona apontou o mapa com o dedo enluvado.

— Metade dos assassinos do mundo vem de Porto Takan. Os lordes--mores já os protegeram por tempo demais. Proponho atacar Porto Takan e fazer do lugar um exemplo. Vamos mostrar o que acontece com quem se atreve a ameaçar Camavor.

— Porto Takan é nossa aliada! — protestou Aurora.

— Santoras também era! E agora é parte de Camavor!

— Foi uma guerra santa, determinada pelos sacerdotes — rosnou Lorde Ordono. Os Cavaleiros da Chama Azul eram famosos por sua fé, e Kalista sabia que o grão-mestre daquela ordem era particularmente devoto.

Siodona abriu um sorriso malicioso.

— Tenho certeza de que podemos encontrar um sacerdote disposto a proclamar que é a vontade dos Ancestrais ver Porto Takan ser tomada, se é disso que você precisa.

Ordono fez uma careta, constrangido.

— Os Ancestrais Venerados não são ferramentas a se usar em estratégias de guerra e política, Siodona. Não aceito que zombe deles.

— Ah, deixe disso! O jogo político dos sacerdotes é mais implacável do que qualquer outro na corte! Sem dúvida nem mesmo você pode acreditar no contrário!

Ordono parecia disposto a continuar discutindo, mas Kalista interveio:

— Mesmo que os assassinos tenham vindo de Porto Takan, é improvável que os lordes-mores tenham algo a ver com isso. Qualquer um pode tê-los contratado. Nossos inimigos não são poucos.

— E com os assassinos mortos provavelmente nunca saberemos quem estava por trás do atentado — acrescentou Hecarim.

— Não contra-atacar só vai encorajar outros inimigos! — rosnou Siodona.

— Então você quer atacar um aliado, sabendo que ele pode não ter sido o responsável, apenas para exibir nossa força? — retrucou Kalista.

— Para incutir medo àqueles que poderiam querer investir contra nós? Sim, quero. Sem sombra de dúvida.

Kalista ficou chocada com o atrevimento da resposta. A ideia de começar outra guerra injustificada contra um aliado apenas para demonstrar força lhe causou mal-estar. Quantos outros inocentes morreriam? *Tem que haver outra solução.*

— Os chacais estão nos rodeando — insistiu Siodona. — Eles temiam o Leão, mas o Leão está morto, e seu filhote ainda é muito inexperiente. Santoras foi um bom começo, mas precisamos de uma nova demonstração de força e poder. Se nossos inimigos não aprenderem a temê-lo, seremos trucidados.

Kalista se esforçou para manter a compostura.

— Está mesmo chamando seu rei de *filhote* inexperiente?

— Não quis desrespeitá-lo, mas devemos falar com franqueza. Seu avô teria concordado com essa estratégia. Ele já teria aniquilado Porto Takan!

— Não lhe ocorre que as conquistas brutais do meu avô provavelmente *criaram* os inimigos que agora enfrentamos? Que nossa vitória contra Santoras garante que teremos mais inimigos no futuro? E que atacar Porto Takan fará com que nossos outros aliados ponderem se serão os próximos e então se voltem contra nós? Fomos nós que criamos esse ciclo de violência, guerra e retaliação. É hora de *rompê-lo,* não de continuá-lo.

— Camavor é assim! Se criarmos mais inimigos, que seja! Vamos destruí-los também!

A expressão de Kalista ficou sombria.

— Suas intenções são inconsistentes e óbvias, Siodona — sibilou ela. — Há muito tempo você cobiça a riqueza de Porto Takan, que fica perto da fortaleza da Escudo Dourado, o que é muito conveniente. Você quer usar o atentado para justificar uma nova guerra em benefício próprio, uma guerra que Camavor não pode travar.

— Como se atreve? — Siodona se empertigou, fechando a mão no punho da espada.

Kalista sentiu mais do que ouviu o aviso que era o resmungo baixo de Ledros. Era o som de um cão de guarda se adiantando para enfrentar um desafio. Certamente se o capitão gigantesco atacasse o grão-mestre, a atitude lhe custaria a vida, não importando as circunstâncias atenuantes. Kalista ergueu a mão, acalmando-o.

— Basta! — vociferou Hecarim. — A rainha jaz gravemente ferida a menos de cinquenta passos daqui! Não é hora de nos voltarmos uns contra os outros.

Siodona se virou de uma vez para ele.

— Ela desonra o legado do Leão ao…

Com um silvo, a espada de Hecarim saiu da bainha.

— Lady Kalista não precisa que ninguém lute por ela, muito menos que eu faça isso — rosnou ele, com a lâmina apontada para Siodona. — Mas se você disser mais uma palavra desrespeitosa, eu o farei *responder* por ela.

O rosto de Siodona ficou vermelho.

— Você quer tomar Porto Takan tanto quanto eu — revelou ele.

— Mas não assim — protestou Hecarim — e não pelas costas do rei enquanto ele zela pela rainha. Se um dia agirmos contra Takan, será apenas por ordem expressa do Trono Prateado.

Siodona fitou Hecarim, depois assentiu.

— Peço desculpas, milady — cedeu, por fim, fazendo uma reverência mínima para Kalista, embora não a encarasse. — Falei sem pensar.

Hecarim embainhou sua lâmina e Lorde Siodona deu um pretexto qualquer para se retirar. Um a um, os outros cavaleiros o seguiram.

— Divertido como sempre — comentou Lady Aurora com um sorriso irônico. — Se bem que eu pagaria uma boa quantia para ver você *ou* Lady Kalista dar uma surra nele.

Ela saiu com os cavaleiros de sua ordem, deixando Kalista e Ledros sozinhos com Hecarim e alguns membros seniores da Ordem de Ferro.

— Seu capitão aqui precisa aprender a se controlar — disse Hecarim.

— Foi o que ele fez — respondeu Kalista. — Afinal, Siodona não perdeu os braços.

Hecarim sorriu com deboche e olhou para Ledros. O cavaleiro nobre era meia cabeça mais baixo do que o capitão plebeu, mas o porte físico de Ledros o fazia parecer ainda maior.

— Tem razão — admitiu Hecarim.

— Siodona disse que você quer tomar Porto Takan tanto quanto ele — Kalista retomou o assunto, estreitando os olhos. — Eu não sabia disso. O rei sabe?

Hecarim suspirou e esfregou a mão no rosto, parecendo subitamente cansado.

— Neste momento, falar de conquistas e legados parece inapropriado, dada a situação — declarou ele. — Mas, para algumas ordens, a promessa de glória é o que sustenta a lealdade.

— Mas não para a Ordem de Ferro?

Hecarim sorriu de novo, porém parecia mais sincero dessa vez, mais real.

— No passado? — respondeu. — Certamente, mas nosso noivado entrelaçou o destino da Ordem de Ferro ao de Camavor. É hora de abandonar a busca interminável por glória e mirar num futuro melhor. Para toda Camavor e para todos os camavoranos.

Kalista franziu a testa, incapaz de disfarçar a surpresa. Não era o que esperava ouvir dele.

Hecarim esfregou os olhos outra vez. Parecia estar deixando sua máscara cair por terra, e ela estaria mentindo se dissesse que não ficou contente com o que viu.

— Descanse um pouco, milady. Ainda temos dois dias de uma viagem difícil até Alovédra.

Kalista cruzou o acampamento escuro em silêncio, voltando à sua barraca com Ledros como sua sombra igualmente silenciosa.

— Você confia nele? — o capitão perguntou quando os dois estavam de volta à seção alocada para a Hoste.

— Não sei — admitiu Kalista. — Mas quero confiar.

Capítulo Seis

Helia, Ilhas das Bênçãos

Vieram buscá-lo antes do amanhecer.

Bateram com força na porta, despertando Grael de súbito. Ele se levantou num instante, com o coração disparado. A luz alaranjada e bruxuleante de uma lanterna se esgueirava por baixo da porta ao lado. Havia alguém bem diante do seu quarto. Bateram novamente, fazendo-o se encolher.

Abaixando-se no chão, passou a mão debaixo do catre duro, tateando às escuras. Seus dedos roçaram no que estava procurando: a faca de esfolar que havia roubado da cozinha alguns dias antes. Ele a tirou do catre, mordiscando o lábio.

A batida soou mais uma vez, e Grael seguiu em direção à porta, segurando a faca. Preparando-se, empurrou o ferrolho e a abriu, piscando diante da luz. Manteve a lâmina fora de vista.

— Erlok Grael — disse uma voz grave.

— Sim — confirmou ele, apertando os olhos enquanto tentava distinguir as feições das silhuetas escuras. Eram duas, um homem e uma mulher, e grandes, consideravelmente maiores do que ele. Isso não o intimidou. Se necessário, uma lâmina no pescoço derrubaria qualquer pessoa, por mais forte que fosse. Porém, ambos portavam alabardas de lâmina pesada, usavam os peitorais brancos ornamentados e os elmos estriados dos guardiões. Não era um bom sinal. Helia não tinha uma guarda oficial, mas os guardiões eram quase isso.

— Você foi convocado — rosnou a mulher. — A magistrada Nizana deseja falar com você.

A magistrada.

Grael nunca havia falado com ela diretamente, mas sabia quem era, é óbvio: a supervisora dos Umbrais, e todos os vigias respondiam a ela por meio dos vários oficiais e administradores que a serviam. Diziam que era fria, implacável e indiferente àqueles que viviam sob sua autoridade.

— O que ela quer? — perguntou Grael.

O homem olhou para a outra guardiã, sorrindo com desdém e balançando a cabeça.

— Eu me esqueci de perguntar — resmungou. — Ela quer falar com você. *Agora.* É só isso que precisa saber.

Ocultando a faca de esfolar, ele ainda a segurava com firmeza. A indecisão o dividia. A convocação provavelmente tinha a ver com o fato de o Oficial Maksim ter descoberto os livros que ele vinha furtando das câmaras subterrâneas. *Quanto será que ela sabe?*

— Vou me vestir — avisou, por fim.

O homem lançou um olhar de desdém para a roupa de dormir de Grael.

— Tudo bem. Mas seja breve.

Grael assentiu e bateu a porta na cara dos guardiões. Por um momento, ficou parado, imaginando todos os desfechos possíveis. Foi até a escrivaninha, largou a faca e acendeu a lanterna. Lavou o rosto no lavatório e vestiu seu traje ornamentado de vigia. Fez tudo devagar, recusando-se a ter pressa, apesar de os guardiões lá fora rosnarem ameaças. Fechou o cinto com um estalo e enrolou as correntes em volta dele. Das correntes pendiam as muitas chaves que estavam sob seus cuidados, que tilintaram quando ele terminou de se arrumar. Penteou os cabelos ralos para trás e aparou alguns fios desgarrados do bigode com uma tesourinha de prata.

Olhou para a faca por um instante antes de guardá-la num dos muitos bolsos do traje.

Quando abriu a porta, os guardiões o encaravam irritados.

— Pronto? — perguntou o homem. — Ou gostaria de uma massagem nos pés antes? Ah, será que devo ir ao banheiro dos mestres buscar um daqueles óleos perfumados para o seu cabelo perfeito? Hmm? Que tal?

— Não será necessário — desdenhou Grael, ignorando a provocação do homem.

— Anda — ordenou a outra guardiã.

Em silêncio, subiram pelo labirinto de túneis, escadas em espiral, câmaras e corredores em direção à superfície. Um dos guardiões ia na frente de Grael e o outro, atrás, como se ele fosse um prisioneiro. Talvez fosse. Ainda não sabia ao certo.

Pensou em tentar fugir. Se conseguisse escapar deles, tinha certeza de que conseguiria despistá-los na escuridão subterrânea. Provavelmente poderia se esconder lá por meses, mas sem acesso à cozinha dos vigias, sem dúvida morreria de fome.

O sol estava nascendo quando chegaram ao destino. Um dos guardiões bateu bruscamente na porta — embora não com a mesma brutalidade de quando o acordaram — e uma voz do outro lado os mandou entrar.

Grael foi primeiro, e os vigilantes o seguiram. A magistrada Nizana estava sentada à mesa com um monóculo enquanto podava cuidadosamente uma minúscula árvore, que crescia num vaso quadrado e laqueado. Atrás dela havia uma janela de vitrais com vista para o mar. O clarão da manhã fez Grael contrair os olhos. Não conseguia se lembrar da última vez que vira o nascer do sol.

Não havia nenhuma cadeira sobressalente na sala, então Erlok Grael continuou de pé, aguardando. A magistrada não deu qualquer sinal de ter notado sua presença. Era uma mulher de aparência severa, com cabelos pálidos como teia de aranha presos num coque apertado. Podia ter 40 anos, ou talvez 70. Continuou atenta à poda, aparando um broto ou folha aqui e ali com as lâminas hábeis de sua tesoura minúscula.

Grael olhou para os guardiões parados atrás dele, mas os dois olhavam adiante de forma resoluta, como cães de guarda obedientes da magistrada. Voltando-se para ela, observou enquanto Nizana continuava a trabalhar.

— A senhora queria falar comigo? — perguntou Grael.

A magistrada não ergueu os olhos.

— Esta árvore pode ser pequena, mas tem mais de 300 anos. Extraordinário, não é? E sabe qual é o segredo da longevidade dela?

Grael a encarou, franzindo a testa.

— Eu... não sei — respondeu.

— Eliminar as fraquezas. A energia da árvore é limitada. De certo a luz solar, a água e os nutrientes ajudam, mas, se não receber cuidados, ela desperdiçará uma energia preciosa produzindo folhas e galhos que enfraquecerão sua integridade, sua estética.

— Tal como a senhora decidiu — afirmou Grael.

— O quê? — Nizana olhou para ele pela primeira vez. A lente de aumento fez seu olho direito parecer gigantesco.

— A senhora diz que essas coisas enfraquecem a estética da árvore, mas é apenas aos seus olhos, sua opinião. A árvore se importa com isso?

A magistrada torceu o nariz e se voltou para a árvore, continuando a trabalhar.

— Eu cuido para que as raízes recebam a água de que precisam. Cuido para que receba a luz solar pela qual anseiam. Ela vive ou morre conforme minha vontade. Para esta árvore, eu sou Deus. Diria que minha opinião é a única que importa.

Erlok Grael franziu a testa, vendo diversas fraquezas no argumento da magistrada, mas achou melhor não as enunciar. De nada adiantaria contrariá-la.

— Os Vigias dos Umbrais são como esta árvore — continuou ela. — Eu cuido deles, nutrindo e alimentando. E às vezes preciso podar uma folha aqui, um ramo ali, pela saúde do todo. — Ela tirou o monóculo, guardou-o com cuidado num estojo forrado de couro e o fechou com um estalo. Então deixou de lado a pequena árvore e avaliou Grael, juntando a ponta dos dedos diante do rosto e se inclinando na direção dele, com os cotovelos na mesa.

— Você sabe por que está aqui?

Grael engoliu em seco. Suas mãos vasculharam os bolsos do traje. Num gesto inconsciente, seus dedos se fecharam ao redor do cabo da faca.

A magistrada ergueu as sobrancelhas.

— E então? — repetiu a magistrada.

— Não sei, senhora — respondeu ele sem hesitar.

A magistrada Nizana não reagiu, e seu comportamento frio não revelou nada.

— Sabe qual é o castigo por tirar coisas das câmaras sem permissão? — Grael ficou tenso. — Livros, por exemplo? — acrescentou ela enfaticamente.

— Banimento — retorquiu Grael, sem quebrar o contato visual.

— Banimento. Um simples corte e a erva daninha desaparece. No passado, houve alguns magistrados mais lenientes do que eu. Preferiam reservar o banimento somente para delitos maiores. Mas acredito que essa atitude, essa *indulgência*, seja ambígua demais. Ela pouco faz para dissuadir as pessoas. E pior: é um incentivo.

Grael a encarou sem hesitar. O punho apertou ainda mais o cabo da lâmina.

— Quando viu o Oficial Maksim pela última vez? — perguntou ela.

— Há uma semana — informou Grael com tranquilidade.

A magistrada o observou com atenção, mas não falou nada. Depois de um tempo, levantou-se e foi até a janela, olhando para a vastidão do oceano.

— O Oficial Maksim está desaparecido — revelou ela. — Sabe algo a respeito?

— Desaparecido? — Grael pareceu confuso. — Não entendi. Ele está doente?

— Não, não está doente. Está desaparecido. Sumido.

— Desaparecido, como?

— Vários tomos proibidos, roubados de câmaras seladas, foram encontrados na cela dele. Presumo que também não saiba nada sobre isso, não é?

— Não, magistrada — ele negou, acenando com a cabeça.

Ela se virou para encará-lo, e Grael ficou tenso outra vez. Seria esse o momento? Seria esse o momento em que a magistrada finalmente se cansaria de brincar com ele e mandaria prendê-lo?

— Talvez ele soubesse que as indiscrições seriam descobertas e tenha fugido para não enfrentar as consequências — a magistrada Nizana ponderou, dando de ombros. — Às vezes a folha cai antes que possamos podá-la.

Grael soltou o punho da faca. Seus olhos brilharam de cobiça quando a magistrada tirou um grande anel de ferro de um bolso em seu traje. Dezenas de chaves pendiam dele.

— Essas chaves pertenciam ao Oficial Maksim. Agora são suas.

— Minhas? — sussurrou Grael, sem tirar os olhos delas.

— Dos que estavam sob o comando de Maksim, você é quem serve há mais tempo. Portanto, os deveres dele agora são seus. Parabéns, *Vigia-Oficial* Grael.

Com novas chaves penduradas em suas correntes, o Vigia-Oficial Grael percorreu a escuridão. Um sorriso satisfeito retorcia seus lábios. Murmurava uma melodia ao cruzar as abóbadas subterrâneas, os túneis esquecidos, os corredores raramente usados, aprofundando-se numa das partes mais antigas daquele labirinto, onde duvidava que alguém tivesse passado por muitos e muitos anos.

Na entrada de um corredor longo e estreito, ele se ajoelhou, aproximando a lanterna do chão. Havia borrifado sal ali alguns dias antes e ficou contente ao ver que estava intacto. Ninguém tinha passado por ali. Satisfeito, continuou a descer, pisoteando o sal espalhado. Seus passos tinham um ritmo alegre, quase saltitante. Finalmente as circunstâncias começavam a favorecê-lo.

No fim do corredor, Erlok Grael chegou a uma porta trancada. Pegou uma chave grande, e o mecanismo estalou quando ele a girou na fechadura. Ainda cantarolando, ele entrou na cela. O fedor de sangue e imundície o surpreendeu. Estava tão forte que seus olhos arderam.

Havia uma bancada de madeira resistente numa das paredes da cela. Sobre ela, todos os tipos de facas de açougueiro, cutelos e tenazes estavam organizados cuidadosamente por ordem de tamanho. Grael pegou uma delas, a sua favorita: uma foice curvada e letal de ponta afiadíssima.

Um gemido veio das sombras no outro canto da cela. Grael sorriu para a criatura deplorável e enfraquecida acorrentada à parede, abanando a foice curva diante dela.

— Bom dia, Oficial Maksim — cumprimentou.

Capítulo Sete

Alovédra, Camavor

O desânimo era generalizado quando o rei e seus soldados voltaram a Alovédra. Para Kalista, parecia um cortejo fúnebre.

A notícia sobre o estado da rainha havia chegado à capital, e multidões se reuniram — na verdade, parecia que a cidade inteira saíra para testemunhar o retorno da caravana.

A Hoste escoltou a liteira que levava o casal real através dos imponentes portais de arenito da cidade e pela via principal, em direção ao palácio. Os cidadãos que testemunharam sua passagem estavam calados e melancólicos, ocupando ruas e avenidas, aglomerando-se em praças e no alto de telhados planos. Havia flores de laranjeira espalhadas diante da liteira real. Por tradição, essas flores eram oferecidas aos doentes e feridos numa súplica para que os Ancestrais os protegessem e curassem. Eram tantas pétalas cobrindo o caminho que as pedras do calçamento estavam escorregadias. A visão da cor era impressionante, uma linha sólida que ia desde o portão principal até o palácio. Kalista sabia que o povo amava a rainha, mas tamanha demonstração de amor a deixou sem ar. Parecia haver ainda mais pessoas do que na coroação de Viego, e até mesmo no funeral do pai dele, avô dela.

Cada uma das Ordens de Cavalaria que havia acompanhado o rei até Santoras tinha se separado da Hoste antes de chegar à cidade, oferecendo ao rei condolências discretas antes de voltarem às suas fortalezas e redutos. A última a sair fora a Ordem de Ferro, cuja impenetrável Fortaleza de Ferro ocupava o alto de um rochedo gigantesco, localizado a apenas meio dia de Alovédra. Essa proximidade ajudara a garantir que a cidade nunca fosse sitiada em todos os séculos desde sua fundação. Também, era boa parte, pela importância da aliança entre a ordem e o Trono Prateado.

Kalista tinha visto Hecarim partir. Era esperado que os dois se casassem em um ano, e, embora o cavaleiro já não fosse um completo estranho, ela ainda sentia que não o conhecia. O lorde parecia honrado e, sem dúvida, encantador e competente. Além disso, ficara óbvio que sabia lidar com política, o que era inegavelmente importante, mas também a deixava desconfiada.

Cruzaram a cidade, escoltando a liteira real até que os portões do palácio, pontiagudos e imponentes, se fechassem após sua passagem.

— Suas ordens, general? — O tom de Ledros era subserviente e neutro, o mesmo que usava ao falar com outros nobres. Havia uma distância entre eles que não estivera lá poucos dias antes.

— Quero que a Hoste reforce a guarda do palácio — ordenou ela. Kalista ouviu a frieza na própria voz, o tom de uma aristocrata falando com um criado, e a detestou. No entanto, afastou o sentimento, como sempre fazia. Agora era a hora do dever, e ela não se deixaria distrair com sentimentos que não queria admitir.

— Como quiser, general. — Ledros fez uma reverência e se retirou.

Kalista andava de um lado para o outro diante dos aposentos reais, como fazia havia muitos dias. Às vezes ela se sentava, olhando para o nada. Seus pensamentos eram um emaranhado confuso, a ansiedade e culpa a corroíam. Às vezes tirava cochilos inquietos numa das desconfortáveis cadeiras douradas diante da porta. Mas na maior parte do tempo, ela apenas andava de um lado para o outro diante dos aposentos reais.

Guardas se prostraram à porta, atentos e vigilantes. As horas passaram. Houve a troca de guardas, e mais uma, e outra, mas Kalista permaneceu em sua vigília. Uma procissão constante de criados ia e vinha, cabisbaixos, entrando com refeições, tigelas de água fresca e toalhas, depois saindo com lençóis encharcados de suor e pratos de comida intocada.

Chegaram dezenas de curandeiros, médicos, herboristas, feiticeiros, sacerdotes e até especialistas em sanguessugas. Os sortudos saíam do quarto coçando a cabeça e murmurando. Os outros eram jogados porta afora, seguidos pelos insultos do rei. Ninguém se mostrara capaz de fazer algo para deter o veneno que pouco a pouco consumia a rainha, e a cada hora a chance de encontrar a cura diminuía.

Nem mesmo as muitas relíquias mágicas que os governantes de Camavor adquiriram ao longo dos séculos puderam ajudar. Todo dia Viego passava horas vasculhando os cofres do reino enquanto Isolde dormia, revirando desesperadamente os despojos conquistados por monarcas anteriores, buscando qualquer coisa que pudesse ajudar sua rainha, mas de nada adiantava.

Toda Alovédra rezava por Isolde. Os templos e santuários da cidade estavam lotados de pessoas implorando aos Ancestrais que restaurassem a saúde da rainha. Flores e grinaldas eram deixadas todos os dias nos portões do palácio. Chegavam cartas de todas as famílias nobres de Camavor, bem como das Ordens de Cavalaria, expressando condolências e a esperança de que a rainha se recuperasse plenamente, mas faltava-lhes a espontaneidade emocionada e genuína do povo. A massa plebeia amava Isolde muito mais do que a nobreza jamais amara.

Dentro dos aposentos reais, a rainha gritou, e Kalista se deteve. Foi um som horrendo. Ela imaginou se seria menos doloroso se a maldita lâmina tivesse atingido Isolde no coração. Pelo menos teria sido mais rápido, e o sofrimento dela, menor.

Ainda faltavam algumas horas para o amanhecer, e o céu estava escuro lá fora. Se o fim estivesse próximo, Kalista rezava para que a morte de Isolde fosse serena e indolor. Ela merecia ao menos isso.

As grandes portas douradas se abriram, e o conselheiro Nunyo, de ombros caídos, esticou o pescoço, olhando para fora. Se a situação não fosse tão terrível, Kalista poderia achar graça naquela visão, pois lembrava uma tartaruga espichando a cabeça para fora do casco. Ele a viu e a chamou com um gesto da mão enrugada.

— Ela está piorando? — Kalista perguntou em voz baixa.

O velho suspirou, parecendo murchar. Era comum para ele passar uma eterna impressão de insatisfação, sempre franzindo o rosto e resmungando, mas Kalista sabia que na maior parte do tempo era apenas provocação. Ele servia à linhagem real havia décadas e amava Viego de todo o coração, como se fosse o neto que jamais tivera. Ver a rainha prostrada e testemunhar a imensidão da dor de Viego o exauria. Assim como a todos eles.

— Está, milady — revelou Nunyo. — As propriedades curativas do Cálice de Mikael, mesmo ampliadas, ainda não foram capazes de curá-la. Desaceleraram razoavelmente a propagação do veneno, mas não a detiveram. Nada mais surtiu efeito. Receio que o fim seja inevitável.

— Viego não vai aceitar isso. Não enquanto não explorarmos todas as opções.

— O *rei* está exausto. Não dorme há dias. Quase não come. Está definhando diante dos meus olhos, assim como a rainha.

Kalista assentiu, triste.

— Vou tentar falar com ele outra vez.

— Acho que é uma boa ideia. — Nunyo abriu a porta o suficiente para ela entrar. — Ele não dá ouvidos a mim nem aos conselhos dos curandeiros, mas vai dar ouvidos a você.

Kalista parou na porta.

— Quanto tempo acha que ela tem? — perguntou, mantendo a voz baixa.

— Uma hora? Uma semana? É impossível saber.

No interior do quarto, o calor era sufocante com o ar tomado pelo odor de doença e suor. O silêncio absoluto era interrompido pelo som de uma caixinha de música. Tinha sido um presente de casamento para o casal real, um dos favoritos de Isolde. Na escuridão, a música parecia um lamento sinistro.

— Estamos perdendo a rainha — começou Nunyo quando Kalista passou por ele. — Não podemos perder o rei também. — E o velho conselheiro saiu, fechando a porta.

As altas janelas estavam fechadas e o quarto, escuro. As joias fixadas nas colunas espalhadas pelo cômodo se acendiam com a pronúncia de uma palavra, mas agora estavam apagadas. Demorou um tempo para que os olhos de Kalista se adaptassem. Quando o fizeram, ela se aproximou de Viego. Ele mal passava de uma sombra, encurvado junto da cama imensa, segurando uma das mãos frágeis da rainha. Isolde estava pálida e imóvel, de olhos fechados. Se não fosse pelo subir e descer quase imperceptíveis de seu peito, Kalista acharia que ela já estava com os Ancestrais.

— Sinto tanto, Viego — sussurrou Kalista, abaixando-se ao lado dele e se apoiando num dos joelhos.

Viego parecia exaurido, os olhos fundos e vazios. A exaustão e a tristeza o envolviam como uma mortalha.

— Não posso perdê-la, Kalista — murmurou com a voz rouca e novas lágrimas aflorando aos olhos.

Não havia nada que Kalista pudesse dizer. Sentindo-se impotente, ela o envolveu em um abraço. Viego se agarrou a ela, chorando baixinho. Ela apenas o abraçou, compartilhando sua dor.

— Não cai muito bem a um rei, não é? — comentou ele, afastando-se e enxugando as lágrimas. — Acho que nunca vi meu pai chorar.

— Meu avô era um canalha insensível. Prefiro ter um rei que demonstra alguma emoção verdadeira a um que não derrama uma lágrima ao perder um filho.

— Nunca gostei dele, mas o invejo — admitiu Viego. — Acho que nada era capaz de derrubá-lo. Como podia ser tão forte?

— Ele nunca teve o tipo de amor que você tem com Isolde. Tenha pena dele por isso em vez de invejar essa frieza.

— Ele amava Camavor.

— Amava — Kalista assentiu. — Muito mais do que amava qualquer pessoa da própria família.

A sombra de um sorriso surgiu nos lábios de Viego.

— Isso é verdade — concordou Viego. — O que ele sempre dizia? *O reino acima de tudo.* Era isso que significava ser rei, era o que dizia. Nunca teria me deixado casar com Isolde. Casar por amor? Acho que ele não entenderia.

— É possível ser um bom homem e um bom rei, Viego.

O sorriso encovado do rei se desfez.

— Sem ela, não sei se consigo ser qualquer um dos dois — murmurou. — Não posso viver sem ela, Kalista. E acho que não ia querer.

Kalista olhou para Viego com um misto de horror e pena. Ele sempre fora um tanto obsessivo, mas agora havia nele uma sombra que jamais tinha visto. *Ele só diz isso por estar sofrendo*, pensou. *Vai se recuperar.*

Mas e se não se recuperasse?

— Isolde não gostaria de ouvi-lo falar assim — argumentou ela.

Viego assentiu, repreendido.

— É verdade. — Ele deu um suspiro profundo e trêmulo e tentou se recompor. — Preciso ser forte por ela. Isolde vai voltar para mim. Tem que voltar.

Como se tivesse ouvido seu nome, Isolde gemeu, adormecida, e suas pálpebras estremeceram.

— Viego? — sussurrou ela. Agora que Kalista estava mais acostumada à escuridão, conseguia ver o péssimo estado da rainha. Estava pálida e suada, como se toda a cor tivesse se esvaído dela. Vivia, mas já parecia um fantasma.

— Estou aqui, meu amor — respondeu Viego, segurando as mãos dela.

Kalista se levantou e recuou alguns passos, sentindo-se uma intrusa num momento tão íntimo.

— Achei que estava me afogando — sussurrou Isolde, com a voz vaga e distante. — Eu estava afundando. Não conseguia respirar. Havia homens usando mantos perto de mim, mas não me ajudaram. Ficaram só… olhando.

— Foi apenas um sonho, meu amor — tranquilizou Viego em tom delicado. — Só um pesadelo.

O olhar dela não tinha foco, mas o rosto se animou ao ver Kalista parada nas sombras distantes.

— Kal!

A general se aproximou, sorrindo para ela.

— Minha rainha — saudou.

— Que bom que você está aqui — disse Isolde. — Você sempre foi gentil comigo.

— E sempre serei.

Isolde fechou os olhos e passou a respirar mais pesadamente. Parecia estar caindo outra vez num sono profundo, mas acordou de repente e se inclinou na direção de Viego.

— Pode me fazer um favor, meu amor?

— Qualquer coisa — disparou ele.

— Pode trazer Gwen até mim? Quando eu era criança, sempre que adoecia, ela ficava comigo.

— Claro, meu amor. Vou mandar um dos criados...

— Pode buscá-la pessoalmente? — Isolde arregalou os olhos. — Ela é muito importante para mim.

Viego pareceu hesitante com a ideia de se afastar de Isolde.

— Kal está comigo — Isolde insistiu. — Ela vai me manter em segurança. Vou ficar bem.

Viego olhou para Kalista, que deu de ombros e abriu um sorriso reconfortante para ele. O rei assentiu e se levantou.

— Volto logo — disse ele, e beijou a esposa na testa.

— Gwen? — indagou Kalista, depois que ele saiu. — É uma amiga sua?

— Um pretexto para falar com você a sós. — Isolde fez um esforço para se sentar. — Mas ele não vai demorar muito. Preciso ser breve.

Kalista a ajudou a se sentar e ajeitou um travesseiro atrás dela.

— O que aconteceu?

Isolde respirou fundo.

— Viego não aceita, mas estou morrendo, Kal.

— Ainda pode haver uma chance...

Isolde pegou a mão de Kalista. Sua pele ardia de febre.

— Estou em paz com meu destino — afirmou ela. Então, suspirou e balançou a cabeça. — Mas Viego...

— Você está preocupada com ele — concluiu Kalista.

— Estou preocupada com o que ele *fará*. Quando chegar a hora, você terá que ajudá-lo a aceitar que eu parti. Ajudá-lo a seguir em frente. Por favor. Do contrário, não consigo deixar de pensar no que ele pode fazer...

O medo de Isolde era compreensível, e Kalista também o sentia. Viego tinha um bom coração, mas era imprevisível, movido por caprichos e pelo ego. *Posso até ajudar a guiá-lo, mas é Isolde quem o mantém sob controle.*

Ela atenuava a maior parte da arrogância e da impulsividade dele. Com a morte de Isolde, Kalista temia o que seria de Viego e Camavor. Conseguia imaginá-lo perigosamente descontrolado, debatendo-se como quem se afoga e arrastando para o fundo tudo o que houvesse pela frente.

— Farei o que puder — garantiu Kalista.

— Queria que pudéssemos passar mais tempo juntas, Kal. Teríamos sido irmãs, sei disso.

— *Já somos* irmãs.

O sorriso de Isolde falhou.

— O homem por quem me apaixonei ainda está lá, mas... ele mudou. Seus acessos de fúria estão piorando.

Kalista sentiu o sangue gelar nas veias.

— A tristeza afeta cada um de um jeito diferente.

— Não é só desde que fui ferida — explicou Isolde, lançando um olhar cauteloso à porta. — Está assim há meses. Ele esconde isso de você, de todos... menos de mim. Ele é controlador, obsessivo. Diz que precisa de mim, que não pode existir sem mim. Isso me assusta.

Isolde tirou um livro fino encadernado em couro de baixo dos lençóis e o entregou a Kalista.

— Pegue. Rápido, antes que ele volte!

Kalista aceitou o livro, franzindo a testa.

— O que é isso?

— Meus pensamentos, esperanças e medos. Leia quando estiver sozinha. Vai ajudar a entendê-lo.

Kalista assentiu, parecendo confusa.

— Eu me preocupo com o que vai acontecer quando eu partir, Kal. Mas saber que você estará aqui me dá esperança. Ele vai precisar da sua orientação. E também do seu amor.

Havia dezenas de perguntas que Kalista queria fazer, mas antes que pudesse fazê-las, Viego voltou, ofegando e suando. Era óbvio que havia corrido. Debaixo do braço, carregava uma boneca de pano com cabelos coloridos.

— Aqui está Gwen! — anunciou ele, brandindo-a de maneira triunfal enquanto Kalista escondia o diário de Isolde. — O que você está fazendo sentada, meu amor? Precisa descansar!

Isolde deixou que ele a deitasse outra vez, abraçando a boneca junto ao peito. *Obrigada*, agradeceu a Kalista em silêncio, por cima do ombro de Viego.

Kalista refletiu sobre as palavras de Isolde ao sair dos aposentos reais e retomar sua vigília. A mudança em Viego de que a rainha falara a perturbava, e ela se censurou por não a ter notado antes. Sentiu o peso da responsabilidade sobre os ombros. Mais uma promessa a outro membro da família real em seu leito de morte. O fardo ficava cada vez mais pesado.

Ela rezou para ser forte o suficiente para suportá-lo.

— Milady.

Kalista acordou de imediato, levantando-se e alcançando a lança. A criada recuou com uma exclamação de susto.

— Desculpe, você me assustou — lamentou Kalista. Ela piscou os olhos turvos, não totalmente acordada, e olhou ao redor.

Estava em seu quarto, ainda de armadura. Fazia três dias desde que falara com Isolde. Tinha passado a maior parte desse tempo vigiando os aposentos reais, mas finalmente cedera ao conselho de Nunyo de dormir um pouco na própria cama, com a promessa de que ele mandaria avisá-la se houvesse qualquer mudança no estado da rainha.

Seu sangue gelou enquanto ela se concentrava na criada.

— O que aconteceu? — perguntou Kalista, esperando a notícia que temia.

— O rei exige sua presença. E pede que se apresse.

Kalista correu pelo palácio. Conhecia todos os atalhos, todos os caminhos pelos corredores de serviço. Quando crianças, ela e Viego tinham percorrido aqueles mesmos espaços, descalços e livres. Ela sempre fora mais ágil, e ele logo se frustrava, a não ser que Kalista o deixasse alcançá-la ou se contivesse, deixando-o avançar.

Kalista derrapou no mármore liso ao virar uma esquina, fazendo um criado arfar de susto e se escorar na parede. Cruzou antecâmaras e salas de estar, passando por guardas perplexos, rumo aos aposentos reais.

Com o coração disparado, enfim chegou. Os guardas abriram a porta e ela irrompeu no quarto escuro. Encontrou Viego sentado à mesa ao lado da cama de Isolde, cercado de livros, códices e rolos de pergaminho. O olhar de Kalista foi atraído para Isolde, deitada, pacífica, com as mãos cruzadas sobre o peito.

— A rainha... — começou Kalista. — Ela está...?

— Inalterada — respondeu Viego. — Você... Ah! Desculpe, não quis assustá-la.

— Ela... ainda está conosco?

— Está. — Os olhos de Viego brilharam de entusiasmo. — Além disso, acho que encontrei!

— Encontrou o quê?

— A salvação!

Capítulo Oito

— As Ilhas das Bênçãos — disse Kalista com uma voz monótona.

— Sim! — exclamou Viego, andando de um lado para o outro, fazendo o cascalho ranger. — Elas existem! Tenho certeza!

Estavam num dos muitos jardins internos do palácio, pois Kalista havia tirado Viego dos aposentos reais, temendo que ele acordasse a rainha com sua exaltação repentina. Chamava-se Jardim da Rainha e era um lugar de serenidade e privacidade, um oásis oculto que Kalista sempre adorara. Cercado por paredes e colunas, com uma fonte que borbulhava com suavidade no centro, havia canteiros muito bem cuidados e repletos de flores de todo o mundo já conhecido. Dragões Oscilantes de cores vivas se alimentavam do néctar com a língua longa, suas asas minúsculas zumbindo, enquanto nuvens passeavam preguiçosamente pelo céu azul.

Kalista observava Viego cada vez mais alarmada. Ele parecia ter perdido completamente o juízo, usando pouco mais do que um camisolão de dormir, o cabelo desgrenhado, gesticulando de maneira frenética enquanto tagarelava sobre as Ilhas das Bênçãos.

— E você disse que percebeu isso *num sonho*? — questionou ela, tentando não deixar o ceticismo transparecer na voz.

— Não foi sonho! Foi uma visão! Enviada para mim pelos Ancestrais Venerados!

— Viego… — começou Kalista com delicadeza.

— Não, Kal, foi *uma visão*! Falei com os sumos sacerdotes, e eles confirmaram!

Kalista enrugou a testa. *Por que os sacerdotes estão tolerando e incentivando as fantasias de Viego? Isso não vai ajudá-lo a seguir em frente.*

— Mas as Ilhas das Bênçãos não passam de um mito — observou ela.

— Isso mesmo! Quer dizer, não! — declarou Viego, detendo-se e apontando para ela com entusiasmo. — Eu também pensava assim. Mas li tudo o que pude encontrar nos arquivos e acredito que os próprios estudiosos das ilhas espalharam que era um mito para evitar os forasteiros. As ilhas existem, e é lá que encontraremos a cura para Isolde.

Kalista suspirou.

— Eu conheço a história, Viego. Dizem que nas Ilhas das Bênçãos há uma nascente de onde correm águas revigorantes, capazes de curar qualquer ferida mortal. Mas é apenas isto: uma *história*. Algo para contar às crianças, nada mais.

— Ah, mas encontrei *provas* de que as Ilhas das Bênçãos existem, Kal — insistiu Viego, pegando-a pelos ombros. Seus olhos estavam arregalados e ele tremia com uma crença frenética. — Isolde será salva!

Kalista respirou fundo. Percebeu que era impossível discutir com ele.

— Então me mostre — pediu ela.

A pesquisa do rei fora transferida para a sala de estar anexa ao quarto, espalhada em escrivaninhas e mesas auxiliares. Viego estava à porta, olhando ora para a esposa adormecida no quarto, ora para Kalista e Nunyo, estudando os inúmeros relatos, mapas, diários e histórias espalhados diante deles.

— E então? — Viego quis saber. — Vocês entenderam, certo?

Kalista olhou para Nunyo, que encolheu os ombros de modo quase imperceptível.

— Não sei — hesitou Kalista. — Há muitas contradições...

— Mas há tantos detalhes alinhados que não pode ser coincidência! — exclamou Viego. Ele foi até uma mesa auxiliar, gesticulando enfaticamente. — Olhe aqui, no relato desse sujeito... Zhulan? Zilean? Não importa. Isso foi traduzido de um original icathiano. Ele falou de uma visita à cidade de Helia, escreveu sobre o tempo que passou entre os eruditos, as bibliotecas e os segredos do lugar. E esse nome, Helia, aparece várias vezes, aqui, aqui e aqui — acrescentou, apontando para diferentes livros e pergaminhos abertos. — E vejam! Helia aparece neste mapa, mais de cem anos depois das outras menções! É apenas um fragmento, mas, comparando-o com nossos próprios mapas, as Ilhas das Bênçãos devem ficar em algum lugar por aqui.

Kalista e Nunyo, concentrados, olharam para o local que Viego havia apontado num mapa contemporâneo.

— No meio do Oceano Eterno? — perguntou ela.

— Isso mesmo! É lá que elas ficam! É onde reside o segredo que vai curar Isolde!

Havia algum tempo que Kalista não via o rei tão cheio de energia, e isso a lembrou de quando ele era criança e ficava extremamente empolgado com uma coisa ou outra, depois voltava seu foco para outro assunto. Ela sempre achara o entusiasmo ilimitado de Viego pela obsessão da vez um tanto contagiante, mas aquela teoria beirava o desespero. Contudo, Kalista não queria jogar um balde de água fria nas esperanças dele, principalmente porque era a primeira vez que Viego emergia da desolação tenebrosa em que mergulhara.

— Nossos navios navegam nessas águas há muito tempo, Viego — argumentou ela em tom gentil. — Lamento, mas acho que saberíamos se eles já tivessem se deparado com as lendárias Ilhas das Bênçãos.

Viego olhou para ela, frustrado, e soltou um resmungo exasperado antes de recorrer ao seu conselheiro.

— Nunyo, não vá me dizer que todas essas conexões não são convincentes!

Nunyo coçou a testa enrugada.

— Não é *completamente* impossível — admitiu ele, folheando as páginas de um texto antigo.

— Viu? Até o velho Nunyo concorda comigo!

— Bem, meu jovem rei, eu *ainda* não diria que concordo com a sua hipótese — corrigiu o conselheiro. — Mas, desconsiderando os aspectos mais fantasiosos desses relatos, tais como as histórias de impérios submarinos e de lutas contra semideuses que caíram do céu, eles *poderiam* indicar a existência de um arquipélago nessa região onde supostamente ficaria essa tal Helia.

— E indicam mesmo! — Viego elevou a voz, empolgado. Olhou para trás para ver se havia acordado Isolde, depois continuou num tom mais baixo: — E quanto mais pesquiso, mais me convenço de que elas ficam lá!

— Mas, meu rei, se for verdade — disse Nunyo, delicadamente —, parece que ninguém vê as Ilhas das Bênçãos, ou pelo menos ninguém escreve sobre elas, há séculos. É como se tivessem… sumido do mapa.

— Ou afundado sob as águas — murmurou Kalista.

— Foi por isso que mandei o escritório da marinha mercante trazer para mim os diários de bordo e cartas náuticas de todos os navios que cruzaram o Oceano Eterno nos últimos cinquenta anos. — Viego apontou para uma mesa ocupada por pilhas altas de caixas de madeira, cada uma meticulosamente rotulada. — A quantidade de registros que eles guardam é formidável!

Nunyo sibilou entre dentes, obviamente impressionado.

— Foi por isso que solicitou a ajuda dos discípulos do templo?

— Sim, para ajudar a pesquisar esses registros e mapas. E, a partir das informações que reuniram, pedi ao cartógrafo real que criasse *isto*. — Com um gesto teatral, Viego abriu um novo mapa, desenhado à mão em pergaminho novo. — Um cartógrafo real! *Quem* poderia imaginar que tínhamos alguém assim por aqui?

— *Eu* sabia — revelou Nunyo, secamente.

— Em todo caso, quase matei o homem de susto quando bati à porta do quarto dele hoje de manhã. Mas o trabalho dele é bom. Vejam.

O mapa mostrava Camavor a leste, bem como um esboço rápido do arquipélago de Ionia ao norte, e a oeste, a fronteira oriental de Valoran. Nos territórios mais ao norte, aquela terra era gelada e selvagem, desprovida de civilização, enquanto o resto era uma massa de tribos e bárbaros em conflito. Ao sul ficava Shurima, dominada pela areia e com matas inóspitas e, em grande parte, impenetráveis a leste. O Oceano Eterno se estendia entre Camavor e aquelas terras distantes, uma vastidão imensa e ininterrupta que os navios levavam semanas para atravessar. Havia poucas ilhas onde parar durante a viagem, a não ser pelo pequeno arquipélago conhecido como Ilhas das Serpentes.

Todas as principais rotas de comércio e navegação trilhadas pela frota de Camavor estavam marcadas no mapa. Era uma teia de aranha com linhas cruzadas, dezenas delas. E no centro dessa teia, onde estaria a aranha, havia... nada.

— Por que há uma lacuna aqui? — perguntou Kalista.

— Exatamente, por quê? — insistiu Viego.

— Ela interrompe a rota mais direta para vários desses lugares. — Kalista franziu a testa, acompanhando as linhas com o dedo. — Há algum perigo que nossos navios evitam? Um redemoinho, por exemplo?

— Os diários daqueles que passaram por essa região falam de uma névoa sobrenatural que os faz virar e inutiliza as ferramentas de navegação. Aqui, olhe. — Ele foi até a pilha de caixas, abriu uma delas, revirou-a e logo achou um pequeno diário de bordo encadernado em couro. Folheou-o até uma página que havia marcado antes e pigarreou. — "Vimo-nos à deriva, detidos pela calmaria, confusos, com pouca visibilidade. Quando finalmente voltamos a ver as estrelas, estávamos muitas léguas ao norte de onde deveríamos estar, e navegávamos numa direção diferente, embora não notássemos nem corrente nem vento a nos impulsionar."

Ele olhou para os dois, erguendo as sobrancelhas e esperando a reação.

— Então é lá que você acha que as Ilhas das Bênçãos estão escondidas? — concluiu Kalista.

— É lá que tenho *certeza* de que estão — afirmou Viego.

Kalista olhou para o mapa, pensativa.

— Digamos que elas existam. O que o faz pensar que encontraremos lá uma cura para Isolde?

Viego revirou os olhos e soltou outro resmungo de frustração.

— Em geral, até mesmo os contos mais fantasiosos contêm um pouco de verdade — admitiu Nunyo. — Se aceitarmos a possibilidade de que essas ilhas míticas estejam escondidas onde nosso rei sugere, não será nenhum disparate supor que as histórias a respeito delas como um lugar de cura também possam conter um grão de verdade.

Kalista ainda não estava convencida.

— Viego, isso parece uma falsa esperança. Não creio que seja sensato acreditar que essas ilhas míticas fornecerão alguma salvação.

Viego suspirou, e o entusiasmo febril que o impulsionava começou a se dissipar. Sentou-se numa cadeira ornamentada de assento almofadado com veludo vermelho escuro e gesticulou na direção dos livros, mapas e cartas náuticas.

— Pode ser a única chance de Isolde — murmurou ele. — Nada mais está funcionando.

Mais uma vez Kalista sentiu a culpa como uma faca cravada nas entranhas. *A culpa é minha.* Ela olhou para o velho conselheiro.

— Tentar encontrá-las não vai piorar a situação — observou Nunyo, dando de ombros.

Kalista lançou um olhar raivoso para ele. Em que estava pensando? Viego precisava aceitar os fatos, por mais trágicos que fossem, não depositar suas esperanças numa missão desesperada que provavelmente levaria ao fracasso.

— Viego, isso é um absurdo! — declarou ela. — Eu amo Isolde como se fosse minha irmã, e faria qualquer coisa para vê-la se recuperar, mas temos que encarar a verdade: é improvável que haja alguma cura. Sei que é difícil, mas, se ela está mesmo nos últimos dias de vida, como acreditam os médicos, você deve ficar ao lado dela, não investigar os arquivos em busca de uma cura secreta e desesperada.

Viego pareceu magoado, e Kalista suspirou. Não era sua intenção, mas ele precisava aceitar. Ela pousou a mão no braço do rei, na esperança de suavizar as palavras e ajudá-lo a entender que só queria o bem dele.

— Sinto muito, Viego.

Ele afastou a mão dela com um gesto brusco, os olhos ardendo de raiva.

— Achei que você, dentre todas as pessoas, entenderia — sibilou.

— Viego...

O rei apontou o dedo para o rosto dela.

— Não. Já ouvi o seu conselho e o rejeito.

— Mas se você...

— Chega! Eu já me decidi. Sei que a cura está lá. Quero que nosso navio mais veloz zarpe na próxima maré. Nunyo, cuide disso.

O conselheiro se curvou enquanto o rosto de Kalista ardia de constrangimento.

— Como quiser, meu rei — assentiu ele.

Viego voltou a olhar para Kalista. A raiva dele já havia desaparecido.

— É provável que algumas pessoas na corte protestem contra essa decisão. Mas posso contar com o seu apoio, não é, Kal?

Ela suspirou.

— Pode. Mas se está mesmo determinado a fazer isso, quem vai mandar para lá?

— Precisa ser alguém em quem eu confie. Para começar, a maioria dos nobres acha que fui tolo por me casar com Isolde, então não confio neles. E a lealdade das Ordens de Cavalaria é um tanto volúvel.

— Então quem? — perguntou Nunyo.

— Lorde Hecarim — declarou Viego. — O noivado de Kalista vincula a lealdade da Ordem de Ferro ao trono.

— Ainda não nos casamos — observou ela.

— Não, mas podemos adiantar a cerimônia, como Hecarim vem pedindo — respondeu Viego, abanando a mão.

— Isso é verdade? — Kalista ergueu as sobrancelhas. — Eu não fazia ideia!

— Podem se casar amanhã, se necessário — continuou Viego, ignorando-a. — É possível, não é, Nunyo?

— Sim, senhor rei — confirmou o velho conselheiro, olhando de relance para Kalista.

Viego e seu conselheiro-chefe começaram a discutir a logística do evento, mas Kalista mal os ouvia. Estava pensando em como as Ordens de Cavalaria haviam queimado, saqueado e brutalizado as nações conquistadas. No passado, a Ordem de Ferro tinha participado daquela selvageria, e somente o comando expresso de Viego e a presença de Isolde os contiveram em Santoras. Mas agora... Se ao menos um quarto do que fora escrito sobre as Ilhas das Bênçãos fosse verdade, aquele seria um lugar de tremenda riqueza. Ela quase conseguia ouvir os gritos...

— Não mande a Ordem de Ferro — interrompeu ela. — O lugar deles é aqui, protegendo o reino.

— Então...? — perguntou Nunyo.

— Eu vou — declarou Kalista.

Helia, Ilhas das Bênçãos

Erlok Grael não se lembrava da última vez em que tinha rido de verdade. Mas descobrir o cadáver muito antigo de um mestre de Helia, numa das câmaras mais profundas abaixo da cidade, o fez rir até chorar.

O corpo era pouco mais do que uma carcaça ressecada, ornamentada com vestes que pouco a pouco se reduziam a pó. Fios de cabelo ainda se agarravam ao couro cabeludo do mestre. Um dos tornozelos do homem estava quebrado, dobrado num ângulo estranho. Havia uma lanterna por perto; todo seu óleo já consumido. Ele imaginou que o velho tolo tivesse tropeçado e quebrado a perna, ficando incapaz de voltar antes que a luz se extinguisse. Quanto tempo ele teria durado antes de a insanidade e a sede o dominarem? Os mestres desprezavam e torciam o nariz para Umbreiros como Grael. Por isso, pensar num deles passando os últimos dias rastejando na escuridão era sublime.

Era difícil saber havia quanto tempo o cadáver estava lá embaixo. Vinte anos? Cinquenta, talvez? A secura daquela área específica das câmaras teria retardado a decomposição, então poderia fazer quase um século.

O fato de o homem ser um mestre ficou óbvio de imediato, a julgar pelo amuleto elaborado e corroído pendurado em seu pescoço. O objeto se desmanchou na mão de Grael, e a pedra pálida embutida nele se soltou.

— Uma runa essencial — murmurou. Tinha mais ou menos o tamanho de uma mão, era coberta de runas e exalava um calor curioso ao toque. Somente os mestres da Torre Cintilante recebiam tais pedras. Ele a embalou nas mãos, apreciando a sensação, antes de guardá-la no próprio traje.

De certo ninguém passava por aquela parte das câmaras havia décadas. As chaves de oficial recém-adquiridas concediam a Grael um território de exploração muito mais amplo do que antes, além de acesso a algumas das câmaras mais profundas e antigas nas profundezas de Helia.

— O que você estava fazendo aqui, sozinho, longe de olhares curiosos? — perguntou Grael ao esqueleto.

Só então percebeu que havia algo dentro da mão fechada do cadáver. Teve que quebrar os dedos para soltar o objeto. Os ossos estalaram como galhos secos, revelando uma chave velha, manchada e esverdeada pela oxidação, com a cabeça em forma de olho aberto. Num instante foi parar numa das correntes de Grael.

Ele levou muitas horas para localizar a fechadura que correspondia à chave. E, atrás daquela porta, encontrou o livro que mudaria tudo.

Capítulo Nove

Alovédra, Camavor

— Vai partir de Camavor? — Ledros baixou a espada. — Agora? Acha sensato?

Kalista avançou, atacando com sua lança numa enxurrada de golpes. A ponta ondulou como a língua de uma serpente, mas Ledros desviou dos ataques. Ela deu um passo para trás e o rodeou, procurando outra abertura.

— Não sei — admitiu. — Mas é algo que preciso fazer.

Foi a vez de Ledros atacar. Para um homem do seu tamanho, ele era ágil e tinha mais velocidade e equilíbrio do que se esperaria. Simulou um ataque baixo e desferiu um golpe ceifador em direção ao pescoço dela. Movendo-se com leveza, ela se abaixou e atacou na direção das costelas dele, expostas. Ledros usou o escudo para arremessar para o lado a lança de Kalista e atacou novamente. Não se conteve, e ela teria ficado furiosa se ele o fizesse. Movendo-se como uma dançarina, ela desviou da lâmina sibilante e dos golpes subsequentes, contra-atacando cada um deles, nenhum dos quais atingiu o alvo.

Os dois se separaram outra vez, suando, e continuaram a cercar um ao outro.

— Quando você diz que é algo que precisa fazer, quer dizer que é pela rainha? Por dever para com o rei? — perguntou Ledros. — Ou por *você mesma*?

Agora ele me pegou. Poderia tentar se convencer do contrário, mas havia uma boa parcela de culpa em sua decisão de ir ela mesma.

— Se houver uma chance de salvar a rainha, por menor que seja, preciso tentar — afirmou em resposta. — Além disso, se não der em nada, talvez assim o rei fique em paz com o que acontecer.

— Não foi culpa sua — disse ele.

— Tenho que fazer isso — declarou a general.

Ledros não insistiu.

Continuaram a treinar em silêncio, cada um perdido nos próprios pensamentos. Só depois que terminaram, ostentando mais do que alguns hematomas e arranhões das lâminas não afiadas, voltaram a falar.

— Então, quando partimos? — perguntou Ledros.

Kalista respirou fundo. Não queria ter aquela conversa.

— Vou partir logo ao amanhecer — respondeu.

Ledros ficou bem quieto. Desviando o olhar, Kalista continuou:

— O rei pediu que você ficasse em Alovédra.

— E desde quando ele sabe que eu existo?

— Desde que você cortou a cabeça do rei de Santoras.

Ledros pareceu desconfiado. *E tem toda razão para ficar*, pensou Kalista. Ela suspirou. Preferiria manter Ledros o mais longe possível da corte e de seu ninho de víboras, mas Viego tinha insistido.

— O que ele quer? — perguntou Ledros.

Lorde Hecarim estava falando com Viego quando Kalista e Ledros chegaram ao cômodo que precedia a sala de audiências do rei. As portas estavam escancaradas e a voz do grão-mestre chegava nítida aos ouvidos deles, provavelmente mais do que ele imaginava.

— Com todo respeito, milorde, eu… não sei ao certo se essa é a atitude mais sensata — disse Hecarim.

O rei — desgrenhado, usando apenas o camisolão de dormir — estava sentado no grandioso Trono Prateado, distraído, tamborilando com os dedos num dos braços do trono. Hecarim estava um degrau abaixo na plataforma do trono, enquanto Nunyo os espreitava.

— Isso contraria tradições que existem desde a fundação de Camavor — continuou. Seu tom era respeitoso, mas as palavras demonstravam um toque de irritação.

Ledros arregalou os olhos. Kalista conhecia o trono desde a infância — metera-se em problemas dezenas de vezes por subir nele com Viego quando os dois eram adolescentes. Era fácil esquecer o quanto era intimidante. Enorme e reluzente, dominava a sala de tal forma que qualquer um que o visse perceberia a riqueza e o poder de quem se sentava lá, e essa era exatamente a intenção.

— Respire — murmurou ela. — É só um pedaço de metal polido, e ele é só um homem.

— Só um homem, sei — murmurou Ledros. — Só um homem que pode mandar me executar por não me curvar o suficiente ou, sei lá, por usar o garfo errado no jantar.

Kalista olhou para ele com tranquilidade, tentando não sorrir.

— Então não use o garfo errado.

— Quem precisa de um garfo para cada coisa? Não faz sentido.

Ela apoiou a mão no peito dele, sustentando seu olhar.

— Você vai ficar bem.

— Não estou entendendo — insistiu Ledros. — Meu lugar é na linha de frente, ombro a ombro com os homens e mulheres da Hoste. O que ele quer comigo?

Kalista suspirou.

— O rei não queria que eu tocasse no assunto antes de ele falar com você.

A ansiedade dela era muito maior do que deixava transparecer. Mesmo na melhor das situações, Viego era imprevisível, e a situação estava longe de ser das melhores. A privação de sono, o desespero e agora aquela esperança febril e desesperada corroíam o equilíbrio dele pouco a pouco. Isso a deixava apreensiva.

— Vai ficar tudo bem — afirmou, para convencer tanto a si mesma quanto a Ledros.

O grandalhão assentiu, mas não pareceu acreditar.

— O que devo vestir? — Ledros já havia perguntado a ela mais cedo, revelando no olhar mais preocupação do que Kalista jamais o vira demonstrar em batalha. — Não tenho nenhuma roupa *bonita*. Não tenho nada com o que me apresentar ao rei.

Kalista tinha rido daquela preocupação. Ele havia tomado banho e se barbeado, e, ouvindo-a repetir que estava tudo bem, vestira sua armadura de batalha, embora se empenhasse em garantir que ela estivesse impecavelmente limpa e recém-oleada.

— Ele é plebeu! — protestou Hecarim. — As ordens não vão gostar disso.

Com um gesto, Viego convidou Kalista e Ledros a entrar.

— Não dou a mínima se as ordens vão gostar ou não — declarou ele. — Quero alguém em quem possa confiar. Alguém que não esteja envolvido em política e intriga. Não descartei a hipótese de que a tentativa de assassinato tenha partido da minha própria corte. Preciso de alguém sem vínculo nenhum com a nobreza.

Hecarim só notou a presença de Kalista e Ledros quando eles já haviam atravessado metade da sala. Sabendo que deviam tê-lo ouvido, teve a decência de parecer envergonhado. Ao pé dos degraus que levavam ao trono, Kalista e Ledros se ajoelharam, colocando as mãos no chão e abaixando a cabeça em deferência.

— É, é, já chega — disse Viego, gesticulando para que se aproximassem. — Não quero passar muito tempo longe da rainha, então vamos resolver logo isso. Traga-o aqui. Quero vê-lo de perto.

Kalista subiu os degraus, parando no último antes do topo.

— Lorde Hecarim — cumprimentou ela, inclinando a cabeça em sua direção.

— Milady. — Ele fez o mesmo.

Ledros parou um degrau abaixo de Kalista. Sendo plebeu, era o máximo que sua posição permitia.

Viego se levantou do trono e passou por Kalista e Hecarim, arrastando a cauda do roupão aberto atrás de si. Ledros ficou imóvel, de olhos baixos em sinal de obediência, enquanto o rei caminhava ao redor dele, avaliando-o como se fosse um touro premiado.

Kalista trocou um olhar com Nunyo. O conselheiro deu de ombros muito discretamente.

— Bom, sem dúvida ele é bem grande — observou Viego — e tem um ar ameaçador, ao mesmo tempo em que demonstra respeito. Gostei.

— O capitão Ledros é o melhor guerreiro da Hoste — declarou Kalista, começando a ficar irritada, mas também muito consciente da proximidade de seu noivo. — Ele serviu lealmente em muitas campanhas e é meu melhor oficial.

— Foi ele quem matou Agripos, não foi? — Viego voltara a ficar na frente de Ledros. — É impressionante. O rei de Santoras era um espadachim e tanto.

— Era mesmo. E não é a primeira honra que Ledros conquista em batalha — acrescentou Kalista.

— E ele é leal? — Viego quis saber.

— Sem dúvida. — Kalista fez uma careta. — Mas pode perguntar diretamente, rei Viego. Ele está bem aí.

Viego olhou para Hecarim, erguendo as sobrancelhas, o que só serviu para irritar Kalista ainda mais, mas ela conteve a língua. Perder a paciência não adiantaria nada.

— Levante o olhar, soldado — ordenou Viego, dirigindo-se a Ledros.

Vendo o capitão hesitar, Hecarim falou, fazendo um muxoxo:

— Olhe para a frente, homem. Seu rei deu uma ordem.

Ledros ergueu o olhar lentamente, como se aquele comando fosse uma armadilha. Embora estivesse dois degraus abaixo de Viego, seus olhos estavam no mesmo nível dos dele.

— Você é leal, capitão? — perguntou Viego num sussurro.

— Eu sou, Majestade — respondeu Ledros, com a voz baixa, mas retumbante. — Minha vida é sua.

Viego sustentou o olhar por um momento, depois assentiu.

— Gostei dele — repetiu a Kalista, antes de se virar para Ledros mais uma vez. — Você será meu novo guarda-costas e campeão.

Ledros piscou, aturdido.

— M... Majestade?

— É que passei a precisar de um novo — explicou Viego, como se estivesse falando com uma criança. — Gostaria que você ocupasse o posto.

Ledros ficou boquiaberto e olhou para Kalista, confuso. Ela acenou a cabeça para ele, encorajando-o.

— Seria uma honra, Majestade — declarou.

— Não quero ofender o bom capitão, mas ele *é plebeu*, milorde — resmungou Hecarim. — Tradicionalmente, o posto é atribuído a um cavaleiro de uma das ordens. Mesmo desconsiderando a tradição, o cargo *deve* ser ocupado por um nobre. É a lei.

— Mas eu sou o rei — lembrou Viego, sentando-se no trono. — Posso mudar a lei, não posso? Nunyo? Eu posso, certo?

O velho conselheiro suspirou.

— Não é tão simples assim, milorde — respondeu ele. — A mudança *é possível*, mas leva tempo. Existem... protocolos que devemos seguir.

— Mas *não quero* demorar mais tempo. E se houver outro atentado? Quero que ele nos proteja *agora* mesmo.

— Acredito que haja outra opção — anunciou Nunyo.

— Pois então desembuche.

— Se ele fosse nobre, Sua Majestade poderia atribuir-lhe o cargo agora mesmo. Então... torne-o nobre.

— Podemos fazer isso? — perguntou Viego.

— *Sua Majestade* pode. Vários nobres sem parentes próximos morreram nos últimos meses, deixando as propriedades abandonadas. Em situações como essa, as terras e títulos passam para o Trono Prateado. É direito seu entregá-las a um novo senhor. Dê ao capitão Ledros uma propriedade e um título, e ele se tornará nobre.

— Ah — murmurou Viego. — Só isso?

— Só isso. Posso mandar preparar a documentação imediatamente.

— Então o faça.

— Minha sugestão é Panthas, Majestade. É uma propriedade modesta no litoral sul. Tem um belo vinhedo e fabrica vinho de qualidade. E quanto ao título... Talvez o de baronete sirva. E é óbvio que ele precisará de uma patente militar mais adequada para ser seu protetor. Sugiro comandante.

— *Comandante* Ledros — falou Viego, experimentando a combinação de palavras. — É bem eufônico. E Panthas parece uma boa opção. — Ele se virou para Ledros. — Você não se opõe, não é?

Ledros ainda estava boquiaberto. Seu mundo tinha acabado de mudar completamente, num piscar de olhos.

— Eu... não me oponho — conseguiu dizer.

— Nunyo, cuide disso. — Viego abanou a mão. — Agora preciso ficar com a rainha.

O rei se levantou do trono e os outros se ajoelharam, baixando a cabeça. Cercado de guardas, ele saiu da sala.

Depois que Viego se foi, os outros ficaram de pé. O velho conselheiro se apoiou no braço que Kalista ofereceu para ajudá-lo a se levantar. Deixaram a sala sem dizer mais nada. Ledros parecia atordoado, e Hecarim, pensativo. Nunyo saiu murmurando sobre cuidar da documentação, deixando Kalista, Ledros e Hecarim parados na antessala, desconcertados.

Hecarim rompeu o silêncio.

— Bom, acho que devo parabeniza-lo, *comandante.* — Ele abriu um sorriso galante, sua máscara lustrosa de volta no lugar. Num ato de reflexo, Ledros olhou para baixo. — Não faça mais isso — aconselhou o grão-mestre, acenando com o dedo. — Você é um nobre agora. O único homem a quem deve se curvar é o rei.

Ledros ergueu o olhar, com cautela, e Kalista sorriu.

— Comandante — ecoou ela, curvando-se numa pequena reverência.

— Eu... vou demorar um pouco para me acostumar com isso — foi só o que Ledros conseguiu dizer.

Kalista não dormiu bem. Ficara acordada até tarde lendo o diário de Isolde, e, quando finalmente adormeceu, caiu em um sono inquieto. Não parava de acordar temendo já ter amanhecido e perdido o navio. Seu estômago se revirava. Dúvidas a atormentavam, sussurrando que procurar as Ilhas das Bênçãos era tolice e que não faria nenhum bem.

Também não conseguia deixar de relembrar a reação inflada de Hecarim à ascensão repentina de Ledros. E pensar nisso só fez com que seus pensamentos se voltassem para Ledros, o que, por sua vez, revirou seu estômago ainda mais...

Kalista jogou o lençol de lado e se sentou na beira da cama. A noite estava quente e ela havia deixado as janelas abertas, permitindo a entrada de um luar pálido. Era seu quarto desde a infância, embora ela raramente dormisse no palácio, passando a noite com mais frequência num simples catre de soldado quando estava em campanha. A armadura e o elmo estavam no suporte do outro lado do cômodo, e a lança e a espada curta com bainha, apoiadas por perto. A mochila que havia arrumado e esvaziado dezenas de vezes estava ao pé do suporte da armadura.

Suspirando, ela se levantou. Usava uma camisola comprida, o que era um luxo e uma raridade, pois no campo, em geral, dormia de armadura. Ela se espreguiçou e foi até a varanda. O piso de pedra estava agradavelmente frio. Abrindo as portas, saiu na escuridão.

O quarto ficava numa parte alta do palácio, e bem abaixo, as ondas colidiam contra os penhascos. Ainda faltavam várias horas para o amanhecer. Fechando os olhos, ela ouviu o som da arrebentação, inalando profundamente a maresia e acalmando a mente.

Uma batida suave na porta a interrompeu, e ela franziu a testa. Quem a procuraria a essa hora? Em silêncio, voltou para o quarto e desembainhou a espada curta. Houve mais uma batida, discreta, mas insistente.

De espada em punho, Kalista abriu a porta.

E lá estava uma pessoa grande e encapuzada, porém, mesmo com o rosto oculto nas sombras, Kalista a reconheceu de imediato.

— Ledros? — Ele logo desviou o olhar, e ela fez um muxoxo. — Entre antes que alguém o veja — sibilou, agarrando o braço dele e arrastando-o para dentro do quarto. Antes de fechar a porta, Kalista olhou de um lado a outro para ter certeza de que não havia ninguém espiando. Ela encarou Ledros, que estava parado, constrangido, ainda olhando em outra direção. — O que está fazendo aqui?

— Pode... guardar a espada?

Kalista olhou para a própria arma.

— Não sei, *comandante* — caçoou ela, com um sorriso transparecendo na voz. — Pode ser que eu precise dela.

— Kalista. — Ledros a encarou com seriedade. — Eu nunca faria nada contra você. *Nunca*. Você sabe disso.

Foi a vez de Kalista desviar o olhar. Sentiu o rosto corar e se virou para embainhar a espada.

— Sei que não faria — concordou. Estava de costas para Ledros, mas ainda sentia os olhos dele cravados nela. — Foi uma piada sem graça.

— Queria vê-la antes de partir — explicou ele.

O coração de Kalista palpitava, o estômago se revirava outra vez. Respirou devagar, tentando recuperar a calma. Não adiantou. Virou-se para Ledros. Havia cautela nos olhos dela, mas algo mais, um sentimento mais profundo, que havia muito ela buscava sufocar. O comandante estava perto o bastante para que ela sentisse seu cheiro, a mistura de couro curtido e aço oleado com um toque de suor. Era um aroma reconfortante e familiar, mas a presença dele no quarto era... desconcertante.

E, no entanto, Kalista não queria que ele fosse embora.

— Trouxe uma coisa para você. — Ledros tirou uma delicada corrente que carregava ao redor do pescoço. Havia um pingente de prata pendurado nela, com o relevo de duas rosas entrelaçadas, os caules e folhas enrolados um ao outro, como amantes.

— Que lindo! — exclamou Kalista. Estendeu a mão, mas se deteve antes de pegá-lo. Uma peça de tal qualidade não era barata. Agora Ledros era rico, dono de terras e de um título, mas não havia maneira de ele ter comprado a corrente logo depois de receber a nomeação. Para comprar algo assim com o salário baixo de um soldado plebeu, mesmo sendo capitão, ele teria que poupar por anos. — Ledros...

— Não estou pedindo nada. Mas ou dava isso a você agora, ou jogava no mar.

Kalista engoliu em seco, sentindo um turbilhão de emoções se agitar dentro dela. O dever prevaleceu.

— Não posso aceitar — respondeu ela.

Resignado, Ledros assentiu. Foi como se alguém agarrasse o coração de Kalista e o esmagasse. O grandalhão fechou a mão enorme e cheia de cicatrizes ao redor do delicado pingente, ocultando-o.

— Acho que o mar teria sido a escolha certa — murmurou ele. — Lamento. Não sei o que deu em mim.

— Não, sou eu que peço desculpas. O noivado...

— Não precisa se explicar — interrompeu ele em voz baixa. — Muito menos para mim.

A expressão de Kalista era impassível, mas por dentro ela sentia que estava desmoronando.

— Você é uma princesa de sangue real e, mesmo assim, é uma escrava do dever, tanto quanto eu. Talvez até mais. Tudo bem. Sou um soldado. Entendo o que é o dever. — Ele tentou sorrir, embora parecesse mais uma careta de dor. — Pelo menos não ficaremos constrangidos no treino de amanhã, considerando que você vai zarpar ao amanhecer.

Ledros parecia prestes a continuar, mas obviamente pensou melhor e se virou para sair. Kalista o seguiu, querendo dizer alguma coisa, mas incapaz de proferir as palavras.

À porta do quarto, ele olhou para trás.

— Tome cuidado, Kalista — pediu ele num sussurro rouco. — Meu coração está com você, agora e sempre.

Então se virou e foi embora.

Ela estava sozinha.

Hecarim estava nas sombras do corredor quando o ex-capitão plebeu saiu do quarto de Kalista. Estreitou os olhos ao ver o grandalhão puxar o capuz para cobrir a cabeça raspada e cheia de cicatrizes antes de sumir na escuridão. Ao lado do corpo, as mãos de Hecarim se fecharam em punhos.

Helia, Ilhas das Bênçãos

Erlok Grael folheou o tomo aberto, e em seus olhos ardia uma luz febril. Era um livro antigo, com páginas ressecadas e desbotadas, mas na maior parte legíveis. Ele o havia encontrado na câmara selada que a chave do falecido mestre abrira. *Não*, corrigiu-se Grael. A chave *dele*.

Mordiscando os lábios, virou a página e o que viu o fez arregalar os olhos. Era um desenho, preciso e detalhado, de uma sala localizada muito abaixo de Helia, dominada por uma enorme piscina, com degraus que levavam até ela. Dimensões, medidas e cálculos estavam anotados em volta da ilustração, e Grael percebeu que era o projeto arquitetônico de um lugar que ainda não fora construído.

Folheou as páginas seguintes, mal se atrevendo a acreditar no que via. Cada centímetro da sala, e dos cômodos anexos a ela, havia sido desenhado com traços meticulosos, desde as colunas geométricas até os arcos elaborados que formavam no teto padrões da geometria mais perfeita . Havia instruções sobre como iluminar a sala e cálculos de como a nascente natural abaixo dela encheria a piscina no centro.

— As Águas da Vida — sussurrou Grael. Os boatos eram verdadeiros.

O segredo da vida eterna estava nas mãos dos mestres… e eles o guardaram para si.

A amargura e a fúria afloraram dentro dele, consolidando sua determinação. Ele *merecia* acesso àquelas águas. E daria um jeito de obtê-lo.

PARTE DOIS

É melhor agir e se arriscar a errar do que não fazer nada, sendo presa da indecisão.

— Antigo provérbio camavorano

Do diário da rainha Isolde

Percebi que minha existência se dá num limiar.

Nasci numa classe humilde, mas agora sou nobre — nada menos que uma rainha. Flutuo entre esses dois reinos como uma sombra, pertencendo a ambos e a nenhum.

Viego e eu somos recém-casados, mas já pareço ter esgotado a tolerância da corte à minha presença. Os cortesãos e aristocratas me desprezam por minha linhagem plebeia e origem estrangeira, ignorando-me sempre que não são obrigados a fazer o contrário. Na minha presença, os grão-mestres das Ordens de Cavalaria falam somente com Viego. Até mesmo os criados expressam desdém quando estou presente, temerosos e desconfiados, pois a seus olhos já não sou como eles, mas integrante da nobreza, e sem dúvida tão cruel e indigna de confiança quanto os outros.

A única pessoa além de Viego que me faz sentir que existo é Kalista. Ela me ouve, me enxerga. E que maravilha saber que partilha da minha visão de uma Camavor mais benevolente! Mas todos os outros preferiam que eu desaparecesse, ou, melhor ainda, que Viego, em primeiro lugar, tivesse escolhido uma esposa mais adequada.

Houve um tempo em que isso me magoava, e eu me sentia perdida, à deriva. Mas percebi que o lugar que ocupo, este espaço desconfortável, estranho e único entre mundos, é exatamente onde preciso estar, e é um lugar de imenso privilégio. Pois aqui posso servir de ponte por sobre o abismo entre aqueles que não têm nada e aqueles que têm tudo. Somente a partir deste lugar posso juntar ambos os lados para beneficiar a todos.

O amor de Viego e sua disposição para ouvir me dão tal esperança. Ele é imperfeito — e quem não é? —, mas deseja ser melhor. O mais importante é que ele quer que Camavor *seja melhor. Ele demonstra tanto entusiasmo quando conversamos até tarde da noite sobre todas as melhorias que vamos decretar! Com ele ao meu lado, e com Kalista nos protegendo, sei que seremos bem-sucedidos, apesar dos receios e das maquinações da corte.*

Então, sim, eu vivo entre dois mundos, sendo parte de ambos, mas rejeitada por todos, e sou grata por estar aqui. Acolho esse fato. E o futuro que vejo se descortinar diante de mim é repleto de luz e de esperança.

Capítulo Dez

O Oceano Eterno

Kalista correu pelo convés do elegante navio camavorano, a lança na mão.

A embarcação se chamava *Daggerhawk*, e Kalista correu diretamente para a amurada a bombordo, como se fosse se jogar por cima dela — mas, ao subir na borda esculpida, ela torceu o corpo, fazendo força para inverter sua direção. Arremessou a lança no meio do salto e a arma atravessou o tombadilho para empalar um saco de lastro de areia ali pendurado.

Ela pousou no convés com leveza, empertigando-se e girando os ombros. Quando foi tirar sua arma do alvo, que girava descontroladamente, alguém nas proximidades aplaudiu.

Kalista arrancou a lança do saco de lastro, derramando areia, e olhou na direção dos aplausos para ver a figura atarracada da capitã do navio a observando. Uma vastayesa calejada chamada Vennix, apoiando-se casualmente no mastro mais perto da popa. Tinha feições largas, e olhos escuros e intensos. A pelagem era pálida e semelhante a feltro no rosto e na parte inferior dos braços, mas no restante do corpo era mais espessa e escura como mogno. Tinha orelhas redondas e peludas, parecidas com as de uma lontra, perfuradas com diversas argolas, e suas mãos terminavam em garras curtas pintadas de um rosa vívido.

— Minha tripulação estava apostando quanto tempo você levaria para perder sua lança no mar — disse a capitã. — Alguns apostaram uma hora. Outros, um dia. Já se passaram mais de dez dias, e você não errou um arremesso.

— Lamento decepcioná-la — respondeu Kalista.

— Ah, não peça desculpas a mim. — Vennix sorriu, expondo pequenos dentes pontiagudos e caninos salientes. — Fui a única que apostou que você *não* perderia a lança. Continue assim e vai me render um bom dinheiro.

Kalista fez uma reverência zombeteira.

— Farei meu melhor — afirmou.

O sol brilhava impiedoso sobre elas. Havia duas semanas que partiram de Alovédra — duas semanas desde que Kalista tinha visto qualquer sinal de terra pela última vez. O Oceano Eterno fazia jus ao nome, prolongando-se até onde a vista alcançava, em todas as direções. Mas os ventos tinham sido favoráveis, permitindo-lhes boa velocidade.

Embora Kalista tivesse crescido perto do litoral, raramente ficava sobre as águas. Imaginara que o oceano fosse fervilhante de vida e movimento, porém parecia mais um deserto. Conquanto nos primeiros dias tivessem visto uma boa quantidade de aves e grandes cardumes de peixes-dragão pulando, e até mesmo vislumbrado a imensa forma de uma baleia-gadanha emergindo perto da proa, já não viam sinal de vida fazia muitos dias.

No começo, a novidade de estar em mar aberto mantivera Kalista ocupada. Sentada com as pernas penduradas para fora, ela observava, cativada, os botos pularem alegremente e girarem nas ondas criadas pela proa do *Daggerhawk*. Noutras vezes, simplesmente se deitava de costas, aproveitando o sol, o rangido da madeira e o movimento rítmico do navio abaixo dela.

Mas logo a monotonia se estabelecera. Para se ocupar, Kalista havia fixado residência no convés do castelo de popa, transformando a área num campo de treinamento. Todos os dias ela se entregava a horas de exercícios e treinos exaustivos, desde flexões e escaladas até repetições intermináveis de golpes de lança, passos, giros e bloqueios.

— Achei que poderia estar com fome, princesa. — A capitã Vennix jogou um pãozinho para Kalista, que o apanhou sem dificuldade.

— Por favor, pare de me chamar assim — pediu.

— Como quiser, princesa.

Kalista balançou a cabeça, bufando, exasperada. Bateu o pão contra a amurada e fez uma careta. Estava duro como pedra.

— Tem sopa lá embaixo — comentou Vennix. — Fica quase palatável com ela.

— Obrigada, capitã. — Só então Kalista percebeu o quanto estava faminta. O sol estava quase a pino, e ela vinha treinando desde o amanhecer. Pela primeira vez não tinha notado a passagem do tempo.

— Estamos nos aproximando da suposta localização das suas ilhas míticas — informou a capitã. — Se estiverem lá, devemos passar por elas em um ou dois dias.

— Você acha mesmo que não existem?

Vennix fungou, fazendo seus bigodes estremecerem.

— Nunca disse que não acredito nelas. Em mar aberto, já vi estranheza suficiente para não descartar nada de imediato. E ilhas lendárias onde as pessoas vivem para sempre? Isso está muito longe de ser a coisa mais extravagante que já vi. Mas não quer dizer que vamos encontrá-las se elas não quiserem ser encontradas.

Kalista olhou para o horizonte distante. Se ninguém fora capaz de localizar as Ilhas das Bênçãos durante centenas de anos, o que a fazia pensar que conseguiria? *Isso pode muito bem ser uma completa perda de tempo.*

— Talvez eu não devesse ter vindo — murmurou ela.

— E perder tudo isso? — brincou a capitã com uma risada, indicando o que havia ao seu redor.

O *Daggerhawk* não era o maior navio da frota de Camavor, mas era um dos mais velozes. Na calmaria, podia se deslocar à força de remos, mas, se houvesse o menor dos ventos, suas muitas velas o aproveitavam ao máximo e ele cortava as águas como uma adaga.

No entanto, a imensa escala do Oceano Eterno fazia o navio parecer uma folha minúscula e insignificante avançando ao sabor da corrente e do vento. E se afundassem? O oceano não se importaria. O sol nasceria no dia seguinte e o mundo continuaria a girar. A ideia inspirava humildade.

— Olha — chamou Vennix —, se você tivesse ficado em Alovédra, estaria fazendo o quê? Estaria no palácio, chorando pelos cantos, esperando a rainha dar o último suspiro? Desculpe a franqueza, mas está melhor aqui.

Pelo menos, está *fazendo* alguma coisa. E se não der em nada, pelo menos você tentou.

Depois que a capitã voltou para o outro lado do convés, Kalista refletiu sobre suas palavras. Não se incomodava que falassem com ela de forma tão direta. Na verdade, era revigorante, e ela apreciava isso. O conselho da capitã também teria agradado ao avô dela. O Leão de Camavor fora defensor da tomada de atitudes decisivas, mesmo diante da incerteza e da dúvida.

Kalista estava prestes a ir pegar um pouco de sopa quando ouviu um grito do vigia do navio, no alto do mastro principal. Ele apontava diretamente para a frente. A general saltou para o convés principal. Contornando os marinheiros com agilidade, ela disparou para estibordo.

— Segure isso — pediu, entregando a lança para uma tripulante assustada.

Kalista escalou o cordame. Ali o vento a açoitava, e cada movimento do navio era bem mais perceptível, revirando seu estômago conforme as ondas subiam e desciam. Finalmente chegou à minúscula plataforma que servia de posto de vigia. O marinheiro ali pareceu mais do que um pouco surpreso ao vê-la.

— O que você viu? — perguntou.

— Veja você mesma — respondeu ele, oferecendo-lhe um cilindro fino e prateado.

Não havia espaço suficiente para os dois na plataforma, então Kalista enrolou o cordame em volta da perna para prendê-la no lugar e pegou a luneta com cuidado. Ela a colocou em um dos olhos e fechou o outro, torcendo a extremidade do cilindro para ajustar o foco.

— Para onde devo olhar?

— Olhe para o horizonte, em frente.

Kalista ajustou e reajustou as lentes, franzindo a testa.

— Não consigo ver o horizonte.

— Exatamente — disse o marinheiro.

Diante deles havia uma névoa branca, como a muralha de uma imensa fortaleza. Tinha dezenas de metros de altura, embora fosse impossível ver com precisão onde terminava a névoa e começava o céu, portanto podia ser ainda mais alta.

Nenhuma névoa ou neblina de que Kalista já tinha ouvido falar começava tão de repente. Havia algo de extremamente anormal nela. O vento que impulsionava o *Daggerhawk* parecia não a afetar, e ela se recusava a se dispersar, como se fosse sólida.

E o *Daggerhawk* navegava direto em sua direção.

— Cem metros, capitã! — gritou o imediato do navio.

Kalista olhou para Vennix. A capitã vastayesa estava de braços cruzados, olhando adiante, e tinha um leve sorriso nos lábios.

Ela está gostando do que vê.

— Já viu algo assim? — perguntou Kalista.

A capitã exibiu os caninos.

— Nunca. Vai ser divertido.

— Cinquenta metros!

Baixaram várias das velas, retardando o avanço do navio sem desistir completamente do impulso que os levava adiante. Os olhos de Vennix não paravam de consultar a bússola de latão ornamentada que segurava.

— Mantenha esta direção! — ordenou Vennix.

— Sim, capitã!

— Vinte metros!

Agora, a muralha de névoa era a única coisa que conseguiam ver. Parecia surreal, como se navegassem rumo ao nada. Kalista prendeu a respiração, segurando a amurada com tanta força que os nós de seus dedos estavam brancos. Quase esperava que o navio colidisse contra a vasta brancura... mas ele a atravessou.

Estava mais frio ali, e a umidade os cercou como se estivessem atravessando uma nuvem de chuva. Não conseguiam mais ver o sol, e as velas do *Daggerhawk* murcharam, pois não havia nenhuma brisa. Kalista viu que a água estava plana e imóvel, como um lago, e os únicos sons que ouvia eram os do próprio navio: o ranger de madeira e cordas, o arrastar nervoso dos pés dos marinheiros.

A capitã Vennix respirou fundo, fechando os olhos.

— Esta névoa tem magia antiga — anunciou. — A sensação é... *maravilhosa.*

Não foi surpresa para Kalista que a névoa fosse de natureza arcana. Era a única explicação lógica. A capitã vastayesa deu um suspiro longo e contente, abrindo os olhos. Eles irradiavam uma luz sobrenatural, e uma aura tênue a cercava.

— Você está... brilhando — observou Kalista.

Vennix sorriu.

— Meu povo nasceu da magia, num passado remoto. Isso é... revigorante.

Kalista olhou a bússola ornamentada na mão de Vennix. A agulha estava parada.

— Ainda estamos na rota?

— Ainda estamos na rota — a capitã confirmou. — Se bem que não vamos a lugar nenhum depressa — acrescentou, olhando para as velas inutilizadas, e gritou ordens: — Muito bem, meninas e meninos, é hora de remar! Mãos à obra!

A tripulação executou suas tarefas com diligência, estendendo longos remos dourados até a água anormalmente parada. Então, ao comando do imediato, os remos mergulharam em uníssono, e o *Daggerhawk* começou a deslizar para a frente.

Singraram a névoa misteriosa e silenciosa durante o que pareceram horas, ainda que, sem o sol, fosse impossível determinar a passagem do tempo. A bússola da capitã informava que continuavam na mesma direção, mas começavam a ter a impressão de que jamais encontrariam nada lá. Era fácil imaginar que não existia nada além da névoa. Ou talvez tivessem sido pegos em alguma espécie de armadilha mágica, e não importava quanto tempo remassem, nunca chegariam a lugar nenhum.

Kalista ficou aliviada ao ver um movimento no céu.

— Pássaros! — gritou, apontando.

— Ora, vejam só! — exclamou Vennix. — Se há aves aqui, significa que há terra também. — A capitã se virou para Kalista, acenando com a cabeça um relutante gesto de aceitação. — No fim das contas, parece que suas ilhas míticas não eram tão míticas assim, princesa.

— Então, onde estão elas? — disparou Kalista.

— Boa pergunta.

Avançaram por algum tempo, até que um grito veio do castelo de proa:

— Acho que estou vendo algo adiante, capitã!

Pouco depois, Kalista também conseguiu ver: parecia uma área mais escura na névoa. Sua respiração ficou presa no peito. Teriam encontrado as lendárias Ilhas das Bênçãos?

Então saíram da névoa e o retorno súbito do vento e das ondas sacudiu o *Daggerhawk*. Mas não havia ilha nenhuma à frente deles, apenas mar aberto.

A capitã xingou.

— O navio mudou de rumo! — rosnou ela, soltando outro palavrão, mais alto e mais elaborado que o anterior.

— Mas e a sua bússola? — perguntou Kalista.

A capitã estendeu o objeto para ela. A agulha girava de maneira descontrolada, mas aos poucos começou a desacelerar, até apontar para... o lugar de onde tinham vindo.

— Estamos de volta ao ponto de partida?! — exclamou Kalista.

— Quase isso — respondeu a capitã. — Acho que as tais ilhas não querem visitantes inesperados.

Por mais três vezes o *Daggerhawk* entrou na névoa. Por mais três vezes, foi repelido. Durante cada tentativa, experimentaram fazer algo diferente, mas não tiveram sucesso.

Na primeira vez, viraram a estibordo assim que romperam a névoa, remando dentro do perímetro dela para mapear a extensão. Contudo, de alguma forma, perceberam-se virados, remando na direção *contrária*, antes de saírem da névoa novamente, de súbito, voltando ao ponto onde tinham começado.

Na tentativa seguinte, navegaram em ziguezague através do véu, esperando que isso aumentasse as chances de se deparar com as ilhas. Porém, de novo, a névoa os rejeitou.

Na última vez, entraram na névoa, giraram o barco e remaram de volta pelo caminho por onde haviam chegado. Parecia absurdo, mas não saíram da névoa de imediato. Permaneceram dentro dela ainda mais tempo, e Kalista começou a pensar que haviam derrotado qualquer que fosse a magia que os expulsara das outras vezes.

Em dado momento, um pequeno bando de lontras-marinhas com pelo iridescente e luminoso ergueu a cabeça da água vítrea para vê-los passar. Kalista ficou impressionada com a semelhança física entre elas e a capitã.

— Não diga — Vennix rosnou.

— Não diga o quê?

— O que está pensando. É só não falar.

A presença de tais criaturas reforçou a ideia de que havia ilhas a uma proximidade tentadora. Entretanto, mais uma vez, provavam não estar dispostas a se revelar. A névoa se dissipou diante do *Daggerhawk*, e, por mais que tentassem alterar o curso e evitar sair, os camavoranos logo se viram de volta ao mar aberto.

Na mesma hora, foram engolidos pela escuridão e açoitados pelo vento e pela chuva. Embora a névoa parecesse irradiar sua própria luz pálida, a noite caíra enquanto estavam abrigados dentro dela. Poucas horas antes do amanhecer, as nuvens e a chuva forte cederam, permitindo à capitã avaliar a posição do navio a partir das estrelas.

Estavam alguns dias a oeste de onde esperavam estar.

— Estamos mais perto do Delta do Serpentina do que de Camavor — informou Vennix. — Para chegar em casa, ou precisaremos passar vários dias contornando essa névoa irritante, ou tentaremos atravessá-la, embora só os Ancestrais saibam onde vamos parar.

— Não podemos voltar ainda. Viego tinha razão. As ilhas estão mesmo lá! — disparou Kalista, apontando para a muralha de névoa.

— Podem estar até na lua prateada — respondeu a capitã. — Uma coisa é tão provável quanto a outra.

Kalista cerrou as mãos em punhos. Saber que as ilhas estavam tão perto, mas tão fora de alcance, era frustrante, e pior do que não encontrar nada.

— Não posso voltar de mãos abanando — insistiu.

— E quem sabe se a rainha resistiu esse tempo todo? — questionou Vennix.

Esse medo, com certeza, vinha atormentando Kalista, mas ela o reprimiu.

— Tem que haver um jeito de atravessar.

— Bom, vou dormir um pouco, princesa. Quando decidir o que quer fazer, me acorde.

Com isso, Kalista se retirou para sua pequena cabine. A capitã tentara ceder os próprios aposentos para ela, "porque você é princesa e tal", porém Kalista havia recusado. A maioria dos marinheiros já roncava nas redes do convés inferior, mas ela não conseguia sequer cogitar a ideia de dormir. Acendendo um lampião e o pendurando num gancho nas vigas curvas do navio, pegou sua mala de couro oleado e subiu na rede.

Embalada suavemente pelo balanço do *Daggerhawk* e com o som das ondas batendo no casco, Kalista folheou as notas manuscritas e os maços de papel que Nunyo lhe entregara. O velho conselheiro passara a noite trabalhando com uma pequena equipe de estudiosos antes de ela partir, transcrevendo qualquer informação da pesquisa de Viego que pudesse ser útil. Ela sondou as páginas, procurando desesperadamente alguma coisa, *qualquer coisa*, que pudesse ajudar, mas não encontrou nada além de devaneios e fantasias.

Estava amanhecendo quando ela reparou em uma pequena anotação rabiscada no canto de uma página. Já a tinha lido, mas não havia prestado muita atenção. Piscando os olhos cansados, virou o maço de papéis de lado, levando-o para perto da luz do lampião. Era a letra precisa e fluida de Nunyo.

Cruzar a posição dos planetas com as constelações no começo e no fim da última etapa indica que essa viagem levou mais ou menos dez dias.

Ela releu a anotação de Nunyo. Era um trecho das traduções dolorosamente verborrágicas daquele icathiano, Zilean, sobre uma visita às Ilhas das Bênçãos. Discorria sobre coisas como o que ele havia comido no desjejum e seu fascínio óbvio pela passagem do tempo, bem como descrições das constelações que vira. Não havia nada que desse informações práticas sobre como chegar às ilhas, mas talvez não importasse. Talvez Nunyo tivesse percebido alguma coisa...

Kalista desceu da rede e saiu depressa da cabine, ignorando os resmungos e protestos dos marinheiros por quem passou. Correu direto para a cabine da capitã e entrou sem bater.

Vennix estava dormindo e piscou diante da intrusa, apertando os olhos à luz da manhã. Os lençóis a cobriam apenas parcialmente, e era visível que estava nua.

— Quer se juntar a mim, princesa? — perguntou ela com um sorriso sonolento e malicioso, sem tentar esconder a nudez.

Era obviamente uma provocação destinada a deixá-la constrangida... e funcionou. Kalista sentiu o rosto arder e desviou o olhar.

— Não, obrigada — respondeu. — Quantos portos ficam a dez dias daqui? Só aqueles que existem há muitas centenas de anos.

— Você interrompeu meu sono de beleza para perguntar isso?

— É importante — disparou Kalista.

Vennix se levantou da cama, ainda sem fazer nenhum esforço para se cobrir, e Kalista virou de costas. A autoconfiança e a absoluta falta de vergonha da capitã a desconcertavam, mas eram também admiráveis. A vastayesa era livre de uma forma que Kalista, como princesa da linhagem real, sentia que jamais poderia ser.

— Dez dias? Bom, nesse tempo você chegaria à Costa Amarantine, mas a nenhum porto notável. Também não chegaria a Harelport, e com certeza não daria para contornar o litoral até Pináculo Branco. Não, o único lugar importante a mais ou menos dez dias daqui seria Buhru, no máximo.

— Buhru — repetiu Kalista. — Isso fica nas... Ilhas das Serpentes?

— Exatamente — confirmou Vennix. — Um povo interessante. Vivem lá há muito tempo. Marinheiros excelentes. E navegadores igualmente excelentes. Não têm medo de nada. A maioria das pessoas faz tudo o que pode para evitar as coisas que habitam as profundezas escuras, mas o povo de lá vai à procura delas. Saem para *caçá-las* toda noite, os atrevidos. Já pode se virar, princesa.

A capitã havia vestido uma mistura exuberante de estilos, incluindo calças justas de couro e botas que iam até a coxa, uma camisa espalhafatosa e toda cheia de babados e um casaco de veludo que chegava quase até o chão.

— Como estou? — perguntou ela, fazendo uma pose teatral.

— Pronta para me levar até as Ilhas das Serpentes em busca de um guia — respondeu Kalista ironicamente.

Vennix gargalhou.

— Então, vamos, princesa. — Ela abriu a porta e guiou Kalista para fora. — Pode me contar mais sobre por que estamos indo até lá enquanto penso em como dizer à tripulação que ainda não vamos para casa.

Capítulo Onze

Buhru, Ilhas das Serpentes

Kalista saiu com ímpeto pela porta de pedra, jogando para o lado uma cortina de contas de âmbar. Sua expressão estava tempestuosa. Uma criatura domesticada, parcialmente emplumada, do tamanho de um cão, cruzou seu caminho, e ela resistiu ao impulso de chutá-la.

De uma varanda esculpida na rocha acima, um homem buhru, corpulento e vestido com uma carapaça de quitina vermelho-escura, a observou partir, cruzando os enormes braços tatuados. A capitã Vennix saiu atrás de Kalista, correndo para alcançá-la. Ambas estavam desarmadas — os buhrus exigiam que todos os estrangeiros deixassem as armas a bordo dos navios antes de desembarcar, e eram rigorosos no cumprimento desse decreto.

— Não correu tão bem quanto eu esperava — admitiu Vennix.

— Foi pura perda de tempo! — rosnou Kalista.

— Os buhrus são reservados, mas eu não esperava que eles se recusassem a nos ajudar… aos berros.

Vennix atuava como intérprete para Kalista desde que haviam chegado, quatro dias antes.

— Achei que você só tivesse passado por aqui uma ou duas vezes — dissera Kalista, surpresa com a fluência de Vennix na língua nativa.

— Nós, vastayeses, temos facilidade para aprender línguas — respondera Vennix e dera de ombros.

No entanto, todas as tentativas de obter informações sobre como navegar pela névoa estranha, ou de contratar um guia, foram recebidas com respostas vagas e recusas educadas, mas definitivas. Quando pressionados, todos tinham sugerido consultar o patriarca. Entretanto, conseguir uma reunião com o sacerdote exigira horas intermináveis de negociação por uma conversa que durara apenas alguns minutos. Ele ouvira o pedido delas, mas as interrompera de repente, recusando-lhes qualquer auxílio.

Kalista estava furiosa.

— Com certeza o sacerdote-caranguejo sabe mais do que admite — bradou ela. — Por que ninguém quer nos ajudar?

Vennix balançou a cabeça.

— Não sei. Talvez seja um tabu religioso? Desculpe, princesa, acho que a decepcionei.

As duas desceram os precários degraus de pedra esculpidos na rocha alta que abrigava o templo e a residência do patriarca. Passaram por vários guardas, todos com armaduras de caranguejo escarlate com bordas serrilhadas, e por paredes de cores vivas exibindo imagens da divindade que o sacerdote cultuava: um caranguejo do tamanho de uma ilha, com um vasto vulcão nas costas. Vennix explicara que os adoradores dessa divindade acreditavam que ela criara as Ilhas das Serpentes na aurora dos tempos, embora não fosse totalmente benévola. A julgar pelas imagens flamejantes de seus atos, parecia ao mesmo tempo uma força destrutiva e criadora.

Mas os buhrus pareciam venerar um panteão vasto e variado de deuses. Uma das outras divindades importantes era uma jovem de cabelos flamejantes equilibrada de pé nas costas de dois tubarões voadores — uma deusa do sol, talvez —, enquanto outra era muito mais monstruosa, representada por uma massa de tentáculos retorcidos que tanto emergiam das ondas quanto desciam do céu. Era muito diferente do culto aos Ancestrais de Camavor, e Kalista achava tudo fascinante.

Papagaios de cores vivas voavam enquanto elas chegavam à base da rocha. Viram macacos com seis membros atravessando o dossel da mata abaixo, e o ar úmido estava tomado por pios e gritos estridentes de outras criaturas ocultas. O lugar era absolutamente diferente das terras mais áridas de Camavor. Em outras circunstâncias, Kalista ficaria felicíssima em explorar as ilhas e aprender sobre elas, mas a pressão do que precisava fazer era um fardo constante pesando no coração. E os buhrus avisaram que a visita dos forasteiros deveria ser breve. Kalista já estava forçando os limites da hospitalidade deles.

Ao longe, viu o *Daggerhawk* ancorado pouco além do porto protegido. O porto em si era raso demais para o navio camavorano, mas não para as dezenas de embarcações buhrus amarradas aos cais de pedra na água. Havia outros poucos navios estrangeiros atracados perto do *Daggerhawk*: uma elegante chalupa iônica com o que parecia ser uma árvore viva formando o mastro; uma galé com a estátua gigante e dourada de um guerreiro com cabeça de águia na popa, que Kalista imaginou vir das terras arenosas do oeste; e vários navios com aparências que ela não reconhecia.

Aproximadamente dez torres rochosas se erguiam da mata, cada uma rodeada de tentáculos contorcidos esculpidos na própria rocha e crivada de portas e janelas. O restante do povoado Buhru se espalhava abaixo delas, meio escondido na vegetação.

— É uma pena — lamentou Vennix enquanto terminava de descer a escada à frente de Kalista. — Os navegadores de Buhru conhecem o oceano como ninguém. É como se as águas falassem com eles. Fazem com que eu e minha tripulação pareçamos amadores, e isso porque somos os melhores de Camavor.

— E os mais modestos — observou Kalista.

— É apenas a verdade. E agora?

Kalista deu um tapa num inseto que picava seu pescoço. Os moradores de Buhru as espiavam das janelas e portas. Não eram hostis, mas ainda assim intimidavam. Até mesmo os tecelões, artistas e sacerdotes pareciam guerreiros.

— Não sei — admitiu ela. — Toda essa empreitada parece em vão. Não sei aonde ir.

— Bom, uma boa notícia, para variar — anunciou Vennix quando chegaram à base da rocha. — O *Daggerhawk* está reabastecido e minha tripulação, contente. É incrível como uma bela refeição melhora os ânimos.

No nível do solo havia mais movimento, com os buhrus cuidando da vida diária. Pescadores vendiam seus peixes, e um grupo de crianças risonhas passou correndo por elas. O povoado era muito maior do que Kalista havia imaginado, e obviamente tão movimentado quanto qualquer cidade pesqueira de Camavor.

— Também consegui pechinchar o preço de alguns barris desta bebida local — contou Vennix, sacando um frasco e tirando a tampa. Tomou um longo gole e suspirou satisfeita. — Isso vai deixar a tripulação *muito* feliz.

Kalista cheirou o gargalo enquanto a capitã segurava o frasco para ela, e seus olhos lacrimejaram.

— Em nome dos Ancestrais, *o que* é isso?

Vennix riu.

— Uma especialidade local. Faz crescer pelo no peito.

— Por que eu iria querer... — Kalista se deteve depois de ver a expressão no rosto peludo da vastayesa. — Esquece.

Vennix resmungou e tomou o resto da bebida acre.

— Venha — chamou, dando um tapa no ombro de Kalista. — Conheço um lugar no porto que serve o melhor caranguejo que já comi. Vamos lá, e poderemos pelo menos encher a barriga enquanto você pensa no nosso próximo passo.

A capitã tinha razão: o caranguejo era espetacular. Mas não serviu para abrandar o humor sombrio de Kalista.

Sentaram-se a uma mesa com vista para o mar enquanto o sol se punha e os barcos de pesca dos buhrus eram preparados para o trabalho noturno. Os pescadores pareciam estar indo para a guerra, levando arpões e lanças farpadas a bordo de seus navios e se despedindo dos entes queridos com beijos nos cais de pedra. Fazia sentido, considerando que, como Kalista entendia, estavam saindo para caçar as várias serpentes e monstros que surgiam das profundezas sob o manto da escuridão. O curioso era que todos jogavam alguma coisa no oceano enquanto entravam nos barcos.

— O que eles estão fazendo? — perguntou Kalista.

Ela e a capitã estavam sentadas a uma mesa comprida com as sobras da refeição à sua frente. Vários tripulantes do *Daggerhawk* tinham se juntado a elas. O restante da mesa era composto por moradores e marinheiros dos outros navios ancorados na baía, formando um grupo diversificado que conversava em meia dúzia de línguas diferentes. Era um lugar animado que parecia tão popular entre os buhrus quanto entre os visitantes.

— Oferendas à Mãe Serpente — explicou Vennix, entornando mais um copo da forte bebida local. — É um sinal de respeito.

Kalista olhou para o próprio copo meio vazio, pensando se deveria terminá-lo. O gosto era ruim, mas a sensação de calor que a bebida causava não era desagradável. Antes que pudesse se decidir, Vennix estendeu a mão, agarrou o copo e o bebeu num gole só.

— Que foi? — espantou-se ela ao ver a surpresa de Kalista. — Já fazia mais de uma hora que você só olhava para o copo!

Kalista abriu um sorriso de deboche, balançando a cabeça.

— Finalmente! — exclamou a capitã. — Essa é a primeira vez que você deixa de fazer careta hoje!

Mais uma vez, a expressão de Kalista se fechou. Que direito tinha de se divertir enquanto a rainha estava morrendo — morrendo do veneno de uma lâmina que ela, Kalista, devia ter detido?

— Acho que é melhor eu voltar para o *Daggerhawk* e deixar que você e a tripulação aproveitem a noite — anunciou. — Acho que não sou uma boa companhia no momento.

— Espere só mais um pouquinho e voltamos juntas — pediu Vennix, recostando-se na cadeira e olhando as mesas ao redor.

Embora os moradores não estivessem prestando atenção nelas, um bom número de marinheiros estrangeiros as encarava com ar sombrio, e Kalista ouvira vários deles murmurarem quando elas chegaram. Ao que parecia, a fama de Camavor chegara até mesmo àquela ilha. Talvez achassem que o *Daggerhawk* fosse um navio de reconhecimento, procurando novas terras para conquistar. Sua intuição de guerreira alertava que seria muito fácil a situação mudar para pior. De repente, ficou grata pela lei de Buhru, que garantia que nenhum estrangeiro pudesse desembarcar com armas.

— Talvez seja melhor todos voltarmos — advertiu ela em voz baixa.

— Não. — Vennix sorriu. — Eu diria que a situação está prestes a ficar interessante.

Parecendo que tinha ouvido a deixa, um marinheiro estrangeiro esbarrou num dos tripulantes de Vennix com força suficiente para fazê-lo derramar a bebida. Num instante os dois começaram a brigar, e outros se levantaram, esperando para ver se haveria briga. Dois brutamontes locais se aproximaram, mas Vennix interveio primeiro.

— Senhores, senhores, tenho certeza de que podemos resolver isso de maneira amigável — disse ela, erguendo as mãos num gesto de paz. O tom de voz era jovial, mas o brilho perigoso nos olhos de Vennix revelava a Kalista exatamente o que ia acontecer, e ela se levantou devagar.

Um dos marinheiros dos desertos ocidentais olhou de relance para a capitã, que mal chegava à altura do peito dele, e fez um comentário desdenhoso antes de voltar a ignorá-la. Kalista estremeceu. *Que tolice.*

Sem hesitar, Vennix bateu em cheio na garganta do homem, virando os quadris para colocar todo o peso do corpo no golpe. Ele desabou para trás e a algazarra começou. Mais marinheiros se levantaram, rugindo de raiva e distribuindo socos. Alguém estilhaçou uma cadeira em cima de um marujo. Um prato arremessado atingiu outro na lateral da cabeça, derrubando-o na hora. Vennix gargalhou, abaixando-se para escapar de um chute lateral antes de arrancar o atacante do chão com um soco direto perfeitamente calculado no queixo.

Kalista assistia à luta de braços cruzados. Da mesma forma, a maior parte dos moradores preferiu não se envolver, deixando os estrangeiros se estapearem. Os dois brutamontes sorriam, irônicos.

Um marinheiro se voltou para ela, empunhando sem muita firmeza uma perna de cadeira quebrada.

— É melhor parar por aí — avisou a camavorana, mas o homem disparou na direção dela. Kalista aparou o golpe e, com uma torção habilidosa, forçou o agressor a se ajoelhar. Ele largou a arma improvisada e gritou de dor enquanto ela deslocava o ombro dele. Como general, Kalista não apreciava brigas fora do horário de serviço, mas sentiu alguma satisfação ao receber um aceno respeitoso dos moradores depois de expulsar o oponente, que saiu se lamentando.

Uma senhorinha muito idosa e miúda chegou da cozinha, gritando, e os dois brutamontes finalmente começaram a apartar a briga. Um deles separou dois combatentes engalfinhados, erguendo-os do chão, um em cada manzorra, enquanto o outro agarrou uma marinheira lutadora pela parte de trás da calça e da camisa, atirando-a diretamente no mar.

— Já chega! Chega! — anunciou Vennix, rindo, quando um dos buhrus grandalhões se voltou para ela. A capitã tirou seus últimos tripulantes da briga e escapuliu pela noite, deixando um rastro de destruição para trás.

Kalista foi a última a sair.

— O Trono Prateado pede desculpas — anunciou ela, curvando-se numa pequena reverência, mas ficou óbvio que ninguém tinha ideia do que a general estava dizendo. Agora, todos os olhares estavam fixos nela, e muitas das expressões revelavam que poderia haver mais violência.

Sabendo que existia uma língua que todos falavam, Kalista sacou um punhado de moedas de Camavor, o suficiente para pagar em dobro pelos estragos. Ela as ergueu para que todos pudessem ver e as deixou numa pilha arrumada sobre uma das mesas que ainda restavam de pé. Vendo que agora todos os olhares estavam fixos nas moedas, Kalista saiu depressa, correndo para se juntar a Vennix e à tripulação.

Alguns deles estavam feridos — nada mais grave do que algumas costelas trincadas e olhos roxos —, mas todos riam e conversavam alegremente a caminho do porto.

— Então, o que foi isso tudo? — perguntou Kalista, alcançando a capitã.

— Achei que precisávamos descarregar um pouco a tensão — explicou Vennix. — Foi divertido, não foi?

Kalista balançou a cabeça, negando, mas não pôde deixar de sorrir.

Ainda comparando ferimentos e façanhas, os marinheiros entraram no escaler, e Kalista estava prestes a embarcar também quando viu um homem se aproximar. Franzindo a testa, virou-se para ele. Estava escuro, mas ficou evidente que ele não era local. Kalista ficou tensa, imaginando se era alguém em busca de retaliação, apesar de qualquer um saber que enfrentar todos os camavoranos sozinho seria tolice.

O estranho disse algo que Kalista não entendeu, as palavras soando guturais. Vennix respondeu no mesmo idioma ríspido.

— Você fala a língua dele também? — perguntou Kalista.

— Como eu disse, é fácil para nós.

— O que ele quer? — perguntou Kalista.

Vennix e o homem conversaram. Pelo tom, pareciam estar discutindo, praticamente gritando um com o outro, mas Vennix não parecia estar zangada. Ela então virou-se para Kalista.

— Ele afirma saber que o ancião buhru não deu as respostas que você procura, mas que conhece alguém que poderia dá-las. Pelo preço certo, ele está disposto a nos levar até lá. Ah, e ele também sabe que você é uma princesa, o que imagino que faça o preço dobrar, no mínimo.

Kalista avaliou o desconhecido. Não gostou da maneira como ele sorriu para ela. Os dentes dele eram feitos de aço e brilhavam ao luar.

Mas que escolha eu tenho?

— Tem certeza disso? — perguntou Vennix.

O *Daggerhawk* estava ancorado numa baía ampla perto da maior das Ilhas das Serpentes, a quase um dia inteiro de viagem do porto onde haviam conhecido seu novo guia. Kalista estava na parte traseira do navio camavorano, pronta para descer até o escaler pendurado na popa, mantido no lugar por uma série de cordas e polias.

— Não — respondeu ela. — Mas no momento não tenho nenhuma ideia melhor.

Através de Vennix, Kalista entendera que o homem que a havia procurado na noite anterior era Rhazu Ferros: comerciante, explorador e, às vezes, fornecedor de informações e itens difíceis de encontrar, tal como ele se descrevera. Vinha de uma cidade portuária chamada Oshra Va'Zaun, num istmo estreito a oeste. Kalista recordava vagamente do nome e acreditava que uma delegação daquela cidade fora a Camavor anos antes buscando relações comerciais. Pelo que se lembrava, a proposta fora rejeitada.

— Quando olha para você, ele só vê dinheiro.

— Ah, eu sei — afirmou Kalista. — Mas isso não quer dizer que eu não vá conseguir as respostas que procuro.

Ancorado nas proximidades, o navio de Ferros era diferente de tudo o que Kalista já tinha visto. O nome era *Progress*, e era uma embarcação larga de estrutura robusta, com o que pareciam ser casarões fortificados embutidos na proa e na popa, com telhados, janelas de vidro e chaminés. O casarão da popa tinha até um relógio gigante instalado na fachada, e, ao anunciar as horas, várias portinholas se abriram e delas saíram bonequinhos num desfile.

— Por que não ver as horas pelo sol e pronto? — Vennix comentara quando viram o navio pela primeira vez.

— E não envolve magia? — Kalista perguntara a Ferros. Ele exibira seu sorriso de aço e dera uma resposta entusiasmada.

— Nada de magia — Vennix traduzira. — Engrenagens, mecanismos ocultos e a perícia de Oshra Va'Zaun, é o que ele diz. Não vou me dar ao trabalho de traduzir o resto. Ele está se gabando, dizendo o quanto custou construir isso, e tudo mais. Acho que está tentando nos impressionar. Se quer saber, para mim é puro desperdício de dinheiro.

Vennix podia desdenhar da praticidade daquele navio, mas Kalista ficara admirada com a visível engenhosidade.

— Realmente não acho que seja uma boa ideia — insistiu a capitã enquanto Kalista entrava no escaler. — Mas vou com você. — E estalou os dedos, chamando a atenção de uma tripulante. — Vá buscar Jada para mim, sim, meu bem?

— Jada? — perguntou Kalista enquanto a jovem disparava rumo ao convés inferior.

— É minha favorita, e olhe que já peguei várias. A não ser pelo *Daggerhawk*, é lógico. Ele sempre vai morar no meu coração.

Kalista descobriu que Jada era uma enorme cimitarra de lâmina curva, com cabo duplo e guarda ornamentada em forma de serpente enrolada.

— É quase do seu tamanho — comentou enquanto Vennix embainhava a lâmina às costas.

— Ela nunca me deixou na mão. É o melhor relacionamento que já tive. — Vennix se voltou para um marinheiro no convés. — Pode baixar!

Ele desamarrou as cordas e o escaler começou a baixar no mar sereno. Havia quatro tripulantes a bordo, além de Kalista e Vennix, e eles pegaram os remos, seguindo em direção à costa. Era uma parte isolada e intocada da ilha, sem nenhum sinal de habitação. Imensas formações rochosas se erguiam diante delas, repletas de cascatas e vegetação.

— Por que a tal vidente estaria justo aqui? — perguntou Vennix, olhando para a mata densa e quente. — Parece muito complicado para os visitantes a encontrarem.

— Talvez a intenção seja essa — observou Kalista.

— Ou talvez a intenção seja apenas atraí-la para um lugar isolado e roubar todo o seu ouro — ponderou a capitã.

— Não é impossível. Que tal considerar o caso como mais um jeito de liberar a tensão? — sugeriu Kalista.

Vennix fez uma careta.

— Prefiro continuar brigando em bares com marinheiros bêbados.

— Anotado.

Aproximaram-se da praia e Kalista pulou no mar, que a cobriu até a cintura, para ajudar a puxar o barco até a areia. A água estava quente e convidativa, mas a quantidade de barbatanas e coisas escamosas que vira entre o *Daggerhawk* e a costa significava que não tinha vontade de passar mais tempo do que o necessário ali.

Rhazu Ferros estava sozinho, exibindo um sorriso largo enquanto elas se aproximavam, os dentes reluzindo. Ele se curvou para Kalista e falou com Vennix, que bufou de escárnio.

— O que ele está dizendo? — perguntou Kalista.

— Nenhuma novidade: ele quer discutir o pagamento.

— Onde está a suposta vidente?

Vennix falou com Ferros outra vez, e ele indicou as árvores.

— Disse que a vidente está bem lá dentro da mata, mas faz questão de ser vago. Disse que podemos chegar lá ao pôr do sol se formos agora. Acho que não quer revelar muito antes de receber.

Ferros falou mais uma vez, apontando para si mesmo, depois para Kalista e seu grupo.

— Está repetindo que é um homem de palavra. Que vai nos levar até lá sozinho, sem nenhum guarda, como gesto de boa-fé. Mas ele realmente espera ser pago.

— Tudo bem. — Kalista mostrou um saco de dinheiro. — Este é um terço do seu pagamento. Vai receber o restante depois que falarmos com a vidente e voltarmos em segurança. — Jogou o saco para ele, que o pegou com facilidade. — Nem pense em me trair, Ferros — acrescentou, apontando o dedo para ele. — Se fizer isso, vai se arrepender.

Vennix traduziu, e o homem riu, balançando a cabeça.

Entre as palavras dele, Kalista reconheceu uma: *camavoranos*.

— Qual é a graça? — perguntou.

— Pelo jeito, somos nós. — Vennix bufou. — Ele disse que nem todo mundo é impiedoso e movido pela ganância como os camavoranos. Realmente não gosto desse homem.

— Vamos logo então? — propôs Kalista.

Ferros fez outra reverência e apontou para a mata.

Quando já estavam a caminho, Kalista se aproximou de Vennix.

— Fique de olho na nossa retaguarda. Veja se não há ninguém nos seguindo.

Capítulo Doze

Começaram a caminhada pela mata sob um sol escaldante, mas logo nuvens escuras se formaram acima dos imensos penhascos e rochedos ao redor. Ao longe, no mar, relâmpagos faiscaram e trovões ribombaram em ondas estrondosas. A chuva veio a seguir, caindo num ataque implacável e ruidoso, forte o suficiente para que fosse quase impossível ouvir alguma coisa além do aguaceiro.

Completamente encharcados, seguiram em fila única por trilhas cada vez mais traiçoeiras, escorregando e derrapando na lama. Kalista usou sua lança como cajado para manter o equilíbrio. No grupo, só Vennix parecia não se incomodar com o clima. A chuva escorria de sua pelagem como se esta fosse um casaco oleado, e, enquanto prosseguia, ela murmurava uma melodia vastayesa perturbadora, com os olhos bem fixos nas costas de Rhazu Ferros.

— Choveu mais na última hora do que chove em Camavor num ano inteiro! — exclamou Kalista, olhando para o penhasco gigantesco diante deles.

— Quê? — berrou Vennix.

— Ah, não importa.

— Quê?

— Eu disse que não importa!

— Eu estou toda torta? — retrucou Vennix, indignada.

— Não, eu disse... — começou Kalista, antes de perceber o brilho de malícia nos olhos de Vennix. A capitã riu enquanto Kalista balançava a cabeça, exasperada.

— Eu entendi da primeira vez! — gritou Vennix. — E saiba que eu teria achado graça do seu comentário!

Os abismos e fendas entre as rochas estavam um breu. Em alguns pontos, foi preciso se espremer para atravessá-los, enquanto em outros o grupo teve que saltar poças de água da chuva, turbulentas e cada vez mais cheias. Quando já estavam perto do destino final, a chuva cessou e as nuvens deram lugar a um glorioso pôr do sol escarlate, vislumbrado nas aberturas estreitas acima do desfiladeiro e nas vistas ocasionais da baía.

Um ruído baixo anunciou a chegada a uma cachoeira enorme e veloz que caía num sumidouro gigantesco, escancarado no chão da selva. Formava-se um imenso arco-íris nos respingos tocados pelos últimos raios de sol do dia.

Kalista olhou para as profundezas do sumidouro.

— Acho que ela está lá em baixo, não é? — Ferros assentiu e ela suspirou, resmungando. — É, é óbvio que está.

Já era noite quando Kalista alcançou o fundo do sumidouro. Tinha deixado os outros do lado de fora e descido sozinha — ao que parecia, a vidente receberia apenas ela.

As estrelas brilhavam no céu, espelhadas pela enorme e profunda lagoa formada pela cachoeira. O solo estava coberto por plantas de folhas largas, trepadeiras e flores de cores vívidas. O ruído da cachoeira ecoava ao redor dela, e o ar estava cheio de vapores rodopiantes. A área era cavernosa, muito maior do que parecia quando vista de cima, e a lagoa se estendia para além da borda suspensa do sumidouro, prolongando-se até Kalista perder de vista.

Uma faixa de terra estreita junto da parede íngreme levava para trás da cachoeira. Imaginando que a vidente provavelmente estaria lá, Kalista seguiu por aquele caminho, pisando com cuidado entre as rochas escorregadias e a folhagem densa.

No alto de uma das rochas, uma silhueta alta e esbelta esperava por ela. A princípio, achou que fosse uma estátua, de tão imóvel que estava, mas quando se aproximou, viu a cabeça se virar para ela. A criatura estava obscurecida pela nuvem de vapor, então Kalista não conseguia vê-la com nitidez, mas ficou óbvio que era diferente de tudo que ela já tinha visto.

— É lindo, não é? — disse a criatura.

A voz estranha e etérea era feminina e curiosamente desprovida de sotaque. Na verdade, Kalista não sabia ao certo que língua a criatura falava, embora entendesse cada palavra. Ela se aproximou com cuidado, tentando enxergar melhor.

— A baía, as matas, esta cachoeira — continuou a criatura, gesticulando com movimentos lânguidos. — É tudo tão intocado. Tão imaculado. Puro. Mas não permanecerá assim para sempre. Aqui surgirá uma cidade, como uma ferida aberta. Um lugar de mentiras e assassinatos. Isso... me entristece.

— Você fala das coisas que estão por vir como se já as tivesse visto — observou Kalista.

— E vi, Kalista vol Kalah Heigaari de Camavor — respondeu a criatura. — Eu estava esperando por você.

— Quem é você?

Uma rajada de vento limpou a névoa entre as duas, e Kalista arregalou os olhos. A pele da vidente tinha o tom roxo-claro do anoitecer e longas pernas com articulações invertidas que terminavam em cascos. Do centro da testa brotava um chifre curvo que cintilava como o luar.

— Já fui chamada de muitas coisas, por muitos seres — revelou a vidente. — Mas sou filha das estrelas. Pode me chamar de Soraka.

Soraka levou Kalista por trás da cachoeira até uma caverna natural rasa. Pontos de luz cobriam o teto como se fossem estrelas, e aglomerados de fungos irradiavam um brilho tênue, banhando a caverna com uma iluminação azul suave.

A vidente caminhava com uma graça sutil, sem pressa, e Kalista sentia uma calma profunda na presença dela. Dobrou as pernas com cuidado e sentou-se numa pedra baixa, gesticulando para Kalista fazer o mesmo. Perto dali estava um cajado alto, com uma lua crescente na ponta, e havia um pequeno bule e um par de xícaras sobre uma rocha plana. Além disso, não existiam muitas coisas dentro da caverna para indicar que era a morada da vidente, mas Kalista tinha certeza de que era.

— Chá? — ofereceu Soraka.

Kalista assentiu em agradecimento e pegou uma das xícaras. Ficou surpresa ao perceber que estava quente, exalando um aroma de ervas quando o vapor subiu.

— Como sabia que devia me esperar? — perguntou. — E como sabia meu nome?

Os olhos da estranha criatura eram cativantes, parecendo refletir as estrelas e corpos celestes longínquos em suas profundezas.

— Não acredito que essas sejam as perguntas que você veio até aqui para fazer, mas mesmo assim vou responder. A resposta para ambas é a mesma: as estrelas me disseram.

— Entendi — resmungou Kalista, sem entender nada. *Com os videntes é sempre assim.*

Soraka deu uma risada delicada.

— Seu ceticismo não me ofende.

Kalista insistiu:

— Se você diz a verdade, já sabe por que estou aqui.

Soraka abriu um sorriso, embora houvesse certa tristeza nele, como se estivesse repleto de pesar.

— Sei por que veio e responderei da melhor forma possível, mas você poderia fazer uma pergunta *diferente*. Poderia perguntar o que aconteceria se você simplesmente... partisse. Poderia perguntar o que aconteceria se abandonasse os seus fardos e deixasse a sua terra natal com o verdadeiro amor do seu coração.

Kalista não se moveu, retesando-se de repente, cautelosa. Poderia aquela criatura ler seus pensamentos e desejos mais íntimos?

— E qual seria a sua resposta se eu fizesse tal pergunta?

— Você seria feliz. Teria uma vida longa e plena. Teria filhos, e eles teriam filhos, e aqueles que a amam ficariam ao seu lado quando sua hora finalmente chegasse, com a leveza de uma brisa. — O sorriso de Soraka se desfez. — No entanto, mesmo sabendo o que esse caminho traria, é improvável que você o siga.

— Por que está me contando isso?

Soraka suspirou.

— Talvez eu simplesmente queira impedi-la de trilhar um caminho longo e lastimável. Talvez eu deseje que você tenha um pouco de felicidade na vida. A existência mortal é tão breve...

— Então nossos destinos estão decididos para nós? — perguntou Kalista. — Já estão gravados em pedra, e o que fazemos é apenas uma ilusão?

— Ah, não. — Soraka balançou a cabeça. — Seu futuro lhe pertence. Só você decide que caminho seguir. O que vejo são *possibilidades*. Uma miríade de futuros possíveis se espalha diante de você, mas a escolha é *sempre* sua.

Kalista tomou um gole de chá.

— E o que você viu nesses meus futuros?

— Escuridão — sussurrou Soraka, e uma sombra recaiu sobre ela. Podia ser um truque da luz, mas foi como se o fulgor dos cogumelos luminosos e das constelações cintilantes tivesse diminuído.

— Que animador — murmurou Kalista.

Soraka riu baixinho e as sombras se dissiparam.

— Mesmo quando uma chama é abafada e tudo parece perdido, pode restar uma brasa escondida debaixo das cinzas. Enquanto essa brasa continuar acesa, ainda será possível banir toda a escuridão do mundo. E, enquanto brilhar, haverá esperança.

— Mas não entendo — admitiu Kalista.

— Eu sei — respondeu Soraka, triste. — E talvez nunca precise entender. Como eu disse, o futuro não é definitivo.

— Isso tudo é... fascinante, mas vim aqui em busca da resposta para uma pergunta específica, e tempo é um luxo que não possuo.

— Você é uma alma pragmática, Kalista vol Kalah Heigaari de Camavor. Está certa por não confiar muito em quem alega conhecer o futuro. A maioria das pessoas que se intitulam assim são charlatãs, de fato.

— E esta é a hora em que você me diz que as *suas* profecias são verdadeiras? — questionou Kalista. — Que todos os outros são mentirosos, mas você não?

— Não importa se você acredita em mim. O sol continuará a nascer e a se pôr todos os dias, até o fim. A verdade não precisa de crença para ser verdadeira. Simplesmente... *é*.

— Diga alguma coisa direta e que possa ser comprovada, e eu vou acreditar.

Soraka sorriu.

— Não preciso provar nada a você, mas direi o seguinte: está procurando as ilhas ocultas na névoa. Será melhor para você se não as encontrar. Mas, se as procurar mesmo assim, como ambas sabemos que o fará, posso dizer que a donzela dourada do mar a levará até lá.

— A donzela dourada do mar — repetiu Kalista com a voz entediada. — E quem seria essa?

Soraka bebericou o chá, deixando evidente que sua profecia havia sido enunciada e que não falaria mais. Kalista fez um muxoxo. Levantando-se, andou de um lado para o outro.

— Por que falar por enigmas e fantasias? — reclamou ela. — Por que não me dizer diretamente?

— Só posso contar o que vejo. Lamento não poder fazer mais.

— Então é isso? É essa minha profecia? Encontrar uma donzela dourada que vai me levar até lá?

A expressão de Soraka estava repleta de pesar e empatia.

— Não posso dizer mais nada.

Kalista encarou a vidente, frustrada com seus enigmas e furiosa consigo mesma por ter ido até aquele lugar. Havia muita coisa que a criatura deixara de dizer, mas ela percebeu que nunca conseguiria uma resposta objetiva.

— Obrigada pelo chá — agradeceu, colocando a xícara na pedra plana. Então curvou a cabeça e se virou para sair.

— A lagoa é funda — acrescentou Soraka. — E leva à baía.

Kalista franziu a testa e olhou para a estranha criatura atrás dela. A vidente fitava com melancolia o luar refletido na cachoeira, e não a olhou nos olhos.

Será que ela ainda possui alguma sanidade?

Kalista balançou a cabeça e saiu.

Kalista repassou muitas vezes as palavras da vidente enquanto subia de volta à borda do sumidouro. Nada fazia sentido.

Estava com uma expressão sombria quando alcançou o topo da borda estreita, e seu coração batia acelerado com o esforço quando viu as bestas apontadas para ela.

— Vá com calma — anunciou uma voz com forte sotaque. — Largue essa sua lança lá embaixo, por favor. A não ser que queira virotes pelo corpo todo e um talho na garganta da sua capitã.

Kalista sussurrou um palavrão. *Ferros. No fim das contas, o canalha fala camavorano.* Ela o viu bem à sua frente, com uma faca pressionada na garganta de Vennix, que fora forçada a se ajoelhar diante dele. Um grupo de marinheiros estrangeiros o apoiava, com as bestas preparadas. *De onde vieram?* Deviam ter chegado antes deles para preparar a emboscada, percebeu Kalista, xingando outra vez. Devia saber que isso aconteceria. Sua ânsia de encontrar a tal vidente a deixara descuidada.

Pelo menos cinco dos guardas recém-chegados de Ferros jaziam no chão, mas os quatro tripulantes de Vennix também estavam mortos. A própria capitã sangrava, e um de seus olhos estava inchado.

Kalista olhou para Ferros. Poderia matá-lo antes que ele cortasse a garganta de Vennix, e seria *muito* gratificante, mas não impediria que os capangas dele as derrubassem com os virotes das bestas.

— Mate esse desgraçado! — rosnou Vennix.

— Nem tente — alertou Ferros, pressionando a faca. Saiu sangue, e Vennix sibilou.

O olhar de Kalista voltou às bestas, avaliando a chance de evitar os disparos àquela distância. Era improvável que conseguisse.

— Tudo bem — resmungou.

— *Devagar* — insistiu Ferros.

Encarando-o com fúria, Kalista estendeu o braço lentamente para o lado e deixou sua amada lança cair no sumidouro. Ela logo desapareceu na névoa ondulante.

— Não importa o quanto lhe paguem, não é suficiente — disse ela.

Ferros empurrou Vennix para o chão.

— Amarrem as mãos dela — ordenou, e um de seus marinheiros puxou os braços de Vennix para trás, atando seus pulsos depressa. — Das duas.

Outros dois marinheiros se aproximaram de Kalista com cautela. Ela fez uma carranca, mas não resistiu quando torceram bruscamente seus braços para trás e os amarraram com corda.

— E agora, traidor? — perguntou ela enquanto a empurravam para o lado de Vennix, pondo-a de joelhos.

— Traidor? Ai — queixou-se Ferros. — E, para sua informação, ninguém está me pagando. Mas tenho certeza de que Camavor ficará *ansiosa* para recuperar a herdeira do trono sã e salva.

— Espera pedir resgate por mim? A única coisa que vai conseguir é o massacre de todos os homens, mulheres e crianças de Oshra Va'Zaun. Quer mesmo ser responsável por isso?

— Vocês são *mesmo* um povo sanguinário, hein? — respondeu Ferros. — *Resgate* é uma palavra feia em qualquer língua. Você será minha *hóspede*. Será tratada como a princesa que é e viverá no luxo na minha bela cidade. Só quero que o seu rei firme comércio com o clã Ferros. Depois, você pode voltar para casa, se assim desejar.

— Você é um tolo, Ferros. Vai se dar muito mal.

Ele sorriu.

— Veremos. Você já me subestimou uma vez. Creio que talvez se engane de novo.

Kalista trocou um olhar com Vennix.

— Desculpe, princesa — lamentou a capitã. — Derrubei alguns deles, mas não consegui derrotar esse patife de dentes prateados. Pelo menos assim não teríamos que ouvir tanta besteira.

Kalista avaliou a situação. Ela e Vennix estavam ajoelhadas, de mãos atadas. Cercadas dos três lados pelos marinheiros de Ferros, impedindo qualquer tentativa de fuga... exceto pela beira do penhasco.

— *A lagoa é funda e leva à baía* — murmurou ela.

— Quê? — sibilou Vennix.

— É algo que a vidente me disse — sussurrou Kalista.

Ela olhou para Ferros, que estava momentaneamente distraído, dando ordens a um dos guardas. Então voltou a olhar para Vennix e indicou o penhasco com um gesto de cabeça.

— Não tem medo de altura, tem?

— Você não pode estar falando sér...

Kalista já estava se levantando e correndo até o sumidouro. Era estranho correr com as mãos amarradas atrás das costas, mas ela foi ágil e surpreendeu Ferros e sua tripulação. Ouviu gritos atrás dela, e um virote de besta passou zunindo perto de seu pescoço, errando-a por um triz.

Ela chegou à beira do abismo e, sem hesitar, pulou.

Torceu o corpo no ar, vendo Vennix alguns passos atrás dela. A capitã cambaleou quando um virote a atingiu no ombro, mas continuou a correr e meio saltou, meio caiu da borda.

Na queda, a parede do penhasco passou por Kalista como um borrão. De repente, ela estava em meio ao jorro frio da cachoeira e não conseguia ver nada. Foi uma sensação curiosa, e imaginou se voar seria assim.

Então atingiu a água e mergulhou profundamente, o ar escapando de seus pulmões. Bolhas e ondas a cercaram, cegando-a, e ela perdeu toda a noção de onde era para cima e onde era para baixo. Kalista se debateu e chutou, por um momento tendo certeza de que ia se afogar.

Então parou, acalmando-se. A explosão de bolhas diminuiu, e ela conseguiu se localizar. Vislumbrou rochas escuras e sombreadas abaixo e viu o brilho do luar acima. Bateu as pernas em direção àquela luz, os pulmões ardendo, e finalmente emergiu, sorvendo o ar profunda e desesperadamente.

Vennix emergiu nas proximidades, cuspindo e rindo.

— Movimento ousado! — comentou ela.

— Ainda não escapamos. — Kalista olhou para o virote cravado do ombro de Vennix. — Você está bem?

A vastayesa deu de ombros, depois se retraiu.

— Estou.

— Tem uma faca no meu quadril. Depressa.

As duas mulheres, se mantendo acima da água, se posicionaram de modo que Vennix pudesse alcançar a lâmina com as mãos amarradas.

— Acho que consegui — anunciou ela.

— Não a deixe cair — ordenou Kalista.

— Não vou. Epa...

— O quê? Deixou cair?

— Não, é brincadeira — provocou Vennix. — Só um instante... Pronto! — Ela se soltou e cortou rapidamente as amarras de Kalista. — E agora?

— A vidente disse que esta lagoa leva à baía — explicou Kalista. — Consegue nadar até lá?

— Não vou atrasá-la — garantiu Vennix. — Mas primeiro...

Mergulhou nas profundezas. Mesmo usando apenas um braço, moveu-se com facilidade, o corpo deslizando como uma onda enquanto as pernas se moviam juntas. Kalista ficou onde estava, flutuando. Um minuto se passou, depois outro, e ela começava a se preocupar quando Vennix emergiu.

— Tome — disse ela, entregando a lança a Kalista.

— Como você...?

— Meus olhos são mais aguçados do que os seus. Agora, vamos. Encontrei a saída. E acho que vi Jada.

Kalista se arrastou para fora da água, cuspindo e tossindo. Rastejou pelas rochas pontiagudas e ásperas, agarrando-se a elas, ainda que lhe cortassem os dedos. Uma onda se abateu sobre ela com um estrondo retumbante, mas ela não se soltou. Suas mãos estavam começando a afrouxar quando Vennix a agarrou pelas correias da armadura e a puxou para fora com uma força espantosa.

Finalmente a salvo, deitou-se de costas, ofegando e fitando a água escura. Dezenas de barbatanas afiadas circulavam freneticamente no ponto de onde haviam saído.

— Foi por muito pouco — arfou ela.

— Agora vamos voltar ao navio.

Escalaram as rochas, dirigindo-se à enseada estreita onde tinham remado até a costa. Caranguejos e criaturas se apressaram para sair do caminho. Chegando à areia, correram depressa, virando-se na direção da pequena baía rochosa para onde haviam levado o escaler. O barco de Ferros continuava lá, então pelo menos tinham chegado antes dele.

Agindo o mais rápido possível, arrastaram o escaler para a água.

— Estou ouvindo os passos deles — rosnou Vennix, lutando para manobrar seu lado da embarcação com um braço só.

Kalista viu a chama das tochas na mata vindo na direção delas. Ouviu-se um grito quando Ferros e seus tripulantes as viram. Ela grunhiu com o esforço, arrastando o escaler até que ele finalmente deslizasse para a água.

— Espere — pediu Kalista. Correu até o escaler de Ferros, soltou os remos e os arremessou ao mar, o mais longe possível. Uma enorme boca com presas se ergueu das ondas e se fechou sobre um deles, partindo-o como se fosse um graveto.

De olhos arregalados, ela correu de volta para Vennix e subiu a bordo.

— Vamos! — gritou, e as duas manobraram os remos.

— Espero que aquela vidente tenha contado o que você precisava tanto saber — murmurou Vennix.

— Tem certeza de que não quer afundar o navio do desgraçado?

No convés do *Daggerhawk*, Kalista olhou para a baía. Era uma ideia tentadora, mas ela balançou a cabeça, negando.

— Não vale o risco — respondeu. — E a tripulação de Ferros não merece morrer só por causa da ganância do patrão.

Vennix rosnou de dor enquanto arrancavam o virote do ombro.

— Então foi tudo em vão? — perguntou por entre os dentes cerrados.

— É o que parece — admitiu Kalista, amarga. — A vidente não me deu nenhuma resposta direta.

— E agora?

A general suspirou.

— Voltaremos a Camavor.

Ela havia fracassado.

Capítulo Treze

O Oceano Eterno

— Navio à vista!

Kalista se livrou da melancolia e se levantou. Estava encharcada até a raiz dos cabelos e gelada até os ossos pela chuva forte, mas, apesar do tempo, recusara abrigo no convés inferior. Passara horas fitando o mar, apática, com as pernas penduradas na borda do navio. Apertou os olhos e olhou ao longe, protegendo a vista dos respingos salgados, mas não conseguiu ver nada. A chuva forte cobria o oceano como grandes cortinas ondulantes.

— Está vindo na nossa direção? — gritou Vennix.

— Não, capitã! Acho que... É, estão sendo atacados!

Kalista atravessou o convés para se juntar à capitã. Agora conseguia ver alguma coisa: vislumbres de uma sombra vaga e escura através da tempestade. Estava muito mais perto do que ela esperava, talvez a apenas algumas centenas de metros.

— Atacados pelo quê? — perguntou.

Vennix murmurou um palavrão.

— Um pelotão carmesim! — sibilou ela.

A chuva diminuiu e Kalista viu *coisas* na água ao redor do navio, bem como invasores subindo pelo casco. A embarcação se inclinava perigosamente para o lado, e pensar no que poderia estar causando aquilo era enervante.

— Pelotão carmesim? — perguntou Kalista, mas Vennix já estava correndo e gritando comandos.

— Todo o leme a bombordo! Todo o leme a bombordo! A toda a vela! Tirem-nos daqui!

— Retire essa ordem! — berrou Kalista. — Aquela gente precisa da nossa ajuda!

Vennix se virou para ela com ímpeto.

— *Eu* sou a capitã deste navio — bradou ela.

— E jurou lealdade à coroa! — retrucou Kalista.

— Aquela gente já está praticamente morta! Os escamâminas carmesim são caçadores vastayeses das profundezas! Temos que dar o fora daqui, e *já*, antes que nos ataquem também!

Silhuetas verde-água com longas caudas de serpente escalavam o casco do navio atingido, as armas seguras entre as mandíbulas em forma de bico. Suas nadadeiras e cristas eram de um vermelho vívido. Outros surgiram do oceano, arremessando arpões de obsidiana serrilhados, trespassando marinheiros no convés.

— Estão sendo massacrados! — declarou Kalista. — Temos que ajudá-los!

— É perigoso demais! — retrucou Vennix. — Você não entende! São exterminadores!

— Onde está sua honra? — Os olhos de Kalista ardiam de fúria. — É uma vergonha não fazermos nada!

Vennix rosnou e cerrou as mãos em punhos. Os marinheiros estavam paralisados, esperando o resultado do confronto entre sua capitã e a princesa da linhagem real.

— Que seja. Mas a culpa será sua.

Com uma expressão tempestuosa, ela gritou novas ordens. Em instantes, o *Daggerhawk* se virou para o navio sitiado, enquanto os tripulantes reuniam armas. Alguns começaram a escalar o cordame, com arcos e aljavas de flechas pendurados nas costas, enquanto outros preparavam bastões e espadas.

— Procure o líder deles — ordenou Vennix a Kalista. — Acabe com ele e talvez tenhamos chance.

Acompanhada de um grupo de marinheiros camavoranos, Kalista atravessou com um salto o abismo entre os dois navios, pousando agachada no convés da embarcação sob ataque.

Um escamâmina carmesim alto e magro se voltou para ela, a cauda malhada açoitando o ar. Um fedor de salmoura e carne podre alcançou Kalista. Os espinhos e as barbatanas da criatura estavam perfurados por dezenas de ganchos e anéis de metal corroídos. Nos pulsos, tornozelos e pescoço exibia longos cordões de alga vermelha trançada com ossos. Seus olhos pálidos expressavam uma inteligência bestial, e ele atacou Kalista com seu arpão de obsidiana.

Ela rolou no chão para escapar do golpe, tirando a faca da bainha. Quando se ajoelhou, rasgou a parte de trás da perna do escamâmina. A criatura rugiu, furiosa, tentando perfurá-la com o arpão. Kalista rolou novamente para fora de alcance, desta vez se erguendo ao lado do mastro central do navio. Lá havia um escamâmina empalado, preso ao mastro por uma lança que ela havia atirado do convés do *Daggerhawk*. Ela puxou a arma e girou o corpo para desviar de outro ataque do escamâmina enfurecido, cuja perna agora sangrava. Usando a lança como bastão, Kalista bateu na cabeça da criatura e depois nas pernas, derrubando-a. O escamâmina sibilou de raiva ao cair, mas ela o silenciou cravando a lança.

Havia pelo menos uma dúzia de escamâminas no convés, e vários outros subiam a bordo, fincando as garras grossas na madeira. Alguns já estavam mortos, mas a maioria dos derrotados eram humanos. Flechas do *Daggerhawk* cortaram a chuva, atingindo muitas das criaturas ferozes, mas matando apenas uma. As outras continuaram a lutar, rosnando e sibilando.

Um marinheiro camavorano deixou cair seu bastão quando um chicote farpado o açoitou, enrolando-se no pescoço dele. Antes que Kalista pudesse socorrer o homem, ele foi arrastado para o oceano. O escamâmina que empunhava o chicote deslizou para o convés, mas foi recebido pela lança de Kalista.

— Vamos lá, seus malditos! — berrou a capitã Vennix enquanto golpeava com Jada, sua enorme cimitarra. Abateu um oponente com um golpe desvairado e o chutou, ainda se debatendo, para o mar. Kalista trocou olhares com ela em meio à confusão, e a capitã abriu um sorriso selvagem antes de se lançar contra o próximo inimigo.

— Atrás de você! — gritou alguém.

Kalista girou no instante em que um escamâmina avançava de repente contra ela, uma lança cintilando. Uma esfera violeta de energia crepitante atingiu a criatura antes que ela pudesse atacar, arremessando-a do outro lado do convés.

Em nome dos Ancestrais, o que foi isso?

Kalista se virou e viu um jovem com runas roxas ardendo nas mãos e nos antebraços. Ele gritou de dor e caiu de joelhos enquanto as runas brilhavam intensamente, espalhando-se pelos braços. Debaixo das mãos dele, o convés escureceu e fumegou, depois irrompeu em chamas violetas.

Atrás dele estava um homem mais velho, desarmado e com um manto longo, repreendendo-o numa língua que Kalista não entendia. Em volta do pescoço, usava um amuleto que emitia um brilho intenso. Ele estendeu a mão aberta na direção do jovem e uma luz branca irradiou da palma. As runas desapareceram num instante e as chamas se extinguiram como se apagadas com água.

Kalista gritou um aviso quando um escamâmina selvagem se ergueu atrás do homem, impulsionando um arpão farpado em direção às costas dele, mas ela não precisava ter se preocupado. Uma aura de luz ofuscante o cercou, e, ao tocá-la, tanto a arma quanto o agressor que a empunhava foram reduzidos a cinzas.

O navio oscilou bruscamente para estibordo. Dezenas de combatentes de ambos os lados escorregaram pelo convés. Kalista se equilibrou, agachando-se e agarrando a amurada, enquanto outros desabavam ao seu redor. O navio se inclinou ainda mais, a madeira gemendo em protesto. A general arregalou os olhos ao ver *o que* estava puxando o lado boreste para baixo.

Uma criatura gigantesca, talvez com metade do comprimento de todo o navio, emergia do oceano, a água escorrendo de sua carne coriácea verde-azulada. Tinha pelo menos seis membros: enquanto os da parte traseira terminavam em nadadeiras gigantes, o par da frente era perturbadoramente humano. O rosto inchado do monstro era dominado por uma boca descomunal, cheia de dentes, cada presa serrilhada e longa como uma adaga. Abaixo das mandíbulas havia tentáculos que se contorciam, sondando o ar, procurando vítimas. Dois olhos minúsculos e pálidos, com pupilas do tamanho de alfinetes, olhavam para os marinheiros que tentavam fugir em desespero. A criatura urrou, espalhando saliva e um fedor de algas no convés, e expondo mais tentáculos no interior da garganta. Os ouvidos de Kalista zumbiram dolorosamente com aquele guincho agudo. Sentiu o medo no peito como um punho cerrado.

Havia um arreio de correntes e couro escamoso firmemente preso ao redor do torso e do pescoço do monstro, e um cavaleiro escamâmina montava seus ombros. O atacante ergueu acima da cabeça um tridente serrilhado, enfeitado com talismãs e amuletos, e rugiu. Usava um impressionante diadema de algas vermelhas trançadas com ossos, e seu peito exibia tatuagens de padrões espiralados em tinta cintilante.

O líder.

Por um momento, Kalista continuou imóvel, paralisada de medo. Depois, rosnou e correu diretamente para a besta titânica enquanto ela agarrava um marinheiro com a manzorra e o esmagava no convés. O líder escamâmina se debruçou e pôs a mão na cabeça do monstro, rugindo uma ordem. Uma onda de energia irradiou da mão dele, e o olhar do monstro perdeu o foco. O cavaleiro rosnou mais uma ordem, apontando o tridente para o homem de manto, e o colosso escamoso se virou para ele, balançando o navio perigosamente.

Kalista se esquivou do golpe de outra lâmina e continuou a correr, com os olhos fixos no líder. Vennix chegou para apoiá-la, avançando para abater outro atacante, sua enorme cimitarra empunhada com as duas mãos rasgando a criatura do pescoço ao peito.

— Mate-o! — gritou Vennix.

Kalista atravessou o convés sem ser notada pela grande besta e seu cavaleiro, que estavam atentos ao homem do manto. O jovem que o acompanhava avançou, ignorando as ordens de seu superior, com aquela energia desvairada crepitando entre as mãos outra vez. Antes que pudesse liberá-la, contudo, o colosso o jogou de lado, derrubando-o por cima de uma balaustrada rumo ao convés inferior.

Kalista pulou para cima de uma amurada estreita, correu por ela com destreza e saltou nas costas do monstro. A pele era grossa e incrustada de cracas, oferecendo bons pontos de apoio. Então ela se atirou contra o líder escamâmina, segurando acima da cabeça a lança com as duas mãos.

Quando ele a viu já era tarde demais. Uma onda de energia fez sua enorme montaria se virar, mas o oponente não conseguiu evitar a ponta da lança de Kalista, que se enterrou com força no peito dele.

Com o mestre morto, a imensa besta entrou num frenesi de fúria. Gritou e se debateu, derrubando Kalista de suas costas. Mordeu um escamâmina, partindo-o ao meio, e sua cauda esmagou um camavorano azarado no mastro central. O homem desabou no convés, imóvel.

Grunhindo de dor, Kalista se levantou apoiada num joelho. Agora os olhos da fera pareciam diferentes, apertados e furiosos em vez de estranhamente vazios, e ela rasgou outro escamâmina com as mãos humanoides gigantescas. Uma corneta de caça soou e os atacantes fugiram, pulando no mar e sumindo nas profundezas. Com um guincho selvagem e uivante, o imenso monstro marinho deslizou pelo convés, mais uma vez fazendo com que o navio se inclinasse de forma alarmante, antes de escorregar para a água, perseguindo aqueles que o haviam escravizado.

A batalha havia acabado.

— Foi uma bela morte — comentou Vennix, enquanto ajudava Kalista a se levantar.

Kalista olhou para os mortos e feridos espalhados pelo convés.

— Quantos perdemos? — perguntou.

— Mais do que eu gostaria, mas menos do que eu esperava. Com certeza estamos melhor do que a outra tripulação.

Kalista assentiu. O navio sitiado parecia ter perdido mais de metade da tripulação. Ela respirou fundo, sem saber se Vennix se ressentiria dela por forçá-la a intervir no destino do navio atacado.

— Capitã… — começou.

— Foi a decisão certa — interrompeu Vennix. — Vir ajudá-los foi a atitude certa. Estou envergonhada que meu primeiro instinto tenha sido fazer o contrário.

— Querer manter sua tripulação a salvo não é motivo de vergonha — respondeu Kalista. Indicou as pessoas no navio resgatado com a cabeça. — Quem são eles?

— Não sei — respondeu Vennix em voz baixa. — A estrutura do navio parece a de um trirreme shurimane, mas trirremes não aguentam o mar aberto. E essas pessoas não são do deserto. Mas acho que logo vamos descobrir.

Ela indicou com a cabeça os dois homens que se aproximavam. Kalista os reconheceu da batalha.

— Saudações, amigas! — cumprimentou o mais velho. Falava um camavorano quase perfeito, com um vestígio de sotaque somente. — Agradeço muito pela sua intervenção oportuna! — Tinha a aparência de um estudioso, com o manto cinza, os olhos aguçados, a expressão analítica e a barba elegante, entremeada por fios prateados, mas também a constituição poderosa e o rosto queimado de sol de um guerreiro que passava a maior parte do tempo ao ar livre. Kalista o avaliou como um homem de meia-idade. O amuleto ao redor do pescoço dele, em forma de triângulos sobrepostos com uma pedra esférica no centro, já não brilhava mais. — Sem dúvida, estaríamos perdidos se não viessem em nosso socorro. Tenho uma dívida com vocês.

— Lamento não termos chegado antes — disse Kalista. — O ataque foi pesado, e muitos da sua tripulação agora estão com seus ancestrais.

— Poderia ter sido muitíssimo pior! Mas perdoem minha falta de educação. Permitam que eu me apresente: sou o Explorador-Perito Tyrus. E este é meu aprendiz, Ryze.

Kalista olhou para o jovem, que imaginou estar no fim da adolescência. As laterais da cabeça dele estavam raspadas, e o cabelo no centro do couro cabeludo era longo e trançado. Também usava um manto cinza, embora estivesse aberto na frente, expondo o peito esbelto, musculoso e queimado de sol. Era óbvio que sentia um pouco de dor, embora tentasse escondê-la, e havia um sorriso audacioso no rosto sem barba. Era bonito de um modo atrevido, como alguém que sabia muito bem disso.

— Eu sou Kalista — apresentou-se ela, voltando a olhar para Tyrus. — E esta é a capitã do *Daggerhawk*, Vennix.

— É uma honra — respondeu Tyrus, inclinando a cabeça.

— Você fala muito bem a nossa língua — observou a capitã.

— Sou um estudante do mundo — respondeu ele.

— Mas não reconheço o seu sotaque. De onde vem, amigo?

— Nasci numa pequena aldeia a noroeste chamada Águas Férreas.

— Um lugar conhecido principalmente por causa das... das... Como é mesmo o nome? Cabras? Sim, *cabras* é a palavra certa — disse Ryze. Ele também falava camavorano, ainda que nem chegasse perto da fluência do mestre. Abriu um sorriso para Kalista, e Tyrus sorriu entediado.

— Ah, a arrogância da juventude — comentou. — Meu aprendiz gosta demais de ouvir a si mesmo, até quando fala uma língua que ainda não domina. E não tem muito respeito por seus superiores.

— Superiores? — Ryze fez um muxoxo. — Eu acho que...

— Já chega — disparou Tyrus. — Apresente-se ao médico de bordo. Veja como pode ser útil. Logo me juntarei a você.

O aprendiz saiu, contrariado e resmungando numa língua áspera que Kalista não entendia.

Tyrus suspirou cansado antes de se dirigir a ela outra vez.

— Minhas desculpas. É um rapaz enervante. Nasceu com mais talento num só dedo do que a maioria de nós tem em todo o nosso ser, mas é impulsivo, irresponsável e indisciplinado.

— Conheço bem o tipo — comentou Kalista com um sorriso. — Mas ele me salvou de ser atropelada.

— Ele sequer deveria estar *usando* aquelas artes. — Tyrus balançou a cabeça. — Ele é capaz de extrair a pura essência da magia, mas é poder demais, e rápido demais. Não tem o conhecimento das formas rúnicas para dispersar todo esse poder com segurança ou para canalizá-lo. E tampouco tem disciplina e responsabilidade para *aprender* tais formas, por enquanto.

Ouviu-se um grito de angústia, vozes se elevaram a alguma distância e Kalista viu Ryze correr para o lado de um marinheiro caído.

— Com licença, por favor. Precisam de mim — anunciou Tyrus.

— Claro, vamos ficar e ajudar — respondeu Kalista. — Temos alguns suprimentos, ervas curativas e coisas do tipo.

— Agradeceríamos muito. Mais uma vez, estou em dívida com vocês. — Ele se curvou diante dela antes de sair.

Kalista se virou e viu Vennix debruçada sobre a amurada, franzindo a testa.

— O que foi, capitã?

— O que foi que a vidente disse lá nas Ilhas das Serpentes? Para seguir alguma coisa dourada?

— Ela disse que a donzela dourada revelaria o caminho — respondeu Kalista. — Por quê?

Vennix apontou para a proa, com um sorriso malicioso curvando os lábios. Kalista olhou para lá.

— Não estou vendo… — Então arregalou os olhos. — Ah. Ah!

A figura de proa do navio era uma mulher dourada com uma postura imponente, os braços abertos atrás do corpo enquanto se inclinava por cima do oceano como se voasse.

— Parece que encontrou sua donzela dourada, princesa.

— Você disse que é de uma cidade a noroeste — comentou Kalista. — Águas Férreas, certo?

Ela estava no convés inferior com Tyrus, jantando uma sopa saborosa com pão. Os dois comiam sozinhos, pois Vennix tinha voltado para o *Daggerhawk*, e o jovem aprendiz do Explorador-Perito estava ocupado em alguma tarefa atribuída a ele por seu mestre.

Tyrus sorriu com deboche.

— Chamá-la de cidade é exagero — comentou. — O jovem Ryze estava tentando me constranger, mas não está errado. Águas Férreas é bem pouco civilizada.

— Você parece bastante civilizado. São estudiosos? Sacerdotes?

— Sacerdotes? Não, com certeza não somos sacerdotes. — Tyrus abriu um sorriso breve e tomou um gole de um jarro de estanho antes de continuar. — A única coisa em que tenho fé são as artes científicas. Mas *estudiosos* é um termo adequado.

— E o que os estudiosos fazem aqui desbravando o Oceano Eterno?

— Acredito que o conhecimento seja o recurso mais precioso do mundo, muito mais valioso do que o ouro, e me dedico a reuni-lo e preservá-lo. — Tyrus deu de ombros. — Às vezes isso exige ir a lugares que a maioria dos estudiosos poderia evitar em outras circunstâncias, voltando com artefatos e livros dignos de estudos maiores.

— Isso me dá a impressão de que você viaja pelo mundo e toma aquilo que não lhe pertence. Daria um bom camavorano.

Tyrus sorriu.

— De fato, Camavor *possui* muitos artefatos e livros que meus colegas estudiosos adorariam conhecer — admitiu. — Se bem que gosto de pensar que meus métodos para chegar a tais coisas são um pouco menos... agressivos.

Kalista riu.

— E para onde leva esse conhecimento, bom mestre Tyrus? Onde estão os seus "colegas estudiosos"?

— Num lugar de pouca importância no plano maior do universo. É um lugar humilde e insignificante, na verdade.

— Um lugar humilde e insignificante, com riqueza suficiente para mandá-lo viajar pelo mundo com razoável conforto — observou Kalista. Os pratos em que estavam jantando eram de porcelana fina, e os talheres, de prata ornamentada. Tudo no navio *Aureate Savant* denotava riqueza.

— Por que uma filha da linhagem real de Camavor se interessaria por uma pequena irmandade de estudiosos? — perguntou Tyrus. — Quer se juntar a nós? Não sei se acharia a vida entre os nossos tão interessante quanto as delícias de Alovédra. Garanto que somos muito enfadonhos.

— Sabe quem eu sou?

— Seria um péssimo estudioso se não soubesse.

— Então deixe-me ser franca. Não acredito que sua ordem seja tão humilde quanto sugere. Estou numa missão à procura das Ilhas das Bênçãos.

Tyrus observou Kalista com um olhar insondável.

— As Ilhas das Bênçãos são um mito.

— Nós dois sabemos que isso não é verdade. Elas estão escondidas dentro da névoa no coração deste oceano. Tentamos explorá-la, mas sem sucesso, pois a magia dela nos faz navegar em círculos.

— Pelo que sei, as missões camavoranas tendem a acabar em sangue e violência. É pela conquista que procura essas ilhas míticas?

— Não. A cultura de missões da minha terra foi corrompida há muito tempo, e eu abomino o modo como é usada para justificar invasões. Procuro as ilhas por uma causa nobre: a rainha de Camavor está morrendo. Foi atingida por uma lâmina envenenada, um veneno que nossos melhores curandeiros não conseguiram deter. Preciso encontrar uma cura. É por isso que busco as Ilhas das Bênçãos.

Tyrus enxugou a boca com um guardanapo de seda.

— Eu gostaria de poder ajudá-la, mas…

— Por favor, eu *imploro*. Meu jovem tio, o rei, *venera* a rainha. Ela é a vida dele, e temo o que fará se ela sucumbir.

— Ele fará o que todos devemos fazer quando perdemos alguém próximo de nós. Ficará *de luto*.

— Receio que ele vá fazer muito mais do que isso. Vai procurar alguém a quem culpar, e atacar esse alvo com todo o poder de Camavor. Virão morte e destruição, e a raiva e a dor dele não serão facilmente extenuadas.

— Parece uma ameaça, um modo de me coagir a revelar qualquer coisa que eu porventura saiba sobre essas fantásticas Ilhas das Bênçãos.

Kalista suspirou.

— Se decidir não me ajudar, tem minha palavra de que não contarei nada disso a outra vivalma. Viego não cogitará atacar uma ilha de estudiosos no meio do oceano. Sua fúria se voltará contra os vizinhos de Camavor. E, quando estes não mais existirem, ela se voltará contra o próprio reino. E a culpa será minha.

— Sua?

— Eu poderia ter evitado tudo isso — confessou Kalista. — *Deveria* ter evitado, e meu fracasso me assombra. Nossos caminhos se cruzarem não foi obra do acaso! Uma vidente com um único chifre me disse que estava escrito nos céus que a donzela dourada do mar me levaria às ilhas. Só pode ser o seu navio. Nunca acreditei em profecias, mas tudo o que ela disse aconteceu. Creio que eu estava destinada a encontrá-lo.

Tyrus franziu a testa.

— Uma vidente com um único chifre? A Filha das Estrelas?

— Ela disse que se chamava Soraka. Já ouviu falar dela?

Ele se inclinou para trás, coçando o queixo.

— O ser que você descreve aparece nas lendas de muitas culturas em todas as terras. Diz que a conheceu *pessoalmente*?

— Isso mesmo. E ela me guiou até você. — Kalista pegou as mãos de Tyrus. — Juro pelos Ancestrais que nunca revelarei a verdade a respeito das ilhas. Aprisione-me para sempre, se for necessário, mas, por favor, se há alguma forma de os seus estudiosos me ajudarem, não a negue a mim. Posso lhe conceder riqueza, artefatos, livros antigos. Conhecimentos que não existem em nenhum outro lugar, a não ser nas bibliotecas de Alovédra. Qualquer coisa. Você disse que estava em dívida para comigo. Se puder, ajude-me. Por favor.

Por um longo tempo, ele não disse nada. Kalista sustentou seu olhar, implorando em silêncio. Finalmente ele assentiu.

— Não posso prometer nada — sussurrou —, mas acredito que suas intenções sejam legítimas. Eu a levarei até lá.

Capítulo Catorze

O Explorador-Perito Tyrus estava na proa do *Aureate Savant*, logo atrás da figura de proa dourada. Ele ergueu uma esfera de pedra pálida com linhas cruzadas em relevo que emitia uma luz tênue. Observando à distância, Kalista o vira tirar a pedra do amuleto em volta do pescoço, e a névoa branca se abriu diante dele, criando uma passagem.

O *Daggerhawk* continuou longe da névoa, pois, embora Tyrus tivesse concordado em levar Kalista às Ilhas das Bênçãos, recusara-se a guiar o navio camavorano. Vennix ficara apreensiva por Kalista ir sozinha, mas não havia alternativa.

— Você poderia tentar por cem anos e nunca chegaria sequer perto das ilhas sem uma runa condutora — disse uma voz.

Kalista se virou para ver o jovem aprendiz de Tyrus, Ryze, apoiado casualmente a uma amurada.

— Nesse caso, estou feliz por encontrá-los — respondeu ela, virando-se para Tyrus.

O navio deslizou pelas águas imóveis e cristalinas; o único som era o mergulhar rítmico dos trinta e tantos remos. Quase metade da tripulação fora morta ou gravemente ferida no ataque dos escamâminas, mas, apesar disso, avançavam a uma velocidade boa.

— A magia protetora é antiga e muito poderosa — prosseguiu Ryze. — Precisa ser para que a Sociedade da Luz continue a trabalhar sem medo de ataques e invasões. Do contrário, as ilhas seriam um alvo tentador demais.

Kalista ficou surpresa ao vê-lo entregar tanta informação, mas percebeu que ele estava se exibindo. Bom, se o jovem presunçoso queria contar coisas que o mestre dele guardava para si, ela o deixaria contar.

— É uma bela defesa — observou, vendo a névoa se abrir ao redor deles. Era como se estivessem atravessando um túnel que começava mais ou menos dez metros antes da proa do navio e se fechava atrás dele. Era largo o suficiente para abarcar a largura do navio, mas a névoa cobria a ponta dos remos. O leve movimento do convés era o único sinal de que avançavam. — Mais eficaz do que muralhas e exércitos. E ninguém consegue atravessar sem uma dessas pedras?

— Ninguém — garantiu Ryze.

— Todos nas Ilhas das Bênçãos têm uma? Você tem?

Ele a encarou, e Kalista percebeu um sinal de cautela em seu olhar.

— Não — respondeu. — Por que a pergunta?

— Só estou curiosa — comentou ela, dando de ombros e fingindo indiferença.

— Eu gostaria de visitar Camavor um dia — admitiu Ryze, após um momento de silêncio. — Lá, meus talentos seriam devidamente respeitados e valorizados, não acorrentados sob a suposta tutela *dele* — Ryze indicou Tyrus com o queixo. — Talvez você possa ser minha guia quando eu estiver por lá.

— Talvez — respondeu Kalista.

— Você luta bem. A maneira como se move me lembra as donzelas-espadachins do meu povo, e não existem guerreiras mais ferozes do que elas.

— O seu povo, nas Ilhas das Bênçãos?

Isso fez Ryze rir.

— Não, ninguém lá tem espírito guerreiro. Não são como nós. Nasci numa aldeia chamada Khom, numa terra árida ao norte.

— E como se tornou parte de um círculo de estudiosos nas Ilhas das Bênçãos?

Ryze deu de ombros.

— Khom ficou pequena demais para mim, então parti por conta própria. — Kalista desconfiava que havia mais na história, mas não o pressionou a continuar. — Trilhei meu caminho por um ou dois anos. Aprendi a lutar, a caçar, a cuidar de mim mesmo. Trabalhei por um breve período como mercenário nos desertos. Por um tempo, fiz parte dos Falcões de Âmbar. Você já deve ter ouvido falar deles.

— Na verdade, não — respondeu a general.

— Ah. Bom, de qualquer maneira, eles não pagavam bem, mas descobri que tinha um talento especial para entrar em lugares onde não devia. E isso foi bem mais lucrativo.

— Você virou ladrão.

— Fiz o que precisei para sobreviver — corrigiu Ryze. — Enfim, um dia vi um navio novo no cais de Bel'zhun. Não era local, e tudo nele denotava dinheiro.

— Deixe-me adivinhar: era o *Aureate Savant.*

Ryze sorriu.

— Tyrus me encontrou nos aposentos dele. Fiquei encurralado num canto, sem ter para onde fugir. E foi a primeira vez que manifestei meu talento. — Ele ergueu o punho cerrado. Runas roxas começaram a arder sob a pele. Então, lançando um olhar furtivo para Tyrus, ele relaxou a mão e o poder se dissipou. — Tyrus ficou impressionado e me tornou seu aprendiz. E quando ele deixou os desertos, eu o acompanhei. — Sua expressão ficou amarga. — Por um tempo, foi bom. Disseram que eu tinha um dom, mas me chamaram de desordeiro.

— Nem imagino por quê — murmurou Kalista, fazendo Ryze sorrir mais uma vez.

— Fiquei animado quando me tornei aprendiz de Tyrus. Ele é um dos Exploradores, entende? Enquanto a maior parte da Sociedade leva uma vida monótona em Helia, os Exploradores viajam pelo mundo buscando itens de poder. Eu ia conhecer lugares novos, e ele prometeu ajudar a desenvolver meu talento.

— E não foi isso que aconteceu?

— Ele é um tirano arrogante — declarou Ryze. — Não me ensinou nada. Quer que me concentre na teoria da magia, e não em coisas de utilidade prática, enquanto não me considerar pronto. Estou pronto há anos! Ele só está com inveja da facilidade com que invoco meu poder. Ele consegue *usar* magia, mas precisa daquele amuleto para extrair poder, enquanto eu não preciso de *nada*. Tyrus está me contendo. Não quer que eu o supere.

Kalista balançou a cabeça em sinal de solidariedade, embora, por dentro, estivesse bufando. Já estava farta de jovens tão talentosos quanto pretensiosos.

— Ele não enxerga o meu potencial — continuou ele, amargo. — Nenhum deles enxerga.

— Você deve conhecer as Ilhas das Bênçãos muito bem, não é?

— Melhor do que ninguém. Quando cheguei lá pela primeira vez, saí para explorar enquanto os outros alunos dormiam. Consigo entrar e sair de lugares restritos aos escalões superiores do círculo interno sem que ninguém saiba.

— Então deve saber se as histórias sobre a magia curativa das ilhas são verdadeiras, não?

Ryze olhou desconfiado para ela.

— As Águas da Vida? É isso que procura?

— É, sim — confirmou Kalista.

— Nesse caso, acho que pode economizar tempo e voltar para Camavor agora mesmo. — Ele deu uma risada. — As águas não passam de um conto infantil! Ninguém sabe como começou. Talvez tenha existido algum velho médico no início da Sociedade que salvou um marinheiro perdido de se afogar ou coisa assim. Talvez tenham dado a ele algum tônico, e o tolo ignorante pensou que fosse uma água curativa. Quando chegou em casa, deve ter exagerado o relato enquanto bebia na taverna local, e assim nasceu a lenda. Ouvi até uma versão que dizia que as águas dão vida eterna. Rá! Se os mestres mais velhos tivessem centenas de anos, acho que alguém já teria notado.

— Talvez as águas *existam* e você ainda não tenha direito a esse conhecimento — provocou Kalista. — Afinal, é apenas um aprendiz.

Ryze fez uma careta de escárnio.

— Se existissem, eu já as teria encontrado. Quem a enviou nesta missão é um tolo — retrucou ele.

A expressão de Kalista endureceu.

— Cuidado com o que fala, aprendiz.

— Mas é tolo *mesmo*! — exclamou Ryze, obviamente não percebendo a mudança na postura de Kalista. — Ou é tolo, ou tem um senso de humor cruel. Tem certeza de que enviá-la até aqui não foi uma piada?

Kalista olhou para ele sem piscar.

— Diga mais uma palavra desrespeitosa e vou lhe ensinar uma lição.

Ryze abriu o que obviamente imaginava ser um sorriso brincalhão e maroto, mas Kalista não o achou nada encantador.

— Quem é mais tolo? — perguntou ele, sorrindo. — Quem *ordena* ou quem *obedece*?

Kalista agarrou seu pulso num instante, torcendo-o de uma vez. Ele gritou ao ser forçado a se ajoelhar, completamente à mercê dela. Ryze se abaixou ainda mais no convés numa tentativa vã de escapar do aperto, mas ela não cedeu.

— Eu o avisei — sibilou ela. — Então diria que o tolo é você.

Kalista o soltou com um empurrão, e ele a encarou com raiva enquanto alisava o pulso. Parecia pronto para dizer alguma coisa, mas obviamente pensou melhor e se calou. Com uma careta, deu as costas e se afastou.

Kalista ficou sozinha, observando-o partir.

— Fazendo amizade, como sempre — murmurou ela.

Helia, Ilhas das Bênçãos

O Vigia-Oficial Erlok Grael estava sentado à sua escrivaninha, a sós na pequena cela de teto baixo, nas profundezas de Helia.

Alguns vigias sofriam com os espaços fechados e a escuridão sempre presente das câmaras subterrâneas. Achavam-nos opressivos, claustrofóbicos, perturbadores. Grael, não. As câmaras eram o único lugar onde se sentia à vontade. Lá embaixo ele estava no controle.

Cada centímetro da cela estava coberto de desenhos, mapas e anotações com sua caligrafia minúscula e elegante. Dezenas de pedaços de papel e livros abertos estavam espalhados pelo chão, pela mesa, pelo catre. Para qualquer outra pessoa, pareceria um caos, mas havia ali uma ordem que fazia sentido para Grael.

No centro da mesa estava o antigo tomo que lhe revelara o segredo que jazia no coração das Ilhas das Bênçãos: a Fonte das Eras, a sala contendo as lendárias Águas da Vida. Saber que os mestres haviam guardado aquela maravilha só para si o enchia de uma raiva desenfreada.

Nas últimas semanas, havia trabalhado obsessivamente em busca de uma forma de chegar à Fonte das Eras. Sabia que ficava debaixo da Torre Cintilante, mas a rota direta era proibida a ele, pois somente os mestres mais graduados podiam entrar lá sem escolta. Ele não chegaria nem perto da torre antes de ser detido e destituído de sua posição e privilégios.

No entanto, desconfiava que já devia ter existido uma forma de entrar nas águas sagradas a partir das câmaras abaixo da cidade. Os túneis se espalhavam por toda parte, debaixo de todos os cantos e recantos.

Muitos dos túneis mais antigos estavam desativados ou esquecidos, enquanto alguns haviam desabado e sido soterrados em escombros nos séculos anteriores. A maior parte dos desabamentos resultara de acidentes, mas alguns túneis foram derrubados de propósito, pois seus caminhos deixaram de ser necessários ou foram considerados perigosos demais para permanecerem intactos.

Grael desconfiava que alguns desses túneis mais antigos já haviam levado à Fonte das Eras. Sua suspeita era de que, no início da Sociedade, as águas não eram um segredo tão bem protegido. Nos anos seguintes, quando os mestres decidiram que as águas deviam ser deles, e somente deles, deviam ter bloqueado os túneis que levavam até elas. Assim, Grael vinha elaborando um mapa vasto das câmaras, cruzando referências com o projeto arquitetônico da Fonte das Eras na esperança de descobrir onde ficavam esses antigos túneis. Seus esforços tinham sido em vão. Até agora.

Ele ergueu uma folha de papel finíssima à luz da lanterna, olhando-a com atenção. A folha era quase transparente, e nela Grael havia desenhado uma quantidade desconcertante de minúsculas linhas pontilhadas e interconectadas. Havia criado dezenas de gravuras semelhantes, cada uma para um andar diferente das câmaras, e cada uma meticulosamente traçada com base nas informações extraídas de diversos outros mapas. As linhas pontilhadas representavam canos ou aberturas esculpidos na rocha. Alguns tinham sentido vertical, para permitir que alimentos, água e mensagens chegassem de cima ou para que a fumaça saísse com segurança das câmaras. Outros eram feitos para canalizar a chuva e as águas subterrâneas, direcionando-as para o mar. Sem precauções, a umidade se infiltraria nas câmaras e, ao longo dos anos, causaria danos incalculáveis aos artefatos e livros preciosos. Assim, criara-se uma rede extraordinária de canos, válvulas e canais. A maior parte mal comportaria um rato, mas não todos.

Com cuidado e delicadeza, Grael foi até o centro da cela e colocou a folha sobre o mapa de um andar das câmaras que ficava próximo à Fonte das Eras. Apoiado nas mãos e nos joelhos, acompanhou as várias linhas pontilhadas e finalmente encontrou o que procurava.

— Aí está você — sussurrou, e um sorriso perverso surgiu em seus lábios.

A maior parte das linhas fazia sentido, correndo paralelas ou conectando-se verticalmente a câmaras e corredores. Mas uma delas era diferente. Ligava-se a um túnel antigo, mas não levava a lugar nenhum. Entrava diretamente na grande área em branco de seus mapas, bem onde não existiam túneis. Aquele espaço morto era onde ficava a Fonte das Eras. E ele tinha acabado de encontrar uma entrada.

Grael se levantou com uma risada amarga de triunfo e começou a andar de um lado para o outro, tremendo de empolgação. Em sua mente floresciam ideias violentas de vingança contra todos que o haviam rejeitado e desprezado, todos que haviam tentado impedir seu avanço.

Ele parou.

— Uma coisa de cada vez — disse a si mesmo. Podia ter encontrado um caminho para a Fonte das Eras, mas havia outras defesas e proteções que precisaria contornar.

A pequena prateleira acima da cama atraiu seu olhar. Lá estava a pedra de três lados que ele havia tirado do amuleto do mestre morto havia muito tempo. Uma runa essencial, mais rara e mais bem guardada do que as joias mais preciosas. Ele a pegou e voltou à escrivaninha. Folheando o tomo antigo, chegou à página que mostrava o projeto das grandes portas douradas que guardavam a Fonte das Eras. Fora empolgante descobrir o desenho de uma runa essencial correspondente à que ele agora possuía. Duas fechaduras rúnicas selavam aquelas portas — duas fechaduras rúnicas que precisavam, cada uma, da runa essencial de um mestre para ser destrancadas.

Grael tinha *uma* runa essencial. Agora, só precisava descobrir como conseguir outra. Mas ele não se deixou desanimar. Entraria na Fonte das Eras. Acreditava nisso de todo coração.

E, de alguma forma, exporia os mestres como os hipócritas traiçoeiros que eram. Ele os *destruiria*.

A lanterna em cima da mesa de Grael faiscou e se apagou, mas ele não tentou reacendê-la. Ficou ali, na escuridão, imaginando a ruína dos mestres.

Seria *gloriosa*.

Capítulo Quinze

Helia, Ilhas das Bênçãos

Levaram menos de uma hora para atravessar a névoa, mas Kalista não tinha ideia da distância que haviam percorrido — podia ter sido meia légua ou centenas.

O caminho se abriu diante deles como um par de imensas cortinas translúcidas deslizando para os lados, e lá estavam as lendárias Ilhas das Bênçãos, banhadas pelo sol. Cada ilha era cercada por penhascos escuros com o topo acarpetado de um verde vívido. As ilhas maiores eram habitadas, mas não muito. Kalista vislumbrou cercados geométricos e campos murados entre as construções brancas que pontilhavam a terra, além de áreas de floresta cuidadosamente podadas. Ovelhas e outros animais pastavam, e havia pessoas ajoelhadas ao longo de fileiras de vegetais limpos e perfeitamente organizados ou direcionando criaturas com chifres conectadas a arados para lavrar o solo.

Contornaram um promontório, e uma cidade reluzente se revelou.

— Apresento-lhe Helia! — anunciou Tyrus, guardando no bolso a esfera pálida e esculpida que Ryze havia chamado de runa condutora. — Cidade do Conhecimento e do Aprendizado.

Helia se estendia até onde a vista alcançava, toda feita de pedra branca e ornamentos dourados. Kalista viu torres, anfiteatros e estruturas abobadadas, cada uma do tamanho de um palácio imponente igual a qualquer outro lugar. Jardins em vários andares, extremamente bem cuidados, entremeavam-se com os grandes edifícios, dando à cidade um aspecto arejado e muito mais planejado do que o da capital de Camavor, que parecia desordenada em comparação com Helia. Estradas e pontes arqueadas atravessavam a cidade, organizadas em perfeita simetria, formando quadrantes e vetores exatos. A geometria parecia irradiar significado, mas Kalista não entendia a língua daquelas formas. Conseguia admirar a precisão, mas o propósito mais elevado de tudo aquilo lhe escapava.

Certa torre, no alto de um terraço de vários andares, era mais alta do que qualquer outra. Tyrus viu Kalista a encarando.

— A Torre Cintilante — explicou. — A sede do conselho e o coração pulsante da cidade. É lá que ouvirão seu pedido.

Kalista passou a olhar para as docas. Eram vários cais concêntricos e curvos que formavam um semicírculo bem no centro do porto. Faróis indicavam a ponta das docas, e havia dezenas de navios ancorados em torno delas. As maiores embarcações — grandes trirremes, na maior parte — estavam ancoradas nas extremidades do semicírculo, enquanto o centro era ocupado por barcos de pesca e barcas menores. Pontes perfeitamente simétricas se estendiam entre os cais, e outras duas maiores levavam à própria cidade. Era uma verdadeira maravilha da engenharia, e Kalista não conseguia imaginar como fora construída se não por meio de magia.

No entanto, um fato sobre a cidade a impressionou mais do que todos os outros: *Não havia qualquer defesa.* Não havia muralhas imponentes nem fortificações ou portões de ferro. Nenhum cadafalso ou catapultas e balistas protegiam o porto. Kalista não viu sinais de presença militar nem navios de guerra. Avaliando a cidade como general, ela sabia que seria possível tomá-la com uma força armada ridiculamente pequena. Poderia invadi-la com um punhado de navios e algumas centenas de bons soldados.

— É uma maravilha, não é? — comentou Tyrus. — Um refúgio resplandecente num mundo sombrio e perigoso.

— Nunca vi um lugar como este — admitiu Kalista.

— E nunca verá. Onde mais as pessoas podem se dedicar plenamente às atividades acadêmicas sem temer a guerra e a selvageria?

Kalista não tinha resposta para essa pergunta. *Sem dúvida, se existe um lugar que pode oferecer uma cura para a rainha, é este.*

O *Aureate Savant* se dirigiu aos estranhos cais circulares, singrando graciosamente as águas agitadas. À medida que avançavam, marinheiros de outras embarcações saudavam o navio, e risos e piadas amistosas tomaram o ar. Um comandante da zona portuária os dirigiu a um ancoradouro desocupado na extremidade do círculo, e o *Aureate Savant* diminuiu a velocidade ao se aproximar. A tripulação recolheu os remos e atirou cordas para os estivadores, que as enrolaram com habilidade em cabeços de amarração lustrosos. Tudo foi feito com uma precisão ágil e muito experiente que cativou o lado militar de Kalista.

Quando ela pôs os pés no sólido cais de pedra, observadores curiosos esticaram o pescoço para vê-la, e grupos pequenos de carregadores e pescadores apontaram, olhando.

— Imagino que não recebam muitas visitas — comentou Kalista.

— Não muitas — respondeu Tyrus. — Ah, existem pessoas de várias culturas aqui, afinal, a diversidade de experiências e de vozes cria diversidade de pensamento. Mas é raro ver rostos novos, e só quem chega trazido por alguém como eu consegue atravessar a Névoa Sagrada.

— Então estou honrada por ter me trazido aqui para fazer meu apelo — saudou Kalista.

O processo de descarga foi rápido e organizado. Depois de dar as últimas ordens, Tyrus deixou a tripulação terminar o trabalho e levou Kalista pelos cais curvos e pontes interligadas até a cidade em si. Ryze os seguiu, carrancudo. Vinha evitando Kalista desde a discussão, o que era ótimo para ela. Tyrus apontava edifícios e estruturas cívicas notáveis enquanto seguiam pelas ruas ajardinadas e subiam grandiosas escadarias de mármore. Percorreram uma ampla avenida, passando por colunas, estátuas e praças.

— Esta é a Via dos Eruditos — informou Tyrus. — Começa no porto e sobe até a Torre Cintilante.

Kalista tinha crescido no palácio real de Alovédra, por isso estava acostumada ao luxo e à riqueza, mas aquela cidade inteira parecia ter o mesmo nível de opulência. Cada construção resplandecia em seus detalhes arquitetônicos. Cada praça tinha estátuas sobre pedestais, fontes de mármore elaboradas, esculturas de olhos dourados dentro de prismas triangulares ou árvores ornamentais meticulosamente podadas crescendo em vasos de mármore cúbicos.

O povo de Helia era igualmente impressionante. Enquanto o manto de Tyrus era cinza e modesto, a maioria dos cidadãos usava roupas de corte sofisticado e tons vibrantes, formadas por dezenas de tecidos sobrepostos em formas geométricas e padrões semelhantes aos que adornavam a cidade. Muitos usavam véus que pareciam flores desabrochando. No peito, exibiam com orgulho pingentes finamente forjados em ouro, prata, pedra ou bronze, com desenho complexo e simétrico.

— As insígnias revelam a qual escola de conhecimento a pessoa está vinculada e o degrau que galgou em sua hierarquia — explicou Tyrus.

Kalista percebeu que sua lança era uma das poucas armas presentes na cidade. Viu alguns guardas vestidos de branco, com elmos imaculados que cobriam o rosto inteiro. Tinham alabardas ornamentadas que pareciam peças mais cerimoniais do que práticas. Mais olhares e sussurros a acompanharam, mas ela estava acostumada a chamar atenção e não se deixou incomodar.

— Não vejo pedintes — observou. — Ou indigentes. Vivem em outra parte da cidade e são impedidos de entrar nestes distritos?

— Você não os vê porque não existem. Temos a sorte e os meios para garantir que ninguém viva na miséria, então, por que não ajudaríamos os necessitados?

— Pois é, por que não?

Subiram vários lances de escadas largas, cada um levando a uma parte mais alta da cidade. Finalmente se aproximaram de um arco imponente, o Arco da Iluminação, guardado por mais sentinelas vestidos de branco. A construção estava coberta de formas geométricas muito complexas. Era óbvio que transmitia informações em profusão, mas apenas para aqueles capazes de interpretá-las. Depois do arco havia uma praça ampla, e do outro lado dela erguia-se a Torre Cintilante.

De perto, a torre era ainda mais impressionante do que parecera ao longe, grandiosa mesmo numa cidade opulenta. Sem dúvida, tinha o dobro da altura do palácio em Alovédra. Um imenso olho dourado, situado dentro de vários triângulos sobrepostos, estava posicionado no centro do pináculo da construção, e uma cachoeira ruidosa surgia logo abaixo dele, dividindo-se em vários andares de cascatas e jorrando em uma lagoa angulosa.

— Vou deixá-la aqui e propor ao conselho uma audiência para você — explicou Tyrus. — Avisei com antecedência para que preparassem aposentos para recebê-la. Meu aprendiz vai levá-la até lá. Não temos palácios, mas acredito que ficará muito bem acomodada.

— Não preciso de muito — respondeu Kalista. — Esperava fazer meu apelo em breve. Não posso me demorar, pois não sei quanto tempo de vida resta à rainha. — *Nem se ela ainda vive*, pensou, embora não expressasse esse medo em voz alta.

— Vou enfatizar sua urgência, sem dúvida. Tome um banho, coma, descanse. Mandarei notícias assim que puder. — Ele se curvou e passou depressa pelos guardas no arco.

— Por aqui — apontou Ryze, sem encará-la. Virou-se e começou a andar sem se dar ao trabalho de ver se ela o seguia.

Caminharam em silêncio, o que permitiu a Kalista absorver a cidade sem distrações. Viu mulheres e homens jovens sentados em anfiteatros ao ar livre, ouvindo as palavras de membros mais velhos da Sociedade da Luz, e parques onde as pessoas jogavam solenemente jogos de estratégia em tabuleiros de mármore. O lugar era ao mesmo tempo movimentado, com estudiosos correndo entre os vários edifícios, e vazio, com amplas áreas dedicadas a praças e gramados cuidados com capricho, árvores podadas em formatos uniformes e posicionadas a intervalos regulares.

A cidade era linda e organizada, mas parecia faltar alguma coisa. Havia uma ausência, uma qualidade indefinível que impedia Helia de parecer habitada e acolhedora, apesar de muitas milhares de pessoas fazerem dela seu lar. Parecia fria, apesar de todo o sol ininterrupto que a banhava. Era perfeita, mas não tinha alma. Kalista não conseguia achar nenhum defeito para apontar, mas imaginava se o problema não era justamente esse.

Sabia muito bem que as pessoas não eram perfeitas, e uma cidade deveria refletir seu povo. Um lugar como aquele, tão precisamente projetado, a fazia pensar que havia algo a se esconder. Um lado menos agradável que se ocultava das vistas.

Ou talvez fosse puro cinismo da parte dela por ter vivido desde criança cercada pelo ninho de víboras da política camavorana.

Ryze a guiou aos aposentos destinados a ela e saiu calado. Dizer que o lugar era palaciano era um eufemismo. Kalista atravessou as várias salas, ainda maravilhada pela aparência imaculada e precisa de tudo. Flagrou-se buscando defeitos — uma rachadura na parede, uma peça irregular no piso —, mas não encontrou nada.

Havia uma ala toda dedicada ao banho, com três piscinas de diferentes temperaturas em três salas separadas. Em outra direção, havia uma biblioteca particular com milhares de livros encadernados em couro, e uma varanda ensolarada com vista para a cidade e para o mar. Ao cruzar o quarto — um cômodo vasto com uma cama circular afixada ao chão —, ela encontrou um terraço ajardinado, repleto de canteiros de mármore altos, muitíssimo bem cuidados, e uma fonte geométrica. Trepadeiras e flores desciam em cascata pelas paredes externas.

— Todas as casas em Helia são assim? — perguntou Kalista a um funcionário pálido que lhe servia um copo de água com infusão de frutas. — Ou isso tudo é só para impressionar as visitas?

O homem sorriu, mas obviamente não entendeu as palavras dela, e logo se curvou, retirando-se.

Ela tomou um gole da água saborizada, mas achou-a doce demais e a deixou de lado. Tomou banho, deliciando-se com as águas relaxantes, perfumadas com óleos e sais, e secou-se com toalhas aquecidas. Voltando ao quarto, encontrou três conjuntos de roupas estendidos na cama para ela, cada um de um estilo diferente. Eram lindos, feitos com seda fina e o algodão mais macio, e bordados em padrões simétricos. No entanto, ela os deixou onde estavam, preferindo vestir sua armadura já bem gasta. As peças da armadura tinham sido limpas e lubrificadas enquanto Kalista tomava banho, o que ela considerou desagradável, ainda que os criados do palácio de Alovédra fizessem a mesma coisa. Até a cauda longa e preta do elmo fora escovada, removendo os nós e a crosta de sal marinho, e as botas de couro de cano alto haviam sido polidas. Ela ficou aliviada, no entanto, por encontrar suas armas intocadas.

Uma refeição completa a esperava na sala de jantar: doces, cortes de carne de vaca e de carneiro, frutos do mar, sopa, legumes assados, queijo e frutas fatiadas e um cesto cheio com uma variedade de pães fresquinhos. Kalista fez um prato, de repente faminta, e o levou para a varanda.

Quando terminava o terceiro prato cheio, trouxeram-lhe um bilhete selado. O selo exibia um olho num livro em chamas. Ela o rompeu e desdobrou o pergaminho, revelando uma caligrafia precisa e elegante. Leu depressa, depois leu novamente, mais devagar.

Amanhã. Amanhã o conselho a receberia, acompanhada por Tyrus. Kalista suspirou: tudo dependia daquilo.

Ela rezou para que a rainha ainda estivesse viva.

O Vigia-Oficial Grael apagou a lanterna e inclinou a cabeça de leve. Ficou na escuridão total, imóvel, ouvindo com toda a paciência.

Lá. Ouviu de novo. Era o som inconfundível de passos ecoando suavemente. A pessoa se saía muito bem em manter o silêncio, mas aquele era o reino de Grael. Qualquer outro poderia não ouvir o som ou deduzir que fossem ratos ou um eco dos corredores acima, mas ele conhecia o labirinto subterrâneo melhor do que ninguém. Aqueles passos eram de um *intruso*. E, a julgar pela tentativa de ser furtivo, um que *sabia* que não deveria estar ali. Era alguém que se esgueirava de propósito, portanto, alguém perigoso. Sabia quais seriam as consequências de seus atos se o pegassem e faria todo o possível para garantir que ninguém descobrisse a invasão.

Grael tinha a opção de dar meia-volta e retornar por onde tinha vindo. Sabia como o som viajava até lá e conseguia visualizar exatamente onde estava o intruso, então seria fácil evitá-lo. No entanto, ele sequer pensou em sair do caminho, e não porque havia jurado proteger aqueles túneis. Por ele, podia até mijar no tal juramento. Não significava nada. Ele fora traído, vez após vez, então por que deveria se dar ao trabalho de cumprir a palavra?

Grael foi em direção ao som que o invasor fazia. Ali embaixo, o maior predador era *ele*. Não cabia a ele se esquivar para evitar alguém. Não, aquela pessoa é que deveria ter o bom senso de *evitá-lo*, mas havia se deparado com seu covil e agora era sua presa. Um entusiasmo desvairado invadiu Grael e ele abriu um sorriso perverso. De uma dobra das vestes, tirou sua foice curva. Quem quer que fosse o intruso, se arrependeria de ter entrado.

Em silêncio, Grael percorreu a escuridão rumo à presa desatenta.

Ryze parou, pensando ter ouvido alguma coisa ao longe.

Foi só um rato, disse a si mesmo, e continuou pelo labirinto sinuoso das câmaras, muito abaixo da Grande Biblioteca. Fechou um pouco o cilindro da lanterna, porém, para que a luz ficasse menos visível, embora acreditasse estar sozinho e tivesse enorme confiança em suas habilidades na hipótese improvável de algum Umbreiro patético conseguir cruzar seu caminho.

A culpa é toda de Tyrus. Ele dizia que Ryze não tinha controle suficiente, que a magia rúnica que corria em suas veias era perigosa. Em outros tempos, o jovem achara que a Sociedade da Luz cultivaria seu talento para feitiçaria. Fora um grande erro. Como poderia desenvolver controle se não lhe permitiam treinar? Se não o deixavam aprender com os tomos dos grandes magos rúnicos do passado? Ryze sabia que tais tomos estavam trancados nas câmaras. Tinha deduzido isso ao ler nas entrelinhas do que Tyrus dizia, mas o mestre se recusara terminantemente a fazer um pedido formal para que Ryze tivesse acesso àqueles livros. Então lá estava ele, obrigado a se esgueirar pelos cantos como um simples ladrão.

Ryze sorriu. Lembrou que *era* um simples ladrão. Ou pelo menos já tinha sido, antes que Tyrus o tomasse sob sua tutela e o levasse através da névoa para Helia.

Era como nos velhos tempos: estava invadindo lugares em que não deveria entrar. Ajoelhou-se diante de mais uma porta trancada que encontrou, abaixou a lanterna e pegou um pedaço de couro enrolado. Desfez rapidamente os laços que a fechavam e a desenrolou, revelando suas gazuas de confiança. Tinha feito cada uma delas pessoalmente, moldando-as e curvando-as para atender às suas necessidades. Inspecionou o cadeado pesado na porta e depois inseriu uma gazua semelhante a uma agulha no buraco da fechadura. Levou só um instante para tatear os pinos e encaixá-los no lugar certo. Segurando a primeira gazua com firmeza, inseriu a segunda, explorando o caminho.

Não seria fácil encontrar os livros que procurava. Ele descera até ali pela primeira vez um ano antes e ficara boquiaberto com o tamanho das câmaras. Percebeu que poderia passar a vida inteira procurando e ainda assim não encontrar o que buscava. Mas a atividade se transformara numa espécie de jogo, num passatempo. Um pequeno gesto de rebelião. Sempre que ele e Tyrus estavam em Helia, Ryze entrava nas câmaras na calada da noite, desbravando as profundezas. O risco só deixava tudo muito mais divertido.

Pronto. Houve um estalo quase imperceptível e, com uma torção cuidadosa, o cadeado se abriu. Ryze colocou as gazuas de novo no couro e o enrolou. Então pegou a lanterna, olhou para o corredor mais uma vez e entrou na câmara.

Em outra vida, teria enchido os bolsos com os artefatos de ouro do recinto selado, mas mal se dignou a olhar para aquelas bugigangas. Os itens bons de verdade estavam sempre trancados com mais segurança. Ele avistou um grande baú perto da parede dos fundos e seguiu até ele.

— Aí está você — disse, passando as mãos pela superfície. Sentiu as proteções arcanas do baú como um formigamento sob a ponta dos dedos e mordiscou os lábios, ansioso. Era um bom sinal. As proteções eram invisíveis a olho nu, mas ele podia senti-las, tal como sentia os pinos numa fechadura sob a pressão de suas gazuas. Percebeu que as proteções ali eram antigas e que levaria algum tempo para rompê-las. Acomodou-se de joelhos, esfregando as mãos.

Fechou os olhos e começou a trabalhar, traçando com os dedos os padrões das proteções. Ele as visualizou, revirando-as na mente e decodificando como desativá-las. Uma a uma, desenredou as proteções rúnicas e ouviu um estalo quando as trancas do baú se abriram. Ele sorriu.

Então seu coração deu um salto, e um arrepio lhe percorreu o corpo. Ouviu um tilintar de correntes *logo atrás de si* e entendeu que o que ouvira antes não era um rato.

Com os olhos arregalados de pânico, Ryze pegou a lanterna e a virou na direção da porta. Havia uma pessoa imóvel já dentro da sala. Ela o fitava com um sorriso horrendo estampado no rosto pálido. Com um grito, Ryze reuniu seu poder, mas antes que pudesse liberá-lo, a figura fantasmagórica avançou.

Algo o atingiu na lateral da cabeça e imediatamente Ryze foi ao chão.

Capítulo Dezesseis

— Por isso — concluiu Kalista —, vim pedir sua ajuda, em nome de Viego Santiarul Molach vol Kalah Heigaari, rei de Camavor, vinculado pela alma à espada Santidade.

Tendo finalizado seu pedido formal, Kalista ficou em posição de sentido, com o capacete emplumado debaixo do braço e a cabeça erguida enquanto aguardava a resposta.

O Conselho de Helia se assomava diante dela. Havia dezessete mestres ao todo, sentados acima dela num semicírculo sob a imensa cúpula dourada da Torre Cintilante. Alguns se debruçavam sobre as balaustradas ornamentadas de seus atris, enquanto outros pareciam completamente entediados com o assunto e mal prestavam atenção.

Kalista imaginara que Tyrus faria parte do conselho, mas, ao ouvir isso, ele tinha sorrido e explicado que era apenas um humilde perito, vários graus abaixo do nível de mestre. Contudo ele a havia acompanhado até ali e falado a favor dela diante do conselho, afirmando acreditar que suas intenções eram puras e que ela era uma mulher honrada. Depois de se pronunciar, ele sumira na escuridão atrás dela.

Agora Kalista estava sozinha, banhada por uma luz refletida de diversos espelhos angulares, enquanto os membros do conselho se ocultavam nas sombras, dificultando discernir suas expressões e traços faciais. Um dos mestres, designado como orador — um homem idoso chamado Bartek, que tinha uma infeliz e espantosa semelhança com um sapo — havia pedido que ela apresentasse seu pedido, e ela o fizera, com frases simples e objetivas, evitando floreios.

Ela passou um longo tempo esperando uma resposta. Vários mestres sussurravam entre si, enquanto alguns a encaravam de cima, como num julgamento. O momento se prolongou por vários minutos.

Kalista rompeu o silêncio:

— A rainha de Camavor está morrendo de um veneno que nossos melhores curandeiros e sacerdotes desconhecem. — Ela se esforçou para não deixar que a frustração transparecesse na voz. — Se as histórias sobre as Águas da Vida contêm alguma verdade, e vocês são capazes de ajudá-la, eu imploro que o façam.

Ainda assim, a resposta não veio. Kalista olhou para os mestres, confusa. *Por que não respondem?* Espiou as sombras atrás dela, procurando Tyrus, mas não conseguiu vê-lo.

— Ninguém vai responder? — perguntou, voltando-se para os mestres. — Se prestassem socorro, o Trono Prateado teria uma dívida eterna com vocês. Camavor pode ser uma aliada.

Silêncio.

— É pagamento o que querem? — insistiu Kalista, começando a perder a paciência. — Estou autorizada a concordar com qualquer recompensa que sua ordem considere apropriada. Pelo que sei, Camavor tem muitos artefatos que sua Sociedade cobiça há muito tempo.

— O conselho não responde a subornos ou ameaças, implícitas ou não, *camavorana* — rosnou um dos mestres nas sombras. Kalista se esforçou para identificar quem era.

— Não ofereci ameaça ou suborno — retrucou, protegendo os olhos contra a luz. — Vim simplesmente implorar sua ajuda. Vim de boa-fé.

Essas palavras foram recebidas com mais silêncio. Kalista cerrou as mãos em punhos e estava a ponto de dizer alguma coisa quando o orador levantou a mão.

— O conselho ouviu seu apelo, princesa Kalista de Camavor — declarou ele. — Vamos suspender esta audiência para discutir a questão. Você será convocada quando tivermos uma resposta.

Kalista franziu o cenho.

— O que há para discutir? — indagou. — Vocês podem ajudar ou deixar uma mulher inocente morrer! Se têm os meios para salvar nossa rainha, por favor, digam!

— Você será convocada quando tivermos uma resposta.

Uma luz forte brilhava acima dele. Sua cabeça latejava e o olho esquerdo estava tão inchado que mal abria. Teria caído? Não conseguia lembrar...

— Ah, você acordou.

A voz foi como um balde de água fria jogado no rosto de Ryze, e ele recuperou a consciência de imediato. Horrorizado, percebeu que seus braços estavam abertos e presos às paredes de ambos os lados com correntes bem esticadas.

— Onde estou?

— Numa cela, tão profunda que você pode gritar até perder a voz e ninguém jamais o escutará.

Ryze se contorceu, tentando se afastar da luz ofuscante.

— Quem é você?

— Sou aquele que o encontrou fuçando onde não devia. Sou aquele que tem sua vida nas mãos.

Ryze apertou os olhos, tentando enxergar quem estava falando além daquela luz tão forte, mas tudo o que conseguiu distinguir foi uma sombra vaga. Contudo, tinha visto o homem por um momento antes de ser atingido. Lembrava-se do rosto pálido e sorridente. Mas também vira seus trajes e suas chaves, penduradas em grandes anéis de ferro. Era um vigia.

— Você é só um Umbreiro — desdenhou Ryze.

O contorno da figura sombria enrijeceu. Havia violência naquela rigidez, uma fúria fervilhante que ameaçava transbordar. Ryze encarou o vigia, recusando-se a dar a ele o prazer de vê-lo demonstrar medo.

— Deixe de encenação e me entregue logo aos guardiões. Ande logo com isso! — rosnou ele. — Se me expulsarem da Sociedade, que seja. Assim, pelo menos, não terei mais que conviver com os disparates e as promessas vazias deles.

Atrás da luz, o vigia riu entredentes.

— O que o faz pensar que tenho a intenção de entregá-lo aos guardiões?

Ryze não respondeu.

— Talvez eu prefira mantê-lo aqui — continuou o vigia. — Talvez eu pretenda *torturá-lo*. Fazê-lo sofrer. Mexer com sua mente, pouco a pouco, bem devagar, até que não reste mais sanidade e você implore por misericórdia.

Ryze engoliu em seco tentando esconder o medo, mas não acreditou ter conseguido.

— Alguém ao menos sabe que você está aqui embaixo? — perguntou o vigia, zombeteiro.

Ryze pôde ouvir o humor cruel naquela voz e vacilou, desfazendo a expressão rebelde.

O vigia riu. Foi um som detestável e impiedoso, repleto de amargura e crueldade.

— Acho que está começando a perceber no que se meteu. Vocês desfilam pela superfície, convencidos de sua importância, exalando hipocrisia. Cospem em nós, *Umbreiros*, mas aqui é o *meu* domínio. *Meu*. Aqui, toda a sua riqueza, influência e corrupção não servem para nada. Aqui, *eu* decido o que acontece a quem viola minhas leis. Aqui, o poderoso sou *eu*. Aqui, *eu* sou o rei. E você veio até aqui para roubar o que é meu.

As palavras foram cuspidas de uma vez só, sem pausas, ardendo de indignação. No silêncio que se seguiu, Ryze ouviu o vigia respirar com dificuldade.

— Não sou um deles — disse o jovem em voz baixa. — Eu os odeio tanto quanto você.

Essa afirmação foi recebida com uma gargalhada.

— Acho que não. Você usa um amuleto de aprendiz no peito. É um deles, sim. Do contrário, nunca o deixariam usar isso. Seria jogado nas profundezas, assim como eu.

— Está enganado — retrucou Ryze, deixando a própria amargura aflorar. — Não nasci privilegiado. Longe disso. Vim do nada, e meu mestre está decidido a garantir que eu *continue* assim. Ele não me ensina nada de importante. Não quer que eu o ofusque.

Silêncio. Então, a lanterna foi baixada de modo que a luz não atingisse em cheio os olhos dele. Ryze piscou, a imagem consecutiva da luz ainda ardendo nos olhos, mas agora conseguia ver quem o mantinha preso.

O vigia era alto e magro. Tinha rosto pálido e olhos incrivelmente frios, mortos e insensíveis, como os de um tubarão. Segurava numa das mãos uma terrível lâmina curva, uma foice com um gume que parecia perigosamente afiado.

— Talvez você esteja dizendo a verdade, talvez não — rosnou ele. — Mas isso não muda nada.

Há algo de muito errado com esse homem. Por dentro, o medo de Ryze se apertou como um nó. Respirando profundamente, atraiu poder para dentro de si, e suas mãos começaram a brilhar com uma energia roxa e selvagem. A magia ardia dentro dele, infundindo-o... mas, com os braços presos, não era capaz de criar as formas rúnicas de que precisava para controlá-lo. Sem esse foco, a energia faiscou e diminuiu, finalmente desaparecendo.

— Um mago rúnico? — ronronou o vigia. — Ora, que *interessante.*

Ryze o encarou. Sua visão ainda estava afetada pelos restos da magia desvanecida, banhando tudo em tons de violeta.

— O que quer dizer? — perguntou a seu captor.

— Diga-me, como abriu o baú? O que estava aberto quando o encontrei? Aquele baú estava lacrado.

— As proteções rúnicas não eram das mais poderosas — respondeu Ryze. — Não tive dificuldade para desfazê-las.

— Que interessante — repetiu o vigia, e parou de olhar para Ryze, andando de um lado para o outro. Parecia estar passando por algum tipo de conflito interno. De repente, voltou-se para ele:

— Diga: *quem* é seu mestre?

— O Explorador-Perito Tyrus — revelou Ryze.

— Tyrus de Hellesmor? — o outro indagou.

— Ele mesmo.

O vigia começou a rir.

— Ah, isso é bom demais — comemorou ele, balançando a cabeça. — Tyrus, Tyrus, Tyrus.

— Você o conhece?

— Ele roubou meu posto. *Eu* era o melhor do grupo, mas foi *ele* o escolhido. Deram-lhe tudo, e eu fui jogado aqui para apodrecer na escuridão.

Ryze se virou para o Umbreiro:

— Ele me atraiu para a Sociedade da Luz com a promessa de me ensinar. Tenho um talento raro, mas preciso aprender mais formas rúnicas para canalizar meu poder por completo. Tyrus disse que me ajudaria, mas não me ensinou *nada*. Ele me nega o conhecimento que preciso, mantendo-o fora do meu alcance para me controlar. Diz que ainda não estou pronto. Mas como posso aprender se não me ensinam *nada*?

— E você estava aqui embaixo procurando esse conhecimento, desafiando Tyrus?

Ryze olhou para ele diretamente.

— Exato.

O vigia lhe deu as costas outra vez, coçando o queixo, e Ryze ficou em silêncio. Depois de um tempo, o outro voltou a falar:

— Você poderia passar séculos vasculhando as câmaras feito um rato sem jamais encontrar o que procura. Mas *eu* sei onde está. Posso conseguir para você.

— E por que faria isso?

O vigia encarou Ryze com aqueles olhos mortos e impassíveis.

— Como chegou até aqui? Não pode ter passado pelos guardiões só com as suas ferramentinhas, nem pelos Portais Vigilantes, nem pela Câmara de Ecos. Como conseguiu ultrapassá-los?

— Sempre fui bom em entrar e sair de lugares onde não era bem-vindo.

O vigia sorriu, embora não parecesse um sorriso verdadeiro.

— Creio que pode haver um jeito de ajudarmos um ao outro.

No quarto, Kalista andava de um lado para o outro como um animal enjaulado.

— Entendo sua frustração — disse Tyrus calmamente —, mas é assim que o conselho trabalha. Eles discutem e deliberam até chegar a uma decisão unânime.

Kalista o olhou com fúria.

— Essa decisão não devia *precisar* de deliberação — retrucou ela. — Você descreve Helia como uma sociedade elevada, mas, se ajudar uma mulher à beira da morte requer horas de debate, talvez precise reavaliar sua opinião.

Tyrus esfregou os olhos.

— Em geral, não interferimos na política e nos assuntos do mundo exterior — explicou ele, cansado. — Não se ofenda, mas, historicamente, Camavor é uma nação agressiva e belicosa, e por isso a chegada de uma integrante da realeza camavorana causou certa apreensão.

— Não sou uma exploradora à procura de novas terras para conquistar. Eu estaria disposta a dar qualquer garantia necessária como sinal da minha boa-fé.

— Eu sei — declarou Tyrus. — Acredito em você e foi por isso que a trouxe até aqui, mas muitos acreditam que errei ao fazê-lo.

Kalista parou de andar.

— Você sofrerá represálias?

— É possível. — Tyrus encolheu os ombros. — Mas, se me impuserem sanções, que seja. Acredito que tomei a atitude certa.

— Você não teria me trazido até aqui se não achasse que eles podiam ajudar. As Águas da Vida existem, não é? Não pode simplesmente me dar uma garrafa dessas águas para eu seguir meu caminho? A vida de Isolde está em jogo!

— Tenho fé que eles tomarão a decisão certa — afirmou ele. — É frustrante, mas precisamos ter paciência.

Kalista suspirou.

— Vou tentar, embora ficar sentada esperando não seja do meu feitio.

— É compreensível. Você é guerreira e general, uma mulher de ação, e tem procurado essa cura sem cessar. Permita-se este breve momento de descanso. Leia um livro. Vá dar uma volta. Faça o que precisar para passar o tempo. Vamos esperar que o conselho não leve muito tempo deliberando.

— Meu avô costumava dizer que haveria muito tempo para descansar depois de morrermos — comentou Kalista.

Tyrus grunhiu.

— Sem dúvida ninguém poderia acusar o Leão de Camavor de ser preguiçoso — comentou ele. — O homem conquistou o quê, treze nações independentes ao longo da vida?

— Dezoito, tecnicamente, se contar as que se rebelaram e em seguida foram arrasadas.

— Um grande legado ao qual o herdeiro terá que fazer jus — observou Tyrus. — Mas estou divagando. Agora vou me retirar e ver se consigo atrair alguns membros do conselho para a sua causa.

— Obrigada, Tyrus — agradeceu Kalista. — Você é um homem bom, e agradeço a confiança e a fé que deposita em mim.

— Agradeça-me depois que sua rainha estiver salva.

Erlok Grael estava dentro da cela, a poucos passos da porta, de braços cruzados, observando Ryze trabalhar.

Não deixara o aprendiz sair da cela, embora o tivesse libertado das correntes. Desconfiava que o prisioneiro tentasse fazer alguma tolice, mas havia tomado precauções.

— Escrevi uma carta, que deixei bem no meio da minha mesa — disse ao jovem antes de libertá-lo. — A carta o identifica pelo nome e afirma que eu o interceptei nas câmaras inferiores, ocupado em roubar artefatos proibidos.

— Por quê? — perguntou Ryze. — Não foi esse o nosso acordo!

Grael o silenciou erguendo a mão.

— Você não sabe onde minha cela se localiza, mas os guardiões sabem. Se fizer algo contra mim quando eu soltar essas correntes, eles encontrarão a carta, e será o seu fim. Sei que você diz não se importar se for expulso da Sociedade, mas é óbvio que não é verdade. Conte a alguém ou tente me trair, e vou destruí-lo.

— Não há a menor necessidade disso — insistiu Ryze.

— Cumpra essa pequena tarefa por mim e eu lhe entregarei o conhecimento que procura. E queimarei a carta.

Fiel à sua palavra, Ryze não tomou nenhuma atitude hostil depois de ser libertado. E agora o aprendiz estava sentado no chão, de pernas cruzadas e olhos fechados. Diante dele havia um cofre selado. Estava totalmente trancado, apesar de não haver uma fechadura tradicional para abri-lo. Em vez disso, havia apenas uma cavidade para a runa essencial de um mestre. Cada uma daquelas pedras era uma chave mestra capaz de abrir as fechaduras rúnicas que protegiam os segredos mais preciosos de Helia — embora *quais* fechaduras abriam dependessem do grau do mestre. Grael testara sua própria runa naquele cofre e ficara contente ao descobrir que funcionava.

Ryze não tinha tal chave. Movendo os lábios em silêncio, começou a criar com as mãos uma série de padrões e formas intrincadas. Um instante depois, o cofre se abriu com um estalo.

— Fácil — gabou-se ele, estalando os dedos num gesto de triunfo.

— Impressionante — elogiou Grael. O rapaz era arrogante e vaidoso, mas sua capacidade de burlar as proteções rúnicas era mais do que apenas impressionante. A mente do vigia fervilhava com as possibilidades que aquilo oferecia, mas ele não revelou nada disso.

— Então, do que se trata tudo isso? — perguntou Ryze. — Quer que eu abra uma fechadura rúnica que você não consegue abrir? Traga-a aqui e faço isso agora mesmo.

Uma parte de Erlok Grael ardia de raiva por precisar da ajuda daquele rapaz. Essa parte preferia mantê-lo trancafiado na escuridão e adoraria ver sua arrogância rebelde desmoronar, dando lugar ao pânico, ao medo e ao terror. Essa parte se deliciaria em ouvi-lo gritar de dor e desespero enquanto...

— Ei, vigia?

Ele interrompeu o devaneio fascinante.

— Disse alguma coisa? — perguntou.

— A recompensa que você prometeu... Como sei que valerá a pena?

Grael o encarou com raiva, depois tirou um estojo cilíndrico de couro do cinto e o jogou para ele.

— O que é isto?

— Abra.

O jovem abriu o fecho e tirou de lá um pedaço enrolado de pergaminho arrancado de um livro. Franzindo a testa, aproximou-o do rosto, olhando para a grafia angulosa.

— Escrita cuneiforme icathiana — murmurou. Leu algumas linhas, depois parou, olhando assombrado para Grael. — Isto é...?

— É, sim.

Grael observou em silêncio enquanto Ryze voltava a olhar para a página, traçando rapidamente as linhas com o dedo, lendo da direita para a esquerda, como se fazia com aquela escrita antiga. Depois de ler metade, ergueu o olhar outra vez.

— Era isto que eu estava procurando — arfou.

— E eu lhe entregarei o livro completo depois que você abrir uma fechadura especial para mim.

Ryze sorriu.

— Negócio fechado. Agora, onde está essa fechadura?

Grael abriu seu sorriso de predador. Fisgara o jovem como um peixe em um anzol.

— Diga, Ryze, o que sabe sobre a Fonte das Eras?

Capítulo Dezessete

Quanto mais tempo Kalista passava em Helia, mais detestava o lugar. Era inegavelmente belo, e a camavorana tinha certeza de que havia quem o considerasse uma utopia, mas a impressão de que não tinha alma continuava a se consolidar. A cidade parecia tão estéril, insípida e fria que lembrava uma espécie de fachada, uma máscara usada para esconder a verdade.

Ela logo ficou inquieta nos aposentos vastos que lhe concederam. Esperava aguardar algumas horas para que o conselho tomasse uma decisão, ou até mesmo um dia, mas aquele dia tinha passado, assim como o dia seguinte, sem nenhuma notícia. No terceiro dia, ela recebeu um bilhete de Tyrus dizendo que ainda não haviam chegado a uma decisão.

No quarto dia, Kalista pegou sua lança e saiu para explorar.

Descobriu até onde ia a hospitalidade dos helianos depois de subir uma escadaria ornamentada até um prédio imenso que parecia uma espécie de museu. Os guardas de armadura branca que tinha visto em outros lugares impediram sua entrada. Eles disseram alguma coisa num tom consolador, porém firme, mas ela não conseguiu entendê-los.

Kalista avaliou o par de guardas, certa de que poderia enfrentá-los, mas murmurou um pedido de desculpas e se retirou. Por toda a cidade, encontrou o caminho bloqueado ao tentar entrar em diferentes construções e até em certos jardins. Os lugares onde a autorizaram a entrar eram rigidamente controlados, o que só serviu para aumentar suas suspeitas.

Estava se sentindo solitária. Sentia falta da camaradagem da Hoste e até Viego lhe fazia falta. Uma pontada de culpa a invadiu por não ter saudades do noivo, o grão-mestre Hecarim. No entanto, tinha saudades de Ledros, e a intensidade do sentimento a surpreendeu. Pensar nele era doloroso, pois trazia à tona lembranças do constrangimento entre os dois na madrugada antes de sua partida. Com o estômago revirando, ela logo afastou os pensamentos.

Depois de horas vagando sem rumo, Kalista encontrou um banco de mármore isolado de frente para o oceano num dos muitos parques da cidade e se acomodou. Olhou para a névoa distante, no meio do caminho até onde estaria o horizonte num dia claro. Era como se as ilhas estivessem cercadas por imensas muralhas. Longe de fazê-la se sentir segura, isso a fazia se sentir *presa.*

Talvez os mestres nunca me deixem ir embora. Eles obviamente queriam que a existência das ilhas continuasse escondida por mitos e lendas, então parecia lógico supor que não desejavam que ela voltasse à sua terra natal. Kalista pensou em Vennix além da névoa, a bordo do *Daggerhawk.* A capitã dissera que podia esperar até duas semanas antes de precisar seguir para um novo porto em busca de mantimentos. Se os mestres se recusarem a deixar Kalista partir, quanto tempo Vennix levaria para perceber que ela não ia voltar?

A general estava tão absorta nesses pensamentos perturbadores que não viu a mulher pequenina e de pele escura se aproximar, até que ela falou:

— A névoa é uma maravilha, não é? — A voz da mulher era espantosamente grave, porém suave como veludo. — A magia no interior dela é antiga, e ninguém aqui a compreende de fato, mas os mestres nunca admitiriam isso. — Usava vestes escuras e largas com barras prateadas sobre calças pretas e justas. Um capuz pontiagudo emoldurava o rosto anguloso e os fartos cabelos brancos. A aparência da mulher seria severa não fossem a expressão espontânea, o sorriso caloroso e o comportamento afável. — Espero que não se importe com a interrupção. Venho aqui com frequência para pensar e fugir de tudo isso — acrescentou, indicando a cidade com um gesto dos dedos cobertos de anéis.

— De jeito nenhum. Eu também precisava fugir de *tudo isso* — admitiu Kalista, imitando o gesto.

A mulher riu.

— Às vezes Helia tem esse efeito.

— Quer se sentar? — perguntou Kalista. Em Helia, todas as pessoas eram educadas, mas essa mulher era uma das poucas que pareciam genuinamente simpáticas. — Meu nome é Kalista.

— Ah, eu sei quem você é — declarou a nova companheira, sentando-se ao lado dela. — As fofocas se espalham depressa entre os acadêmicos. Você é a princesa camavorana, aquela que tentou entrar na Grande Biblioteca hoje de manhã!

— Tentei?

— Nem todos os estudiosos de Helia podem acessar a biblioteca. Você poderia pedir um documento de autorização aos mestres, mas eles raramente o emitem. Ah, e os Umbreiros têm acesso, é lógico, só que ninguém presta atenção neles. Mas não deixa de ser divertido o fato de você ter tentado entrar lá!

Kalista não pôde conter o sorriso. A mulher não parecia estar zombando dela, pelo menos não da maneira mordaz que os cortesãos de Alovédra o faziam.

— Então fico feliz por ser uma fonte de entretenimento, acho — disse ela.

— Sou a artífice Jenda'kaya. É um prazer conhecê-la — a mulher se apresentou.

— É um prazer conhecê-la também — respondeu Kalista.

— Soube que falou com o Conselho de Helia. Como foi?

— Pedi um favor a eles e, quatro dias depois, ainda estou esperando uma resposta.

— Não estou surpresa. São um bando de babacas pomposos. Insuportáveis, soberbos e mesquinhos.

Kalista bufou, rindo da sinceridade.

— É verdade! — insistiu Jenda'kaya. — Eles protegem os próprios interesses acima de qualquer outra coisa. Mas, para ser justa, há uns poucos entre eles que são razoavelmente decentes. Espero que consigam convencer os outros a ajudá-la no que quer que tenha vindo pedir.

— Também espero. — As duas ficaram em silêncio, observando os pássaros planarem nas correntes de vento ascendentes. — O que você faz aqui? — perguntou Kalista. — Parece... diferente dos outros.

— Vou encarar isso como um elogio. A maioria das pessoas me descreveria como excêntrica, se quiserem ser gentis, ou como uma ativista perigosa e nociva, se quiserem ser mais incisivas. Sou uma Artífice-Perita dos Sentinelas.

— Sentinelas?

— Não é tão impressionante quanto parece. Pelo menos, não hoje em dia.

— Em Camavor, também há quem me considere uma espécie de *ativista nociva* — disse Kalista. — Na verdade, muita gente. A maior parte das famílias nobres e Ordens de Cavalaria me veem com desconfiança.

— Você é princesa, não é? As pessoas não têm que jogar pétalas de rosa no seu caminho e se deleitar com cada uma das suas palavras?

Havia um brilho travesso nos olhos de Jenda'kaya, e Kalista riu.

— Não exatamente — respondeu. — Minhas opiniões sobre certas questões as deixam... nervosas.

— Por quê?

— Porque eu quero ver mudanças.

— Ah! Aí está! — exclamou Jenda'kaya, batendo a mão no braço de pedra do banco. — Para ser sincera, parece que as políticas de Camavor e de Helia não são muito diferentes, e provavelmente é a mesma coisa em todo o mundo. Os que têm o poder estabelecido sempre veem a mudança como uma ameaça à sua posição.

Kalista assentiu.

— Mas chega de falar de política. Que tipo de pesquisa você conduz, se não se importa que eu pergunte?

Jenda'kaya se inclinou para a frente num gesto conspiratório.

— Eu faço armas — sussurrou.

Isso, sim, despertou o interesse de Kalista. Mas antes que pudesse perguntar mais, um sino tocou numa torre nas proximidades, e a artífice se levantou de uma vez, como uma criança empolgada.

— Tenho que ir! — disparou. — Já estou atrasada!

Jenda'kaya começou a correr em direção ao centro da cidade. Estava a cerca de trinta passos de distância quando parou e se virou para trás, olhando para Kalista, e gritou:

— Quer ver meu trabalho?

— Quero, sim!

— Encontre-me aqui amanhã, ao pôr do sol — bradou Jenda'kaya. — Até lá devo ter resolvido as falhas da minha última criação!

— Espero receber uma resposta e seguir meu caminho antes disso — respondeu Kalista. — Mas, se não receber, estarei aqui!

Dois estudiosos com mantos murmuraram e lançaram olhares de desaprovação para elas. Jenda'kaya os confrontou:

— Ah, calem o bico, seus patetas maçantes! — rosnou ela, com tanta ferocidade que os estudiosos praticamente fugiram. Ainda estava falando camavorano, o que Kalista desconfiou ser por ela. A impressão se confirmou quando a artífice abriu um último sorriso travesso para ela, depois correu, segurando a barra do traje preto para não tropeçar.

Kalista a observou partir, completamente aturdida.

Grael estava nas sombras da praça escura, esperando, ansioso. Passava da meia-noite, e a atmosfera parecia densa e fria. Ele não gostava de estar na superfície. Depois de tantos anos nos espaços apertados das câmaras, ficava apreensivo sem um teto baixo acima da cabeça.

— Onde está ele? — sibilou. Será que o rapaz o traíra? Teria errado em libertá-lo?

— Estou aqui — disse uma voz à sua esquerda, assustando-o.

Grael se virou, rosnando, e num instante jogou a pessoa que falava na parede. Ele o segurou lá por um segundo antes de perceber que era o aprendiz, e o soltou com um empurrão.

— Está atrasado — resmungou.

— Tive que esperar Tyrus ir para o quarto. — Ryze endireitou o traje, olhando-o com raiva. — Ele está começando a desconfiar.

Grael olhou de relance para a praça, os olhos disparando entre as sombras, tentando ver se alguém os observava. Nada.

— Vamos — murmurou.

Ele foi na frente até os fundos da Grande Biblioteca, erigida acima deles como uma fera monolítica. Era uma estrutura verdadeiramente colossal, tão grande quanto um palácio, mas essa era apenas a parte visível acima do solo — a maior parte da construção estava no subsolo, no labirinto de túneis, câmaras, salas ocultas e cavernas protegidas pelos Vigias do Umbral. Entraram num beco entre duas alas do edifício e desceram uma escada estreita e curva até um portão trancado que exibia o símbolo dos vigias. Grael destrancou o portão, abriu-o, fez Ryze passar e o trancou depois de entrar também.

— Não consigo acreditar que é tudo verdade — sussurrou Ryze. — A fonte, as Águas da Vida, tudo.

— Uma verdade que os mestres tentam há muito tempo enterrar e esconder. Engendraram a história de que ela não passava de boatos infundados. Um mito.

— Desgraçados!

— Pois é. Agora, silêncio. Estamos chegando à entrada.

Ele o levou por uma série de passagens e escadas cada vez mais estreitas, projetadas para ficarem escondidas das passarelas e calçadas acima, permitindo que os vigias se esgueirassem abaixo dos pés de seus superiores sem que estes os vissem. Finalmente, chegaram a uma porta trancada e reforçada com barras.

— Cubra o rosto — mandou Grael.

Ryze puxou o capuz para baixo, e o vigia bateu com o punho na porta de carvalho. Uma janela estreita se abriu e olhos turvos espreitaram por ela.

— Abra — ordenou Grael, mostrando seu amuleto de oficial. Os olhos espiaram Ryze. — É meu novo guardião — continuou ele. — Abra, e depressa, ou falarei com a magistrada e recomendarei sua transferência.

Houve resmungos lá dentro, mas os ferrolhos foram movidos e a porta se abriu. Grael passou pelos guardiões sem nem olhar para eles. Ryze correu atrás dele de cabeça baixa.

Uma dezena de portas diferentes levava ao labirinto abaixo, a barra acima de cada uma exibindo um símbolo geométrico único. Essa era apenas uma das sete estações intermediárias diante das entradas para as câmaras usadas pelos vigias. Era a menor delas, e a menos frequentada, razão pela qual Grael a tinha escolhido.

O vigia passou com passos firmes diante de várias portas reforçadas com ferro antes de chegar àquela que queria. Lambeu os lábios, sentindo o olhar dos guardiões sobre ele, e revirou as chaves de um de seus grossos anéis de ferro. Suas mãos suavam. Deteve-se numa chave, inseguro, e depois continuou procurando. Tinha encontrado essas chaves escondidas na cela do Oficial Maksim — chaves que Maksim *não devia* possuir. Não se admirara ao ver que seu ex-oficial era corrupto. Bastara um pouquinho da atenção de Grael para que Maksim se mostrasse muito generoso, revelando todos os seus segredos sórdidos, acorrentado nas profundezas. Ele ainda estava lá embaixo — se bem que, àquela altura, Grael duvidava que muitas pessoas reconheceriam aquela carcaça patética e destruída. E ali permaneceria, pois mantê-lo vivo o divertia.

— Eles continuam olhando — sussurrou Ryze. — Diga que está com a chave.

— Cale-se.

— Um deles está vindo para cá.

Grael resistiu ao impulso de olhar para cima. Em vez disso, voltou à primeira chave em que havia se detido e a enfiou na fechadura. Para seu alívio, a chave se virou e ele abriu a porta. Lá dentro, uma escada estreita descia rumo à escuridão. Lançando um olhar contrariado ao guardião que se aproximava, Grael acendeu sua lanterna na chama de um braseiro próximo, sem pressa, e depois adentrou no breu. Assim que os dois entraram, ele bateu a porta com um estrondo retumbante.

Poderiam ter chegado ao seu destino através dos túneis que eram de responsabilidade de Grael, mas levariam dias para percorrer aquele caminho sinuoso e teriam que atravessar corredores sob a jurisdição de uma dezena de outros vigias e oficiais. Embora seu novo posto lhe concedesse um poder razoavelmente maior, vagar pela jurisdição de outros vigias das câmaras despertaria atenção indesejada.

Era óbvio que o caminho mais direto até a Fonte das Eras passava através da Torre Cintilante, mas esse caminho estava fora de cogitação, pois era protegido com imenso cuidado. Seria preciso um exército para invadi-lo.

Desceram, desceram e desceram, aprofundando-se cada vez mais na escuridão. Grael tinha planejado a rota com cuidado. Ainda precisavam passar pela jurisdição de três vigias, mas era improvável que cruzassem com um deles. Ele levara em consideração os horários de patrulha nessas áreas usando o privilégio de seu novo posto. É óbvio que isso não levava em conta o fator humano — muitas vezes, os vigias se desviavam das rotas oficiais de patrulha —, mas era o melhor que se podia fazer. E se encontrassem mesmo um vigia? Bem, a lâmina dele estaria pronta.

— Venha, garoto — rosnou Grael. — Temos uma longa caminhada pela frente.

Ryze não conseguia determinar a passagem do tempo na escuridão abaixo de Helia, mas parecia que estavam andando havia dias e dias.

Ele perdera todo o senso de direção e, com pesar, estava ciente de que, se aquele vigia desvairado decidisse abandoná-lo, nunca encontraria uma saída. Ficaria preso ali pelo resto da vida, vagando sem enxergar nada até morrer de fome e sede, ou até dar um passo em falso e desabar num dos poços absurdamente profundos embutidos dos quais dava para ouvir ondas quebrando à distância.

A ansiedade o consumia. Ele sempre fora rebelde, mas aquela aventura ia além de tudo o que já fizera. Será que devia ter contado a Tyrus o que esse vigia-oficial pretendia fazer? Pensara em contar várias vezes desde que fizera o acordo com ele, mas não havia como a delação resultar em nada além de seu próprio banimento. Mesmo que Grael não conseguisse fazer Ryze ser expulso da Sociedade por traí-lo, Tyrus era um rígido defensor das regras.

Além disso, partilhava da indignação do vigia. Por que os mestres tinham que esconder algo tão magnífico do resto da Sociedade? Por que deveriam ser os únicos a se beneficiar disso? No entanto, por mais que tentasse se convencer da nobreza desse ato de rebeldia, no fundo sabia que o único motivo pelo qual estava colaborando era o desejo de ter em mãos o livro que Grael prometera a ele.

Isso é culpa de Tyrus. Se ao menos ele tivesse cumprido suas promessas e ajudado Ryze a dominar seu poder, o jovem nunca procuraria esse conhecimento em outro lugar.

A lanterna de Grael se apagou de repente. A escuridão era tão absoluta que Ryze não conseguia sequer ver os próprios dedos balançando diante dos olhos, e o pânico se assomou dentro dele. Tateando, esbarrou no vigia, que havia parado à sua frente.

— Fique parado! — sussurrou Grael.

Ryze se agachou, tentando acalmar a respiração. Ficaram assim pelo que pareceu uma eternidade, e ele estava prestes a dizer alguma coisa quando ouviu um barulho ao longe. Era uma batida repetitiva e ecoante, como a de madeira sobre pedra. O som continuou, cada vez mais alto, e logo outro se juntou a ele, no mesmo ritmo. *Passos.*

A mão fria de Grael o empurrou para a lateral da passagem. Tateando com as duas mãos, Ryze descobriu um pequeno esconderijo ali, e se esgueirou para dentro dele, estremecendo ao perceber pequenas pedras rangendo sob seus pés. O próprio Grael não fez um único ruído, movendo-se em silêncio como um fantasma. Era enervante.

Alguns minutos se passaram e, aos poucos, Ryze percebeu que conseguia distinguir a silhueta do vigia à sua frente, apertado na parede lateral do esconderijo. Seu coração disparou quando entendeu o que isso significava:

havia uma fonte de luz por perto. As batidas e os passos ficavam cada vez mais altos. Estavam a poucos metros de um cruzamento de três vias, e quem se aproximava vinha naquela direção.

A luz ficou mais forte e as batidas e os passos, dolorosamente altos. Quem quer que fosse, chegou ao cruzamento e parou. Uma lanterna iluminou cada corredor. Ryze se espremeu ao máximo em direção à parede, mal se atrevendo a respirar. Agora seu coração batia tão alto que ele tinha certeza de que o recém-chegado o ouviria. Se aquele vigia avançasse pelo corredor, avistaria Ryze num instante.

O jovem arregalou os olhos quando Grael sacou a foice, obviamente chegando à mesma conclusão. Ryze acenou para ele, murmurando um *Não!* sem som e balançando a cabeça. O vigia perverso voltou os olhos frios e mortos para ele, depois para o cruzamento.

Ryze não havia concordado em matar um membro da Sociedade. Tinha acabado de decidir que ia pular do esconderijo, gritar um aviso e aceitar qualquer castigo que lhe impusessem, quando o barulho de madeira na pedra recomeçou. Inclinando-se muito ligeiramente para fora do esconderijo, viu o outro vigia, coberto pelo capuz do manto, afastando-se, tendo decidido seguir em outra direção. A batida vinha de um cajado alto com uma lanterna na ponta, e o homem se apoiava nele como se fosse uma bengala.

Ryze e Grael ficaram lá, paralisados e silenciosos, até que mais uma vez a escuridão engoliu completamente a silhueta do vigia. Mesmo assim, continuaram imóveis no lugar até muito tempo depois que as batidas do cajado desapareceram. Só então Grael reacendeu a lanterna com uma faísca de sua pedra de amolar, e a foice desapareceu nas dobras de seu traje.

— Você ia matar aquele homem — sibilou Ryze.

— Não, *nós* íamos matá-lo — corrigiu Grael. — Estamos nisso juntos, você e eu.

Ryze congelou ao ouvir aquelas palavras. Ele já sabia que Grael era violento, e perigosamente instável, mas até aquele momento não tinha se considerado de fato cúmplice desse homem: ele faria parte do que quer que acontecesse lá embaixo. Sentiu o impulso de cancelar tudo, de abandonar aquela missão absurda. Mas tinha visto o brilho assassino nos olhos de Grael. Ele *queria* que o outro guardião se aproximasse. Não havia como Ryze escapar da situação sem dar a Grael o que ele queria.

E havia a questão do livro, é óbvio. O livro era a chave para liberar seu poder. Ryze *precisava* dele.

Assim, engoliu a inquietação e seguiu o Vigia-Oficial Grael pelo labirinto cada vez mais fundo.

Capítulo Dezoito

— Chegamos — anunciou Grael, parando.

Estavam na metade de um corredor que era praticamente indistinguível de qualquer outro, embora tivesse uma pequena vala rasa no centro, com um fio de água escorrendo ao longo dela. Valetas como essa eram comuns nos níveis mais baixos, e estavam no andar mais profundo em que Grael já se aventurara a pisar.

— Essas... são as águas sagradas? — perguntou Ryze.

Grael riu da pergunta idiota.

— Beba e descubra — zombou ele.

Ryze ignorou a chacota do vigia e olhou ao redor, obviamente em dúvida.

— Tem certeza de que este é o lugar certo?

Grael fez uma careta.

— Tenho certeza, sim.

— Tudo bem, tudo bem.

— Segure isto. — Grael entregou sua lanterna ao aprendiz. Então, se virou para a parede, formada por milhares de pedras cortadas e encaixadas com precisão, e tateou a superfície, ignorando a poeira e a sujeira que logo cobriram suas mãos. Depois de vários minutos, ele recuou, franzindo a testa. — Fique aqui — ordenou. Grael pegou a lanterna e seguiu de volta para o último cruzamento, resmungando.

Lá, parou, se virou e começou a andar contando os passos, embora desta vez tratasse de dar passos mais curtos do que o normal. Quando chegou a cento e quarenta e quatro — um número considerado poderoso nas tradições arcanas da Sociedade —, parou e se voltou para a parede outra vez. Estava a mais ou menos vinte passos de Ryze e gesticulou, impaciente, para que o acompanhasse.

Desta vez, encontrou o que procurava.

— Passos mais curtos.

— O quê?

— O arquiteto era baixo — explicou Grael, sorrindo.

O vigia encostou a bochecha na parede, observando ao longo dela com um dos olhos fechado. Uma das pedras estava mais saliente do que as outras, mas era quase imperceptível. A imperfeição era tão mínima que seria impossível percebê-la se ele não soubesse o que procurar. Com cuidado, Grael apertou a pedra, que recuou de leve. Ouviu-se um estalo mecânico, seguido por um som de tique-taque constante que logo ficou mais rápido.

— Não parece um bom sinal — comentou Ryze.

— Há mais um dispositivo — explicou Grael tranquilamente. — Se não for ativado dentro do tempo estabelecido, um alarme soará dentro da Torre Cintilante, e em pouco tempo estes túneis ficarão lotados de guardiões.

Ryze começou a olhar em volta freneticamente, aflito.

— Eles não podem nos achar aqui embaixo! Cadê o outro dispositivo?

— Acalme-se — disse Grael, enquanto o tique-taque atingia um ritmo desesperador. Sem se apressar, deu sete passos comedidos para trás no corredor e se virou para a parede oposta. Contou as pedras até chegar àquela que procurava. *É realmente engenhoso*, pensou ele, enquanto avaliava a pedra de aparência comum. Se já não soubesse onde estava, não haveria a menor possibilidade de encontrá-la. Agora, o tique-taque era um zumbido quase contínuo.

— Você não sabe onde está, não é? Temos que sair daqui! — sibilou Ryze.

Grael olhou para ele e então apertou a pedra. Ela afundou para dentro e o tique-taque cessou. Com um rangido baixo, um pequeno painel se abriu na parede, no nível do chão.

— Precisa aprender a controlar suas emoções — observou ele.

— Parece Tyrus falando — resmungou Ryze. — Como sabia onde ficavam os dispositivos?

— Nunca subestime o poder da pesquisa, rapaz.

— Agora parece *mesmo* Tyrus falando.

Ignorando-o, Grael se ajoelhou e empurrou o painel com força, grunhindo. A peça recuou, depois subiu um pouco antes de parar, parcialmente aberta. Posicionando-se no chão sujo, Grael estendeu a mão e empurrou a peça para cima. Ryze estremecia a cada rangido metálico. Finalmente, o painel se abriu por inteiro, revelando um buraco retangular e escuro. Mal era grande o bastante para uma pessoa passar por dentro dele.

Ryze o olhou, hesitante.

— *Essa* é a nossa entrada?

— Essa é a *sua* entrada — corrigiu Grael, com um sorriso maldoso.

— Você não vai também? — Ryze quis saber.

— Acha que eu caibo ali?

O jovem franziu o rosto.

— Não sei nem se *eu* caibo — respondeu.

— Caberá.

— E tem certeza de que os guardiões não conhecem essa entrada?

— É uma comporta construída para escoar o excesso de água em época de inundação, mas não é usada há mais de um século.

— Isso não quer dizer que não existam guardas do outro lado.

— É verdade — concordou Grael. — É mais uma razão para *você* entrar, e não eu.

— Não sei, não — hesitou Ryze. — E se houver algum bloqueio lá dentro ou estiver selada com tijolos?

— Só há um jeito de descobrir. E entrar lá é a única maneira de conseguir o seu precioso livro.

Ryze olhou para o buraco na parede. Não era grande o suficiente para uma pessoa engatinhar por ali, então teria que se arrastar com a barriga no chão.

Xingando, livrou-se do cinto de couro largo que usava a tiracolo e do manto com capuz, deixando o peito nu. Verificou o conteúdo da bolsa de couro presa ao quadril junto do odre vazio e enfiou uma lâmina pequena no cano da bota. Pegou sua pequena lanterna sinalizadora e se ajoelhou diante da passagem estreita e escura.

— Mais uma coisa — alertou Grael. E tirou do interior das vestes um pedaço enrolado de couro macio. — Vai precisar disto.

Ryze desenrolou o couro, revelando a runa essencial.

— Por tudo o que é mais sagrado, como conseguiu *isto*?

— Não importa como consegui. O que importa é o que ela *faz*.

O aprendiz deu de ombros e a enrolou de novo no couro antes de guardá-la na bolsa.

— Os níveis superiores são os mais bem protegidos — continuou Grael. — Esse caminho deve evitar a maioria dos guardiões e vigias e levá-lo até um ponto logo abaixo do Salão da Conjunção. A entrada da Fonte das Eras deve estar visível. Haverá duas fechaduras. A runa essencial abrirá uma delas. A outra, você mesmo terá que abrir.

Ryze acenou com a cabeça, concordando.

— Espere por mim — pediu ele. — Não desapareça.

— Estarei aqui. Mas se alguém o pegar, ficará por sua conta.

— Pelo jeito, estamos *mesmo* nisso juntos — resmungou Ryze enquanto se abaixava para entrar no buraco. Abaixou a cabeça, xingando outra vez. Seus ombros rasparam as laterais da entrada quando ele se apoiou na barriga e começou a rastejar com os cotovelos rumo à escuridão. Com muitos grunhidos, arranhões e chutes, seguiu cada vez mais para o fundo. A sensação era a de ser engolido por inteiro.

— Seja rápido e silencioso — sussurrou Grael no túnel.

Então, estendeu a mão e segurou a portinhola.

— Não, não feche! — sibilou Ryze quando a portinhola começou a ranger, mas Grael não deu ouvidos. Com um último estalo mecânico, selou o caminho de volta, deixando o rapaz sem opção a não ser seguir em frente.

O pânico aflorou quando Ryze ouviu o estalo da portinhola se fechando atrás dele, deixando-o no mais absoluto breu. Sua respiração ficou rápida e superficial, e ele se viu entalado, incapaz de avançar e de recuar — não que agora houvesse maneira de voltar.

Tentou seguir adiante, mas não conseguiu. Estava preso e ia morrer ali, preso naquele túnel claustrofóbico, enterrado debaixo de uma montanha de rochas. Não conseguia ver nada e não sabia se a saída estava a dez ou a mil metros de distância. Queria gritar, implorar a Grael que abrisse a porta e o puxasse para fora, mas sabia que não adiantaria. O desgraçado do Umbreiro não o ajudaria, e, se começasse a gritar, provavelmente haveria uma lâmina bem afiada esperando por ele na saída.

A voz de Tyrus voltou a ele, uma lembrança de quando o mestre o impedira de sofrer uma sobrecarga mágica potencialmente fatal.

— Sinto a areia debaixo das mãos — sibilou Ryze, sentindo uma segunda onda de pânico se elevar. — Sinto a areia debaixo das mãos.

Fora durante uma de suas primeiras, e quase letais, tentativas de usar sua habilidade mágica. Enquanto Tyrus dormia, Ryze tentara puxar uma pequena quantidade de energia mágica para dentro de si — o bastante para fazer uma experiência, mas não para ser perigoso de verdade —, mas aquela fonte logo tinha saído de seu controle. Ele fora inundado por uma magia bruta, que se infiltrara em todas as fibras de seu ser. Queimando por dentro, sobrecarregado de poder, havia levitado, com runas roxas ardendo dentro da carne. Não tinha o conhecimento das formas rúnicas para dispersar tanto poder nem para canalizá-lo para fora, e tal poder o teria consumido por completo, deixando para trás uma carcaça incinerada, se Tyrus não tivesse acordado e ajudado. A voz do mestre havia atravessado a agonia como um bálsamo calmante:

— *Você está sentado de pernas cruzadas na areia. O chão está quente. Reconfortante. Macio. Você sente os grãos de areia debaixo das mãos. O sol está se pondo, dando lugar ao crepúsculo, mas você ainda sente o calor dele em sua pele. Consegue ouvir os pássaros cantando ao vento e sentir o aroma sutil das flores do deserto. O que mais está sentindo? O que mais fareja, ouve e enxerga?*

— Sinto os grãos de areia debaixo das mãos. Sinto o cheiro de chá de raiz-amarga num bule no fogo — sussurrou Ryze. — Ouço o estalo dos galhos queimando. Vejo as brasas subirem para o céu, mudando de laranja para roxo e depois azul-escuro, girando como redemoinhos de óleo na água. Vejo as primeiras estrelas. Sinto os grãos de areia debaixo das mãos.

E assim como aquele simples exercício de pensamento o havia afastado da beira da destruição, também funcionou agora. A respiração desacelerou. Os batimentos cardíacos se estabilizaram. O jovem ficou calmo.

Começou a se contorcer e avançar.

O túnel da comporta era longo e não se alargava, mas, felizmente, não continha barreiras nem escombros. Ele enxergou uma luz adiante e diminuiu a velocidade, movendo-se tão silenciosamente quanto possível. Continuou em frente, mas, horrorizado, viu que a saída estava bloqueada.

— Não, não, não, não, não — murmurou. Avançou mais depressa, sem se importar se alguém o ouvia. Chegou ao fim do túnel e agarrou com as duas mãos a grade de pedra que impedia sua saída.

Olhando para fora, viu uma sala ampla e circular, com o piso coberto por geometria arcana. Os painéis de mármore que revestiam as paredes estavam repletos de símbolos esculpidos, e havia uma grande escada em espiral que descia até o centro da câmara, com uma luz fria e artificial se derramando de cima. Havia mais uma saída da sala — uma arcada gigantesca, selada por portas douradas cobertas por ainda mais símbolos e ícones.

Ryze estava a ponto de quebrar a grade de pedra quando uma daquelas portas se abriu. Ele ouviu vozes baixas, e dois mestres com vestes longas chegaram, ladeados por guardiões de armadura branca. Os quatro usavam capuzes cobrindo o rosto, e, por mais que se esforçasse, Ryze não conseguiu ouvir as palavras que diziam. Depois que entraram, as portas se fecharam com um estalo. Ouviu-se um zumbido mecânico de engrenagens e alavancas, e as proteções rúnicas ao redor da barra pulsaram com uma luz azul.

Ainda falando em voz baixa, os mestres e seus guardas subiram a escada em espiral e logo saíram da vista de Ryze. Pouco depois, toda a escadaria de pedra começou a recuar, dobrando-se sobre si mesma e torcendo-se à medida que subia. Os degraus se encaixaram perfeitamente nos blocos geométricos do teto, alinhando-se com precisão, como um baralho de cartas reorganizado.

A sala ficou completamente escura e silenciosa. Ryze esperou alguns minutos, depois tateou a grade de pedra, inspecionando-a. Era uma peça sólida. Contornou-a com os dedos, sondando a argamassa descascada. Com uma certa dificuldade, ele conseguiu tirar a lâmina da bota esquerda e começou a raspar ao redor da borda da grade. Foi uma tarefa lenta e desajeitada, e uma boa quantidade de pó de argamassa caiu em seus olhos e boca.

Assim que terminou, agarrou a grade com uma das mãos e se posicionou de modo a bater num canto com a outra. O espaço apertado tornou difícil colocar todo o peso do corpo no gesto, mas ele bateu o mais forte que pôde e sentiu a grade ceder. Incentivado, bateu de novo, e de novo, e finalmente ela se soltou. Ryze a deixou com cuidado no chão e saiu dali, esticando as costas e girando o pescoço. Depois, acendeu a lanterna com um único golpe da pederneira, ajustando-a de modo que a luz fosse apenas um feixe estreito.

Recolocou a grade no lugar e andou pela sala em direção à arcada. As portas não tinham maçanetas nem fechaduras visíveis. Por mais que tentasse, não conseguia sequer encontrar a fenda entre elas, de tão magistral e precisa que era a construção. Os padrões geométricos cobriam cada centímetro, as linhas e formas cruzadas guiando o seu olhar para dentro, até o símbolo de um olho aberto cercado por chamas. Ao olhar para ele, Ryze sentiu um formigamento na nuca — não muito diferente da sensação que havia experimentado com a runa essencial na mão. Sentiu-se inegavelmente atraído pelo símbolo, como se este o puxasse para si.

Pôs a palma da mão em cima do olho ardente. Uma onda repentina percorreu seu corpo, prendendo a respiração na garganta, e ele puxou a mão depressa. Ouviu uma série de estalos mecânicos e, num instante, dois orifícios triangulares apareceram nas portas douradas, um de cada lado do olho. Eram do mesmo tamanho da runa que o vigia lhe entregara. Conseguiu ver linhas esculpidas na superfície interna delas. A sensação magnética ficou mais forte, agora atraindo-o para os buracos de fechadura triangulares.

Ryze logo tirou a runa da bolsa e a segurou diante dos buracos da fechadura. Assim como a magnetita atrai o ferro, o buraco da esquerda a atraiu.

— Tudo bem, tudo bem. — Ele suspirou e inseriu a runa ali. Serviu perfeitamente, e uma onda de energia azul iluminou a runa quando ela se encaixou no lugar.

A porta permaneceu trancada, é óbvio. Grael tinha dito que precisaria abrir as duas fechaduras.

Mais uma vez, Ryze sentiu a estranha sensação magnética, e sua mão direita foi na direção da segunda fechadura, quase que por vontade própria. Quando ele se aproximou, runas roxas arderam em sua pele, ondulando ao longo da mão e do antebraço. Ele recuou, chocado, e as runas desapareceram.

Com cuidado, voltou a tocar o buraco, e novamente as runas ganharam vida sob sua pele. Desta vez, ele não se afastou. Fechando os olhos, começou a mover a mão no ar diante do buraco, sentindo os padrões da fechadura rúnica. Logo percebeu que era muito mais complexa do que qualquer coisa que já tinha visto — de uma complexidade quase descomunal. Era como uma dezena de fechaduras numa só, cada uma sobreposta à outra.

Com um rosnado de frustração — e de considerável espanto —, Ryze se afastou da fechadura mais uma vez. Não havia como burlar aquela tranca, pelo menos não dos modos que ele conhecia. Mordeu o lábio, ponderando as opções. Mais uma vez, sentiu a fechadura atraí-lo.

— Qual é a pior coisa que poderia acontecer? — murmurou, e enfiou a mão completamente no buraco.

A princípio, nada aconteceu, e Ryze balançou a cabeça. *O que eu estava esperando?* Então algo travou com firmeza seu pulso, e uma força puxou-lhe o braço mais para dentro do buraco. A dor agonizante o queimou, e seu corpo bateu na porta. Ele gritaria, se o ar não tivesse sido arrancado dos pulmões.

A dor era excruciante. Parecia que seu braço havia sido enfiado num braseiro de carvão incandescente. Ele esmoreceu, caindo com um dos joelhos no chão, mas não conseguiu escapar, pois a porta o prendia. Runas roxas brilhavam intensamente no ombro, e o poder dentro dele se alvoroçava como um animal furioso lutando para se libertar. Um tom violeta se verteu em tudo o que ele enxergava, e um vapor mágico vazou de seus olhos, nariz e boca. Só tivera essa sensação uma vez na vida.

— Sinto os grãos de areia debaixo das mãos — sussurrou. — Sinto os grãos de areia debaixo das mãos. — Fechou os olhos com força, tentando aplacar o estrondo crescente de magia para que não o rasgasse ao meio. Seu braço ainda estava inundado de agonia. O suor escorria pelo corpo. — Sinto os grãos de areia debaixo das mãos!

A dor diminuiu, apenas o bastante para ele respirar profundamente, e o rugido da magia dentro dele se aquietou um pouco. Conseguiu sentir o padrão dentro da fechadura, um padrão que chamava por um par. A sensação era semelhante à que ele havia sentido com outras fechaduras rúnicas, mas muito, muito mais intensa. Ainda de olhos fechados, visualizou o padrão do nó de runas entrelaçadas. Elas se deslocaram e se viraram enquanto ele se concentrava nelas, fugindo dele, esquivas e escorregadias, mas ele as perseguiu. De repente, o arranjo rúnico ganhou uma nitidez intensa e pulsou, tomado de luz azul.

Era quase o mesmo que abrir uma fechadura com as gazuas — encontrar os pinos a acioná-los, apertá-los e ir para a próxima.

Com a mão livre, formou a primeira das runas no ar, depois a desmanchou e passou para a próxima. Fez isso com uma de cada vez até que todas estivessem destrancadas. Com um último pulso de luz etérea, seu braço foi liberado.

Ele o tirou do buraco, esperando vê-lo carbonizado até os ossos, mas estava completamente intacto. Runas brilhavam sob a pele — os mesmos símbolos que tinha visualizado. Começaram a desaparecer quase na mesma hora, e ele dobrou e abriu a mão, ainda maravilhado por vê-la ilesa. A dor também se foi, deixando apenas um rastro na rigidez dos dedos.

Ouviu-se uma série de zumbidos e estalos mecânicos, e as portas se abriram. Do outro lado, uma névoa branca pairava no ar. Pegando de volta a runa essencial, Ryze entrou com cuidado na câmara.

— A Fonte das Eras — sussurrou.

Parecia mais um banheiro enorme e opulento do que uma fonte. O local era tão amplo que a lanterna de Ryze não conseguia iluminá-lo por completo, e grande parte dele estava coberta pela névoa espessa, mas tudo o que via era mármore branco, ouro e simbolismo arcano. Colunas primorosamente esculpidas subiam pelo nevoeiro, e degraus ao redor de toda a borda da sala desciam suavemente até a piscina. A água estava perfeitamente límpida e parada, e apenas o reflexo da lanterna naquela superfície vítrea dava alguma indicação de sua presença.

Ryze foi até a beira da piscina, mal se atrevendo a respirar. Ajoelhado no degrau mais próximo da água, sentiu a névoa branca o rodear como gavinhas etéreas. Sabendo que poderia ser interrompido a qualquer momento, pegou o odre vazio do cinto, tirou a rolha e então... parou.

Tirar a água daquela piscina sagrada parecia um ato de profanação. Mas quais eram as alternativas? Voltar de mãos vazias para aquele vigia perigoso e violento? Entregar-se aos guardiões? Tentando se acalmar, Ryze baixou o odre abaixo da superfície, gerando ondulações pela piscina. A água estava fria e parecia bastante comum. Ele se perguntou se as histórias a respeito da magia revitalizante eram exageradas. Mas, se assim fosse, por que escondê-la do mundo?

Com o odre cheio, Ryze o tirou da piscina e o ergueu diante de si, vendo a água pingar do couro.

— Por que não? — disse a si mesmo, com um sorriso, e o levou aos lábios. Bebeu o quanto quis, depois enxugou a boca com as costas da mão. Era a água mais pura que ele já havia bebido, mas, se possuía quaisquer propriedades além dessa, foi impossível saber na hora. Voltou a encher o odre e o fechou, prendendo-o de volta ao quadril.

Só então, ao se levantar para sair, notou a iluminação suave que vinha do centro da piscina. Ryze franziu a testa. Como não tinha visto aquilo antes? Caminhou ao redor da borda, tentando enxergar melhor aquela luz estranha, mas ela estava um pouco distante demais, e um pouco submersa demais, para se ver com nitidez. Ele, porém, *sentia* a presença da fonte de luz. Infundia-se na água e na própria névoa. Infundia-se mesmo no ar que respirava.

Olhou mais uma vez para a água, cujas ondulações se findavam. Enquanto a piscina recuperava a quietude, ele fixou os olhos em algo lá embaixo, algo que emitia um brilho ofuscante, e seu coração deu um pulo.

Sentiu aquilo nos ossos. Ouviu-o zumbir no fundo da mente. Sussurrava-lhe à alma. Era algo poderoso e ancestral, que já era antigo muito antes do surgimento da humanidade. Era uma *runa*. A ideia ocorreu a Ryze do nada, mas ele soube com toda certeza que era verdade. Era uma runa que ganhara forma física, uma das forças primordiais que forjaram a ordem a partir do caos.

E, naquele momento de espanto, Ryze teve a sensação inquietante de que alguém o observava. Ele se virou.

Havia uma figura de sombras à beira da piscina, imóvel, a poucos metros de distância. A princípio, Ryze achou que suas feições estivessem escondidas debaixo de um capuz escuro que cobria o rosto. Então percebeu que não tinha feições. O rosto estava vazio, tão sombrio quanto o resto, e ainda assim Ryze não tinha dúvida de que aquela pessoa o via. Sentia aquele olhar deslizando por sua pele. E, com horror crescente, também percebeu que conseguia enxergar *através* dela. Não era um ser de carne e osso.

Era um espectro. Uma aparição. Um eco do passado.

E apontou para ele. O movimento deslocou a névoa, e uma luz fúnebre azul-esverdeada cintilou em torno daquele braço. A figura deu um passo na direção dele, e aquela luz horrível e maligna delineou melhor sua forma.

Ryze soltou um grito de terror. Então ele se virou e fugiu. Enquanto corria, percebeu que havia mais silhuetas obscuras paradas nos cantos da sala. Todas estavam vestidas de sombras, os contornos delineados pelos lugares em que *não* havia névoa, e todas se voltaram para ele, olhando-o sem expressão.

Ele correu da sala com o coração retumbando, sem se preocupar em fechar as grandes portas douradas enquanto fugia diretamente para o túnel por onde viera. Olhou para trás e viu o espectro sombrio passar pela porta. O rosto sem feições, cintilando com um fogo verde-azulado que o iluminava por dentro, virou-se para encará-lo.

Xingando, Ryze largou a lanterna. Com um grito, jogou a grade de pedra para o lado e se atirou no túnel, ignorando os arranhões e pancadas que sofreu com a pressa. Arfando, avançou apoiado nos cotovelos, contorcendo-se e serpenteando freneticamente.

Olhou para trás só uma vez. À luz da lanterna abandonada, conseguiu ver a sala vazia atrás dele, nada mais.

Então uma figura sombria, sem rosto, se debruçou ali e olhou para dentro do túnel.

Ryze olhou para a frente, rastejando o mais rápido que pôde. Pareceu demorar uma eternidade, e ele tinha certeza de que ia sentir o toque gelado daquela mão espectral em seu tornozelo, mas finalmente bateu a cabeça na portinhola. Martelou-a com o punho fechado.

— Abra! Abra logo!

A portinhola se abriu rangendo, e Ryze escapuliu. Grael estava lá, sorrindo para ele, ansioso como um gato diante da presa.

— Encontrou? Pegou?

Ryze ignorou as perguntas do vigia.

— Tranque, depressa! — berrou. Ao ver Grael simplesmente olhar para ele, aturdido, Ryze xingou e se ajoelhou, apesar dos joelhos ensanguentados, para fechar a portinhola.

— Diga-me! — O vigia agarrou Ryze e o obrigou a ficar de pé. — Encontrou a Fonte das Eras?

Em resposta, Ryze tirou o odre do cinto e o estendeu com a mão trêmula.

— Tome — sussurrou. — Para mim já chega.

Capítulo Dezenove

Kalista acordou cedo e suspirou quando se deu conta de onde estava. Mais um dia em Helia. Mais um dia de espera enquanto o conselho deliberava. Mais um dia que poderia ser a diferença entre salvar a rainha Isolde ou vê-la finalmente sucumbir ao veneno.

Kalista detestava saber que sua missão era de máxima urgência, mas que ainda não havia sido capaz de apressar a decisão dos mestres. E detestava o fato de que a reputação sanguinária de Camavor os fizesse desconfiar de suas intenções.

A general havia combinado se encontrar com a curiosa artífice Jenda'kaya ao pôr do sol, mas havia um dia inteiro até lá. Se ficasse parada em seus aposentos até o anoitecer, sabia que só alimentaria a ansiedade. Portanto, vestiu a armadura, pegou a lança e saiu na escuridão antes da alvorada.

Ela podia ser da realeza, mas também era uma soldado, e se levantava antes do amanhecer havia anos. Não conseguia deixar de sentir certa superioridade em relação aos frágeis acadêmicos de Helia, sabendo que ainda dormiam. No geral, pareciam não oferecer a menor resistência. Tinham sorte de contar com a névoa branca, caso contrário, teriam sido massacrados por invasores havia muito tempo — provavelmente, pelos ancestrais de Kalista.

Ela vagou pelas ruas vazias enquanto o céu começava a clarear. Quando o sol nasceu, viu que estava nas cercanias de Helia. Ir até lá fora uma decisão inconsciente, mas ela não tinha a menor vontade de passar mais tempo dentro da cidade em si. Era sufocante demais, controlada demais. O ar fresco, as árvores, as cercas-vivas e os campos vastos e exuberantes fora da cidade eram um alívio muito necessário.

A primeira pessoa que Kalista viu foi um pastor com um rebanho de ovelhas de aparência incomum: lã branca, longa e desgrenhada, rosto e pernas pretos, e chifres salientes saindo da mandíbula inferior. Tais chifres pareciam bem ameaçadores, mas os animais demonstravam ser dóceis, pastando o capim ao tilintar suave dos sininhos presos ao redor do pescoço. O pastor levantou a mão numa saudação antes de conduzir o rebanho até um riacho com alguns assobios agudos e os latidos de incentivo do seu cão pastor.

Abandonando a estrada de pedras brancas bem assentadas, ela escalou um muro baixo de pedra usando uma estaca de madeira e seguiu uma trilha lamacenta até o topo para ter uma noção melhor do entorno. No alto do morro havia um balanço infantil pendurado num galho da única árvore e oferecendo uma bela vista. Ao sul estava Helia, reluzente e majestosa à luz da manhã, enquanto o mar cintilava a oeste como um manto incrustado de joias. O norte e o leste eram dominados por colinas verdejantes, pastagens e bosques. Viam-se várias aldeias, e linhas finas de fumaça subiam das chaminés. Numa estrada longínqua, uma carroça puxada por um comboio de bois trilhava um caminho lento e sinuoso, e os minúsculos pontos brancos salpicados nas encostas verdes mostravam onde outros rebanhos pastavam.

A aldeia mais próxima, aninhada num vale sombreado, não ficava longe. Era pequena, com cerca de vinte construções, talvez, e ela ficou impressionada ao ver que não eram casebres. Todas eram feitas de pedra clara e madeira escura, e exibiam muitos dos desenhos geométricos e das características das estruturas mais imponentes de Helia. Até mesmo a pequena ponte coberta que levava à aldeia tinha sido projetada com cuidado, formada por uma teia complexa de triângulos e losangos, com símbolos e linhas cruzadas esculpidas na madeira. Lavradores e aldeões cuidavam de seus afazeres. As roupas eram borrões de cores vivas sobre a terra escura e os campos verdes.

Era um ponto a favor daquela sociedade o fato de que mesmo os humildes camponeses pareciam viver com conforto e sem o menor sinal do tão comum desespero entre os pobres de outras nações, incluindo Camavor. Kalista se perguntara se aqueles que moravam fora de Helia viviam na miséria enquanto os estudiosos mimados da cidade se deliciavam com vinho e doces, mas parecia não haver segredos obscuros, ou, pelo menos, nenhuma que ela já tivesse visto.

Entretanto a ilha não era perfeita. Era evidente que a política e a burocracia reinavam supremas, como as deliberações dolorosamente lentas do conselho demonstravam. Mas Kalista duvidava que um dia *pudesse* existir uma sociedade perfeita de verdade. As pessoas são como são.

Ela se pegou vagando por um trecho arborizado ao lado da colina, atravessando um tapete de samambaias prateadas e pequenas flores brancas e azuis. Adentrando a mata, percebeu que não se tratava de um bosque apenas, mas de parte de uma floresta maior. As árvores eram enormes, com troncos retorcidos cobertos de musgo e líquen, e grandes raízes retorcidas que se enrolavam em volta de pedras antigas e se entrelaçavam na trilha diante dela, como se quisessem fazê-la tropeçar. A luz do sol não penetrava a copa das árvores, mantendo aquele pequeno recanto de solidão selado numa escuridão crepuscular. Nas sombras debaixo dos galhos, ela vislumbrou formas minúsculas e voadoras que cintilavam sutilmente. Não conseguia distingui-los, pois sempre fugiam ou desapareciam completamente quando ela tentava se aproximar, mas algo em seus movimentos brincalhões a fazia crer que não se tratava de meros insetos. Pensou ouvir risadas infantis na brisa, mas podia ser o farfalhar das folhas ou uma ilusão produzida pelo vento.

As árvores imponentes rangiam e gemiam, como se falassem umas com as outras. Parecia até que a observavam. Não era uma sensação de ameaça, tampouco de acolhimento. Apenas *era*. Num nível instintivo, Kalista sabia que a velha floresta já estava ali muito antes de as pessoas chegarem às ilhas. Talvez elas também tivessem sentido a idade e a magia da mata, e por isso a deixaram permanecer selvagem e livre. A idade da floresta fez Kalista se sentir insignificante, no bom sentido — como se todas as suas aflições fossem efêmeras, desnecessárias, e todas as desconfianças, traições e até guerras dos seres mortais não tivessem importância na grande tapeçaria do mundo. Sentiu certo conforto ao saber que, assim como aquela floresta já existia antes da chegada dos seres humanos, lá permaneceria muito tempo depois de a humanidade partir.

Experimentando uma nova sensação de paz, Kalista, relutante, saiu da floresta para voltar a Helia.

Olhando para trás, pensou ter visto uma das árvores se mexer. Era um colosso da floresta estranhamente retorcido e antigo, cheio de vida e coberto de vegetação, o tronco formado por inúmeras camadas. Kalista tinha quase certeza de que ele havia se deslocado enquanto ela estava de costas, e podia imaginar facilmente um rosto velho e enrugado nos nós e redemoinhos do tronco.

Voltou para a cidade mais tranquila e reflexiva como não se sentia havia muitas luas.

Já era fim de tarde quando Kalista voltou à propriedade. Parou à porta dos próprios aposentos, ouvindo o riso de uma criança. Em vez de ir diretamente para os cômodos vazios que ocupava, atravessou os corredores em direção àquele som alegre.

Por fim, chegou a um pequeno pátio, cercado de arcos e arbustos bem organizados. Três crianças pequenas — duas meninas de cabelos crespos que pareciam gêmeas e um menino mais novo — riam e gritavam enquanto corriam, tentando fugir de um adulto de vestes longas, que cambaleava com a cabeça abaixada. Ele ergueu as mãos sobre a cabeça, imitando chifres, e bufou alto ao avançar, para a alegria das crianças que corriam dele. Achando muita graça, Kalista percebeu que o homem era o Explorador-Perito Tyrus, e cruzou os braços, encostando-se a um arco para observar.

Demorou um pouco para Tyrus perceber que tinha plateia. Na mesma hora, endireitou o corpo, tentando recuperar parte de seu comportamento austero de sempre. Kalista levantou a sobrancelha e ele pigarreou, parecendo muito encabulado.

— Eu, hã, acho que por hoje chega de caçar o elnuk, crianças. É hora de voltar às aulas — disse ele, causando uma explosão de gritinhos e resmungos decepcionados.

Um par de tutores se aproximou para começar a reunir as crianças. As gêmeas se espalharam, aos berros, como se fosse parte de uma nova brincadeira, enquanto o menininho se agarrava firmemente à perna de Tyrus.

— Logo vamos brincar de novo, Tolu — consolou Tyrus, desvencilhando-se com certa dificuldade. Livre, ele foi até Kalista. — Minha aura de solene seriedade preservada a muito custo se estilhaçou, não é mesmo?

— Ah, completamente — confirmou Kalista. — Mas você dá um touro elnuk bem convincente.

Tyrus se curvou numa pequena reverência.

— Eu faço o que posso.

— São seus filhos?

— Ah, céus, não, embora eu me considere responsável por eles. Infelizmente, todos conheceram a tragédia em suas curtas vidas. Não há como substituir o amor dos pais, mas aqui, pelo menos, receberão todos os cuidados e uma educação forte. Ainda não tem notícia do conselho?

Kalista fez uma careta.

— Não. E estou perdendo a paciência.

Tyrus acenou com a cabeça em compreensão.

— Lamento muito que estejam demorando tanto. Não era isso que eu esperava quando a trouxe às nossas ilhas. Gostaria de se juntar a mim e ao meu aprendiz para o jantar esta noite?

— Obrigada, mas não posso. Já tenho compromisso. Uma perita dos Sentinelas vai me mostrar um pouco do trabalho dela.

— Ah, você conheceu Jenda'kaya? Com ela não existe monotonia.

— Ela realmente parece ... exuberante.

Tyrus se despediu, prometendo ver o que poderia fazer para acelerar as deliberações do conselho, e saiu. Kalista continuou no pátio, vendo os cuidadores reunirem com paciência os órfãos e os levarem para o jantar. Ao passar, uma das gêmeas mostrou a língua. Kalista retribuiu o gesto, fazendo a criança rir.

Olhou para o céu, que começava a escurecer. Tinha tempo suficiente apenas para tomar banho e comer uma refeição leve antes de sair para encontrar a artífice. Ainda rindo da visão de Tyrus fingindo ser um elnuk, Kalista finalmente voltou para seus aposentos.

Parecia que algo saído da escuridão estava em seu encalço.

Voltando ao seu quarto nos aposentos de Tyrus, Ryze não parava de olhar para trás, esperando ver aquela forma sombria e sem rosto seguindo seus passos. Não via nada, mas não conseguia se livrar da suspeita de que alguém o observava, de que algo maligno pairava logo além de sua visão.

Tivera esperança de que a luz do dia eliminaria a sensação insidiosa, mas mesmo quando o sol atingiu seu auge no céu no dia seguinte, ainda via sombras à espreita pelo canto dos olhos, ainda sentia aquela presença pavorosa. Não conseguia tirar da cabeça a imagem da criatura de sombras apontando-lhe um dedo acusador nem o rosto horrível e vazio, abaixando-se e olhando para ele na entrada do túnel.

— A alma pode ficar para trás depois da morte? — Ryze perguntou ao mestre.

Ele deveria estar lendo uma coleção de livros que Tyrus lhe entregara — com temas tediosos, focados nas tradições orais das terras geladas do norte —, mas sua mente não parava de voltar ao que tinha visto.

Tyrus franziu a testa.

— O que o faz perguntar isso? Não me lembro de nenhum dos historiadores-arcanos fundadores especular sobre os espíritos dos mortos.

— É só... só uma coisa em que estava pensando.

— Concentre-se nas suas leituras, Ryze. Precisa ter mais foco.

O aprendiz tentou, mas foi completamente em vão. Logo que terminava de ler um parágrafo, tinha que voltar e relê-lo, pois não tinha absorvido nada. Com medo crescente, viu o sol da tarde deslizar em direção ao horizonte. À medida que as sombras se alongavam, o mesmo acontecia com a sensação incômoda de ser observado.

Durante o jantar, sem apetite, cutucou sem interesse a comida no prato. Tyrus, por sua vez, mal pareceu notar. O perito estava absorto num velho tomo desgastado, que lia através dos óculos minúsculos empoleirados na ponta do nariz enquanto comia.

Ouviu-se uma batida estrondosa na porta, e Ryze se sobressaltou, assustado. Tyrus olhou para ele por cima dos óculos antes de voltar a prestar atenção no livro.

— Veja quem é, por favor — pediu.

Ryze engoliu em seco com força e foi em direção à porta, aterrorizado, embora dissesse a si mesmo que estava sendo tolo. Quem quer que tivesse batido era um ser de carne e osso, não um espírito maligno que estava ali para assombrá-lo. Mas quando abriu a porta e viu a figura sorridente do Vigia-Oficial Grael, seu medo cresceu.

— Saudações, jovem aprendiz — o vigia cumprimentou.

Ryze olhou para trás na direção do mestre, depois saiu para o corredor e fechou a porta.

— O que está fazendo aqui? — sibilou.

— Tenho algo para lhe mostrar. Algo *muito* interessante. E preciso entregar sua recompensa, como prometi.

— Você não devia ter vindo aqui!

Ouviu-se passos se aproximando de dentro dos aposentos, e Grael estreitou os olhos. Chegou mais perto de Ryze, perigosamente perto. O vigia fedia a pó e mofo.

— Dê um pretexto para sair e me encontre lá fora — disparou.

A porta atrás de Ryze se abriu de repente e Tyrus apareceu ali, franzindo a testa.

— Vigia? Alguma coisa errada? — perguntou.

Ryze viu o sorriso de Grael se desfazer.

— Tyrus — disse ele.

A carranca de Tyrus se aprofundou e ele tirou os óculos.

— Já nos conhecemos?

— Já, muito tempo atrás — respondeu Grael, o sorriso agora parecendo uma careta.

Vê-los juntos fez o vigia parecer ainda mais miserável. Enquanto Tyrus era robusto, vestia trajes impecáveis, tinha feições marcadas e pele queimada de sol, o vigia era magro, usava vestes desgastadas, e a pele tinha um tom pálido e doentio. Ryze se sentiu encolher. Pelo que o vigia contara, Tyrus tinha arruinado a vida dele. Será mesmo que o mestre sequer o *reconhecia*?

— Grael? — arriscou Tyrus, estreitando os olhos. — Erlok Grael, é você?

— Em carne e osso.

— Ora, acho que não o vejo desde...

— Desde a Escolha — interrompeu Grael. — Desde que você foi escolhido primeiro, e eu fui jogado no Umbral.

— Eu... — gaguejou Tyrus. — É, sim. A Escolha. Faz muito tempo.

— Às vezes, parece uma vida inteira — concordou Grael. — Outras vezes, parece que foi ontem. Pelo jeito, você se superou. — Seu olhar disparou por cima do ombro de Tyrus, vendo os aposentos luxuosos.

Tyrus se remexeu, constrangido.

— E você chegou a nada menos que oficial — observou ele, indicando o amuleto pendurado no pescoço do vigia.

— Nada menos e nada mais.

— O que o traz até aqui, Grael? Há algum problema?

— Tudo está perfeitamente esplêndido, Explorador-Perito. Simplesmente bati na porta errada, só isso. Já estou indo. Desejo boa-noite aos dois. — Seu olhar se demorou em Ryze por um momento, então deu as costas e foi embora.

— Ele sempre foi esquisito — comentou Tyrus, antes de encolher os ombros e voltar para dentro.

Kalista encontrou a artífice no pequeno parque com vista para a baía, conforme combinado. Tagarelando sem parar, a mulher diminuta a levou para um dos imponentes edifícios de Helia.

Um guardião de armadura branca tentou barrar a entrada de Kalista, mas Jenda'kaya apontou o dedo para ele e vociferou algo que soou grosseiro, embora Kalista não entendesse as palavras. O guardião pareceu arrependido na mesma hora, mas não cedeu completamente, indicando a lança de Kalista.

Jenda'kaya suspirou e se virou para ela:

— Eu me responsabilizei por você e ele vai deixá-la entrar, mas não com sua arma.

Relutante, Kalista apoiou a lança na parede e as duas entraram. Chegaram a uma vasta antecâmara, repleta de mármore e ouro. Dezenas de estudiosos corriam de um lado a outro, carregando livros e pergaminhos enquanto percorriam os vários corredores e escadas que saíam do imenso espaço.

— Acho que já tentei entrar aqui uma vez — comentou Kalista, olhando ao redor. — Fui impedida de entrar em tantos lugares que todos começaram a parecer o mesmo.

— Os mestres não gostam de estrangeiros vagando em Helia por conta própria. Mas você está comigo agora — disse Jenda'kaya com uma piscadela.

No caminho para o espaço de trabalho da artífice, Kalista foi guiada num rápido passeio por várias das instituições de pesquisa de Helia. Achava que a Biblioteca Real de Alovédra era gigantesca, mas seus livros ocupariam apenas uma pequena seção de qualquer uma das bibliotecas que existiam naquele edifício. A quantidade de conhecimento ali contido era impressionante.

— Biblioteca. Outra biblioteca. E aqui temos… mais uma biblioteca — disse a artífice com uma voz entediada, indicando cada uma delas com gestos vagos enquanto conduzia Kalista. — Já notou um padrão? Ah, eis uma coisa diferente: uma sala de escribas. Apenas uma entre muitas em Helia. Nada muito empolgante.

Kalista arregalou os olhos e se deteve. Em todo o palácio de Camavor, havia no máximo uma dezena de escribas, mas ali havia facilmente cem deles, e aquela era apenas uma sala entre muitas. Estavam todos sentados a mesas individuais, com as penas tilintando nos potes de tinta, os bicos delas arranhando o pergaminho. O som parecia de ratos arranhando as paredes.

— O que eles estão transcrevendo?

— Ah, você sabe — respondeu Jenda'kaya, dando de ombros. — Tudo.

— Como assim, *tudo*?

— Um dos objetivos dos Mantenedores é que nossas bibliotecas tenham pelo menos uma cópia transcrita de todas as obras valiosas conhecidas no mundo.

— Isso é… isso é possível? Sem dúvida mais obras são escritas o tempo todo!

— É um pesadelo logístico, mas com escribas e tradutores suficientes, e Exploradores suficientes, como o seu amigo Tyrus, trazendo obras novas e antigas, em teoria deve ser possível. Certamente vai demorar séculos.

— É um projeto… ambicioso.

— É estúpido, isso, sim — declarou Jenda'kaya, virando-se e seguindo em frente. Ela era pequena, mas Kalista teve que se esforçar para acompanhá-la enquanto marchava. — A Sociedade da Luz deveria usar seu conhecimento e sabedoria coletivos para fins práticos, para fazer algo de bom para o mundo ou devolver o conhecimento perdido a culturas que o esqueceram. Mas não, em vez disso colecionamos e transcrevemos sem parar, depois trancamos esse conhecimento em nossas bibliotecas e câmaras, onde ninguém fora da Sociedade jamais o verá. É inacreditável! Nós nos transformamos numa ordem obcecada em acumular conhecimento e não fazer nada com ele.

— Sua ordem parece mesmo gostar de livros.

— Não só livros. Ela também adora artefatos arcanos e esotéricos. Quanto mais estranhos e poderosos, melhor. Também estão todos trancados nas câmaras. Usá-los também é veementemente proibido.

— O que os nobres e cavaleiros do meu povo não dariam para entrar nessas câmaras... — murmurou Kalista.

— Ah, a cobiça de Camavor por artefatos poderosos é bem conhecida. Deve ser esse o motivo de o conselho estar demorando tanto para dar uma resposta — ponderou ela. — Para ser sincera, me admira que Tyrus a tenha trazido para cá. Ele deve ter simpatizado com você à primeira vista. E acabou pondo a mão num vespeiro. Na verdade, estou bem impressionada. Não achei que ele fosse capaz disso.

— Tyrus parece um homem bom.

— Bom até demais, eu diria. Alguém tão bom assim deve estar escondendo alguma coisa, certo? — disse Jenda'kaya, mas havia um brilho travesso em seu olhar que fez Kalista achar que ela estava brincando. — Mas ele ainda é um Explorador. Eles tendem a ver todas as pessoas de fora das ilhas como crianças. Para ser sincera essa é basicamente a atitude no cerne de toda a Sociedade, então não é só culpa dos Exploradores. Isso nos transforma em cuidadores enquanto os outros correm por aí, brincando com brinquedos perigosos que não compreendem. Brinquedos que podem destruir quem os maneja, ou os outros. Ou a todos nós.

— O quê? — Kalista riu. — Isso é... um pouco condescendente, não é?

— Mais do que um pouco — corrigiu Jenda'kaya. — Eis o que Exploradores como Tyrus andam fazendo: estão reunindo todos os artefatos mágicos que consideram poderosos demais para ficar ao léu, desprotegidos. Eles os trazem para cá e os trancam onde não possam causar mal. Já eu prefiro inovar e descobrir alguma novidade. Mas a Sociedade não é assim. É obcecada por reunir e catalogar conhecimento, mas não por disseminá-lo.

— E todo este prédio faz parte do seu grupo e das suas inovações? — perguntou Kalista.

— Quem me dera! Não, este prédio contém o Instituto de Ciências Geotaumatúrgicas, das quais os Sentinelas são apenas uma parte minúscula, agora quase ignorada. Temos uma pequena ala afastada no nível mais baixo do subsolo para chamar de nossa, e às vezes tenho certeza de que só a temos porque se esqueceram da nossa existência.

A artífice a guiou por grandes escadarias de mármore até os andares mais baixos. Havia bem menos pessoas lá, e o espaço parecia pouco mais do que depósitos.

— Quando a Sociedade foi fundada — continuou Jenda'kaya —, os Sentinelas eram um dos ramos mais importantes, de grande prestígio e orgulho. Agora somos vistos como praticamente irrelevantes. Tanto é que, atualmente, o ramo é composto por mim e mais quatro assistentes. — Ela riu. — A maioria dos mestres de Helia preferiria encerrar as atividades dos Sentinelas para sempre e redirecionar nosso orçamento para outro lugar. Mas a maioria dos mestres de Helia são uns paspalhos.

Chegaram diante de uma porta ostentando um emblema que Kalista presumiu pertencer ao grupo da artífice, os Sentinelas: um olho atento acima de um livro aberto. Em qualquer outro lugar teria sido uma porta imponente, mas em meio a todo o esplendor de Helia, parecia um tanto esquecida e insignificante.

— Aqui vamos nós — anunciou Jenda'kaya, abrindo a porta com um gesto teatral. —Bem-vinda à minha oficina!

Kalista olhou para dentro, impressionada e boquiaberta. Era uma combinação bizarra de forja de ferreiro, laboratório de alquimista e arsenal. E enquanto todos os outros lugares da cidade eram quase estruturados, limpos e organizados demais, aquela sala era o mais absoluto caos. Uma fornalha inativa dominava um canto, repleta de bigornas, canos e uma série de instrumentos de forja bastante usados, enquanto em outros lugares as prateleiras estavam abarrotadas de aparatos arcanos e peculiares, cujo propósito Kalista só podia imaginar, além de curiosos frascos e garrafas de líquidos luminosos e cristais. Livros, pergaminhos e volumes abertos com desenhos e anotações rabiscadas nas páginas estavam empilhados sobre estantes, mesas e prateleiras e mais prateleiras de armas de todos os tipos.

Dois assistentes com vestes longas ergueram o olhar quando Kalista e Jenda'kaya entraram. Um deles, um homem de ombros largos com um avental de couro reforçado e cicatrizes de queimaduras nos antebraços, cumprimentou-as com um breve aceno de cabeça e voltou sua atenção para os dispositivos que montava em sua bancada de trabalho. A outra, uma jovem esbelta, de aparência estudiosa e cabeça raspada abriu um sorriso.

— Boa noite, chefe! — disse ela, animada, num camavorano impecável. Kalista estava chocada com o fato de tantas pessoas ali falarem sua língua nativa.

— Esses são meus adoráveis assistentes, Piotr e Aayilah, que estão trabalhando até tarde, como sempre — apresentou Jenda'kaya. — Vão para casa! Vão viver! A vida é mais do que estudo e pesquisa, sabiam?

— Ela diz isso mas já a peguei dormindo aqui tantas vezes que perdi a conta — revelou Aayilah para Kalista, imitando o tom de quem conta um segredo.

— Na aldeia em que nasci há um ditado sobre *o sujo e o mal lavado* — comentou Piotr numa voz retumbante, sem desviar o olhar do próprio trabalho —, mas não sei se explica muito bem.

— Explica bem o bastante — afirmou Kalista, sorrindo.

— Ei, não os incentive! — censurou Jenda'kaya.

— Vai testar a novidade? — perguntou Aayilah.

— É esse o plano.

Kalista percebeu que seu olhar vagava pela grande variedade de armas à vista. Havia espadas e machados, alabardas e bestas, adagas, malhos, bastões e estilingues. Havia muito que ela não sabia sequer como chamar. Era um *arsenal.*

— Deve haver mais armas aqui do que em todo o resto de Helia — murmurou ela.

— É provável! — respondeu Jenda'kaya. — Meus colegas não se interessam muito por elas, infelizmente. Tome, vou lhe mostrar uma coisa.

Entregou a Kalista um pedaço de pedra clara, esculpida na forma de um losango, com ângulos acentuados nas extremidades. Era mais ou menos do comprimento do antebraço dela e tinha linhas geométricas esculpidas nas laterais. As bordas eram arredondadas e lisas, e ela logo teve a sensação de que a pedra era antiga, *muito* antiga.

— Foi isso que os primeiros Sentinelas usaram para defender Helia — explicou Jenda'kaya.

— Protegeram as ilhas com *pedras*?

Jenda'kaya bufou, rindo.

— Quando dito assim, parece meio ridículo, mas estou falando de runas *relicárias*. Fragmentos antigos criados muito antes de os mortais caminharem por este mundo. — Sua voz tinha adotado um tom solene, quase reverente. — São imbuídas de magia espiritual, porém são incrivelmente estáveis, além de poderosas. Ah, e são de uma raridade inimaginável.

— E funcionam como armas? — perguntou Kalista, confusa, ainda virando a estranha pedra nas mãos.

— Hoje em dia, não costumam funcionar. Como tenho certeza de que sabe, sendo camavorana, a maior parte dos artefatos mágicos fazem uma coisa apenas, e geralmente a fazem muito bem. São ferramentas, feitas para um propósito específico: curar alguém, disparar raios, proteger quem as usa contra ferimentos... O que diferencia as runas relicárias é que sua utilidade é praticamente ilimitada. Sabe, são conduítes. Elas basicamente extraem energia mágica do reino espiritual e a armazenam de maneira estável. Essa energia pode, então, ser usada para uma série de finalidades. Você as viu ser usadas para navegar pela Névoa Sagrada, por exemplo. Também funcionam como chaves para algumas das câmaras mais importantes de Helia e para uma miríade de outros propósitos práticos. São até a fonte de energia dos faróis de Helia!

Kalista franziu a testa.

— Desculpe, ficou difícil acompanhar. Você disse que a magia vem do reino espiritual. Está falando dos Salões dos Ancestrais? Para onde vamos ao deixar este mundo?

— Existem muitos nomes, mas, em essência, são a mesma coisa. O nosso é o reino físico, enquanto o reino espiritual, que vocês chamam de Salões dos Ancestrais, é amorfo, um lugar do espírito e da alma. É separado do nosso mundo por uma barreira intangível, um véu, mas está à nossa volta. Os dois reinos se sobrepõem, e nesse outro reino há poder para aqueles que são capazes de extraí-lo. Essa é a fonte de grande parte da magia deste mundo, embora muitas vezes tal magia seja bruta e difícil de controlar. Mas não quando está armazenada em runas relicárias.

Kalista assentiu.

— Entendi.

Enquanto falava, Jenda'kaya folheava as páginas de um pesado manuscrito iluminado, então parou numa página e virou o livro para Kalista ver. Apontou para uma imagem específica mostrando uma representação estilizada de uma figura com vestes longas numa praia rochosa, empunhando uma runa relicária. Um feixe de luz se projetava dela, incendiando um navio cheio de invasores que brandiam machados e escudos.

— Os Sentinelas originais eram considerados grandes magos-guerreiros — continuou Jenda'kaya —, capazes de liberar o poder das runas de modo devastador. Mas como os magos são raros, mesmo aqui nas Ilhas das Bênçãos, eu quis encontrar um jeito de *qualquer* pessoa aprender a usar essas runas para defender Helia, se necessário. Depois de anos de experimentação, finalmente conseguimos.

Jenda'kaya fechou o livro e se dirigiu a um suporte de armas. Depois de um momento, Kalista finalmente afastou o olhar da runa em suas mãos para encontrar a artífice empunhando uma arma diferente de tudo que ela já tinha visto. Havia uma runa relicária retangular no centro, envolvida em faixas de ouro que formavam padrões geométricos. Numa ponta, havia uma alça semelhante a um cabo de uma besta de mão.

Kalista trocou a runa retangular pela arma, admirando a requintada habilidade. As peças de metal pareciam novas, mas a runa era tão desgastada e antiga quanto a outra.

Franzindo o cenho, ela virou a arma algumas vezes, avaliando-a com atenção. O objetivo principal parecia ser como arma de longo alcance, mas não tinha arco, como uma besta teria, e não havia onde encaixar um virote ou uma flecha. Também não havia gatilho.

— Como funciona? — perguntou finalmente.

— Vou lhe mostrar. — Jenda'kaya sorriu.

A artífice a levou para outra sala, longa, extensa e quase completamente vazia. Aayilah as acompanhou.

— Vai ser divertido — disse Jenda'kaya.

As paredes da sala, principalmente a mais distante, estavam esburacadas e escurecidas em alguns pontos. Havia lascas de pedra espalhadas pelo chão, além de diversos alvos instalados em diferentes intervalos.

— Você fica aqui — informou Jenda'kaya.

Ela correu até um local a cerca de vinte metros dali, onde um peitoral de ferro gasto pendia de um suporte de madeira, enquanto Aayilah se encostava numa parede, cruzando os braços para assistir. Kalista, ainda carregando a arma estranha, a seguiu.

— Segure-a numa das mãos, isso, assim mesmo, e use a outra para apoiá-la aqui. — Jenda'kaya ajeitou a mão de Kalista. — Agora, estenda este braço e olhe ao longo da runa, mirando seu alvo.

A artífice a instruiu a fazer uma dezena de outros pequenos ajustes, alterando sua postura, fazendo-a relaxar os ombros e dobrar ligeiramente as pernas. Kalista seguiu as instruções, ainda confusa.

— Mas não tem gatilho — observou ela.

— Não precisa.

— Então como funciona?

— Você tem que *querer* — explicou Jenda'kaya com um sorriso maroto.

Kalista franziu a testa.

— Não entendi.

— Concentre-se no alvo. Em seguida, peça para a arma atingi-lo.

Mantendo a arma apontada para o peitoral de ferro, Kalista virou a cabeça para encarar a artífice.

— Está zombando de mim — protestou.

— Não estou, não! Juro! Vamos, tente!

Kalista olhou para a assistente de Jenda'kaya para ver se aquilo era alguma pegadinha ou armadilha. A jovem acenou com a cabeça, incentivando-a.

— Leva tempo para fazê-la funcionar, mas funciona, sim — garantiu ela.

Sentindo-se tola, Kalista mirou o alvo.

— Dispare! — bradou ela. Não aconteceu nada.

Jenda'kaya riu, mas era uma risada divertida, não zombeteira.

— Não precisa dizer em voz alta — explicou. — Tente outra vez.

Kalista estreitou os olhos. *Desejou* que a arma funcionasse... e, ainda assim, não aconteceu nada.

— Deixe-me mostrar a você — pediu a artífice. Ela pegou a arma e a apontou para o alvo. Houve um súbito estouro de luz, como um raio, e um feixe branco e incandescente disparou da ponta da runa, deixando um rastro de formas geométricas. Ele bateu no peitoral, levantando-o do chão, assim como o suporte. As peças foram jogadas no chão vários metros adiante, como se tivessem levado um coice de um furioso cavalo de batalha. Kalista arregalou os olhos, chocada, e Jenda'kaya deu uma piscadela.

Kalista foi até o alvo fumegante e se ajoelhou perto dele. O peitoral exibia um buraco derretido onde caberia o polegar dela, e o metal ainda estava quente ao toque.

— Séculos atrás, decidiu-se que a Névoa Sagrada fornecia proteção suficiente para tornar os Sentinelas originais desnecessários. Assim, as runas relicárias foram empregadas de outras maneiras — explicou Jenda'kaya, juntando-se a Kalista. — Acho que foi uma atitude ingênua e arrogante.

— Uma cidade pode ter a muralha mais alta do mundo — observou Kalista —, mas ainda assim vale a pena ter algumas espadas, e pessoas que saibam manejá-las, de prontidão. Só por precaução.

— Só por precaução — concordou Jenda'kaya.

Kalista olhou para a poderosa arma nas mãos da artífice. A runa relicária no centro brilhava, mais visivelmente na ponta de onde o feixe havia saído, desaparecendo pouco depois.

— Divertido, não é? — perguntou Jenda'kaya.

— Deixe-me tentar de novo — pediu Kalista.

Ryze seguiu Grael pelas ruas em direção à Grande Biblioteca, calado. Não parava de olhar de soslaio para o vigia, precavido contra a raiva que fervia dentro de si. Em silêncio, desceram rumo às câmaras.

O tempo todo, Ryze sentia que estava sendo seguido por uma presença na escuridão. Ficou perto do vigia e de sua lanterna tremeluzente, espiando todos os corredores sombreados e olhando para trás sem parar.

Finalmente chegaram ao que Ryze presumiu ser a cela de Grael. Era um lugar pavoroso. As paredes eram apertadas e o teto, baixo. Um frio de gelar os ossos pairava no ar. Parecia o tipo de lugar onde se trancaria alguém para esquecer sua existência, um calabouço horrendo. O contraste com os aposentos luxuosos de Tyrus era dolorosamente nítido. *Não admira haver tanto ódio dentro dele.*

Em todo caso, Ryze não queria ficar lá mais tempo do que o necessário. Pretendia pegar o que lhe era devido e depois dar o fora. Se nunca mais visse Erlok Grael, não ficaria triste por isso.

Olhou ao redor, absorvendo todos os detalhes: o catre duro e o cobertor surrado; as correntes, ganchos e chaves penduradas nas paredes; as pilhas bem arrumadas de livros em prateleiras instáveis; a fileira de lanternas perto da porta. Uma escrivaninha de madeira simples ocupava um canto, e havia livros, maços de papel, tinteiros, penas e um suporte com garrafinhas bem organizados em cima de uma pedra atrás dela. Ele olhou, apreensivo, as manchas marrom-avermelhadas no chão e o mofo preto que subia pelas paredes. Tudo na cela exalava ameaça.

Ryze se sobressaltou quando Grael fechou a porta com um estrondo e trancou a cela.

— O que você queria me mostrar? — disparou.

Grael acenou com o dedo longo e ossudo.

— Algo muitíssimo interessante. Estenda a mão — ordenou ele.

— O quê? — perguntou Ryze, confuso.

— Estenda a mão! — repetiu o vigia.

Cuidadosamente Ryze obedeceu. Grael agarrou o pulso dele e o puxou para mais perto. No mesmo gesto, o vigia sacou uma faca e rasgou a palma da mão de Ryze antes que ele pudesse se afastar.

O jovem gritou de choque e dor, soltando-se. O corte era fundo, e o sangue já pingava no chão. Runas roxas brilhavam sob a pele, quentes e perigosas, mas o vigia se limitou a sorrir.

— Você perdeu completamente o juízo — sibilou Ryze.

— Acalme-se — respondeu Grael, abaixando a faca. — Agora se aproxime e estenda a mão ferida. Essa é a parte interessante.

O vigia deu-lhe as costas, vasculhando as garrafinhas em sua mesa. *Eu poderia derrubá-lo agora mesmo, e ele nem conseguiria reagir.* Ryze ficou tentado... mas não o fez. Com a mão pingando sangue, ele se aproximou.

Grael olhou para ele.

— Você estava pensando em tentar me matar, não estava?

Ryze não respondeu, e o vigia sorriu com desdém. Em sua mão estava um pequeno conta-gotas de vidro contendo um líquido transparente, que ele segurava com delicadeza.

— É aquela água? — Ryze rosnou. Sua mão latejava de dor.

— Isso mesmo. Estenda a mão.

Ryze hesitou. Grael suspirou e começou a lhe dar as costas outra vez.

— Ou não. Para mim não faz diferença.

— Espere — pediu Ryze, e Grael voltou, com uma expressão presunçosa. — Faça logo.

Ryze abriu a mão com cuidado. O vigia segurou o conta-gotas acima dela e deixou o líquido pingar. Ryze estremeceu e fechou os dedos por reflexo.

— Quanto tempo leva? — sibilou.

— Veja você mesmo — respondeu Grael, entregando-lhe um pedaço de pano.

Ryze o pegou bruscamente e limpou o sangue da mão. Então olhou para a palma, admirado. Não havia nenhum sinal do corte.

— Por que quiseram manter isso em segredo? — sussurrou, fechando e abrindo a mão.

— Poder — sibilou Grael amargamente. — E controle. Os mestres só se importam consigo mesmos.

— Não pode ser só isso. Poderíamos acabar com o sofrimento e as doenças, curar ferimentos graves. — Ryze franziu a testa e baixou a voz. — É isso que a princesa está procurando.

— Princesa? De quem está falando?

— Meu mestre está hospedando uma princesa camavorana. Ela está procurando a cura para sua rainha, que está entre a vida e a morte em Camavor.

O vigia piscou, aturdido, digerindo a informação, e de repente Ryze gostaria de não ter mencionado Kalista.

— Curar enfermidades está longe de ser a coisa mais interessante que essa água pode fazer — comentou Grael, depois de um tempo.

— O que quer dizer?

— Foi a visão que você teve daquela sombra escura que me fez pensar nisso.

Ryze engoliu em seco, não gostando do rumo daquela conversa.

— Acho que é melhor não mexer com aquela coisa.

Grael bufou com desprezo e abriu uma gaveta. Dali, tirou um rato morto, segurando-o pelo rabo, e o largou na mesa com um baque úmido.

— Eu o interpretei mal no começo, mas somos iguais, você e eu. Ambos fomos enganados. Nosso verdadeiro valor foi menosprezado.

Ryze não conseguia tirar os olhos do animal morto. As patas estavam crispadas para cima, e a minúscula língua rosada pendia do canto da boca.

— Eu posso ajudá-lo. Posso oferecer tudo o que seu mestre presunçoso e insuportável lhe negou. Podemos ajudar um ao outro — Grael propôs. — Agora observe com atenção.

Ele pingou a água do conta-gotas no rato morto. Ryze se aproximou, tomado por um mórbido fascínio. A princípio nada aconteceu, então houve um discreto movimento. Contudo, não foi do próprio rato — ou melhor, não foi do corpo do rato. Uma sombra estremeceu em volta do cadáver do animal, seguida de um lampejo de luz verde-azulada. Ryze arregalou os olhos, horrorizado.

Grael o olhou de soslaio.

— Que curioso, não?

Curioso não era a palavra que Ryze usaria. Uma versão sombria do rato, incorpórea como fumaça e cercada de labaredas, irrompeu da carne morta. O espírito levantou a cabeça, escancarando a boca num grito silencioso, e se contraiu, parecendo agonizar.

Ryze deu um salto para trás. O rato fantasmagórico deu um último grito sem voz, sacudindo a cabeça espasmodicamente, depois voltou a se acomodar no cadáver e desapareceu.

— O efeito parece não durar muito — comentou Grael. — Mas usei apenas algumas gotas.

Ryze recuou até a porta, balançando a cabeça.

— Não quero ter nada a ver com isso — disse com a voz rouca.

Grael abriu um sorriso que ia de orelha a orelha. Era o sorriso de um predador.

— É tarde demais para isso, meu jovem aprendiz.

— Já fiz o que você queria — respondeu Ryze.

— As câmaras são muitas, e posso acessar todas elas. Continue a me ajudar e poderá ter tudo que quiser.

— Só quero o que você prometeu.

— Não seja tolo. Você mesmo disse que as Águas da Vida não deveriam ser um segredo. Doenças e enfermidades podem ser erradicadas! A própria morte pode ser sobrepujada! Juntos podemos expor a fraude dos mestres e fazê-los pagar por isso!

Ryze o encarou. Mesmo naquele momento, os olhos de Grael pareciam mortos e frios. *Ele está mentindo.* O vigia não queria melhorar a vida de ninguém. Só queria tomar para si o que achava que lhe haviam negado injustamente e punir todos aqueles que já o haviam contrariado. Era *esse* o resultado de uma vida inteira de amargura e ódio bem alimentado e apodrecido.

— Fizemos um acordo — disse Ryze. — Me dê o que me prometeu. Você pode fazer o que quiser, mas não vou mais participar dos seus planos.

Grael o olhou com desprezo e depois atravessou a sala. Arrastou a estante para o lado num movimento bruto, derrubando dezenas de livros no chão, e depois retirou uma parte da parede, revelando um compartimento secreto. Tirou de lá um livro encadernado em couro e o atirou para Ryze.

— Não sou igual aos outros — resmungou o vigia. — *Eu* cumpro minha palavra.

Sem desviar os olhos de Grael e segurando o livro debaixo do braço, Ryze abriu as trancas da porta, uma por uma.

Grael lambeu os lábios.

— Está cometendo um erro.

— O único erro que cometi foi me envolver nisso. — Ryze abriu a última tranca e escancarou a porta.

— Posso destruí-lo — ameaçou o vigia.

— Podemos destruir um ao outro — retrucou Ryze, pegando uma das lanternas ao lado da porta. — Por isso nenhum de nós vai dizer nada.

Ele saiu pelo corredor escuro. Tinha certeza de que lembrava o caminho de volta à superfície. Olhando para trás, viu Grael o observando com ódio.

— E só para constar: não somos *nada* iguais, você e eu — afirmou Ryze, despedindo-se. — Eles estavam certos ao mandar você para apodrecer aqui. É onde merece estar.

Capítulo Vinte

Respirando com dificuldade, Ryze correu pelo pátio iluminado pela lua. Ficou grato por sair da escuridão angustiante das câmaras, mas tinha certeza de que uma presença o havia seguido. Sentia-a rastejando atrás de si, cada vez mais perto, mas, toda vez que olhava, não via nada. No entanto, ele a sentia se aproximar, e o pânico o invadia.

Na esquina do grandioso edifício dedicado ao Instituto de Ciências Geotaumatúrgicas, ele parou e olhou para trás. O pátio tinha um gramado perfeitamente podado, atravessado por cinco caminhos de pedra que se cruzavam. Arcadas que levavam a vários prédios da instituição cercavam a área aberta. Abaixo deles, a escuridão o espreitava. Os olhos de Ryze dispararam entre as sombras, procurando. Não viu nada perigoso, então se esforçou para acalmar a respiração. Devia estar imaginando coisas. O que quer que fosse aquele espírito na Fonte das Eras, permanecera lá.

Ele se virou para sair, mas se deteve de repente.

A sombra agitada estava diante dele, bloqueando o caminho. Era a mesma de antes, a forma translúcida e coberta por vestes longas, o rosto sem feições. A criatura ergueu a mão delineada por uma luz verde-azulada fantasmagórica e apontou para ele, sentenciando-o. E então se aproximou.

Ryze cambaleou para trás e correu.

Kalista e Jenda'kaya caminhavam pelos corredores escuros lado a lado. A general não percebera que já era tão tarde, e garantiu à artífice que não precisava acompanhá-la de volta a seus aposentos, mas ela havia insistido.

— Eu sempre trabalho até tarde — dissera. — Uma caminhada rápida antes de voltar à oficina me fará bem.

Atravessaram os salões silenciosos e saíram do prédio. Kalista acenou com a cabeça para o guarda de plantão na entrada e pegou a lança de volta. A cidade estava tranquila, sem sombra dos gritos e risadas roucas que ecoavam pelos telhados de Alovédra a qualquer hora da noite.

— Se o conselho a fizer esperar mais, amanhã poderei lhe mostrar as *outras* armas relicárias em que venho trabalhando — ofereceu Jenda'kaya, enquanto seguiam pelas ruas escuras.

— Eu adoraria — respondeu Kalista. — Ainda acho difícil acreditar que você é a única a fabricar essas armas. Era de se imaginar que os mestres tivessem muito interesse por elas.

— É que você é camavorana e guerreira. Os mestres não veem nenhum propósito nos meus estudos. Questionam por que precisamos de armas quando temos a Névoa Sagrada.

— É uma barreira muitíssimo eficaz — admitiu Kalista. — Mas o que acontece se alguém *conseguir* passar por ela?

— É exatamente esse o meu argumento. Mas isso nunca aconteceu desde que a muralha de névoa foi erguida, séculos atrás. Então eles não acreditam que seja possível.

— Parece tolice — comentou Kalista.

— Concordo. Mas o custo da força militar necessária para proteger estas ilhas é considerado proibitivamente alto. Ah, a Sociedade tem verba para isso, mas ninguém jamais concordaria em gastá-la assim. Precisaríamos de navios, muralhas, fortalezas e muitos soldados. Nunca se concretizaria. Mas minhas armas relicárias podem ser a resposta, uma forma de proteger as ilhas *sem* precisar pagar um exército inteiro. Outrora os Sentinelas protegeram estas ilhas, poderíamos fazer isso outra vez. Tenho até projetos para criar armas em maior escala que poderiam ser instaladas em torres de vigia, ou a bordo de navios, ou... — Ela suspirou. — Mas tudo isso exigiria muito mais recursos do que tenho à minha disposição, e os mestres nunca permitiriam. Eles não veem por quê, e...

A voz de Jenda'kaya falhou quando alguém chegou de repente, virando uma esquina. Kalista já estava com a lança preparada antes de reconhecê-lo.

— Ryze? — disse, abaixando a arma. A presunção e arrogância do rapaz tinham desaparecido. Ele parecia aterrorizado.

— Corram! — berrou, disparando na direção delas. — Está chegando!

— O que está chegando? — perguntou Kalista.

Ryze olhou para trás sem parar de correr.

— Aquilo!

Uma sombra contornou a esquina atrás de Ryze, e Kalista ergueu a lança mais uma vez.

— Ancestrais no céu — arfou ela ao perceber que podia ver *através* da sombra. Tinha o contorno de um homem com vestes longas e o rosto era vazio, e avançava com determinação implacável. A cada movimento, chamas misteriosas tremeluziam, iluminando o ser sobrenatural de dentro para fora.

Sem hesitar, Kalista arremessou a lança na criatura. A arma a atingiu onde deveria estar a garganta, mas a atravessou com um estalido de luz etérea e colidiu com a parede. A sombra continuou em frente, caminhando em direção a Kalista, que olhou para ela sem ação, em choque.

— Vamos! — insistiu Ryze, puxando-a. — Ande!

Um estouro de luz abrasador atingiu o espectro no peito, rasgando a forma sombria. Ele caiu para trás, debatendo braços e pernas. Metade do torso se desfez, dissipando-se como fumaça. Quando a luz branca e resplandecente o atingiu, o rosto vazio do espírito se tornou o de um homem idoso, contorcido de dor e surpresa. Durou apenas um instante e desapareceu.

No entanto, o espectro não fora destruído. Agora, andava ainda mais depressa, com determinação revigorada, mesmo com o buraco escancarado e rasgado no peito. A artífice Jenda'kaya disparou mais um feixe de luz da sua arma relicária, desta vez na cabeça.

Por uma fração de segundo, Kalista viu aquele rosto envelhecido outra vez, revelando uma expressão que poderia ser de alívio. Em seguida, a aparição sombria explodiu, toda sua forma se desfazendo num vapor que se dissipou por completo.

Kalista olhou para Jenda'kaya. A artífice estava olhando para a arma relicária fulgurante em suas mãos, tão surpresa quanto os outros.

— Hmm — murmurou.

Quando os primeiros raios de sol baniram a escuridão, Kalista se sentou com Ryze e Jenda'kaya à mesa em seus aposentos, tentando entender o que haviam testemunhado.

— Então você não tem mesmo ideia de onde aquilo veio? Nem por que estava atrás de você? — perguntou Kalista.

Ryze suspirou e esfregou os olhos.

— Nenhuma, milady — respondeu. Ela percebeu que agora o aprendiz demonstrava muito mais respeito. Ele se levantou, segurando um livro pesado com capa de couro. — Estou grato por ter encontrado as duas. Essa arma é das boas.

Todos olharam para a arma relicária deixada na mesa diante deles. O fulgor da pedra se apagara havia muito tempo.

— Vou dormir um pouco antes que Tyrus me acorde para as aulas matinais. — Cumprimentando-as com o meneio de cabeça, ele saiu, fechando a porta com cuidado.

Kalista esfregou os olhos cansados. Também precisava dormir.

— Ele sabe mais do que quer revelar — observou ela.

— Ah, com certeza — concordou a artífice. — E que livro era aquele? Ele foi muito evasivo a respeito e se agarrou a ele como um bebê a seu cobertor.

— E você nunca ouviu falar de um acontecimento como esse?

— Espíritos dos mortos vagando pelas ruas de Helia? Até ontem à noite, eu teria rido da mera sugestão. Essa foi a primeira vez, até onde sei. Mas quem sabe se pode acontecer de novo?

Antes que pudessem refletir, ouviram uma batida leve na porta de Kalista. Havia dois guardiões do lado de fora e, sem dizer uma palavra, entregaram-lhe um bilhete. Ela leu depressa.

— Finalmente! — exclamou.

— Notícia boa? — perguntou Jenda'kaya.

— Isso ainda vamos ver, mas o conselho está pronto para declarar sua decisão.

— A hora da verdade — disse a artífice. — Boa sorte.

Kalista piscou enquanto assimilava a decisão do conselho.

— Vocês estão se recusando a salvar uma mulher à beira da morte? — perguntou ela, com a voz baixa e furiosa.

Os dezessete mestres a olharam das sombras da vasta câmara de audiências dentro da Torre Cintilante, impassíveis e indiferentes. Por fim, um deles falou:

— As tais Águas da Vida *não existem*. Lamentamos que tenha sido induzida a crer no contrário.

— E demoraram esse tempo todo para decidir me contar isso?

Outro mestre sem rosto respondeu:

— Esse tempo foi necessário para determinar se achávamos que poderíamos prestar algum auxílio à rainha de Camavor. Nossa decisão é que não podemos. Se tivesse trazido a rainha para cá, talvez houvesse algo a fazer, mas nunca saberemos.

A expressão de Kalista endureceu.

— Como eu poderia trazer a rainha? — perguntou entre dentes cerrados. — Vocês se isolaram do mundo, contentes com sua bolha de privilégios.

—Bem, *você* encontrou o caminho até aqui — outro mestre ressaltou.

Kalista voltou o olhar para quem falava e sentiu um ínfimo prazer ao vê-lo desviar o olhar rapidamente. Ela olhou com desdém para os mestres reunidos.

— Todos vocês deveriam ter vergonha de si mesmos — declarou, provocando uma enxurrada de murmúrios e vozes elevadas.

O vozerio se aquietou quando o Ancião Bartek ergueu a mão. Quando falou, foi num tom decisivo:

— Os guardiões vão acompanhá-la até seus aposentos, e receberá qualquer auxílio de que precise para preparar sua partida. Em seguida, será escoltada até o porto, onde um navio espera para levá-la através da Névoa Sagrada. Fizemos contato com sua embarcação, que está a postos para recebê-la. Seu tempo em Helia chegou ao fim e você não retornará. Estimamos uma rápida recuperação para sua rainha.

Kalista lançou ao conselho um último olhar de raiva e desdém, então se virou e saiu da sala.

Kalista marchou de cabeça erguida em direção ao navio que a esperava, a longa pluma do capacete esvoaçando atrás dela. Quatro guardiões de armadura a acompanharam, dois à frente e dois atrás.

Não tinha demorado muito para reunir seus pertences. O equipamento já estava embalado para viagem, junto com a lança e a espada curta.

Ao se aproximar do porto em curioso formato de arco, ouviu um grito:

— Kalista!

Olhando para trás, viu Jenda'kaya correndo pela rua em sua direção, acenando com os braços.

Kalista se deteve, forçando a escolta armada a parar com ela, e sorriu quando a artífice correu por entre os guardiões e jogou os braços ao seu redor. A camavorana ficou rígida no abraço, desacostumada a tais demonstrações de afeto, e deu tapinhas desajeitados nas costas de Jenda'kaya.

— Não falei? — resmungou Jenda'kaya, finalmente soltando a general. — Babacas arrogantes. Lamento que tenha sido assim.

Um dos guardiões disse algo que Kalista não entendeu, e a artífice se virou para ele:

— Afaste-se! — rosnou ela. — Ela vai levar o tempo que quiser!

Kalista sorriu.

— Não a conheço há muito tempo, mas é um privilégio chamá-la de amiga. Só gostaria de ter tempo para conhecê-la melhor.

— Com ou sem o decreto do conselho, sinto que vamos nos encontrar outra vez — respondeu Jenda'kaya.

— Se um dia se cansar deste lugar, vá para Alovédra. Seus talentos seriam muito valorizados em Camavor.

— Talvez eu vá. — Jenda'kaya abriu um sorriso astuto.

— Adeus, minha amiga.

Kalista foi escoltada até o mesmo navio que a levara até Helia, o *Aureate Savant*, e pareceu apropriado ver o próprio Tyrus a aguardando no convés. O perito, por sua vez, parecia cansado e desapontado.

— Sinto muito, lady Kalista — lamentou ele, surpreendendo-a ao se abaixar sobre um dos joelhos e curvar a cabeça. — Acreditei de verdade que trazê-la até aqui era a decisão certa, e que o socorro de que precisava estava próximo. Do contrário, jamais o teria oferecido.

Kalista fez Tyrus se levantar.

— Você não tem nada pelo que se desculpar. Não o culpo pela decisão do conselho. Você me trouxe aqui de boa-fé, e estou grata por isso.

— Você é muito generosa — disse Tyrus.

— Os mestres de Helia são um círculo reservado e desconfiado. Não podem se isolar do resto do mundo para sempre.

— Eu gostaria que tivessem feito mais, mas há boas razões para terem cuidado com pessoas de fora — respondeu ele. — Ainda assim, lamento que tudo isso não tenha dado em nada.

— Você é um homem bom, Tyrus — afirmou Kalista. — Talvez um dia voltemos a nos encontrar.

Ele sorriu.

— Eu gostaria muito.

— Seu aprendiz não vai se juntar a nós? — perguntou ela, olhando o convés.

— Ele está atrasado, como sempre. Mas virá. — Tyrus pigarreou. — Porém, antes de zarparmos, há alguém que quer falar com milady em particular. Ele está esperando no convés inferior.

Kalista franziu a testa.

— Quem é?

Tyrus fez uma careta.

— Alguém com quem estudei muito tempo atrás. Um Vigia do Umbral. Um sujeito estranho, do qual tenho certa pena. Ele implorou por permissão para falar com você e, na verdade, sinto-me um tanto obrigado a atendê-lo. Mas vou cuidar para que ele não a ocupe por muito tempo.

— Por que ele quer falar comigo?

— Parece que tem certo interesse acadêmico em Camavor. — Tyrus parecia envergonhado. — Eu consideraria um favor pessoal se aceitasse falar com ele. Aliviaria minha consciência.

— No convés inferior?

— Sim. Ele está à sua espera.

Ainda um pouco confusa, Kalista desceu. Seus olhos levaram um momento para se adaptar à escuridão. Depois disso, ela viu uma figura alta e magra com vestes cinzentas esperando por ela. Tinha correntes contornando a cintura e cruzando o peito, e uma imensa variedade de chaves pendia de uma série de grandes anéis de ferro. Ele sorriu, mas não era um sorriso caloroso.

— Quem é você? — perguntou ela, aproximando-se com cautela.

— Sou Erlok Grael, Vigia-Oficial do Umbral.

— Um dos Umbreiros — disse Kalista. — É assim que os outros o chamam, não é?

— Alguns nos chamam assim, de fato. — O sorriso de Grael ficou tenso. — Ouvi falar do tratamento vil que os mestres lhe dispensaram. Eles são uns tolos e mentiram para milady.

De dentro do manto, o vigia tirou um pequeno frasco de líquido completamente transparente.

— As Águas da Vida *existem* — afirmou ele, entregando-o para Kalista. — Tenho certeza de que os médicos e magos de Camavor serão capazes de comprovar a verdade do que digo.

Kalista pegou a água, olhando-a com espanto.

— Só pude lhe trazer essa quantidade — disse Grael. — Infelizmente é improvável que seja o suficiente para salvar sua boa rainha. Mas eu gostaria muito que seu rei soubesse que tem um amigo e aliado aqui em Helia. Um amigo e aliado que o ajudará a obter toda a água de que precisa.

Kalista encarou o vigia. A expressão dele era enervante.

— Como isso seria possível?

Grael tirou algo mais de dentro das vestes: uma pequena pedra circular, entalhada com linhas cruzadas. Era uma runa condutora, como a que Tyrus havia usado para abrir a névoa.

— A julgar pelo seu olhar, imagino que saiba o que é isto — comentou ele.

— Sei, sim. — Kalista ficou desconfiada. — E, pelo que entendi a respeito de Helia, não é algo que normalmente estaria nas mãos de um vigia.

— Nós, vigias, somos os verdadeiros guardiões das ilhas. Temos as chaves de todos os seus segredos.

— E por que daria isso para mim? — a general perguntou, desconfiada.

— Porque quero ajudar.

Kalista não acreditou nele.

— O que ganha com isso? — insistiu ela.

O sorriso de Grael aumentou ainda mais.

— Não tenho nenhuma afeição pelo conselho — admitiu ele —, mas aceitaria o amparo do rei de Camavor.

— E como imagina que isso vá acontecer?

— Traga a sua rainha para cá. Use a runa para encontrar o caminho através da névoa. O conselho não poderá rejeitar seu rei quando ele próprio vier. E assim que a rainha estiver curada, quero partir com ele. Sim, uma posição e um título na corte de Camavor. Essa é a recompensa que quero.

Kalista estendeu a mão para pegar a runa condutora, mas Grael a afastou dela. A general fez uma careta. Com um sorriso malicioso, o vigia lançou a runa para Kalista como se não valesse nada para ele.

— Não conte isso a Tyrus nem ao aprendiz dele — disse, passando por ela para sair. — Será nosso segredinho. E estou ansioso para revê-la em breve. — Com as correntes tilintando, o vigia subiu os degraus de volta ao convés.

Momentos depois, ela ouviu os gritos dos marinheiros enquanto soltavam as amarras, e o navio zarpou.

Kalista olhou para o frasco de água e para a runa condutora em suas mãos. Era o que ela havia procurado durante todo aquele tempo, e ainda assim um nó de incerteza se apertou dentro dela. Seguir esse caminho era uma traição a Tyrus, um homem que lhe demonstrara imensa bondade. Agir pelas costas dele era profundamente desonroso e a simples ideia de fazê-lo a constrangia. Mas, por outro lado, a vida da rainha estava em jogo. *Como posso não tirar vantagem do que pode ser a única chance de Isolde sobreviver?*

Foi então que Tyrus desceu para ver como ela estava. Ela guardou depressa o frasco e a runa condutora, escondendo-os do perito.

— Está tudo bem, milady?

— Sim, tudo está bem — afirmou.

Kalista estava no convés do *Daggerhawk*, observando Tyrus e o *Aureate Savant* voltarem para o interior da névoa. Foi como se um véu caísse. Num momento o navio estava lá, e então sumiu.

— Conseguiu o que queria, princesa? — perguntou a capitã Vennix.

Kalista não respondeu de imediato. Continuou a fitar a névoa impenetrável muito tempo depois de o navio desaparecer. Pensou naquele vigia repulsivo e nas coisas que ele lhe dera.

— Talvez — respondeu, por fim.

— Então para onde vamos?

— Para casa. É hora de voltar para Camavor.

PARTE TRÊS

Um tolo com poder é uma criatura perigosa. E vivemos num mundo repleto de tolos e de poder.

— Trecho de "O compêndio heliano da luz"

Do diário da rainha Isolde

Não tenho muito tempo. Só posso escrever quando Viego sai do meu lado.

Os Arautos da Morte se aproximam. Eu os sinto espreitando pelos cantos, esperando para me tomar. Sinto movimentos próximos onde não deveria haver nada. Talvez seja apenas um delírio febril, mas juro que ouvi os passos impacientes do Lobo rondando minha cama enquanto oscilo entre a vigília e o sono. E, uma vez, tenho certeza, vi uma silhueta pálida e luminosa agachada no peitoril da janela — a Ovelha, com sua máscara de lobo cobrindo o rosto ovino.

E, no entanto, embora eu queira viver — ah, e como quero! —, não temo a morte. Por que a temeria, quando se diz que não há dor nem medo no Além? Lá reencontrarei as mulheres poderosas da minha família de quem tanto ouvi falar, mas que nunca conheci em vida — as tias e tias-avós que comandaram nossa família como matriarcas protetoras e notoriamente ferozes. É um conforto saber que, quando chegar minha hora, me juntarei a elas na luz.

Portanto, não, não temo o que me aguarda… mas temo, sim, por aqueles que deixo para trás.

Como são frágeis as esperanças e os sonhos dos mortais! Com que delicadeza se equilibram os caminhos do futuro, tão suscetíveis às perturbações do acaso e da má sorte. E como nos orgulhamos de acreditar que podemos moldá-los à nossa vontade. Quanta arrogância!

Pensar que eu, uma simples camponesa — uma mera costureira — poderia aspirar a mudar um reino! Ah, como as Moiras devem ter rido, pois realmente acreditei que minha união com Viego daria início a uma nova era em Camavor, uma era que poria fim aos massacres e às conquistas movidas pela ganância sobre a qual o reino foi erigido. E chegamos tão perto! Mas será que creio que ele continuará nesse nobre caminho quando eu partir? Não, receio que não. Sem meu conselho, ele é suscetível demais às maquinações daqueles a seu redor, demasiado propenso a se deixar controlar por seus próprios caprichos e impulsos mesquinhos. Ah, aí está ele outra vez: meu orgulho! Mas, na verdade, mudar a direção de Camavor sempre foi o meu sonho, não o de Viego.

Há gentileza em seu coração, isso é verdade — foi por essa parte que me apaixonei —, mas, com o passar do tempo, vejo cada vez menos bondade nele. Viego foi prejudicado demais pela mistura venenosa de crueldade, indiferença e privilégio em sua educação. Parece, por vezes, que uma guerra se deflagra dentro dele: de um lado está um garoto arrogante, mimado e zangado com a possibilidade de existir qualquer coisa no mundo que ele não possa controlar e possuir; de outro, um jovem temeroso e inseguro, procurando desesperadamente o amor, o respeito e a aprovação daqueles que nunca darão tais coisas a ele. Achei que nosso amor o ajudaria a se livrar dessa escuridão, mas parece que as Moiras tinham outros planos.

Mesmo antes de aquela lâmina fatídica me atingir, ele já começava a olhar para mim de um modo diferente. Comecei a me sentir menos sua companheira e mais um prêmio. Pareceu-me, por vezes, representar para ele algo de natureza quase divina, um ideal ao qual nenhuma realidade poderia fazer jus. Ele me idolatrava, me cobria de presentes e futilidades, jurava que não poderia viver sem mim — tal como jura agora, mesmo quando estou perto do fim — e dizia que eu era perfeita, mas seus olhos perdiam a expressão e seu sorriso se retesava quando eu dizia algo que não se alinhava com a visão de quem ele queria que eu fosse.

Ele se recusa a aceitar que estou definhando, e vi como reage mal quando alguém lhe nega o que quer. Tenho um medo imenso e desesperado do que acontecerá quando eu partir. Preocupa-me que a raiva e a tristeza de Viego levem Camavor por um caminho muito mais sombrio e sangrento do que o atual.

É difícil não sucumbir ao desespero. O que posso fazer? Como evitar esse mal? Agora, toda a minha esperança reside na querida Kalista. Ela é tão sábia quanto forte, tão bondosa quanto feroz. Viego nunca admitiria — muito menos para ela —, mas anseia por provar que é digno aos olhos dela. Ele sempre me conta histórias de sua infância, e era sempre Kalista quem o confortava quando se machucava ou quando tinha um pesadelo. Quem mais estava ao lado dele? A mãe morreu no parto, e o pai o negligenciou desde o nascimento. Kalista era a única que se importava com ele. Era ela quem oferecia orientação e conselhos quando Viego precisava, e a repreensão imediata quando ele agia mal. É uma pena que tenha passado tanto tempo da juventude dele em campanha — não consigo deixar de imaginar se ele seria um homem melhor caso tivesse passado mais tempo com Kal, mas de nada nos adianta pensar nisso. De uma coisa tenho certeza: quando eu não estiver mais aqui, Kalista será a única que poderá guiá-lo corretamente.

Estou tão cansada que mal consigo segurar esta pena. Meus olhos pesam, assim como meu coração. Sinto o hálito quente do Lobo em meu pescoço. Ele se aproxima. Uma parte de mim quer se entregar, permitir que me leve, superar a dor e o medo. Mas não. Preciso resistir enquanto puder. Devo isso a todos que sofrerão a ira de Viego se ele sucumbir à insanidade que receio invadi-lo quando eu partir.

Preciso dormir.

Capítulo Vinte e Um

Alovédra, Camavor

— Não há bandeiras pretas de luto nem o badalar de sinos — murmurou a capitã Vennix. — É um bom sinal.

Kalista guardou o diário de Isolde e assentiu. Era mesmo um bom sinal, e, enquanto o *Daggerhawk* singrava o mar rumo ao porto de Alovédra, a esperança se acendeu em Kalista, embora não dissipasse a ansiedade. Quando ela partiu, a rainha estava prestes a se juntar aos Ancestrais. Parecia que somente um milagre sustentaria sua vida até aquele momento. Porém, se tivesse falecido, haveria bandeiras pretas ondulando ao vento acima do palácio por um ano e um dia após sua morte.

Era o auge do verão quando Kalista partira em sua jornada. Agora os dias estavam consideravelmente mais curtos, mas, do mar, parecia que nada tinha mudado em Alovédra no tempo que ela passara fora.

Essa impressão mudou drasticamente quando ela desembarcou.

Sempre houvera pedintes, bêbados e moradores de rua, mas nunca em número tão grande quanto ela via agora. Havia acampamentos inteiros perto do porto, com cobertores imundos, velas podres e pedaços de madeira amarrados e apoiados nos edifícios como frágil abrigo. Crianças sujas corriam por ali, pedindo moedas ou comida aos transeuntes, e homens e mulheres de olhos opacos espiavam de dentro de seus barracos miseráveis. A maior parte das lojas por onde passou estava fechada, com as portas e janelas cobertas por tábuas. As tabernas decadentes e os bordéis pareciam os únicos lugares que ainda funcionavam no distrito. Bêbados, embriagados da noite anterior, estavam jogados pela rua, forçando Kalista a passar por cima deles ao avançar em direção ao palácio.

Havia forte presença militar na cidade. A rua que saía do porto estava bloqueada, com carrinhos e barris formando um posto de controle improvisado. Tal posto era vigiado pelos soldados da própria Hoste, embora parecessem agir sob o comando da patrulha local. Falavam com qualquer pessoa que tentasse passar dali, detendo uma multidão de pessoas frustradas, bem como uma longa fila de carroças carregadas de mercadorias.

Gritos irromperam quando cidadãos desesperados começaram um ataque repentino a uma carroça sobrecarregada, jogando urnas tampadas e sacos de cereais para aqueles que os esperavam abaixo. Um caixote caiu na rua e se quebrou, espalhando pequenas caixas de figos secos, feijões e outras iguarias, e as pessoas o cercaram como gafanhotos, agarrando o que podiam antes de dar meia-volta e fugir por becos e vielas enquanto os guardas as perseguiam. O torvelinho de gente frenética passou em torno de Kalista como água em volta de uma pedra, mas viram sua armadura e lança e não quiseram se aproximar.

Ela viu um guarda — não da Hoste, graças aos Ancestrais — bater num homem esquelético até derrubá-lo.

— Chega! — bradou Kalista, e puxou o guarda pela nuca, dando ao outro tempo para fugir.

O guarda se virou contra ela, furioso:

— Como ousa... — E empalideceu ao vê-la, baixando logo o olhar, e recuou, curvando-se. — Perdão, Alteza.

Às pressas, abriram caminho para ela até a barreira, e seus soldados a saudaram com ênfase quando ela se aproximou. Ela reconheceu uma suboficial.

— Sargento Vivas, por que fizeram essa barricada aqui?

— Ordens do rei, general — respondeu ela. — A lei marcial está em vigor.

Kalista franziu profundamente a testa.

— Mas a rainha... ainda vive?

— Creio que sim, general. Posso providenciar uma escolta para acompanhá-la até o palácio? As ruas têm ficado violentas. Não é seguro transitar desprotegido.

Ela aceitou a oferta da sargento e logo marchava em direção ao palácio com uma comitiva de doze soldados da Hoste. O que viu pelo caminho a chocou.

Praticamente todas as casas e comércios estavam fechados com tábuas, e alguns tinham sido arrasados pelo fogo. Caixas e barris destruídos se espalhavam pelas ruas, e bandos de cidadãos, muitos armados com porretes, foices e facas, vagavam entre os escombros, mas se afastaram ao ver os soldados se aproximando.

— A cidade foi atacada? — perguntou Kalista.

— Não, general. Os tumultos começaram dentro da cidade, depois que os armazéns foram fechados.

Num silêncio sombrio, continuaram a marcha. Kalista ficou horrorizada ao ver que um palanque fora construído diante dos portões do palácio, à vista da estátua da Ancestral Venerada Cesca, a Senhora do Luto.

Que disparate é esse?

Lembrou-se de ver a praça tomada por cidadãos que aplaudiram quando Viego saíra triunfante do Santuário do Julgamento, brandindo Santidade, a Espada do Rei. Agora era uma ruína vazia, dominada pelo palanque escuro. Pelo aspecto das manchas em volta do cepo do carrasco, fora usado muitas vezes. Essa impressão se confirmou quando ela viu os horrendos troféus dispostos no alto dos portões do palácio.

Depois de se abrigar em segurança dentro das muralhas do palácio, ela dispensou a escolta e caminhou decidida pelo terreno ignorando as mesuras e reverências que a precediam e os sussurros que pairavam em seu encalço. Subiu com ímpeto os degraus largos até a entrada do palácio propriamente dito. Não havia guardas às portas da sala do trono, então ela as abriu.

A sala estava vazia. O trono reluzente parecia uma arma apoiada na plataforma, e a expressão de Kalista ficou ainda mais amarga. Nas sombras à esquerda, uma figura se mexeu, e Kalista se virou, erguendo a lança.

— Ele não está aqui — disse Nunyo, o conselheiro do rei. Não parecia muito preocupado com a lança de Kalista, e ela a baixou enquanto ele se aproximava com passos arrastados. — Ele não saiu da ala real desde sua partida.

Nunyo sempre lhe parecera velho, mas aparentava ter envelhecido uma década no tempo em que ela estivera fora. Parecia cansado e murcho, e suas costas estavam ainda mais encurvadas do que o normal.

— O que está acontecendo, Nunyo? A cidade se tornou uma zona de guerra.

— O rei está... perturbado.

— Mas Isolde ainda está viva, não está?

O conselheiro suspirou e esfregou a mão no rosto.

— Acho que precisa ver pessoalmente.

O avanço de Kalista foi barrado muito antes de ela chegar aos aposentos reais. Toda a ala estava fechada, mas, para sua surpresa, não foram os guardas do palácio que bloquearam o caminho, e sim os cavaleiros da Ordem de Ferro.

Eram figuras enormes, trajando armaduras pesadas e tabardos cinzentos decorados com o ícone do punho de ferro daquela ordem, e demonstraram-lhe indiferença, com as manoplas apoiadas nos punhos de suas espadas.

— Saiam da frente — resmungou Kalista, encarando o mais velho dos cavaleiros.

O homem a olhou de cima a baixo.

— Minha ordem é de não deixar que ninguém passe.

— Sou herdeira do Trono Prateado, neta do Leão de Camavor e general da Hoste — rosnou Kalista. — Este palácio é a minha casa. *Saia da frente.*

— Recebo ordens somente do Grão-Mestre Hecarim.

Kalista apertou a lança com a mão, mas Nunyo deu um passo à frente.

— E acha que seu grão-mestre vai gostar de saber que você irritou a noiva dele? — perguntou, pousando a mão no braço do cavaleiro. — Deixe-a passar. É o que o rei e o lorde Hecarim gostariam.

Com relutância rabugenta, o cavaleiro abriu passagem. Kalista passou por ele sem se dignar a olhá-lo.

— Desde quando uma ordem de cavalaria controla o palácio? Não existem leis contra algo assim? — perguntou a Nunyo.

— Existem, e a indiferença de Viego a elas gerou caos. Há rebelião escancarada e conflitos nas fronteiras. E você viu o estado da própria Alovédra. A situação lá fora está fora de controle.

— Rebelião? — perguntou Kalista.

— A região de Taskaros rompeu com o reino, declarando independência. Polemia está em chamas. Os Cavaleiros da Lividez violaram o juramento e sitiaram a Fortaleza de Draken, reacendendo velhas inimizades. Eu poderia continuar...

— E a Hoste?

— Está protegendo as muralhas da capital em caso de ataque. Estou feliz que tenha voltado. Talvez sua presença possa ajudar a restaurar o bom senso. No entanto, quem dera tivesse chegado antes. Ou nunca tivesse partido.

— Voltei assim que pude — defendeu-se Kalista. — Acho que encontrei uma forma de salvar a rainha.

O conselheiro não esboçou reação, continuando em silêncio enquanto se dirigiam aos aposentos reais. Os cômodos no caminho estavam estranhamente bagunçados. Havia tapetes amontoados e marcados com pegadas de lama, cadeiras de ponta-cabeça, cera de velas derretidas se espalhou sobre mesas e parapeitos e pingaram no chão. Num quarto, as moscas se banqueteavam com os restos de refeições deixadas para apodrecer. O fedor dos urinóis que ninguém tinha esvaziado impregnava o ar, deixando Kalista nauseada. Ela tapou o nariz.

— Temendo mais assassinos, Viego não deixa que nenhum criado se aproxime dele — explicou Nunyo.

— Ele demitiu todos os empregados do palácio?

— Quem teve *sorte* foi demitido.

Kalista pensou nas cabeças enfileiradas na frente do palácio.

— Ancestrais nos céus — praguejou ela. — Ele perdeu completamente o juízo?

— Não cabe a mim responder — disse Nunyo, em voz baixa. — Mas seria sensato da sua parte tomar cuidado. Ultimamente, ele anda... imprevisível.

— Kalista! Você voltou!

As portas dos aposentos reais se escancararam com um baque, e Viego disparou até ela. Estava descalço e usava apenas uma calça preta justa e um roupão de veludo preto, aberto, que se arrastava pelo chão atrás dele. Os cabelos compridos estavam desgrenhados, a pele pálida por falta de luz solar, e olheiras fundas e escuras cercavam seus olhos, que brilhavam intensamente. Viego sempre fora esbelto, mas agora estava extremamente magro. No entanto, seu sorriso era largo e cativante, e ele correu para Kalista, jogando os braços em volta dela.

O rei exalava um calor febril.

— Graças aos Ancestrais que você voltou — arfou, abraçando-a com força. — Há poucas pessoas em quem posso confiar.

Por cima do ombro de Viego, Kalista viu a imensa figura de Ledros montando guarda diante da câmara real. O coração dela palpitou quando olhou naqueles olhos escuros e expressivos, e ela sorriu nervosamente. Em resposta, ele conseguiu abrir um leve sorriso e menear a cabeça.

Ela se afastou de Viego, olhando-o, preocupada.

— E Isolde? — perguntou.

— Está descansando, mas continua firme. Ela é mais forte do que parece e não perdeu a esperança. Nenhum de nós perdeu. — Viego olhou para ela, ansioso, com as sobrancelhas levantadas. — E então? Encontrou as Ilhas das Bênçãos?

Kalista assentiu.

— Encontrei, sim — confirmou em voz baixa.

— Sabia que você conseguiria! — gritou Viego, erguendo as mãos para o céu. — Sabia que você a salvaria! Entre! Meu amor precisa ouvir essa notícia maravilhosa!

Ele se virou e correu porta adentro como um cachorrinho entusiasmado. Nem Ledros, nem Nunyo, porém, olharam nos olhos de Kalista.

Há alguma coisa terrivelmente errada aqui.

O odor a atingiu primeiro. O quarto estava repleto de incenso, mas nem isso conseguia disfarçar o cheiro doentio que ali pairava. Era o fedor da morte.

— Entre, vamos contar para ela juntos! — Viego gesticulou para Kalista, que o seguiu até a cama, o temor aumentando dentro dela.

Cortinas de seda cobriam Isolde, mas Kalista viu sua silhueta deitada em repouso.

— Meu amor — sussurrou Viego, afastando a seda, mas Kalista ainda não conseguia enxergar mais que isso. — Meu amor, acorde! Tenho uma notícia maravilhosa!

Viego se debruçou e beijou a testa da rainha. Ele olhou para Kalista, balançando a cabeça, admirado.

— O sono dela é tão pesado! — Ele se voltou para a esposa, acariciando seu rosto com delicadeza. — Talvez seja melhor deixá-la descansar. Podemos contar do seu sucesso depois.

Através de um vão nas cortinas diáfanas, Kalista notou que Isolde vestia um tradicional traje camavorano. Isso lhe pareceu estranho — a rainha se orgulhava de sua origem e sempre preferira as roupas fluidas de sua terra natal.

Kalista se aproximou, abrindo as cortinas, e finalmente contemplou Isolde.

Ela estava bem, bem morta.

Capítulo Vinte e Dois

Kalista olhou para o cadáver e deu um gemido desesperado. A pele da rainha estava pálida e encovada, os lábios azulados já ficando pretos. Se tivesse que adivinhar, Kalista diria que ela morrera recentemente, talvez durante aquela semana. A angústia e a culpa tomaram conta dela. A sensação era de ser empalada. Se tivesse chegado apenas alguns dias antes, talvez Isolde pudesse ser salva, mas não havia dúvida de que estava morta. O peito não subia e descia com a respiração, e havia nela uma quietude que não existia nem mesmo no sono mais profundo.

Ainda assim, Kalista precisava ter certeza. Estendeu a mão e, com um toque leve, colocou um dedo no pescoço de Isolde.

— Não a acorde — murmurou Viego.

A carne de Isolde estava fria e não reagiu ao toque. Não havia batimentos cardíacos.

— Ah, titio — arfou Kalista. — Ela não está mais entre nós. Está em paz. Foi ficar com os Ancestrais. Devemos desenhar o tridente de sangue na cabeça dela para que sua passagem para o Além seja mais tranquila.

Uma miríade de emoções transpareceu na expressão de Viego. Ele pareceu magoado, depois confuso, mas isso logo deu lugar à raiva. Com um tapa, afastou a mão de Kalista de perto de Isolde, carrancudo.

— Fique longe dela — rosnou. — Por que dizer uma coisa tão odiosa?

Kalista recuou, levantando as mãos num gesto de paz.

— Você está sofrendo, titio. Mas tem que deixá-la partir.

— Você é igual aos outros. Está tentando se meter entre nós e tirá-la de mim. Não vou permitir.

— Viego — chamou Kalista, sofrendo ao ver a dor dele e o preço que a angústia lhe cobrava. Aproximou-se, estendendo a mão para ele.

De repente, o ar enjoativo dentro do quarto ficou carregado, e Santidade, a imensa Espada do Rei, se materializou nas mãos de Viego. Kalista ficou imóvel.

— *Você não vai tirá-la de mim* — jurou ele.

Nunyo apareceu subitamente ao lado de Kalista, puxando-a em direção à porta. Ela sequer percebera a entrada dele no quarto.

— Precisa descansar, meu rei — disse o conselheiro. — Foi um dia cansativo.

Viego piscou os olhos e balançou a cabeça, como se estivesse despertando de um devaneio. Olhou para a própria espada, confuso.

— Sim — respondeu, finalmente, soltando-a. A espada desapareceu antes de atingir o chão. — Sim, Nunyo, tem razão. Estou cansado. Preciso descansar. Ledros, poderia fazer a guarda enquanto durmo?

— Se esse é o seu desejo, Majestade — respondeu Ledros, das sombras atrás de Kalista.

— Por favor — pediu Viego. — Seria um conforto para mim.

Kalista pôs a mão no braço de Ledros, olhando nos olhos dele, gentis e tristes.

— Precisamos conversar quando você puder.

O grandalhão assentiu com a cabeça e pôs a mão grande com a manopla sobre a dela.

Kalista olhou de relance para Viego enquanto ele se ajoelhava ao lado de Isolde e deitava a cabeça na cama. Com um suspiro, deixou que Nunyo a tirasse do quarto. As portas se fecharam.

Voltaram em meio ao caos da ala real.

— Quando ela faleceu? —Kalista perguntou em voz baixa.

— É difícil ter certeza, pois o rei não deixou que *ninguém* mais entrasse no quarto, nem os curandeiros. Mas não pode sido mais do que algumas semanas depois de você partir. Não havia como avisá-la.

Kalista olhou para o conselheiro, chocada.

— Ela morreu há tanto tempo assim? Mas parece…

— O Cálice de Mikael retardou a decomposição — explicou ele.

— Ancestrais — murmurou Kalista. — Isso é um pesadelo.

— De fato. — Nunyo suspirou. — E não é só isso.

Ela se deteve, sentindo o estômago se revirar.

— O que mais aconteceu?

Tendo dispensado a guarda real, Nunyo abriu a pesada porta de ferro do tesouro do palácio e ficou de lado para dar passagem a Kalista.

Erguendo uma tocha, ela entrou. Era um espaço amplo e cavernoso, embora o teto fosse baixo e arqueado, assim com o do sepulcro do palácio. Kalista não entrava ali havia anos, e demorou um pouco para perceber que a câmara parecia maior porque estava quase vazia. Da última vez que estivera ali, cada canto estava ocupado do chão ao teto por pilhas de baús e cofres. A riqueza de Camavor parecera infinita, acumulada ao longo de centenas de anos de conquistas, tributos e impostos.

— Ele gastou? — Kalista olhou ao redor, horrorizada. — Gastou *tudo*?

— Ah, é ainda pior — suspirou Nunyo. — Ele gastou dinheiro que *não temos*. Camavor está extremamente endividada. Serão necessárias décadas para pagar tudo.

— Mas como é possível? — perguntou Kalista, andando pelo espaço vazio.

— Ele jogou ouro nas mãos de qualquer curandeiro, mago, sacerdote e alquimista que encontrou, desesperado para encontrar uma cura milagrosa. E, depois que a notícia se espalhou, eles têm vindo num fluxo constante aos portões do palácio, todos os dias, esperando ganhar uma parte desse pagamento.

— Isso não pode explicar tanto gasto. — Kalista gesticulou indicando o vazio ao redor de si.

— Ele enviou oferendas a dezenas de nações, implorando por qualquer coisa que pudesse salvar sua rainha. Parece que todo dia um novo navio ou carroça sai daqui, carregado de riquezas. É óbvio que muitos nunca chegam ao destino: são atacados por saqueadores, roubados por aqueles que foram enviados para protegê-los ou simplesmente desaparecem sem deixar vestígios. Então ele manda outros para substituí-los. Trocou relíquias de valor inestimável e artefatos que estavam na sua família há gerações pelas promessas vazias de farsantes e charlatães. Em questão de meses, o legado da sua família se foi.

— Você não conseguiu impedi-lo?

— Aconselhei-o da melhor forma que pude — respondeu Nunyo, abaixando a cabeça. — Receio que, se o pressionasse mais, perderia a vida.

Kalista esfregou os olhos.

— E os armazéns de cereais, por que estão fechados? As pessoas nas ruas estão famintas.

— Os cereais foram reservados para a Hoste, a guarda da cidade e as Ordens de Cavalaria, caso a capital seja sitiada. Ah, e há também uma escassez. Não chove há tempos e os campos não produzem nada.

— Isso é um desastre.

— É, sim, milady. O futuro do reino oscila no fio da navalha.

— Onde está lorde Hecarim? A Ordem de Ferro está protegendo o palácio, mas não o vi. Está ajudando a manter a paz na cidade?

— Seu futuro marido deixou uma parte da ordem aqui e marchou com o restante para o leste, ao lado dos Chifres de Ébano e de algumas ordens menores.

— Para o leste?

— Ele saqueou Porto Takan, e, da última vez que tivemos notícia, estava indo para o interior, em direção à cidade-estado independente de Alshalaya.

— O quê? — disparou Kalista, incrédula. — Precisamos dele aqui! Não por aí, travando guerras absurdas! O que ele tem na cabeça?

— Ah, eu concordo, mas ele partiu por ordem do rei. Viego quer alguém a quem culpar. Porto Takan era um alvo óbvio. Mas receio que não será o último.

Kalista se sentou pesadamente no cofre vazio, tomada pelo desânimo.

Sempre imaginara se aqueles que viviam os últimos dias de uma grande civilização enxergavam as rachaduras antes que ela desmoronasse. Será que contemplavam, indefesos e apavorados, enquanto ela desabava em torno deles? Ou nada percebiam, distraídos pelas minúcias e tensões da vida cotidiana? Será que alguns viviam em negação, tentando desesperadamente se convencer de que tudo ia melhorar? Será que outros tentavam evitar o inevitável, mesmo que esse esforço fosse igual a tentar tirar a água de um barco que já afundou?

Camavor seria assim? Estaria o reino em seus últimos suspiros?

— Preciso ir — anunciou Nunyo. — Há uma multidão de requerentes e peticionários vindo ao palácio todo dia. Viego não está em condições de ouvi-los, mas ignorá-los só servirá para inflamar a violência. Vou ouvir as queixas e os casos que conseguir antes do pôr do sol, mesmo que haja pouco que possa fazer. Conversaremos mais tarde.

Depois que ele se foi, Kalista enterrou a cabeça nas mãos e chorou.

Dois dias depois de sua chegada, Kalista finalmente conseguiu falar com Ledros.

Mal tivera tempo para respirar, pois passara horas lendo despachos e relatórios, fazendo perguntas a Nunyo, tentando entender como poderiam ao menos começar a resolver o lastimável estado de tudo. Suas prioridades imediatas eram alimentar a população faminta nos bairros mais pobres da cidade e acabar com a violência nas ruas, mas nenhum problema teria solução rápida.

Já era tarde, e ela estava sozinha no alto das ameias do palácio, olhando ao longe. Gritos distantes e o estrondo de armas em choque ecoavam na cidade amortalhada, e incêndios ardiam em vários distritos. Alovédra estava desmoronando, e isso partia o coração de Kalista.

— General — chamou Ledros, atrás dela, e ela sorriu. Sentira saudade da voz dele, ao mesmo tempo grave e gentil. Os movimentos dele eram espantosamente silenciosos para um homem daquele tamanho.

Kalista se virou e olhou para ele. Estava com o olhar baixo, apesar de agora ser membro da nobreza. Ver que ele não a encarava foi como ser apunhalada no peito. Na viagem, pensara nele todos os dias, imaginando o que diria a ele, mas, agora que estava ali à sua frente, as palavras se esvaíram.

— Ledros — disse ela, finalmente. — É... é bom vê-lo.

— Estou feliz que tenha voltado em segurança, general — retorquiu ele, com a postura rígida e sem jeito, como se estivesse numa inspeção.

— Olhe para mim. Por favor.

Ele ergueu os olhos, devagar, até encontrar os dela, depois baixou o olhar mais uma vez. Mesmo esse pequeno vislumbre, porém, revelou a confusão, a dor e a tensão dentro dele.

— Você está bem? — perguntou ela.

— Estou bem — respondeu ele, automaticamente, mas não havia convicção em sua voz. — E a senhora, general?

— Também. — Kalista voltou a observar a cidade. Ficaram em silêncio por um bom tempo, até que ela suspirou e se virou para ele: — Isto é ridículo.

Ledros franziu a testa.

— General?

— Isto! Nós! O modo como estamos agindo! É ridículo.

A carranca de Ledros ficou mais pronunciada e ele se mexeu, desconfortável. Kalista pegou uma das enormes mãos enluvadas dele. Ledros ficou imóvel, e ela colocou a outra mão sobre a dele, apertando-a com força.

— Você é meu amigo mais querido e meu confrade — disse ela. — Talvez tudo fosse diferente se eu não fosse da família real e não estivesse prometida a outro, mas este é o mundo em que vivemos. É assim que as coisas são, ainda que eu não queira.

As feições quadradas de Ledros eram tão ilegíveis quanto uma pedra.

Kalista suspirou mais uma vez e soltou a mão dele. Nos jardins e pátios abaixo, ela viu cavaleiros da Ordem de Ferro fazendo piadas entre si, e sua expressão azedou.

— Há quanto tempo a Ordem de Ferro controla o palácio?

— Começou dois dias depois que você partiu — informou Ledros.

— Por ordem de Viego?

Ele hesitou, depois assentiu com a cabeça.

— Há algo que você não quer me contar — observou Kalista. — Pare com isso. Você sempre foi péssimo em guardar segredos de mim.

Os ombros de Ledros desabaram.

— Foi por ordem de Viego, mas acredito que o grão-mestre tenha tirado vantagem da preocupação do rei para fazê-lo assinar o decreto.

Kalista olhou para o horizonte.

— E agora Lorde Hecarim está saqueando nossos aliados — observou ela, sentindo o gosto amargo das palavras. — Ele manipulou Viego para emitir essa ordem também?

Ledros não respondeu, mas o silêncio foi resposta suficiente.

— Que maravilha — ironizou.

— Tem mais uma coisa — disse Ledros, com certa relutância. — Algo que acho que você precisa saber.

— O que é?

— Ouvi boatos… — começou Ledros. — A respeito de como Lorde Hecarim se tornou o Grão-Mestre da Ordem de Ferro.

Kalista franziu a testa.

— E o que esses boatos sugerem?

— Que ele poderia ter salvado o grão-mestre anterior da ordem. Que poderia ter intercedido para protegê-lo, mas decidiu não o fazer.

Ela piscou, aturdida.

— Hecarim o deixou morrer?

— Foi o que ouvi — resmungou Ledros, olhando para o mar.

— Onde ouviu isso? Existe alguma prova?

Ledros continuou a olhar por cima das ameias, com a mandíbula tensa.

— Não é difícil de acreditar. O homem faz de tudo para obter o poder que cobiça. Ele é implacável e não tem moral. — Ele se virou e a encarou, sustentando o olhar dela pela primeira vez desde o começo da conversa. — Você não pode se casar com ele, Kal.

— Agora vai me dizer o que posso ou não posso fazer?

— Não foi o que eu quis dizer.

— Hecarim é ambicioso e obstinado, sim, mas *assassino*? — disse Kalista, em dúvida.

— Você é cética demais! — disparou Ledros, chocando-a. Nunca tinha falado assim com ela. — Você vê o que há de melhor nas pessoas, mas às vezes não enxerga o pior! Algumas pessoas são más, simples assim. Hecarim é uma delas.

O peito de Ledros subia e descia, as mãos enormes estavam cerradas, e o rosto, avermelhado. Ele pareceu perceber como sua explosão fora inadequada e baixou o olhar.

— É pelo meu bem que você quer que eu cancele esse casamento — perguntou ela com frieza — ou pelo seu?

Ledros olhou para ela, e Kalista viu a raiva e a dor em seu olhar.

— Não confie nele — rosnou.

— O ciúme não é uma qualidade atraente, comandante — disse Kalista.

Sem dizer mais nada, ela se virou e foi embora.

Kalista acordou de repente, seus instintos de guerreira em alerta, sabendo que havia alguém no quarto.

Saiu da cama num instante, com uma lâmina curta na mão.

Seu coração acelerou enquanto procurava a ameaça, finalmente fixando o olhar numa silhueta escura sentada na cadeira no canto.

— Ledros?

Ela fora para a cama amaldiçoando-se pelo modo como tinha agido. Seria uma bênção se ele tivesse ido falar com ela para que pudesse resolver a questão. Mas quando a figura escura se levantou, ela viu que estava longe de ter o tamanho de Ledros.

A figura deu um passo à frente e o luar frio iluminou o rosto pálido e fino de Viego.

— Sinto saudade dela, Kal. Faz tanto tempo que não a ouço rir. Que não a vejo sorrir.

Kalista abaixou a adaga, embainhou-a e a jogou numa mesa. Soltou um longo suspiro, o coração ainda martelando em seu peito como um tambor de guerra.

— Lamento por não estar aqui — respondeu ela. — Por não ter voltado a tempo.

— Sinto que nada disso é real — disse Viego, sentando-se na cama. Parecia exausto, esgotado e abatido, e seus olhos fitavam o chão, vazios. — Queria que ela estivesse aqui para me ajudar.

Kalista se sentou delicadamente ao lado dele.

— Eu também queria. Mas estou aqui. Vou ajudá-lo a passar por isso. Prometo.

— Tudo está dando errado, Kal. — Ele se virou para encará-la. Lágrimas cintilavam em seus olhos. — Só quero que tudo volte a ser como era. Antes.

— Eu sei, Viego. — Kalista se aproximou dele, que apoiou a cabeça no ombro dela. — Sinto muito.

Ficaram assim, agarrados um ao outro numa tristeza silenciosa, por longos minutos. Foi Viego quem finalmente interrompeu o silêncio.

— Mas tudo vai melhorar, não vai? — disse ele, afastando-se e enxugando os olhos. — Você encontrou as Ilhas das Bênçãos! Ela vai se recuperar, e tudo será como antes! Você a salvou!

— Viego… — Kalista balançou a cabeça. *Por um instante, ele quase recuperou a sensatez.* — Não vai adiantar. Ela se foi. Nada pode trazê-la de volta.

Ele pareceu recuar para dentro de si mesmo, a expressão severa.

— Você finge se importar com minha amada Isolde, mas não se importa, não é? — sibilou. — Você é igual a todos os outros. Quer que ela se vá.

— Pelos Ancestrais, não. Ouça o que está dizendo — pediu Kalista, levantando-se. — Sou eu! Somos a única família que nos resta, você e eu. Eu amo Isolde. Ela era minha irmã de coração. E amo você. Só quero ajudá-lo a sair dessa escuridão.

Viego se levantou devagar. Sombras cobriram seu rosto.

— Conte o que encontrou. Conte como atravessar a névoa.

Kalista pensou na runa condutora que o vigia lhe dera, além do frasco de água. Ambos estavam numa gaveta em sua cômoda, mas ela resistiu ao impulso de olhar naquela direção e, em vez disso, sustentou o olhar de Viego.

— Não — declarou. — Não fará nenhum bem.

— Então você é inútil para mim — disse ele, dando as costas para ela. — Guardas!

Quatro cavaleiros da Ordem de Ferro entraram no quarto e a cercaram, com as mãos apoiadas no punho das espadas. Estavam com a viseira do elmo abaixada, escondendo o rosto. Kalista esperou que fosse por vergonha do que estavam fazendo.

— Viego, por favor. Não faça isso — pediu ela.

— Levem-na — ordenou Viego, ainda de costas. — Tranquem-na numa cela.

Manoplas a agarraram e ela se retesou por instinto, resistindo. No entanto, eram quatro contra uma, e ela não pôde evitar que a arrastassem para fora do quarto. Havia mais cavaleiros da Ordem de Ferro no corredor.

— Revistem o quarto dela! — Viego gritou, seguindo-a porta afora.

Ela se contorceu e lutou contra os captores, procurando desesperadamente por Ledros, mas ele não estava em lugar nenhum. Mesmo que estivesse lá, não havia nada que pudesse fazer — nem devia nada a ela, não depois de como o havia tratado.

Toda a sua vontade de lutar se esvaiu e ela se deixou levar dali.

Capítulo Vinte e Três

O cabelo preto emaranhado caía sobre o rosto de Kalista, e ela estava coberta de suor enquanto se dedicava a uma série extenuante de flexões no chão da cela fedorenta.

Ouviu o guincho das dobradiças quando o portão do corredor se abriu, bem como o som metálico de passos se aproximando, mas não olhou para cima. Também não se deteve quando os passos pararam diante de sua cela. Presumiu que fosse um dos carcereiros.

Baixou o corpo devagar até o chão, respirando de forma constante, antes de erguê-lo com ímpeto e uma exalação forte. Pedras ásperas se cravaram nas juntas dos dedos, mas ela continuou. Parou apenas depois de contar duzentas repetições. Por fim, ajoelhou-se e, em seguida, levantou-se, de costas para a porta da cela, deixando quem quer que fosse à sua espera.

Usava um vestido maltrapilho de aniagem e estava imunda. Suas mãos e pés, encardidos, e o estômago roncava como um urso furioso. Ainda respirando profundamente devido ao esforço físico, ela tirou o cabelo embaraçado do rosto e tomou um gole de água suja de um copo de cerâmica lascado, quase engasgando com o gosto. Somente depois de deixar o copo de lado ela se virou para encarar o visitante.

Hecarim estava do outro lado das grades, com um olhar de pena e angústia. Sua armadura estava amassada, e o tabardo cinza-escuro, rasgado e coberto de poeira da estrada. Parecia exausto. Tinha uma nova cicatriz no rosto, cortando-o desde o meio da testa, atravessando uma sobrancelha e alcançando à bochecha. O cabelo escuro e ondulado estava mais comprido e sujo, e ele exibia uma barba desgrenhada. No entanto, ainda assim, parecia completamente deslocado naquele cenário de miséria.

— Milady está aqui há *semanas*? Mas isso é um absurdo — sussurrou. — Milady, está... está bem?

Kalista manteve a cabeça erguida, tentando sustentar um mínimo de dignidade.

— Estou como milorde me vê.

— Ele não pode mantê-la presa aqui — protestou Hecarim. — É um ultraje!

— Todo o reino sucumbiu ao absurdo. — Kalista inclinou a cabeça para um lado e olhou diretamente para Hecarim. — E a sua investida contra nossos aliados foi bem-sucedida? Parece que alguém quase lhe arrancou um olho.

Hecarim suspirou e baixou o olhar.

— Milady acha desonroso que eu tenha liderado o ataque a leste — disse ele. — Eu entendo.

— E estou errada?

Hecarim não respondeu. Em vez disso, arrastou uma cadeira até as grades da cela e desabou nela com um grunhido cansado.

Kalista continuou de pé, com as costas retas.

— Queria ter ficado aqui — revelou ele. — A situação não estava tão fora de controle antes de eu partir. Sem dúvida não havia guerra escancarada nas ruas.

— Então *por que* partiu?

— Viego insistiu. Mas os motivos dele não eram totalmente equivocados. A notícia da tentativa de assassinato se espalhou depressa, e não revidar contra *alguém* nos fazia parecer fracos aos olhos de nossos inimigos *e também* de nossos aliados. Os ataques contra nossas fronteiras ao sul aumentaram, e diversas províncias subjugadas entraram em rebelião. Tivemos que demonstrar força.

— Mas os lordes-mores de Porto Takan eram nossos aliados. Eles não ganhariam nada com o assassinato de Viego! — disparou Kalista, andando de um lado para o outro da cela. Hecarim levantou a mão como se para interrompe-la.

— Não importa se estavam por trás disso ou não. O rei *acreditava* que sim, portanto tivemos que agir. Depois que Siodona contou a ele suas suspeitas, não houve mais como argumentar com Viego. Fui forçado a obedecer.

Kalista parou de andar e olhou para Hecarim com aversão.

— Você sempre quis tomar Porto Takan.

— É verdade — admitiu ele. — Mas não assim. Eles foram cortejados por Camavor e por nossos inimigos durante décadas e enriqueceram manipulando os dois lados. Há muito tempo que acredito que deveríamos incorporá-los ao reino, fortalecendo Camavor.

— E enchendo os cofres da Ordem de Ferro — observou Kalista. — Mas você fez mais do que conquistar Takan. Eu soube que atacou mais a leste, deixando a cidade portuária em chamas. Só os Ancestrais sabem com que outros aliados você travou guerra nesse meio-tempo.

— Apenas com aqueles que já tinham se afastado de nós, os que tinham fortes laços com Porto Takan. Decidi subjugá-los agora em vez de deixá-los reunir forças e marchar contra nossas fronteiras.

Era uma decisão dura e insensível, mas Kalista conseguia ver a lógica fria que a guiava. Todas as cidades e reinos fortificados a leste de Porto Takan estavam sob o controle dos lordes-mores. Com a cidade portuária em ruínas, era provável que cortassem os laços com Camavor.

— E tenho certeza de que está ciente da situação financeira — prosseguiu Hecarim, abaixando a voz. — Viego esgotou os cofres do reino. A tolice dele enriqueceu nossos inimigos. Não há dinheiro para pagar nossos soldados. Nem para comprar cereais para alimentar nosso povo faminto. Ao subjugar Takan e as regiões orientais, consegui um pequeno alívio para nós.

— E onde está essa riqueza? Segura na Fortaleza de Ferro?

— É melhor do que deixar Viego desperdiçá-la. — Hecarim franziu o rosto, levantando-se da cadeira. — Não tenho intenção de lucrar com essa situação miserável. Já mandei trazer carregamentos de cereais e assegurei que seus soldados da Hoste recebessem os salários que lhes são devidos. Não podemos arriscar vê-los abandonar os postos quando são mais necessários do que nunca.

— A Hoste é leal até o fim — rosnou Kalista. — Não há desertores nas fileiras.

— Soldados desesperados tomam atitudes desesperadas. — Hecarim encolheu os ombros. — Mas não vim aqui para discutir com você, milady.

— Então por que veio?

— Milady é minha noiva. — Hecarim se aproximou das barras que os separavam. Sua expressão parecia sincera. — Eu queria vê-la, ter certeza de que estava sendo bem tratada. Vim para cá assim que soube do seu regresso. Quando ouvi que Viego a tinha aprisionado, imaginei que ele a havia trancado nos seus aposentos. Nunca me ocorreu que ele a jogaria no calabouço, depois de tudo o que milady fez por ele. É intolerável.

— *O que* eu fiz? — perguntou Kalista, sentando-se na prateleira de pedra baixa que servia de leito. Tentara manter o desespero sob controle durante as semanas de prisão, mas agora o sentimento ameaçava dominá-la. Estava muito cansada. — Abandonei o reino num momento de crise, e por nada. Eu devia ter ficado aqui.

— Mas conseguiu encontrá-las? — Hecarim se aproximou ainda mais. — As Ilhas das Bênçãos? Existem mesmo?

— Existem, mas não importa. É tarde demais. Isolde devia ter sido enterrada na cripta antes mesmo de eu pôr os pés em Helia.

— É tudo o que as histórias dizem?

Kalista ergueu o olhar bruscamente, estreitando os olhos. Havia algo na voz de Hecarim que a enervava, uma cobiça que ela não notara antes.

— Não importa — repetiu, friamente. — Fui até lá para salvar a rainha. Fracassei.

Hecarim se afastou um pouco, com a expressão repleta de pesar e tristeza. Kalista pensou se teria imaginado a cobiça que percebera nele. Estava fraca de fome e tinha dormido um sono conturbado, comprometendo o raciocínio.

— Fez tudo o que pôde — afirmou Hecarim. — O rei tem uma dívida de gratidão para com milady. Ele estaria morto se não fosse por sua causa.

— Não o julgue tão mal. Isolde foi a melhor coisa que lhe aconteceu, e a perda dela obviamente destruiu algo nele. Mas Viego vai se recuperar. É um homem bom. Só precisa encontrar o caminho para sair da escuridão.

Hecarim sorriu.

— Ele a deixou aqui para apodrecer, e milady ainda o defende.

— Viego é minha família. É tudo o que tenho.

— Você é tão generosa quanto feroz. Entendo por que a Hoste é tão leal a você. — Ele se virou para ir embora. — Vou falar com o rei. Juro que o convencerei a libertá-la.

Kalista continuou imersa em pensamentos, com a testa franzida, muito depois de ele partir.

Arredores de Helia, Ilhas das Bênçãos

Ryze estava sentado de pernas cruzadas numa clareira coberta de grama, absorto no livro com capa de couro em suas mãos. Feixes de luz solar brincavam nas páginas amareladas enquanto a brisa fazia as árvores acima balançarem suavemente.

Ele estava fora de Helia, longe dos olhos curiosos do mestre, mas não estava sozinho. A Sentinela-Artífice Jenda'kaya estava deitada de costas na grama a certa distância, de olhos fechados. Ryze gostava da companhia dela. E, depois que Kalista, a princesa camavorana, partira, não havia mais ninguém com quem falar sobre a aparição que o tinha seguido. Jenda'kaya não sabia tanto quanto ele o que fora aquilo, mas era bom falar com alguém com quem dividira a experiência. E ter as armas relicárias dela por perto o confortava bastante. Afinal, havia mais de um espírito assombrando a Fonte das Eras.

Uma borboleta pousou na página que Ryze lia. Devagar, ela abriu e fechou as asas iridescentes, abanando as antenas. Ele pôs o dedo por baixo do inseto, que se agarrou a ele. Levantou-o e o soprou com delicadeza. A borboleta alçou voo, pairando preguiçosamente, e o jovem voltou à leitura, o dedo indicador traçando a antiga escrita cuneiforme. Abertos no chão ao lado dele estavam mais dois livros, que usava para ajudá-lo a decifrar algumas das expressões mais complicadas. Tyrus apoiara seu interesse repentino pelas línguas mortas de Icathia e lhe entregara os tomos raros para melhorar sua compreensão.

Nas últimas semanas, Ryze se dedicara tranquilamente aos estudos. Concluía as lições e exercícios que Tyrus lhe atribuía, enquanto, a sós, aprendia tudo o que podia com aquele volume de magia rúnica arcana. A lembrança terrível da aparição o perseguindo perdurava, e ele descobriu que a melhor maneira de ocupar a mente era se entregar ao trabalho.

Tyrus estava intrigado com a mudança súbita de comportamento, mas não o questionou sobre isso. Também não perguntou por que passava o tempo na companhia da artífice.

— É bom expor-se a outras formas de erudição. Tenho certeza de que ela é uma ótima mentora — foi tudo o que o Explorador disse.

Ryze olhou de relance para ela, cochilando na grama, e sorriu. Não sabia ao certo se o mestre aprovaria os métodos dela.

No entanto, Tyrus parecia contente por Ryze estar finalmente levando sua aprendizagem a sério. Na verdade, agora o jovem tinha prazer em estudar, coisa que nunca havia sentido.

Além disso, com o livro que Grael lhe entregara, finalmente começava a ganhar algum controle sobre seu poder. Aquele precioso tomo não era obra de um único autor, mas a experiência combinada de uma dezena de magos rúnicos que viveram em séculos diferentes. Havia muito mais a alcançar com o domínio das formas rúnicas do que ele jamais imaginara. Mal vislumbrara uma pequena parte do conhecimento. Embora fosse capaz de atrair poder para si no passado, não sabia o bastante sobre a magia rúnica para *usá-la* de modo eficiente. Apesar do que os outros podiam pensar, ele não era tão arrogante a ponto de achar que estava perto de dominar essa arte, mas agora compreendia melhor *o que sabia* e, mais importante ainda, *o que não sabia.*

Ryze releu uma passagem específica, movendo os lábios enquanto formava as palavras antigas, ponderando-as. Deixou o livro de lado e ficou de pé, concentrando-se, fechando os olhos e respirando profundamente. Fez o exercício de foco mental que Tyrus lhe ensinara. Depois, respirou outra vez, só que agora não foi apenas o ar que inalou — foi a matéria-prima da própria magia. Não inspirou muito, embora precisasse se esforçar um pouco para conter uma enxurrada. Mesmo a pequena quantidade que deixou entrar rugiu em suas veias como fogo derretido.

Abrindo os olhos, viu a energia mágica cintilando dentro dele, revelando-se através da pele numa série de runas. Sorriu, entusiasmado. O poder não o consumia. Era seu e podia usá-lo como quisesse.

Com os olhos exalando um vapor arcano, ele olhou para uma pedra grande. A energia dentro dele se agitou. Queria se libertar.

Mesmo assim, Ryze não cedeu. Respirando devagar, com os músculos magros tensos, ele traçou uma forma rúnica no ar. Para completar o padrão, deu um passo à frente, estendendo as duas mãos, com os punhos fechados.

O ar ondulou em torno dos nós dos dedos, e uma explosão de energia azul-clara se lançou para a frente, deixando um rastro de runas intrincadas e tremeluzentes. A energia atingiu a pedra com um estalo retumbante, e a luz etérea ondulou em sua superfície, dançando como um raio.

Ryze relaxou os braços, e os glifos ardentes dentro de sua pele desvaneceram. Ele se aproximou para inspecionar a pedra e assobiou por entre os dentes ao ver que estava perfeitamente dividida ao meio. Fios de fumaça acre emanavam das metades. Estavam frias ao toque, porém, e os dedos dele formigaram com os últimos vestígios de poder rúnico quando ele os deslizou ao longo da pedra lisa e pálida.

— Eu estava tentando dormir.

Ryze olhou para a artífice, que continuava deitada de olhos fechados.

— Achei que você tinha dito que precisava resolver alguns problemas da sua última criação.

— Dormir é bom para resolver problemas complicados — respondeu Jenda'kaya. Ela suspirou e, relutante, abriu os olhos, sentando-se na grama. Olhou para a pedra dividida. — Foi você que fez isso?

Ryze estufou o peito.

— Fui eu, sim. E nem precisei de uma das suas armas relicárias chiques.

Ela riu.

— Já é um começo. Agora mostre o que mais consegue fazer.

Alovédra, Camavor

Kalista havia se lavado e vestido uma túnica limpa quando Hecarim reapareceu do lado de fora da cela, dois dias depois da última visita.

Mais cedo, no mesmo dia, carcereiros silenciosos haviam levado para ela uma grande bacia de água quente, além de uma barra de sabão, óleos perfumados e uma escova de cabelo. Trouxeram-lhe toalhas limpas, roupas novas e um par de sandálias simples, e substituíram seu cobertor gasto por dois novos, de lã grossa.

Também ganhara um verdadeiro banquete disposto em travessas. Por mais faminta que estivesse, teve o cuidado de não se empanturrar, sabendo que isso só a faria ter náuseas, portanto comeu com moderação e evitou os pratos mais fortes, por mais atraentes que fossem.

— Está se sentindo melhor, milady? — perguntou Hecarim.

— Estou. Imagino que deva agradecer a milorde, não?

— Não me agradeça ainda. Não consegui garantir sua libertação, mas posso, pelo menos, proporcionar-lhe um pouco de conforto.

— Agradeço o empenho.

Hecarim se aproximou das grades com o olhar intenso.

— Há um modo de garantir que a libertem dentro de uma hora. Entregue o que ele quer.

Kalista deu-lhe as costas.

— Não vai adiantar. Isolde não vai voltar.

— Viego encontrou o frasco de água no seu quarto — informou Hecarim. — Mandou analisá-la e suas propriedades curativas foram comprovadas. Mas ele acredita que precisa de mais, muito mais, para salvar Isolde.

— Ela está morta! — bradou Kalista. — Poderíamos *mergulhá-la* nas águas que de nada adiantaria.

— Ele ainda se recusa a aceitar que ela se foi, mas talvez possamos arrancá-lo desse delírio induzido pelo luto.

— Como?

— Levando-o até as Ilhas das Bênçãos — respondeu Hecarim. Kalista fez menção de discutir, mas ele ergueu a mão. — Escute, vamos levá-lo até lá e ouvir o que os mestres têm a dizer. Falei com os sacerdotes e os médicos do rei. Com Nunyo também. Todos concordam que ir até lá e ver pessoalmente que não há nada a fazer por ela poderia oferecer a consciência e a superação de que ele precisa. Poderia dissipar esse delírio que o dominou.

Kalista não disse nada, franzindo a testa e mordendo o lábio.

— Se não fizermos nada, ambos sabemos que Viego arrastará o reino para o fundo do poço — continuou Hecarim. — Nesse caso, *todos* se afogam. Já há urubus à espreita, esperando bicar os ossos de Camavor. Essa pode ser nossa única chance. Pode ser a única chance *dele.*

Kalista se virou, fechando os olhos e apertando a ponte do nariz. As palavras de seu avô voltaram-lhe à mente, tão nítidas quanto no dia em que foram proferidas: "*Prometa que vai guiá-lo. Aconselhá-lo.* Controlá-lo, *se necessário.* Proteja Camavor."

Ela desconfiava dos motivos de Hecarim, mas a proposta dele fazia sentido. Se não agissem, Viego provavelmente levaria Camavor à ruína. Ancestrais! Ele já percorrera boa parte daquele caminho. Recordou também sua promessa a Isolde, de ajudar Viego a aceitar a morte dela.

Será que Hecarim tinha razão? Seria aquela a única forma de livrar o rei da ilusão de que a esposa ainda vivia?

A culpa e a indecisão a corroíam.

— Pense no assunto — pediu o grão-mestre, virando-se para sair. — É só o que peço. Seja qual for a sua decisão, eu a apoiarei.

Kalista se ajoelhou diante do Trono Prateado como uma penitente que fora implorar o perdão do rei.

Tinha levado dois dias para tomar a decisão. Usava uma túnica limpa e simples — sua armadura e suas armas ainda lhe eram negadas. Acima dela,

Viego repousava no grande trono reluzente, com o rosto pálido e encovado, e a expressão soberba. Santidade estava apoiada no colo dele, e as mãos longas e delgadas, incrustadas de anéis, jaziam sobre a lâmina como uma ameaça.

Ledros estava ao lado dele em posição de sentido, imóvel como uma estátua, embora seus olhos revelassem dor ao ver Kalista ser forçada a se humilhar.

Um degrau abaixo do trono estavam Nunyo e Hecarim, os últimos conselheiros em quem o rei confiava. Ambos pareciam tensos. Os cavaleiros da Ordem de Ferro os rodeavam na sala de audiências.

— Tem algo a me dizer? — perguntou Viego, tocando o fio de Santidade com o polegar.

Kalista resistiu ao impulso de resmungar um palavrão e se retirar da sala. Olhou para Hecarim, que lhe fez um aceno quase imperceptível com a cabeça.

— Eu o levarei até lá, Majestade — disse ela, por fim. — Eu o guiarei até as Ilhas das Bênçãos.

Viego se levantou de uma vez, descartando Santidade e abrindo um enorme sorriso.

— Eu sabia que sim! — declarou. — Você sempre foi minha amiga e aliada mais confiável e amada. É minha irmã mais velha em todos os aspectos, exceto no nome, e eu a amo muito. Não faz ideia do quanto me doeu tratá-la como me obrigou a tratar. Mas eu sabia que não daria as costas nem a mim, nem à minha amada Isolde. Levante-se, levante-se, por favor.

Kalista se ergueu enquanto Viego estalava os dedos para chamar Nunyo.

— Temos muito a fazer! — gritou o rei. — Prepare os navios, e também um esquife para carregar minha amada. Não devemos perder mais tempo. Partiremos ao pôr do sol.

— Mas tenho um pedido — disse Kalista.

— Qualquer coisa, qualquer coisa!

— Preocupa-me que os helianos talvez não apreciem a chegada de uma frota camavorana ao seu litoral. Ficarão aterrorizados, e receio que isso crie um obstáculo à boa-vontade dos mestres de prestar socorro à bela Isolde.

Viego assentiu, refletindo. Hecarim havia erguido a sobrancelha, alarmado, e estava murmurando alguma coisa para Kalista por cima do ombro de Viego, mas ela continuou:

— Sugiro um único navio e uma guarda de honra apenas com os melhores soldados da Hoste. Eu mesma os escolherei a dedo.

— O rei confia na Ordem de Ferro acima de todas as outras — argumentou Hecarim. — Somos a força de combate mais eminente de Camavor. Ninguém pode protegê-lo melhor.

— Essas são as minhas condições, Viego — afirmou Kalista. — A Ordem de Ferro não vem conosco.

— Isso é uma afronta — resmungou Hecarim. — Milorde, pense na rainha! Quem prefere que a proteja? Os seus melhores cavaleiros ou a ralé de plebeus?

— Sera como você sugere, Kal — respondeu Viego, ignorando a súplica de Hecarim. — Um único navio e a Hoste como minha guarda de honra.

— Milorde... — rosnou Hecarim. Seu rosto adquirira um terrível tom de vermelho.

— Já me decidi — retrucou Viego.

O grão-mestre lançou um olhar maligno para Kalista, depois deu as costas e saiu da sala.

— Agora vamos nos preparar! — Viego bateu palmas. — Zarparemos para as Ilhas das Bênçãos!

Capítulo Vinte e Quatro

Kalista estava no cais, em posição de sentido, esperando a chegada do rei.

— Ouvi dizer que você passou uns dias bem agradáveis num quartinho particular debaixo do palácio — murmurou a capitã Vennix. — Que jeito interessante de agradecer.

— Ele perdeu a esposa — respondeu Kalista. — Está fora de si

— Eu diria que ele perdeu um pouco mais do que a rainha.

Kalista olhou bruscamente para a capitã vastayesa.

— Lá vem nosso monarca benevolente. — Vennix fez um gesto com a cabeça na direção de onde vinha o rei, do outro lado do porto. Ele cavalgava ao lado da liteira dourada da rainha, carregado por uma equipe de criados temporários. — E pelo jeito todo mundo precisa fingir que ela está viva lá dentro — acrescentou Vennix. — Ah, isso com certeza vai dar certo.

— Silêncio — sibilou Kalista, olhando em volta para ver se mais alguém tinha ouvido a capitã. — Quer ser executada?

Kalista se esforçou para adotar uma expressão neutra enquanto a procissão se dirigia ao navio atracado. Hecarim ia na frente, montado em seu enorme cavalo de batalha, acompanhado por cinquenta cavaleiros, todos resplandecentes em suas armaduras escuras e tabardos cinzentos. Cercavam Viego e a liteira dourada. Felizmente, as cortinas estavam fechadas, poupando a multidão de ver o cadáver da rainha.

Viego montava um garanhão alto e branco. Estava ricamente vestido com os tons de roxo e azul da realeza e usava na cabeça a coroa dourada de três pontas. Os espectadores, famintos, desesperados e zangados, observavam em silêncio. Viego parecia completamente alheio à situação deles, abrindo um sorriso largo e agraciando-os com acenos. Era doloroso de ver, e Kalista estremeceu por dentro. Ela rezou para que houvesse uma cidade para a qual voltar, depois que todo aquele absurdo acabasse.

Ledros cavalgava rigidamente ao lado de Viego num cavalo de tração gigantesco e plácido. Devia ser o único animal capaz de suportar o peso dele. Até onde Kalista sabia, ele nunca subira numa sela na vida, e parecia apavorado, com o rosto tenso enquanto se agarrava à sela. Nunyo também estava lá, arrastando os pés atrás da procissão.

Controlando o próprio corcel, que bufava e batia os cascos com força, Hecarim olhou para Kalista com frieza ao passar por ela. Ela o encarou empertigada e de cabeça erguida, recusando-se a se deixar intimidar pelo enorme animal.

— Milorde — cumprimentou.

— Lady Kalista — respondeu ele, com um aceno de cabeça diminuto.

A procissão se deteve, e Ledros meio que escorregou, meio que caiu da sela. Kalista deu uma risadinha de boca fechada, embora tenha se recomposto imediatamente, vendo Hecarim estreitar os olhos.

O Grão-Mestre da Ordem de Ferro desceu dos estribos, deslizando para o cais de pedra com uma graça natural, e chamou uma jovem escudeira.

— Cuide para que meu baú seja guardado a bordo com segurança — ordenou, mal tirando os olhos de Kalista.

Ela se retesou.

— O rei concordou que a Ordem de Ferro não viria conosco.

— Não vou como cavaleiro da Ordem de Ferro, mas como um caro companheiro e amigo do rei. E para acompanhar e proteger minha leal futura esposa, é claro.

Kalista não reagiu, mas as juntas da mão que segurava a lança ficaram brancas. Que jogo era aquele? Ela sentia que tudo fazia parte de um plano maior, mas não conseguia desvendá-lo de jeito nenhum, e isso a deixava nervosa.

— A menos que haja uma razão para milady *não querer* que seu noivo a acompanhe — ressaltou Hecarim.

Ela respirou com calma, aplacando sua fúria.

— É óbvio que não — respondeu num tom gélido.

A capitã Vennix olhou de um para o outro, depois se virou para subir a rampa de embarque para o *Daggerhawk*.

— É, vai dar muito, muito certo — murmurou ela.

O Oceano Eterno

Zarparam quando as sombras do crepúsculo se aproximavam. Kalista estava sozinha, vendo sua terra natal se distanciar em direção ao horizonte, e a melancolia caiu sobre ela como uma mortalha. Quando fora para Helia pela última vez, partira cheia de temor e dúvida, mas também de uma esperança desesperada. Já não tinha mais essa esperança, sentia apenas ansiedade e pavor, intensos e inquietantes.

Ela ficou observando até Camavor se perder de vista, depois se virou.

O convés traseiro fora ocupado pela liteira coberta da rainha, e velas sobressalentes foram instaladas em torno dele para conferir mais privacidade e proteção contra o vento, a chuva e os respingos do mar.

"A rainha está doente demais para ser retirada da cama", Viego tinha dito.

De onde estava agora, na popa do navio, Kalista ouvia a voz de Viego dentro daquela liteira elaborada, embora não conseguisse discernir as palavras.

Ela evitou o lugar ao máximo, acenando com a cabeça para os soldados da Hoste que montavam guarda em volta do perímetro. Ledros vigiava a frente, com seu imenso escudo retangular no braço esquerdo e a mão direita apoiada no punho da espada. Kalista mudou de rumo para passar perto dele.

— Com quem ele está falando? — perguntou num sussurro.

— Ninguém entrou, general — respondeu Ledros. A resposta evitava a pergunta, mas confirmava a suspeita dela.

— Viego fala com ela como se Isolde estivesse viva — observou Kalista. — Ainda faz isso com frequência?

— Às vezes, general.

Ela suspirou, tanto pela resposta quanto pela formalidade de Ledros. Uma muralha se erguera entre eles, e a culpa era dela.

— Sinto muito pelo modo como agi — murmurou. — Não foi justo da minha parte.

— Não há nada pelo que se desculpar — respondeu Ledros, parecendo constrangido. — Eu falei sem pensar. Não tinha o direito de fazer isso. Não vai se repetir, general.

Um silêncio constrangedor recaiu sobre eles. Agora, no mínimo, a situação parecia pior do que antes, e ela sabia, pela rigidez da postura e pela tensão na mandíbula dele, que Ledros também sentia isso. Ele fez uma mesura, como se a dispensasse. Com o rosto ardendo, Kalista o cumprimentou também e foi embora.

A névoa se elevava diante do *Daggerhawk* como um penhasco impossível de escalar.

— Fascinante — sussurrou Viego, olhando-a admirado.

Ficou ao lado de Kalista na proa do navio, os gritos e conversas dos marinheiros e soldados atraindo-o para fora da liteira da rainha. Era uma das poucas vezes em que alguém o viu no convés durante as semanas de viagem.

Os dias passaram devagar, e Kalista estava tensa como jamais se sentira. O constrangimento formal entre ela e Ledros continuava, e eles não haviam mais conversado durante a viagem. Também não havia cordialidade com Hecarim. Na maior parte do tempo, a general ficava sozinha. Até Vennix parecia tensa.

À medida que se aproximavam da névoa, a expressão de Viego se transformava em admiração infantil, banindo o ar febril e perturbado que exibira desde que Kalista havia voltado. *Quase* parecia o antigo Viego.

— E você disse que, sem a runa, a névoa nos desvia e nos repele? — perguntou ele.

Kalista assentiu.

— Passamos dias tentando atravessá-la. A capitã até amarrou o timão do navio com cordas para ter certeza de que nosso curso não mudaria. Mesmo assim, o navio deu meia-volta.

Viego balançou a cabeça.

— É uma defesa espantosa. A menos, é claro, que você tenha a chave. Posso vê-la?

Kalista sacou a runa condutora pálida e esférica, e, após breve hesitação, entregou-a.

— Parece uma coisa tão inofensiva — murmurou Viego, virando-a entre os dedos longos. — Como foi mesmo que você a conseguiu?

— Alguém a entregou para mim na esperança de cair nas suas graças.

— Se funcionar, essa pessoa terá tudo o que quiser — afirmou Viego.

— Ele parecia um sujeito desagradável. Me deu calafrios.

— Desagradável e em busca de benefícios. Parece que a vida na corte de Camavor cairia como uma luva para ele — comentou, rindo.

Kalista sorriu.

— É bom vê-lo rir. Você parece estar melhor hoje.

— E por que não estaria? Estamos tão perto! Agora mostre como funciona esta runa. Nunyo, venha ver!

Kalista pegou a runa de volta, sentindo a ansiedade se revirar dentro dela. Não sabia se ia dar certo.

A muralha de névoa branca se assomava diante deles, agora a uma distância menor que o voo de uma flecha. A capitã Vennix rugiu ordens, e as últimas velas do *Daggerhawk* foram recolhidas, embora o navio continuasse a avançar. Mais um grito e os remos se estenderam. O silêncio tomou conta do convés enquanto a tripulação aguardava a ordem da capitã, e todos prenderam a respiração, cheios de expectativa.

— Princesa? Está pronta? — perguntou Vennix.

Kalista ergueu a mão, virando-se para trás para encarar Vennix. Ela acenou com a cabeça para a capitã vastayesa, que gritou para a tripulação:

— Lançar remos!

Os remos mergulharam todos ao mesmo tempo.

— Avante!

O *Daggerhawk* seguiu suavemente em direção à névoa, avançando a cada remada ritmada. Kalista olhou para a muralha que se aproximava e respirou fundo para se preparar.

— Que Camor me guie — sussurrou. — Por favor, funcione. — Ela ergueu a runa condutora bem alto como tinha visto Tyrus fazer. Mas, quando a proa do *Daggerhawk* tocou a muralha de névoa, ela não se abriu. O navio deslizou pela névoa até ser completamente engolido. Lá dentro, todos os sons foram abafados e o mar ficou calmo de imediato, como um lago.

— Está funcionando? — perguntou Viego.

— Parece que... não, meu rei — murmurou Nunyo.

Kalista os ignorou, erguendo a runa ainda mais.

— Vamos lá! — murmurou.

— Bom, isso é bem desanimador. Vou ver se a névoa não perturbou Isolde. Tenho certeza de que você não vai nos decepcionar, Kal — declarou Viego. Deu as costas e se afastou, deixando apenas Nunyo como plateia.

O *Daggerhawk* avançou, mas nada aconteceu. Os passos de um par de botas que se aproximava soaram bruscamente no convés atrás dela.

— Princesa? — chamou Vennix, aproximando-se. — Estamos em apuros?

— Talvez — admitiu Kalista.

— Como o rei vai reagir se isso não funcionar?

— Mal.

A capitã assentiu, remexendo os bigodes.

— Isso é ótimo, uma maravilha. Já pensou que teria sido melhor se nunca tivéssemos voltado para Camavor? Poderíamos estar naquele barzinho buhru que servia frutos do mar, vendo o pôr do sol e tomando umas. Não? Só eu?

— Só você — respondeu Kalista, balançando a runa com raiva no ar, sem obter nenhum resultado.

— Bom, boa sorte com essa pedra. Vou preparar minha tripulação para... o que quer que aconteça a seguir.

Kalista ficou novamente a sós com Nunyo. Ela virou o rosto para trás, olhando o convés: marinheiros e soldados a observavam, cheios de expectativa. Voltou-se outra vez para o vazio branco à sua frente.

Lembrou-se da artífice Jenda'kaya tentando ajudá-la a disparar a arma relicária.

Concentre-se no alvo. Em seguida, peça para a arma atingi-lo.

A arma tinha uma runa como aquela bem no centro, então fazia sentido supor que convencer a outra runa a funcionar exigiria um foco semelhante.

— Certo, você consegue — sussurrou. — Concentre-se na névoa e peça para a runa abrir caminho.

Se bem que não tinha conseguido fazer a arma disparar... Ela balançou a cabeça para afastar esse pensamento.

— Posso ajudar em alguma coisa? — ofereceu Nunyo, perto dela. — Tenho certa afinidade com tais artefatos.

Kalista olhou para ele. Os olhos do homem brilhavam de curiosidade e interesse enquanto fitava a runa.

— Deixe-me tentar mais uma vez — pediu ela.

— É claro — respondeu ele, curvando-se e recuando.

— Foque na névoa — murmurou Kalista, voltando-se novamente.

Ela se concentrou no vazio adiante, levantando a runa mais uma vez. Parecia perfeitamente lisa em sua mão. Sua pele formigou ligeiramente em volta dela? Ou seria só imaginação?

— Agora abra a névoa, sua desgraçada! — rosnou Kalista.

Com um pulsar da runa percorrendo seu braço, a névoa se escancarou como um túnel se abrindo diante do *Daggerhawk*. A tripulação comemorou, e o navio prosseguiu. Kalista abaixou a runa, encarando-a maravilhada.

Vennix se aproximou outra vez e deu um tapa nas costas de Kalista, forte o bastante para empurrá-la para a frente. A capitã era mais forte do que parecia — e já parecia forte.

— Como você conseguiu? — perguntou Vennix.

— Xinguei a runa.

Vennix deu de ombros.

— O que importa é que funcionou.

Capítulo Vinte e Cinco

Ilhas das Bênçãos

Faltavam algumas horas para o amanhecer quando o *Daggerhawk* emergiu da névoa. Deixou a mortalha espessa de repente, como se uma cortina se escancarasse para os lados, revelando as ilhas adiante. A capitã Vennix falou com Kalista para se orientar, depois mandou recolher os remos e içar as velas, agora que a quietude sobrenatural da névoa ficara para trás.

Numa noite mais escura, poderiam chegar sem ser vistos, mas a lua prateada pairava no céu sem nuvens, lançando seu clarão sobre a água cintilante. Enquanto o navio camavorano contornava as várias ilhotas, faróis se acenderam no alto de penínsulas rochosas. Primeiro um, depois vários ao longo da costa. Podiam ser um aviso, mas também serviam como guias, conduzindo-os até Helia.

Quando o navio passou o último promontório, sinos ecoaram pelo mar, e os viajantes viram a cidade reluzir diante deles. O feixe de luz do gigantesco farol do porto passou por eles, banhando-os em seu clarão branco, e depois se deteve no *Daggerhawk*, destacando o navio no mar escuro.

À medida que se aproximavam, conseguiam ouvir gritos e distinguir indivíduos com vestes longas correndo pelas ruas ao luar.

— Que linda — admirou-se Viego, na base da liteira de sua rainha, contemplando Helia.

— E não tem nenhuma defesa — observou Hecarim. Estava de costas para Kalista, mas ela o olhou com raiva enquanto ele balançava a cabeça, menosprezando a tolice dos helianos. Não pela primeira vez, ficou aliviada por a Ordem de Ferro não ter vindo.

— Eles vão ajudar minha rainha, não vão? — perguntou Viego com expressão suplicante. — Não posso perdê-la, Kal.

Kalista percebeu o silêncio daqueles que poderiam ouvi-la. Ninguém olhava para o rei ou para ela, mas todos a escutavam.

— Se estiver ao alcance deles, acredito que sim — respondeu. — Mas, qualquer que seja o resultado, você *nunca* a perderá. Quando falecemos, nos juntamos aos Ancestrais Venerados. E, mesmo enquanto vivemos, nossos entes queridos nunca desaparecem de fato se honrarmos sua memória.

— Se ela partir, irei com ela — declarou Viego com a voz inexpressiva.

— Não diga uma coisa dessas! — sibilou Kalista, olhando para ele, alarmada. — Isolde não iria querer isso!

O rosto de Viego ficou sombrio.

— Não sou nada sem ela — murmurou. — Não suportaria a ideia de viver sozinho.

Kalista estendeu as mãos e pegou as de Viego, aproximando-se dele.

— Você nunca estará sozinho — garantiu.

Ele sorriu, e uma parte de sua melancolia cedeu.

— Fiel Kal — disse ele. — Sobrinha de sangue, mentora e irmã protetora de coração. — O sorriso dele se esvaiu, e o olhar ficou vago como água poluída por lodo. — Ela a amava, sabe?

— Eu também a amava — suspirou Kalista. Seu coração doía, mas também havia esperança, esperança de que Viego estivesse finalmente começando a aceitar a morte de Isolde.

Ele baixou o olhar e seus ombros caíram.

— Estou falhando, não estou? — sussurrou. — Estou falhando com todos. Com você, com meu pai, com Camavor. Com *ela*.

— Você tem o sangue dos reis nas veias, Viego — disse Kalista com convicção. — Está vinculado pela alma à Espada do Rei! Santidade o escolheu. A espada reconheceu a força que existe em você, mesmo que você não a veja. Haverá dor e pesar, mas você sairá incólume. Camavor há de ressurgir.

Viego a encarou e assentiu devagar.

— Seja forte — pediu Kalista. — Por Isolde.

— Vou tentar.

O *Daggerhawk* deslizou como uma faca na escuridão rumo ao porto arqueado de Helia. A cidade estava bem iluminada, e sinos e gritos de alarme ecoavam por sobre a água, recebendo-os. Peritos e estudantes com vestes longas tomavam as ruas. Alguns corriam apavorados, com os braços carregados de livros e pergaminhos preciosos, enquanto outros simplesmente encaravam, boquiabertos, o navio a se aproximar.

As velas do *Daggerhawk* foram recolhidas quando entraram no porto, e agora usavam os remos, retardando a chegada a uma das maiores docas externas. Guardiões correram para o cais, com as armaduras pesadas tilintando, as alabardas longas e pontiagudas bem seguras nas manoplas. Seus tabardos brancos brilhavam à luz fria emitida pelas lanternas sem chamas no alto dos pilares das docas.

Kalista se perguntou se aqueles guardas já haviam enfrentado um verdadeiro exército. Ela duvidava. O pior que enfrentaram provavelmente não era nada mais grave do que estudantes bêbados e rivalidades entre as escolas de conhecimento. No entanto, eles formavam uma barreira sólida, com as alabardas abaixadas como lanças, enquanto o *Daggerhawk* se aproximava.

— Calma — rosnou Kalista, sentindo a tensão dos guerreiros escolhidos a dedo. — Defenderemos o rei se for preciso, mas não viemos lutar. Mantenham a calma. Não os ameacem.

— Recolher remos! — rugiu Vennix. A tripulação respondeu de imediato, deixando o navio deslizar sozinho pelo restante do caminho.

— Você disse que eles não tinham soldados — comentou Hecarim.

— Eles *não são* soldados — respondeu Kalista, sem se dignar a olhar para o grão-mestre. — E eu disse que não tinham um *exército*.

Hecarim ficou num silêncio carrancudo, e Kalista lançou um olhar nervoso a Viego. O jovem rei estava de pé, soberano, ao lado da liteira da rainha, olhando de nariz em pé para os guardiões reunidos diante deles.

Ledros estava um degrau abaixo do rei, com a mão no punho da espada. Kalista rezou para que a imprevisibilidade de Viego não inflamasse uma situação que já era tensa.

Meia dúzia dos tripulantes de Vennix estavam de prontidão com as cordas, olhando desconfiados as pontas afiadas das alabardas dos guardiões. Com um movimento perfeito, eles deram três passos para trás, abrindo espaço para os marinheiros, que ainda hesitavam.

— Estão esperando o quê, um beijo de boas-vindas? — bradou Vennix. — Desçam e amarrem essas cordas!

Temendo a ira da capitã, os marinheiros saltaram o vão entre o navio e o píer, lançando e enrolando as cordas rapidamente em torno de firmes cabeços de amarração. O impulso do navio desacelerou até se deter ao lado da doca de pedra.

Uma figura de rosto avermelhado que Kalista reconheceu como o Ancião Bartek subiu em cima de uma caixa de carga atrás da barreira de guardiões, ganhando uma visão da tripulação e dos passageiros do *Daggerhawk*. Como sempre, ele parecia um sapo, mesmo trajando vestes com barra dourada, e os encarava com um desprezo mal disfarçado. Kalista reconheceu vários outros mestres na multidão reunida.

— Informem o seu propósito aqui, camavoranos! — berrou o Ancião Bartek. — E revelem como atravessaram a Névoa Sagrada!

— Não nos faça exigências, *erudito*! — retrucou Hecarim. Na boca dele, o termo soou como uma ofensa, e a mão cerrada no punho da espada o tornava uma ameaça.

Kalista revirou os olhos e murmurou um palavrão.

Nunyo pousou a mão apaziguadora no braço de Hecarim, empurrando-o delicadamente para o lado.

— Saudações, mestres de Helia! — gritou o conselheiro. — Apresento-lhes o rei Viego Santiarul Molach vol Kalah Heigaari! Aquele que porta Santidade, a Espada do Rei! Herdeiro do Leão, Senhor do Leste e conquistador das Planícies Abrasivas!

Silêncio foi a resposta à grandiosa apresentação. Kalista observou os helianos. A expressão dos guardiões era severa, enquanto Bartek não parecia nada impressionado. Mas no rosto dos outros ela viu apreensão ou medo escancarado.

Viego se levantou, e todos os olhares se voltaram para ele. Kalista ficou tensa, sabendo que aquilo poderia dar errado muito depressa, dependendo do estado de espírito de Viego.

— Bons mestres! — bradou ele, abrindo os braços e um sorriso cativante para as pessoas reunidas no porto. — Venho diante de vocês para fazer um humilde pedido ao seu conselho, renomado em todo o mundo conhecido!

Kalista relaxou um pouco. As dúvidas e melancolia anteriores de Viego pareciam ter se dissipado, e ele se mostrava racional e humilde. Ela rezou para que continuasse assim.

— Por favor, bons mestres! Minha rainha jaz envenenada! Ajudem-na, eu imploro! Façam isso, e juro pelos Ancestrais Venerados que partiremos para nunca mais voltar. Camavor ficará para sempre em dívida com vocês. Mas, por favor, por tudo o que há de bom e sagrado, tenham piedade da minha inocente e amada rainha.

Os mestres murmuraram entre si, e o Ancião Bartek fez uma carranca ao ver Kalista, apontando um dedo acusador para ela.

— Oferecemos nossa hospitalidade e cortesia a você, Princesa Kalista de Camavor, e é assim que nos retribui, aparecendo em nosso litoral com soldados armados? — rosnou ele. — Consideramos seu pedido e demos nossa resposta, ainda assim você volta, violando a ordem do Conselho de Helia! Você não tem honra! E não respondemos a quem nos demonstrou má-fé.

Ela estremeceu. Tudo o que ele dizia era verdade, e a vergonha se inflamou dentro dela. Kalista respirou fundo.

— O conselho me disse que, se eu tivesse trazido a rainha, poderiam ajudá-la — respondeu. — Agora estou aqui, com a rainha. Vão mesmo nos rejeitar? Não há misericórdia em seus corações?

— O conselho já tomou sua decisão! — rosnou Bartek. — E pergunto mais uma vez: como conseguiu voltar através da névoa? Que feitiçaria ou truque camavorano é esse?

— Não é feitiçaria nem truque — declarou Kalista. — Usei isto. — Murmúrios e sussurros se espalharam quando ela exibiu a runa condutora. — Foi um dos seus quem a ofereceu a mim.

Bartek bufou de indignação.

— *Tyrus* — sibilou. — Ele será banido por essa afronta!

— Não recebi a runa do Explorador-Perito Tyrus — afirmou Kalista. — Ele está isento de culpa e não teve nada a ver com meu retorno.

— Em nome do Conselho de Helia, exijo que entregue essa runa condutora imediatamente — declarou Bartek.

— Esta runa serviu ao seu propósito — respondeu Kalista. — Eu a devolvo de livre e espontânea vontade.

— Não — disparou Viego.

Ela se virou. Viego fitava a runa.

— Viego — murmurou Kalista. — Não precisamos mais dela.

— Não, acho que ficaremos com ela por enquanto — prosseguiu Viego. — Dê a runa para Nunyo, Kal.

— Estão testando nossa paciência, camavoranos — o Ancião Bartek rosnou.

O velho conselheiro se aproximou de Kalista.

— O que ele está fazendo? — sussurrou ela.

Nunyo deu de ombros com pesar.

— Ele está fazendo... o que o Viego faz.

— Dê a runa para ele, Kal — ordenou Viego.

Todos os olhares estavam fixos em Kalista, mas ela não fez nenhuma menção de obedecer.

— Eu lhe garanto, bom mestre — Viego apelou a Bartek, mas falou alto o suficiente para que todos pudessem ouvi-lo. — A runa será devolvida assim que vocês examinarem minha rainha vitimada. Por favor, dou minha palavra e juro pelas almas dos Ancestrais Venerados. — Ele olhou para Kalista outra vez. — Kal, por favor, dê a runa para Nunyo.

Constrangida, mas não querendo contrariar Viego em público, ela cedeu, relutante. Nunyo a recebeu, depois se aproximou para entregá-la a Viego.

— Por garantia — declarou Viego, guardando a runa condutora no bolso.

— Agora querem *extorquir* a Sociedade da Luz? — zombou o Ancião Bartek.

— Não! Quero sua misericórdia! Basta examiná-la, por favor, e avaliar se há alguma ajuda que possam conceder. — Viego se ajoelhou e ergueu as mãos em súplica.

Kalista arregalou os olhos, e Hecarim ficou indignado. Até mesmo os austeros soldados da Hoste se entreolharam, chocados.

— Em toda a longa e vaidosa história de Camavor, nenhum rei jamais se ajoelhou — declarou Viego. — Mas agora eu me ajoelho e imploro a vocês, não como rei, mas como homem: por favor, ajudem minha esposa. Ajudem minha amada Isolde.

Os guardiões se remexeram, e sussurros se espalharam por entre os mestres, peritos e estudantes. Mais deles haviam chegado ao porto enquanto a conversa acontecia, e agora a multidão era de centenas.

— Ajudem! —uma mulher gritou. — Tenham compaixão!

Kalista reconheceu a voz e examinou a multidão em busca da dona. Seu olhar se fixou na artífice Jenda'kaya. Aqueles cabelos brancos eram inconfundíveis, e ela piscou para Kalista quando seus olhares se encontraram.

Outros endossaram seu apelo, até que gritos de todos os lados exortassem os mestres a prestarem socorro. Bartek fez uma careta e desceu da caixa — ou foi arrancado de lá, Kalista não sabia ao certo. Outra mestra tomou o lugar dele, usando uma sombra cintilante nas pálpebras e um chapéu de altura extravagante com símbolos geométricos pendurados. Estava em idade avançada, o cabelo havia muito tempo tomado pelo cinza e o rosto era profundamente enrugado. As linhas proeminentes ao redor dos olhos mostravam que havia passado boa parte da vida sorrindo. Ela ergueu a mão delicada e incrustada de anéis, pedindo silêncio.

— Saudações, rei Viego. Sou a Hierarca Malgurza, e sua humildade e ardor o dignificam — disse ela. — Por favor, levante-se. Ninguém jamais deveria ter que se prostrar em Helia, muito menos um rei.

Viego se levantou de cabeça erguida.

— Nossa nação não é governada por uma só voz — explicou Malgurza. — Precisamos convocar uma reunião do conselho. Mas prometo que voltaremos antes de o sol chegar ao zênite. É aceitável, nobre rei?

— Sim — concordou Viego, meneando a cabeça num gesto soberbo.

— Como sinal de boa-fé, eu pediria que ficassem a bordo do seu navio até lá — continuou Malgurza. — Mas cuidaremos para que recebam mantimentos, de modo a proporcionar-lhes o maior conforto possível.

— Obrigado, generosa senhora. Faremos como pede.

Os mestres se retiraram, e os guardiões de armadura branca ficaram em posição de sentido, com as alabardas em riste, em vez de apontadas para os camavoranos. Metade deles deu meia-volta e marchou em direção à cidade, enquanto o restante recuou alguns passos. Continuaram vigilantes, mas a distância aliviou a tensão.

Alguns espectadores permaneceram ali, conversando em pequenos grupos, mas a maioria se foi, voltando para a cama ou indo fofocar com os vizinhos. Jenda'kaya acenou com entusiasmo para Kalista e desapareceu na escuridão da madrugada.

— *Quem* era aquela magnífica epítome da feminilidade? — perguntou Vennix, aparecendo ao lado de Kalista.

— Uma amiga.

— Está sonegando informações, princesa? Você tem que me apresentar a amigas como essa, entendeu?

Kalista sorriu.

— Se tiver a oportunidade, sem dúvida farei isso.

A alvorada estava apenas começando a iluminar o céu. Kalista duvidava que seria capaz de aquietar sua mente ansiosa, mas passara a maior parte da noite acordada e precisava descansar.

— Vou me deitar por algumas horas — avisou ela. — Acorde-me se acontecer alguma coisa.

Kalista só percebeu o quanto estava cansada ao se aproximar de sua cabine. Pretendera ir diretamente até lá, mas fizera desvios para ver como estavam seus soldados, acalmando os nervos deles e garantindo que estivessem acomodados e alimentados. Sua rede a chamava, mas, quando abriu a porta da cabine, encontrou Hecarim e a figura encurvada de Nunyo imersos numa conversa. Os dois se calaram quando Kalista entrou e fechou a porta.

— O que é isso? — perguntou, desconfiada.

— Necessário — respondeu Hecarim. Nunyo, por sua vez, parecia em dúvida.

— Expliquem — pediu Kalista, cruzando os braços.

— Lamento, mas acredito que seja hora de discutir possíveis contingências — respondeu Nunyo.

— Contingências?

— Caso Viego reaja mal ao que acontecer a seguir. Caso se torne completamente incapaz de governar. Caso esse processo não tenha o desfecho planejado e ele não consiga aceitar que a rainha se foi.

— Ele aceitará — afirmou Kalista.

— Mas precisamos fazer planos para o caso contrário — retrucou Hecarim.

— Isso foi ideia *sua* — disparou ela. — Está com tanta pressa assim de abandonar seu rei?

— Acho que nenhum de nós pode prever de fato como ele reagirá — acrescentou Nunyo. — Milady viu o estado de Camavor. O reino precisa desesperadamente de liderança ou não sobreviverá a mais um ano como este. Camavor ruirá e será esquecida nos registros da história. Tudo o que os seus ancestrais construíram será reduzido a pó.

Kalista tentou conter a raiva, pois sabia que o conselheiro falava a verdade. Ter planos para o pior cenário era a atitude mais racional.

— O que sugere? — perguntou, derrotada.

— O ideal é que ele abandone a ilusão — respondeu Nunyo. — Voltamos para casa e ele governa, como deve fazer. É provável que muitos deveres recaiam sobre milady, até que ele seja capaz de suportar outra vez o fardo de gerir o reino. Mas, se ele se recusar a aceitar a verdade, talvez precisemos... apaziguá-lo.

— Trancá-lo numa das cabines durante a viagem de volta, talvez — sugeriu Hecarim. — Para impedi-lo de cometer qualquer ato destrutivo, contra si mesmo ou contra outros.

— E se ainda assim ele não for capaz de governar depois que voltarmos a Alovédra?

— Então *você* governará — afirmou Hecarim.

— É a herdeira do trono — explicou Nunyo. — Tem a lealdade eterna da Hoste e o povo a ama.

— E tem a Ordem de Ferro a seu lado — acrescentou Hecarim.

— Você é sábia e nasceu para liderar — continuou Nunyo. — Sei que não vai se esquivar do que precisa ser feito.

— O que vocês estão propondo tem nome — respondeu Kalista, friamente. — *Traição.*

— Prefere mesmo ficar parada e vê-lo destruir tudo? — questionou Hecarim. — Séculos de legado aniquilados por um único monarca instável.

— A simples ideia me aflige, milady — admitiu Nunyo. — Mas é necessário. Sou leal ao *reino* mais do que a qualquer indivíduo. Sou leal ao povo. Aos seus Ancestrais. À memória do seu avô.

— Mas não ao seu rei?

— Não se ele puder levar Camavor à ruína — declarou o conselheiro.

— O rei *é* Camavor — a general protestou. Era algo que ouvira com frequência quando seu avô governara, mas agora parecia superficial.

— Então o reino já está perdido — respondeu Nunyo, baixando a cabeça.

Hecarim parecia abatido e se remexeu, incomodado.

— Queria que houvesse outro jeito — confessou ele. — Mas, se há, não consigo ver.

— Seria uma das poucas vezes em que um rei fora removido à força do Trono Prateado — argumentou Kalista. — Eu seria uma usurpadora. E realmente não tenho vontade nenhuma de governar.

— Isso talvez faça de você a *melhor* escolha para governar — ponderou Nunyo, suavemente. — Você poderia salvar Camavor.

Kalista lhes deu as costas, pressionando os olhos com as mãos.

— Com a graça dos Ancestrais, nada disso jamais acontecerá — prosseguiu Nunyo. — Milady conhece melhor o rei. Talvez nossas preocupações sejam desnecessárias. Talvez ele *consiga* recuperar o bom senso.

— Ele vai — afirmou Kalista, ainda de costas para eles. — Ele *precisa.*

— Rezo aos Ancestrais para que esteja certa.

— E, se não for esse o caso, estarei ao seu lado — afirmou Hecarim, estendendo a mão para pegar a dela — para apoiá-la como seu marido, como eu puder. Para ajudá-la a governar.

Kalista recuou, saindo do alcance de Hecarim. Algo na voz dele não parecia certo. Passava a impressão de falsidade. Talvez fosse o ardor das palavras. Para Kalista, parecia fingimento. Ela o observou com atenção, como se o visse pela primeira vez.

Sim, havia alguma coisa no olhar dele. Hecarim tentava esconder, mas havia ali uma avidez, uma sede de poder que ela já vislumbrara antes, mas não dera importância, imaginando ser mera ambição. Agora via que tal ambição era muito maior do que ela jamais havia considerado.

— Você quer ser rei — murmurou ela. — Como não percebi isso antes?

— Quero o que é melhor para Camavor — rebateu Hecarim, acenando negativamente com a cabeça.

— Como fui tola — murmurou Kalista.

— Milady... — advertiu Nunyo.

— Viego *vai* recuperar o bom senso — afirmou ela. — E, no devido tempo, vai se casar outra vez. Terá muitos herdeiros, e você, Lorde Hecarim, não chegará nem perto do Trono Prateado.

A expressão de Hecarim endureceu.

— Milady me presta um desserviço.

Nunyo levantou as mãos.

— Por favor, se acalmem antes que alguém diga algo de que possa se arrepender — pediu ele, mas Kalista não se deixou silenciar.

— *Você* prestou um desserviço a Camavor quando começou a saquear o reino como um cadáver, muito antes de ele estar morto — sibilou.

Nunyo esmoreceu, como se soubesse que haviam tomado um caminho sem volta. Hecarim fitou Kalista num silêncio atordoado antes de adotar uma expressão tempestuosa.

— Sem a Ordem de Ferro, Camavor *já é* um cadáver — rosnou.

— Seus atos quando o reino estava no momento de maior fragilidade não serão esquecidos — declarou Kalista.

— Quando nos casarmos...

Ela riu.

— *Não vai* haver casamento! — retrucou. — Não vou me casar com um homem como você, nem agora, nem nunca. Fui tola por ter concordado com isso, para começo de conversa.

— Por causa daquele plebeu infeliz que serve como campeão do rei? Seu *amante*? — rosnou Hecarim. — Ah, sim, eu sei o que há entre vocês.

Kalista ergueu a sobrancelha.

— Meu amante? — debochou. — Precisa de espiões melhores se é isso que os atuais lhe dizem. Ledros nunca foi meu amante, embora seja o dobro do homem que você jamais será.

— Eu deveria tê-la deixado apodrecer no calabouço.

— Ah, mas, sem mim ao seu lado, você não poderia reivindicar o trono. Entendo por que tentou antecipar nosso casamento. Queria oficializar sua reivindicação. E agora isso nunca acontecerá. — Kalista abriu a porta atrás de si, embora não desse as costas para o grão-mestre furioso.

— Você está tão fora de si quanto o rei! — disparou Hecarim, de punhos cerrados.

— Finalmente o verdadeiro Hecarim se revela — observou Kalista. — Guerreiros da Hoste! Comigo!

Em instantes os soldados a cercaram, todos com as lanças apontadas para Hecarim. Ele os encarou com aversão nítida.

— Seus patifes, ousam empunhar armas contra *mim*? — bradou, com a mão no punho da espada. — Vou levá-los à forca!

— Não vai, não — garantiu Kalista. E dirigiu-se aos soldados: — Levem-no.

Os guerreiros avançaram. Hecarim lambeu os lábios. Era um exímio espadachim e provavelmente avaliava se conseguiria escapar lutando.

— Não faça nenhuma tolice, Lorde Hecarim — alertou Nunyo, atrás dele.

O rosto de Hecarim se retorceu como se estivesse comendo algo estragado. Ele soltou o punho da espada e ergueu as mãos para mostrar que estava desarmado. Quatro soldados avançaram e o agarraram. Ele era um homem alto e forte, com uma armadura robusta, e, embora resistisse, foi dominado.

— Eu quis ver o bem em você — afirmou Kalista. — Sabia que era ambicioso, sim, e arrogante, mas quis acreditar que no fundo era um homem honrado. Agora vejo que não. Você traiu seu rei, traiu a mim e a Camavor.

Nunyo se dirigiu à porta, contornando o grupo de soldados, e se aproximou de Kalista, parecendo envergonhado. Ela o tirou do caminho enquanto Hecarim era levado para o corredor.

— Imploro seu perdão, Alteza — pediu Nunyo. — Considerei correto discutir contingências, mas devo admitir que não percebi a dimensão das ambições de Lorde Hecarim. Receio ter sido manipulado e ter falhado com o Trono Prateado ao não perceber isso até agora.

— Você não foi o único que ele enganou — consolou Kalista.

— O que vai fazer com ele?

Antes que ela pudesse responder, ouviu-se um grito vindo do convés e uma soldado se aproximou da escada.

— Os mestres voltaram, general! — gritou ela.

Kalista olhou para os soldados que continham Hecarim.

— Tranquem-no lá dentro — ordenou, indicando a própria cabine. — Ponham guardas à porta. Cuidaremos dele depois.

Capítulo Vinte e Seis

Escoltada pelos guardiões de armadura branca, uma delegação da Sociedade da Luz chegava pelo cais quando Kalista e Nunyo subiram ao convés superior. Dois integrantes eram mestres, posição evidenciada pela riqueza de seus trajes, pelo absurdo do chapéu e pelos intrincados símbolos dourados pendurados no peito. Enquanto se aproximavam, Kalista os reconheceu como a Hierarca Malgurza e o Ancião Bartek. Os outros pareciam ser uma mistura de curandeiros, peritos, oficiais superiores e sacerdotes, embora um deles tivesse um aspecto particularmente agourento, usando um manto longo e preto com capuz e empunhando um cajado alto.

Kalista viu que a figura musculosa de Tyrus os acompanhava, com expressão severa, e sentiu uma pontada de culpa.

Enquanto ela ia na direção do rei, Vennix se aproximou.

— Problemas com o futuro marido, princesa? — a capitã sussurrou.

— Percebi que ele é um babaca traiçoeiro — murmurou Kalista. — Então cancelei o noivado e o tranquei numa cabine.

— Que bom — respondeu Vennix, abanando a cabeça num gesto de aprovação.

Kalista tomou seu lugar junto de Viego, que estava na beira da liteira acortinada da Rainha para cumprimentar os helianos. Ledros estava na frente do rei, enquanto os soldados da Hoste, em posição de sentido, dispunham-se enfileirados ao longo da borda do navio, de frente para os recém-chegados.

Ela se inclinou e pôs a mão na ombreira de Ledros.

— Quando isso acabar, eu e você precisamos conversar — sussurrou no ouvido dele. — Fui uma tola.

Ledros se retesou com o calor da respiração dela, mas deu um breve aceno com a cabeça, ainda olhando para a frente. Ela endireitou o manto longo dele, alisando-o e deixando a mão se demorar um momento mais do que o adequado. Nunyo pigarreou, e Ledros corou. Kalista sorriu ao ver aquele homem gigantesco ruborizar como um menino em seu primeiro beijo.

— Sobre o que estava sussurrando? — perguntou Viego, o olhar fixo na chegada dos mestres.

— Algo que devia ter admitido a mim mesma muito tempo atrás — respondeu Kalista. Viego resmungou e não perguntou mais nada.

A procissão parou no cais e a Hierarca Malgurza avançou alguns passos para se dirigir aos camavoranos.

— Saudações, senhor rei — cumprimentou ela com uma reverência profunda, falando acima da barreira da Hoste. — Trouxemos a decisão do conselho.

Felizmente, parecia que Malgurza fora nomeada porta-voz, pois Bartek ficou de braços cruzados e num silêncio sombrio.

— Seu pedido foi discutido — continuou Malgurza — e foi decidido que a Sociedade ajudará sua rainha, se estiver ao nosso alcance fazê-lo.

— Que notícia fabulosa! — exclamou Viego, batendo palmas e descendo da liteira. Foi rapidamente até a beira do navio, espremendo-se para passar entre os soldados da Hoste. — Estendam uma rampa! Depressa!

Os marinheiros olharam para a capitã, que por sua vez olhou para Kalista. Ela acenou com a cabeça, confirmando. Num instante, os soldados abriram espaço e os marinheiros estenderam uma rampa de embarque entre o navio e o cais.

Viego pisou nela e estendeu a mão para Malgurza.

— Por favor, deixe-me ajudá-la a atravessar! Venha, venha!

A mulher gentil aceitou a mão do rei e deixou que ele a ajudasse a subir com leveza a bordo do *Daggerhawk*.

— Tenho ao meu lado os nossos melhores médicos, peritos das escolas de quirurgia e medicina arcana — informou Malgurza —, e outros estudiosos que podem auxiliar, incluindo um especialista no campo das toxinas.

— Em quê? — perguntou Viego.

— Venenos — explicou Kalista.

— Exatamente — a hierarca confirmou, acenando com a cabeça para Kalista.

— E quem é aquela figura sombria? — perguntou Viego, referindo-se ao indivíduo de vestes pretas que acompanhava os mestres. — Ele parece um coveiro.

O rei nunca fora de pensar antes de falar, mas Kalista precisava admitir que o comentário fazia sentido. Após uma inspeção mais atenta, ela notou que o cajado do homem tinha a forma de uma pá. Ele era baixo, mas robusto, e em volta do pescoço estava pendurado um frasco de um líquido transparente. Como se percebesse o olhar dela, o homem o guardou dentro das vestes.

— Um dos membros da Irmandade do Crepúsculo — a idosa informou. — Poucos entendem tão bem quanto eles o limiar entre esta vida e a próxima. Não se deixe enganar pela aparência macabra. Na verdade, são uns amores. E destilam o melhor licor condimentado do mundo.

Viego sorriu e conduziu a Hierarca Malgurza e seus companheiros adiante. Correu na frente deles, abrindo caminho até a liteira dourada.

— No momento, minha amada rainha está descansando — disse ele. — Peço que façam o máximo para não a perturbar. A saúde dela está muito frágil.

Kalista e Nunyo se entreolharam. Era o momento crucial.

— Dou minha palavra de que eles serão respeitosos e gentis acima de tudo — garantiu Malgurza.

— Que tal apenas um de cada vez? — sugeriu Viego. — Para não abarrotar o espaço.

— Concordo. — Malgurza inclinou a cabeça.

— Quem será o primeiro? Você? — perguntou Viego a um médico com dois pares de óculos de cristal sem hastes no nariz. — Então venha!

Assentindo, o homem seguiu Viego escada acima. Kalista também subiu um degrau, ficando por perto caso fosse necessário — não imaginava como Viego reagiria ao que quer que acontecesse a seguir. Nunyo também se aproximou, apertando as mãos de nervosismo.

Viego abriu a cortina e o médico entrou, passando sob o braço do rei. A cortina então foi solta, deixando os dois a sós com a rainha. Com *o corpo* da rainha, lembrou-se Kalista.

Houve um momento de silêncio interrompido por vozes abafadas, que logo aumentaram o tom. A cortina se abriu de repente e o médico saiu com ímpeto.

— Isso é algum tipo doentio de piada camavorana? — bradou ele para dentro da liteira, tirando os dois pares de óculos com um gesto brusco. — Ela está morta, homem! E já faz algum tempo!

— Morta? — ecoou o Ancião Bartek, com expressão alarmada. — O que significa isso?

— Tem certeza? — sussurrou a Hierarca Malgurza, empalidecendo.

Kalista entenderia se ficassem indignados, mas Malgurza parecia quase *amedrontada*. Seria medo do que Viego poderia fazer se não conseguissem ajudar? Ou havia algo mais?

— Ah, tenho, sim — respondeu o médico. — Veja pessoalmente. — Ele puxou a cortina de lado para que todos pudessem ver o interior.

Viego estava ajoelhado ao lado da cama, segurando a mão do cadáver da rainha. E ficou óbvio para todos que era de fato um cadáver, mesmo a distância. Apesar do poder do Cálice de Mikael, a pele adquirira a palidez da morte e tinha começado a emaciar, encolhendo por cima do esqueleto. Kalista viu a boneca de olhos vazios da rainha — como Isolde a chamava? Gwen? — apoiada no travesseiro ao lado da cabeça dela. Viego acariciava a mão da boneca e sussurrava-lhe como se falasse com Isolde.

— Ancestrais no céu — sussurrou Kalista.

Os helianos ali reunidos soltaram suspiros audíveis, horrorizados. Empurrando o médico com o ombro, Kalista fechou a cortina, mas o estrago estava feito. Os delírios do rei tinham sido expostos aos olhos de todos.

Pelo menos ele parecia relativamente calmo, embora essa fosse apenas uma pequena bênção.

— Por que você voltou? — perguntou Tyrus, aproximando-se de Kalista e a encarando, perplexo. — O que esperava conseguir?

— Esperávamos que isso o ajudasse a finalmente aceitar a verdade — respondeu ela.

— Bem, é evidente que não há nada que possamos fazer — constatou a Hierarca Malgurza. Ainda parecia amedrontada, mas tentava esconder o sentimento. — Sinto muito. Só o que se pode fazer é enterrá-la e prantear sua passagem. Espero que, com o tempo, o rei aceite isso.

— Também espero — respondeu Kalista. — Obrigada.

Malgurza se aproximou e baixou a voz:

— Por favor, se você realmente não deseja mal ao povo destas ilhas, faça seu rei ir embora, e depressa. A demora não resultará em nada de bom. E preciso insistir para que a runa condutora que usou para chegar aqui seja entregue imediatamente.

Kalista olhou para a liteira acortinada onde Viego idolatrava o cadáver de Isolde.

— Vou cuidar para que seja devolvida — garantiu ela —, embora talvez este não seja o momento certo. Ele precisa prantear a perda. Depois ficará mais receptivo. Mas dou minha palavra de que a runa será devolvida.

A hierarca hesitou, obviamente apreensiva, mas deu um suspiro relutante.

— Certo. Mas não podemos deixá-los zarpar se ela ainda estiver em seu poder. Garanta que seja devolvida antes de partir.

Com essas palavras, ela inclinou a cabeça e deu as costas para sair com sua comitiva.

Tyrus lançou a Kalista um último olhar decepcionado, e ela baixou os olhos, incapaz de encará-lo. O perito partiu com os demais, de ombros caídos.

Um deles, porém, permaneceu: o monge sombrio, com o rosto coberto pelo capuz.

— Na fala de Camavor não sou... fluente? — disse ele, com um sotaque marcante. — A morte não é temida em minha... minha...

— Sua ordem sagrada? — arriscou Kalista. — Sua irmandade?

— *Irmandade* — confirmou ele, como se examinasse a forma da palavra. — Sim, é o termo certo. A morte é parte da vida, assim como o nascimento. Não deve ser temida. Mas às vezes é difícil deixar um ente querido partir. Talvez eu possa ajudar seu rei.

Kalista encolheu os ombros e atravessou as cortinas. Viego estava com a cabeça apoiada no ombro sem vida de Isolde, os olhos arregalados e fixos.

— Viego, há mais uma pessoa que gostaria de vê-la — anunciou Kalista. — Ou prefere que vá embora?

— Pode se aproximar — disse Viego, com a voz desprovida de emoção.

Kalista convidou a figura vestida de preto a entrar. Ele se aproximou de Viego e Isolde, movendo-se com calma e confiança calculadas. Kalista ficou a certa distância, observando o monge tocar a testa da rainha, depois a bochecha. Ele moveu as mãos acima do corpo dela, depois jogou o capuz para trás. Tinha um rosto juvenil e um sorriso bondoso, que pareciam em conflito com sua aparência mórbida.

— Ela está... em paz — garantiu ele a Viego, falando em tom gentil com seu camavorano trôpego. — Onde não há dor ou sofrimento. Ela está na luz. Ela *é* a luz. — Ele inclinou a cabeça de lado, como se ouvisse algo que ninguém mais podia ouvir, e riu. — Ela diz que... sente falta de alguém. Gwen? Uma amiga íntima ou irmã, creio.

Kalista arregalou os olhos, surpresa, sentindo os pelos da nuca se arrepiarem. Viego afastou o olhar de Isolde e encarou a figura vestida de preto. Sua expressão era uma mistura lamentável de espanto e horror.

— Então ela se foi mesmo? — Naquele momento, o rei falava como o menino triste que fora na infância de Kalista.

O monge acenou com a cabeça, confirmando, com um sorriso cheio de compaixão.

— Em paz.

Viego enterrou o rosto nas mãos e começou a soluçar. O monge pousou a mão reconfortante no ombro do rei, depois se virou para sair. Cumprimentou Kalista com um aceno de cabeça ao passar por ela, erguendo o capuz novamente.

— Obrigada — agradeceu ela.

Depois que ele saiu, Kalista se sentou ao lado de Viego, envolvendo-o nos braços. Não disseram nada. Não precisavam.

Finalmente ele pranteou a perda da esposa.

As sombras da tarde se estendiam quando Kalista finalmente desceu da liteira dourada.

Os espectadores haviam deixado o porto, restando apenas um destacamento de guardiões nas redondezas, montando guarda para garantir que os camavoranos não tentassem desembarcar.

Vennix rugia ordens, e a tripulação corria pelo navio, preparando-o para zarpar mais uma vez.

— Como está ele? — perguntou Nunyo, aproximando-se de Kalista.

— De luto, finalmente — respondeu ela. — Parece ter aceitado que ela se foi.

— Que os Ancestrais sejam louvados.

Na escuridão abaixo de Helia, Erlok Grael ouviu o badalar dos sinos. O som descia até as câmaras subterrâneas, ecoando pelos corredores labirínticos e vazios, reverberando através das celas e câmaras claustrofóbicas onde tesouros e segredos eram trancafiados.

Grael ergueu os olhos das pilhas de livros e mapas celestes espalhados pelo quarto. Na ausência de Ryze e sua magia rúnica, ele passara as últimas semanas fazendo planos para entrar na Fonte das Eras sem a ajuda do aprendiz. Mas o badalar dos sinos o afastou dos estudos. O som o chamou à superfície, e ele se arrastou, com os olhos trêmulos, sob a madrugada iluminada pelo luar pouco antes do amanhecer.

Grupos de peritos e estudantes tagarelavam e fofocavam. Grael se esgueirou por entre os corpos aglomerados. Abriu caminho até os enfileirados Jardins da Aritmética Sublime, esmagando cascalhos enquanto se dirigia a um dos muros baixos de pedra. De lá, conseguiu ter uma vista do porto abaixo. Viu a embarcação de muitas velas se aproximar, iluminada pelo poderoso feixe de luz do maior farol heliano. Grael abriu um sorriso largo, reconhecendo-o. Existia apenas uma nação que navegava em navios daquele tipo.

Seu sorriso vacilou enquanto observava o oceano. Havia apenas um navio. Onde estavam os outros? Onde estavam os pomposos navios de guerra de Camavor? E os exércitos? Ainda assim, bastaria uma única embarcação cheia de assassinos camavoranos sanguinários. Os mestres se recusariam a atender às exigências deles, é óbvio, e a matança logo começaria. Helia estava completamente despreparada. *Vulnerável.*

Grael correu pelas ruas com o coração palpitando de entusiasmo. Os camavoranos chegaram! Tinham rompido a névoa, tal como ele havia planejado. Tudo começava a tomar o rumo certo.

Ele ficou perto do porto, com o capuz cobrindo o rosto, à espera do seu momento. Viu quando os guardiões bloquearam a passagem dos forasteiros e, em seguida, quando a figura grande de Bartek — o mesmo mestre odiado que o havia condenado ao Umbral tanto tempo atrás — exigiu respostas aos berros. A respiração de Grael acelerou quando percebeu que o próprio rei de Camavor estava a bordo do navio.

— Vamos lá — Grael murmurou em expectativa, enquanto Bartek os instigava. Todos sabiam que os camavoranos eram um povo belicoso, que se enfurecia e atacava sem demora, e ele mal conseguia conter sua ânsia de ver o sangue dos mestres sendo derramado.

No entanto, para sua surpresa e decepção, os camavoranos não morderam a isca. Bartek foi arrancado sem cerimônia da caixa onde havia subido, substituído pela Hierarca da Geometria Esotérica, aquela megera ardilosa, Malgurza.

Ele os viu conversar, viu os mestres partirem e continuou a observar e esperar. O sol nasceu, com um brilho intenso, mas ele resistiu ao impulso de se esgueirar de volta à escuridão reconfortante abaixo da cidade. Havia guardiões demais, e não o deixariam se aproximar do navio, então continuou esperando.

Sua oportunidade surgiu horas depois de os mestres regressarem e partirem de novo, quando os camavoranos pareciam estar se preparando para zarpar.

A tripulação do navio corria como formigas, e o bom humor de Grael se estilhaçou. Não era esse o desfecho que imaginara. Não era assim que devia ser.

Ainda havia dezenas de guardiões perto do navio, mas ele não podia esperar mais.

Chegando à doca, foi confrontado. Dois guardiões com elmos impediram sua passagem.

— Saiam da frente — rosnou Grael. — Tenho um assunto a tratar com os camavoranos.

— Que assunto? E com que autoridade?

Ele ergueu seu amuleto.

— Sou um vigia-oficial e venho por ordem da Magistrada do Umbral.

— É a primeira vez que ouço falar disso — respondeu um dos guardiões. — Se quiser passar, volte e consiga um mandado.

— Não há tempo, seu tolo. Quando eu estiver no meio do caminho eles já terão partido. A magistrada ficará furiosa. Mas, se insiste, então deixe-me informar seu nome a ela para que saiba quem contrariou uma ordem expressa.

— Ah, deixe-o passar de uma vez — resmungou o segundo guardião. — A magistrada é pura crueldade. Se tivermos sorte, vai cortar nosso salário por um mês e nos condenar a trabalhar nas câmaras. Só por causa de um Umbreiro? Não vale a pena.

Grael ficou indignado com a ofensa casual, mas não ofereceu resposta. O guardião pagaria por isso, como todos os outros. E, se tudo corresse como ele esperava, pagariam naquele mesmo dia.

— Tudo bem, pode passar, Umbreiro — disse o primeiro guardião, saindo do caminho. — Mas não quero saber de problemas. Trate de sumir antes de os camavoranos zarparem.

Grael passou por eles e foi até onde o navio estrangeiro estava atracado. Nenhum dos outros guardiões o deteve e poucos se dignaram a notar sua existência.

Por fim, chegou à embarcação camavorana. Parou na beira do cais.

— Eu gostaria de falar com o rei — declarou, com a voz estrondosa.

Capítulo Vinte e Sete

Kalista, alerta, avistou o vigia magro e pálido parado na doca. Sussurrando um palavrão, ela saltou com leveza o vão entre o navio e o cais.

— Estamos de partida — sibilou ela ao correr na direção dele. — Não há nada a fazer pela nossa rainha, nem mesmo aqui. Mas agradeço pela sua ajuda. Se bem que seus mestres não ficaram muito felizes por você ter nos dado a runa condutora.

— Não são meus mestres — protestou Grael. — Quero falar com seu rei.

— Você já disse. Mas não será possível.

— Não posso mais ficar em Helia depois de ajudá-la! — rosnou ele. — Eu disse a você que queria um posto na corte de Camavor.

— Disse, sim. Mas não concordei com nada disso. Já acabamos por aqui. Concluímos o que viemos fazer.

Grael agarrou o braço de Kalista e a puxou para perto, mostrando os dentes.

— Eu dei o que você queria — sibilou ele — e não ganhei nada em troca. Quero falar com o rei!

— Largue-a ou vai enfrentar as consequências — uma voz grave e estrondosa retumbou atrás dela. Nenhum dos dois notara a chegada de Ledros.

— Vai fazer o quê? — zombou Grael. — Romper a trégua e me abater?

— Eu não precisaria — rosnou o comandante. — Você já estaria morto antes mesmo de eu sacar minha espada.

Só então o vigia de rosto lívido percebeu a espada curta de Kalista apertada contra suas costelas. Olhou para baixo, sarcástico, e a soltou, e os dois se separaram. Seu olhar disparou dela para Ledros, depois para o *Daggerhawk*.

— Quero falar com o rei! — berrou.

— Cale a boca, seu tolo! — sibilou Kalista.

— Quero falar com o rei! É uma questão de grande importância!

Kalista xingou ao ver as cortinas da liteira se abrirem e Viego surgir.

— O que está havendo? — perguntou.

— Gracioso rei! — bradou Grael, com uma ligeira reverência. — Tenho informações vitais para Sua Majestade, informações que vai querer ouvir!

Kalista franziu o lábio, enojada com a rapidez com que o tom dele mudara de zangado para bajulador. Lembrava Hecarim.

— Quem é esse? — perguntou Viego.

— Uma cobra — rosnou Kalista. Sem tirar os olhos do vigia, ela virou a cabeça ligeiramente para se dirigir a Ledros. — Tire-o daqui.

O grandalhão foi na direção de Grael, que recuou, implorando desesperadamente a Viego:

— Meu rei! Você só atravessou a névoa graças a mim! Precisa me ouvir!

— Espere — mandou Viego, e Ledros congelou. — Traga-o até aqui. Quero ouvir o que ele tem a dizer.

O vigia sorriu para Kalista. Com uma careta, ela o seguiu enquanto ele subia depressa uma rampa até o navio. Grael se aproximou do rei, curvando-se e se prostrando de um modo subserviente que só fez a careta de Kalista aumentar.

Viego estava no degrau mais alto da liteira dourada de sua rainha, de braços cruzados.

— Então fale — ordenou.

— Fui eu quem lhe entregou a runa condutora, grande rei! Fui eu quem o presenteou com o frasco de água curativa, retirada da Fonte das Eras!

Viego olhou de relance para Kalista.

— Isso é verdade?

— Ele me deu a água e a runa, sim — respondeu Kalista, a contragosto. — Mas...

Antes que ela pudesse terminar a frase, o vigia a interrompeu, erguendo a voz depressa:

— Os mestres estão mentindo, grande rei! Neste exato momento, eles se agarram a seus segredos, desesperados para escondê-los. Mas eu sei a verdade.

— Que verdade? — perguntou Viego.

— Existe uma forma de trazer sua rainha de volta — afirmou Grael. — Mesmo de além do véu da morte.

— Não dê ouvidos a ele! — gritou Kalista. — Ele diz inverdades! Vamos embora, Viego, já! Vamos para casa, e choremos a perda de Isolde como ela merece!

— Deixe-o falar — pediu Nunyo. Kalista encarou o conselheiro, chocada, mas ele evitou o olhar dela.

— É verdade? — sussurrou Viego. — Ela pode voltar para mim?

— Não tenho necessidade de mentir, não importa o que a princesa diga — declarou o vigia. — A verdade é muito mais conclusiva. Não foi meu presente, a runa condutora, que lhe permitiu vir até aqui? Sou seu *amigo*, grande rei. Quero apenas ajudar, e fazer com que se reúna à sua amada.

Viego o encarou sem piscar. Uma esperança sombria e iludida se reacendeu dentro dele, e a Kalista restou o desespero.

— Como? — perguntou ele.

Grael abriu seu sorriso de predador e apontou para o maior e mais imponente dos edifícios de Helia, onde Kalista se reunira com o conselho.

— Debaixo daquela torre fica a Fonte das Eras — explicou Grael. — Leve a rainha à fonte, e ela será devolvida a você. Eu prometo. E posso guiá-lo até lá.

— Isso é absurdo, Viego! — implorou Kalista.

Estavam dentro da liteira, com as cortinas fechadas, e Viego levantava o cadáver de Isolde nos braços.

— Ela merece um enterro adequado! — gritou. — Não a desonre assim, por favor!

— Se houver uma chance, vou arriscar — o rei declarou.

— Não há chance *nenhuma*! O vigia está manipulando você em benefício próprio, eu garanto. Ele é um mentiroso!

Viego se deteve.

— Se não tentar, não conseguiria viver comigo mesmo.

— Por favor, Viego — insistiu Kalista, agarrando o braço dele. — Não faça isso.

Ele olhou para a mão que o detivera, depois a olhou nos olhos.

— Preciso tentar.

Desvencilhou-se dela e saiu à luz da tarde, carregando o cadáver da esposa. Com cuidado, desceu da liteira dourada. O vigia o observou com malícia.

Viego olhou ao redor, ignorando as expressões horrorizadas dos soldados e marinheiros no convés.

— Onde está o Grão-Mestre Hecarim?

— Ele está, hã, *indisposto*, milorde — respondeu Nunyo.

Viego franziu a testa, depois deu de ombros e se voltou para o vigia sorridente.

— Vá na frente — ordenou o rei.

Grael se curvou e saiu do *Daggerhawk*, seguido por Viego.

— O que faremos? — perguntou Ledros.

— Você é o protetor do rei — disse Nunyo. — É seu dever ir aonde ele for.

Houve gritos no cais, e os guardiões se alvoroçaram. Ainda assim, Ledros hesitou, olhando para Kalista, assim como os soldados da Hoste. A mente dela girava, as emoções em ebulição. Estavam tão perto de partir, de finalmente deixar tudo aquilo para trás…

Proteja Viego. Proteja Camavor.

Kalista suspirou.

— Não podemos deixá-lo ir sozinho — falou, relutante. — Ele ainda é nosso rei.

Ela gritou ordens e mais rampas de desembarque foram estendidas até o cais. Os cinquenta soldados da Hoste marcharam por elas.

— Passo acelerado — gritou ela. — Em formação ao redor do rei!

A Hoste cercou o rei e o vigia, com Kalista à frente. Ledros ocupou seu lugar diante de Viego, e Nunyo arrastou os pés logo atrás.

Os guardiões nas docas estavam em grande desvantagem numérica. Os camavoranos deviam parecer uma força intimidadora, marchando no mesmo passo, cada soldado portando escudo preto e lança, com o elmo de bronze cobrindo o rosto. Qualquer pessoa que olhasse para eles pensaria que estavam a caminho da guerra.

— Não queremos derramamento de sangue! — berrou Kalista, tanto para seus próprios soldados quanto para os guardiões e quaisquer observadores. — Estamos aqui em missão de paz!

Havia alguns guardiões no caminho, apontando as alabardas.

— Vamos passar por eles, quer abram caminho ou não — declarou Viego. Kalista xingou, e Grael soltou um riso viperino.

— Isso é absurdo — murmurou ela.

Mesmo nos piores momentos, Kalista sempre havia acreditado que, no fim, Viego daria ouvidos à razão. Estivera errada o tempo todo? Só o que podia fazer era cuidar para que a situação não ficasse ainda mais grave e rezar para que Viego recuperasse o bom senso.

— Cedam passagem, helianos — advertiu ela em voz alta. — Estamos avançando para a cidade, mas não oferecemos nenhum perigo. Acompanhem-nos, mas não tentem nos impedir.

— Que ótimo cãozinho de guarda — resmungou o vigia, provocando-a.

Kalista se virou, abandonando a posição, e enfiou o punho em cheio no rosto do homem sarcástico. Ele cambaleou para trás, segurando o nariz quebrado.

— Kal — censurou Viego.

— Vai se arrepender disso — rosnou o vigia.

— Talvez, Vigia Grael — respondeu ela. — Mas valeu a pena.

Kalista voltou depressa à linha de frente. Com alívio, viu que os guardiões, sensatos, haviam recuado diante deles. Os camavoranos marcharam do porto de pedra até a ilha propriamente dita. Os moradores corriam para fora do caminho à medida que a Hoste avançava na cidade, traçando uma linha reta em direção à Torre Cintilante, o edifício imponente que o vigia afirmara abrigar a Fonte das Eras. Os guardiões que os escoltavam tinham se espalhado ao redor deles, garantindo livre acesso.

Uma grande multidão se reuniu, seguindo os camavoranos, embora mantivesse uma distância cautelosa. Kalista olhou para a turba apreensiva, rezando para que não acontecesse nada que levasse à violência. Os moradores, porém, não pareciam hostis, e ela ficou grata por isso.

Continuaram a marchar, liderados pelo vigia imperturbável. A larga avenida era chamada de Via dos Eruditos, lembrou Kalista, e atravessava o coração de Helia. Subia diretamente rumo à distante Torre Cintilante, posicionada no alto de um planalto no ponto mais elevado da cidade.

Na metade do caminho, chegaram a uma ampla escadaria de mármore claro que levava a um nível mais alto. Havia uma fileira de guardiões no degrau mais baixo, e logo acima deles um grupo de mestres vestidos em seus mantos. No centro deles estava a Hierarca Malgurza. Sua recepção simpática havia desaparecido.

Com uma nova pontada de culpa e vergonha, Kalista viu que o Explorador-Perito Tyrus estava entre os helianos. Sua expressão era pétrea, mas ela sentiu a raiva e o sentimento de traição irradiando dele. Tyrus arregalou os olhos, alarmado, ao ver Grael caminhando ao lado de Viego.

Os guardiões que escoltavam os camavoranos correram para se juntar aos seus companheiros, formando uma segunda fila à frente deles. Agora, estavam em número semelhante ao dos soldados da Hoste. No entanto, Kalista achava que não seriam páreo para os guerreiros dela, embora esperasse não ter que comprovar isso.

— Vocês não seguirão a partir daqui — declarou Malgurza. — Dissemos que não seria possível ajudar sua rainha. Aqui não há nada para vocês! Voltem ao seu navio e retirem-se desta terra para nunca mais voltar!

— Ela está mentindo. Não quer dividir a dádiva da água abençoada — sibilou o vigia. — Pretende guardar os segredos só para si!

— Deixem-me passar — disse Viego. — Vou levar minha esposa para a Fonte das Eras.

— O que sabe sobre a Fonte das Eras? — perguntou a hierarca. Ela olhou para Kalista, estreitando os olhos. — Você, então, *era mesmo* uma espiã, enviada à frente para explorar o território. Nunca devíamos tê-la deixado pôr os pés nesta terra!

O rosto de Kalista ardeu de vergonha.

— Não foi assim — declarou ela, mas a defesa parecia fraca até para seus ouvidos. A presença de Viego ali era culpa *dela*.

— Descobrimos que um intruso conseguiu entrar na Fonte das Eras durante sua estadia conosco. Alguns membros do conselho desconfiaram que você tivesse algo a ver com isso. Em parte, foi por isso que recusamos seu pedido de socorro. Eu mesma argumentei *contra* a recusa, acreditando na sua inocência, mas parece que você me ludibriou.

Kalista balançou a cabeça.

— Não sei do que está falando. Não tive nada a ver com isso.

A hierarca, contudo, já não a escutava.

— E quem é esse com você? — indagou Malgurza, olhando além de Kalista, em direção ao vigia. — Um dos Umbreiros? Vejo que exerceu sua influência até mesmo entre os nossos. Agora faz sentido. Aliar-se a um dos vigias para ultrapassar as defesas da fonte foi astuto. Não devíamos esperar menos de uma camavorana!

O vigia se empertigou.

— Você me chama de Umbreiro como se fosse um insulto, sua megera egoísta, mas foi você quem me condenou a essa vida muito tempo atrás.

— Você é um tolo iludido, Erlok Grael — declarou Tyrus. — E eu fui um tolo por ter pena de você.

— Sou o que vocês fizeram de mim — disparou o vigia. — E tudo o que acontecer agora é consequência dos seus atos.

— Devíamos tê-lo banido anos atrás — respondeu Malgurza. — Foi somente por pena que não o expulsamos quando ainda era estudante. Agora vejo que foi um erro.

— Me. Deixem. Passar — rosnou Viego entre dentes. Seu tom de voz deixou Kalista tensa. Ela o conhecia bem o bastante para saber o quanto estava perto de perder o controle.

— Viego, não, por favor — sussurrou ela.

— Você não tem noção das consequências do que está tentando fazer — alertou a hierarca. — Não se deve brincar com o poder da Fonte das Eras. Não podemos deixá-lo passar.

— Ela está mentindo — comentou o vigia.

— Estou falando a verdade! — retrucou Malgurza. — E abrirei mão da minha própria vida antes de deixar que ponha todos na cidade em risco.

— Que assim seja — afirmou Viego e virou-se para Kalista. — Mate-os.

Ninguém se mexeu, atordoados com a magnitude da ordem.

Kalista olhou para Viego, horrorizada.

— Viego, chega! Você não é assim! Vamos voltar e esquecer esta tolice.

A expressão do rei ficou sombria.

— Eles causaram isso a si mesmos. Meu pai mandaria massacrá-los sem pensar duas vezes, e os soldados *dele* o obedeceriam.

— O Leão de Camavor não se envolveria nisso. Ele era brutal, mas não tolo.

Viego olhou para Kalista, furioso.

— Soldados de Camavor — chamou ele, sustentando o olhar dela. — *Matem. Todos.*

— *Esperem* — protestou ela.

Estava impondo limites, coisa que devia ter feito havia muito tempo. Agora entendia o que Viego era, o que se tornara.

Os guardiões se remexeram, nervosos, e ela percebeu a dúvida nos soldados da Hoste.

— Eu sou o seu *rei* — rosnou Viego, olhando entre os guerreiros de elmo — e dei uma ordem! Avancem e matem-nos!

— Eles recebem ordens de mim, Viego, não de você — corrigiu Kalista.

Viego ferveu de raiva.

— Ledros...

— Sou seu protetor, Majestade — retumbou ele —, e meu dever é matar qualquer um que ameace sua vida. Mas não vejo tal ameaça aqui.

— Estou cercado de traidores! — berrou Viego. — Pois bem! Cuidarei disso eu mesmo.

Voltou-se para dois soldados da Hoste.

— Vocês dois! Carreguem a sua rainha. E, se algum mal acontecer a ela, vou decapitá-los.

Os dois soldados, obedientes, tomaram o corpo de Isolde nos braços. Viego marchou rumo aos mestres e aos guardas com Santidade materializando-se nas mãos. O restante da Hoste saiu apressadamente do caminho, baixando o olhar em deferência, e os guardiões apertaram suas fileiras, apontando as alabardas.

— Não — disparou Kalista, pondo-se diante dele.

— Saia do caminho, Kal.

— Não. Não vou deixar que faça isso.

— Não quero que você se machuque, mas vou feri-la, se for preciso.

— Não faça isso, Viego! — implorou ela. — Acabe com esse absurdo enquanto ainda pode! Eu imploro!

Parecia haver uma guerra deflagrada no interior de Viego. Sua expressão se alternava entre raiva, dor, medo e pesar. Ele havia parado de avançar, mas ainda mantinha Santidade na mão.

— Por favor, Kal — pediu ele, em voz baixa. — Ajude-me. Preciso fazer isso. Não me obrigue a matá-la.

— Não vou *obrigá-lo* a fazer nada — respondeu Kalista. — Mas não vou me resignar e deixar que você massacre pessoas inocentes.

— Eu esperava que não chegasse a isso. — Viego suspirou. — Mas, se é o que deseja, que seja.

Kalista se retesou, erguendo a lança, mas Viego não foi em sua direção. Em vez disso, tirou algo do bolso e entregou a Nunyo, que estava por perto.

— Faça — ordenou ele, acenando com a cabeça para o conselheiro.

— Já estava na hora, milorde — respondeu Nunyo.

Kalista arregalou os olhos ao ver o que Viego entregara a ele: *a runa condutora*. O medo cresceu dentro dela.

— Nunyo? O que está fazendo? — perguntou ela.

O velho a encarou.

— O que é melhor para Camavor — respondeu. Então se virou de frente para o porto e para a muralha de névoa ao longe.

Só então Kalista percebeu o que ele pretendia. A traição foi como uma facada no coração.

— Ancestrais no céu, não! — gritou ela. Mas antes que pudesse agir para deter Nunyo, Viego apontou Santidade para ela.

Kalista observou, impotente, enquanto Nunyo movia a boca num cântico sussurrado, e os olhos dele começaram a brilhar. Em seguida, foi em direção ao mar e ergueu a runa condutora como a vira fazer a bordo do *Daggerhawk.*

E, ao longe, a imensa muralha de névoa se abriu.

Não era a pequena abertura que permitiria a passagem de um único navio: era uma enorme fenda que se escancarou do mar até o céu. E dessa fenda surgiu uma dezena de navios de guerra, que deviam estar logo além da névoa à espera, desse momento.

Navios de guerra *camavoranos.*

— O que você fez? — arfou Kalista.

— Você me forçou a isso, Kal — respondeu Viego. — Não quis obedecer, e agora a Ordem de Ferro irá agir.

Capítulo Vinte e Oito

Era a Ordem de Ferro em sua totalidade — quase mil cavaleiros — e chegaram para matar e saquear. Se autorizados a lutar, não teriam misericórdia.

Houve gritos de alarme, e as pessoas se espalharam em pânico enquanto os sinos soavam por toda a cidade.

— Soldados da Hoste! — rugiu Kalista. — Formação de barreira!

A Hoste obedeceu sem hesitar, entrando em formação ao redor de Kalista em fileiras apertadas.

— Eu nunca devia ter esperado lealdade da ralé plebeia — rosnou Viego.

Olhou para os dois únicos soldados da Hoste que ainda estavam com ele, levando Isolde nos braços. Era óbvio que queriam se juntar aos seus confrades, mas não queriam pôr a rainha no chão para isso.

— Tirem suas mãos traidoras dela — sibilou Viego, dispensando Santidade.

O rei tomou o corpo de Isolde, e os dois correram para se juntar aos companheiros. Ele olhou para Ledros.

— E você, comandante Ledros? Eu o tirei do nada, dei-lhe título, terras e futuro. Também vai cuspir no seu juramento sagrado e me abandonar?

Ledros olhou para o rei abaixo dele com uma expressão ilegível. Não disse nada, e, sem saudação nem reverência, deu as costas para Viego e foi se juntar a Kalista. Agora, apenas Nunyo e o vigia de sorriso perverso continuavam ao lado dele, encarando as lanças da Hoste de Kalista.

— São traidores, todos vocês! — gritou Viego. — E estarão mortos antes que o dia acabe.

— Seus atos hoje o condenaram, Viego — rebateu Kalista. — Traiu seus juramentos, o Trono Prateado e o povo de Camavor. Traiu seu pai e a si mesmo. Não será bem-vindo nos Salões dos Ancestrais Venerados. Não encontrará paz, nem nesta vida, nem na próxima. Mas, acima de tudo, você traiu a memória de Isolde.

— *Tudo o que faço* é por amor a ela.

Kalista balançou a cabeça, repugnada.

— Se Isolde pudesse vê-lo agora, ela o *desprezaria.*

— Não — murmurou Viego. Olhou para o corpo sem vida de Isolde, depois outra vez para Kalista. A general pôde ver em seus olhos que Viego sabia que ela dizia a verdade, mas que não poderia voltar atrás: já havia ido longe demais. — Não, você está errada. — Ele se afastou da barreira de soldados armados com os olhos desvairados. — Está errada!

Com um último olhar frenético ao seu redor, ele se virou e correu, voltando pela Via dos Eruditos em direção ao porto. Nunyo arrastou os pés atrás dele e, com uma reverência zombeteira, o vigia o seguiu.

— Vamos atrás deles? — perguntou Ledros.

— Não — respondeu Kalista —, deixe-o ir.

Ela se virou para Malgurza, que estava paralisada de horror, fitando os navios cada vez mais próximos.

— Vocês precisar evacuar Helia! — gritou ela para a hierarca acima do barulho. — A cidade não conseguirá resistir, e eles vão matar todos que encontrarem!

A idosa balançou a cabeça.

— Não podemos permitir isso. Há muito em jogo.

— Então vocês vão morrer! — retrucou Kalista, furiosa.

— Se proteger a Fonte das Eras custar nossa vida, que assim seja — respondeu Malgurza, embora seus olhos denunciassem seu medo.

Kalista resmungou um palavrão diante da insensatez da hierarca.

— Sua morte não protegerá nada! Não *servirá* para nada! É hora de fugir.

— Se o seu rei fizer o que pretende, talvez não importe se fugimos ou não! O poder no coração da Fonte das Eras é instável. *Perigoso.* Seu rei tem que ser detido. Não temos alternativa senão lutar contra ele.

Kalista franziu a testa e se aproximou de Malgurza.

— Como assim, perigoso? — perguntou ela em voz baixa.

— Há um artefato mágico nas profundezas da torre de tamanho poder que faz com que tudo o que existe nas câmaras pareçam brinquedos infantis. É esse artefato que confere magia às águas.

— Pensei que as águas não existissem.

Malgurza a olhou intensamente.

— Uma farsa necessária, pois há uma falha nessa relíquia, descoberta há centenas de anos: ela é *instável*. Foi por isso que a escondemos e tentamos convencer o mundo de que era uma lenda. Ao que parece, não foi suficiente. É perigosa. E é fundamental que seja protegida.

— E o que acontecerá se Viego tiver acesso a ela?

— Talvez nada. Mas talvez algo catastrófico.

De repente, Kalista gelou por dentro.

— Quão grave? — perguntou. Sua voz era pouco mais do que um sussurro.

— Imagine uma floresta seca onde não chove há anos. Depois, imagine a devastação que um único raio poderia causar. *Talvez* não cause nada, mas a probabilidade de incendiar a floresta inteira é grande. Helia é essa floresta.

Kalista se virou, sussurrando um palavrão. Os navios camavoranos se aproximavam rapidamente, e ela xingou mais uma vez.

Sua mente estava a mil, mas ela direcionou os pensamentos para o projeto da cidade e para as prováveis rotas de ataque que a Ordem de Ferro usaria quando desembarcasse. Enquanto a maior parte dos navios se dirigia ao porto principal de Helia, outros se desviavam para as ilhas vizinhas. Alguns pareciam rumar para enseadas fora de Helia, obviamente pretendendo atacar de diferentes ângulos, devastando o interior e atropelando quem fugisse da cidade.

— Se não vão fugir, então voltem para a sua torre — disse ela por fim. — É o ponto mais defensável da cidade. Tranquem-se lá dentro.

— E o que você vai fazer, camavorana? Participar da pilhagem?

A expressão de Kalista ficou séria.

— Vou lutar contra eles. Vou contê-los pelo tempo que puder.

Essa escolha seria sua morte, e disso ela não tinha dúvida. Mas se ia perecer, pelo menos faria seu sacrifício significar alguma coisa.

Esticando o pescoço, ela viu o Explorador-Perito Tyrus em meio à multidão amedrontada.

— Tyrus! — gritou, tentando se fazer ouvir por cima do pânico. — Tyrus!

Ele se virou para ela, e sua expressão ficou sombria. Era óbvio que a culpava pela situação. *E com razão.* Mas Kalista precisava garantir que pelo menos algumas pessoas escapassem da ira da Ordem de Ferro e de tudo o mais que pudesse vir da instabilidade de Viego.

— Helia não vai resistir! — gritou ela. — Salve seus protegidos! Tire as crianças da cidade!

Tyrus a encarou intensamente, depois assentiu e começou a correr em direção à sua propriedade.

Com o coração disparado, Kalista mandou a Hoste dar meia-volta e começar a subida final até a Torre Cintilante.

A luz da tarde diminuía enquanto a Ordem de Ferro iniciava a investida pelas ruas de Helia, queimando, massacrando e saqueando. Geralmente levaria horas para uma força militar desembarcar e se organizar num ataque daquela proporção, mas, praticamente sem resistência, a Ordem de Ferro atacou depressa, partindo em pequenos grupos ao desembarcar. Enquanto Kalista alcançava a Torre Cintilante e cuidava para que os mestres ficassem protegidos lá dentro, gritos e fumaça se erguiam da cidade abaixo.

O largo diante da torre era um espaço grandioso, destinado a enfatizar a importância, a opulência e o poder do conselho governante. Era um vasto espaço de mármore, cercado dos quatro lados por colunas e prédios de pedra clara. Longos tanques de água — alimentados por pequenas cachoeiras movidas por mecanismos arcanos invisíveis — se estendiam de ambos os lados do caminho principal, emoldurado por uma fila de árvores idênticas, tudo projetado para chamar a atenção para a Torre Cintilante no outro lado.

Situada na parte mais alta da cidade, a praça tinha uma única entrada principal. A passagem da Via dos Eruditos se afunilava, conduzindo aqueles que se aproximavam da torre por baixo de uma grande arcada, que era o local mais defensável. O inimigo só poderia chegar até ali vindo de uma direção, e o estreitamento da arcada garantia que não seria fácil cercar quem lá se protegesse. Portanto, era ali que Kalista ficaria com Ledros e os cinquenta soldados da Hoste.

— E não há outras formas de entrar nesta praça? — perguntou ela ao mais graduado dos guardiões de armadura branca. Ficara aliviada ao descobrir que ele falava camavorano.

— Nenhuma que uma força armada de qualquer relevância possa usar — respondeu o guardião.

Kalista estreitou os olhos.

— Mas *existem* outras vias?

— Só uma. — O guardião apontou para o extremo norte da praça. — Há uma entrada para as câmaras subterrâneas, usada raramente. Está trancada e é estreita, obrigando quem passa a seguir em fila única.

— Mostre onde fica.

Kalista deixou Ledros liderando a Hoste e correu pela praça com o guardião. Era como o homem havia descrito: um portão trancado de ferro forjado ornamentado barrava o caminho para uma escadaria estreita que descia cerca de cinco metros até o que parecia ser uma sólida parede de pedra.

— É uma porta?

— Sim, general. Apenas a runa essencial de um mestre pode abri-la.

Kalista franziu a testa. A Ordem de Ferro não era conhecida por sua sutileza, preferindo arrasar os inimigos à frente num ataque em massa, mas Kalista não podia deixar uma possível via de ataque indefesa, principalmente com aquele vigia, Grael, ao lado de Viego. Se os inimigos chegassem por lá, ficariam livres para atacar a torre ou atingir a Hoste pela retaguarda.

— Meus soldados e eu vamos defender a arcada, mas não tenho pessoal suficiente para destacar ninguém para defender esse portão — informou ela. — Não tenho autoridade sobre vocês, mas, se o inimigo romper nossas fileiras, a torre *será* tomada.

— Será um prazer proteger esse posto, general — o guardião declarou sem hesitar. — Juro por nossas vidas que ninguém passará por nós.

Kalista assentiu com a cabeça.

— Você dá orgulho à sua ordem, soldado.

O guardião se empertigou com o elogio e a saudou, batendo o punho no peito. Ela retribuiu a saudação e cruzou a praça de volta até a Hoste.

— Eles vão aguentar? — perguntou Ledros em voz baixa, olhando para os guardiões.

— A principal força da Ordem de Ferro virá por aqui — respondeu Kalista. — Não espero que um ataque venha daquele lado, mas, se acontecer, os guardiões devem conseguir detê-lo.

— E se não conseguirem?

— Nesse caso, estaremos cercados.

Gritos e urros de feridos e assassinos ecoavam cada vez mais alto, vindo dos níveis inferiores da cidade. Com ordens rápidas, Kalista preparou os soldados. Eles ocuparam a arcada estreita em linhas apertadas, com dez soldados de largura e cinco fileiras de profundidade.

Não tiveram que esperar muito tempo.

Uma onda de helianos correu em direção à arcada. Entraram em pânico quando viram os camavoranos bloqueando a rota para a torre, mas Kalista rugiu um comando e a Hoste se dividiu, abrindo um corredor entre os soldados.

— Depressa! — gritou, incitando-os a passar.

Mas muitos deles, desconfiados, não estavam dispostos a se aproximar da massa de soldados armados, até que uma heliana os exortou.

A artífice Jenda'kaya gritava enquanto corria adiante. Com seu incentivo, os cidadãos aterrorizados começaram a atravessar a abertura. A própria artífice se juntou a Kalista.

— Eles estão aqui — anunciou Ledros, calmo.

Kalista viu os primeiros cavaleiros da Ordem de Ferro chegarem. Havia apenas um punhado deles, um grupo separado que chegara na frente, ávido por espólios e derramamento de sangue. Eles avançaram, com seus cavalos de batalha exibindo armaduras resistentes, bufando e espumando pela boca, abatendo os últimos fugitivos com espadas e clavas.

— Depressa! — gritou Kalista, apressando ainda mais as pessoas.

— Temos que fechar a formação — informou Ledros.

— Mais alguns — sibilou Kalista. — Você também, artífice. Precisa ficar em segurança.

— Vou ficar com você — respondeu Jenda'kaya, tirando sua arma relicária de dentro das vestes. Para surpresa de Kalista, ela também tirou uma segunda, o par da primeira, embora tivesse diferenças sutis: uma arma era longa e elegante, enquanto a outra era mais brutal.

— Você andou ocupada — comentou Kalista.

— Você deveria ver o que mais eu fiz lá na oficina.

— General — alertou Ledros.

Kalista ergueu o olhar para ver a Ordem de Ferro cada vez mais próxima. No entanto, havia mais ou menos uma centena de pessoas inocentes entre os cavaleiros e a arcada — ela não podia, em sã consciência, fechar a formação e deixá-las morrer.

Estreitando os olhos, mediu a distância até o cavaleiro que liderava o ataque. Então deu alguns passos adiante e atirou a lança, empenhando toda a sua força. Ela subiu num arco alto, um arremesso perfeito, e desceu veloz, sibilando pelo ar, atingindo o cavaleiro entre o peitoral e o capacete. O corcel dele se empinou, batendo os cascos, e o homem de armadura caiu, morto antes mesmo de chegar ao chão.

— Lança — ordenou Kalista, estendendo a mão. Um soldado lhe passou outra, e ela correu adiante para arremessá-la. A lança voou em linha reta e acertou um segundo cavaleiro com força suficiente para perfurar seu peitoral e derrubá-lo da sela.

Mais três cavaleiros avançaram. Um deles ergueu a espada contra Kalista e gritou, e os três incitaram os corcéis numa investida.

— Lança! — mandou ela outra vez.

O próximo cavaleiro conseguiu levantar o escudo bem a tempo. Ainda assim, a lança perfurou tanto o escudo quanto o braço do homem, e ele se retirou da investida, rugindo de dor.

Os outros dois continuaram, mirando Kalista.

O primeiro foi atingido por duas rajadas de luz abrasadoras das armas de Jenda'kaya. Os feixes vararam o peito do cavaleiro, e seu cavalo se empinou de medo, dando saltos e coices.

O segundo foi recebido pela imensa figura de Ledros, interpondo-se diante de Kalista. Ele girou seu gigantesco escudo retangular, jogando o cavalo de lado, e o animal caiu pesadamente, chocando-se com o piso de mármore. Antes que o cavaleiro pudesse se desvencilhar da sela e do corcel frenético, Ledros se assomou sobre ele. Um único golpe e o cavaleiro não se mexeu mais. O cavalo conseguiu se levantar e fugiu, ainda carregando o cavaleiro morto.

— Passem, todos vocês! — gritou Kalista, e os últimos helianos se apressaram por baixo da arcada. Depois que todos passaram, ela mandou que os soldados retomassem as fileiras, formando uma barreira de lanças e escudos.

O cavaleiro ferido arrancou a lança do braço e a jogou para o lado.

— Lança? — perguntou Ledros.

Kalista balançou a cabeça, negando.

— Diga ao seu mestre desonrado que estamos aqui! — gritou ela para o último cavaleiro. — Diga que estamos esperando por ele se quiser enfrentar soldados de verdade em vez de massacrar civis desarmados como um covarde!

O cavaleiro ferido a encarou furioso, depois virou o cavalo e galopou de volta por onde viera.

Kalista o observou partir.

— Que isso dê tempo para alguns dos moradores desta cidade condenada escaparem.

— Eles que venham — afirmou Ledros. — Vamos matá-los juntos.

A artífice Jenda'kaya continuou por perto, vigiando da entrada até a arcada com as armas relicárias nas mãos.

— Agora é hora de você ir — Kalista disse a ela.

— Posso ajudar a contê-los — protestou a artífice.

— Não há como contê-los para sempre. — Kalista baixou a voz. — Há muitos deles e poucos de nós. A cidade *vai* cair.

— Então lutarei ao seu lado até o fim.

Kalista olhou para os helianos que haviam passado pela Hoste, agora agrupados no pátio atrás dela. Não havia para onde ir. Ela balançou a cabeça.

— Não, Jenda'kaya. Suas armas não podem cair em mãos camavoranas. São poderosas demais.

A artífice parecia dividida.

— Sou uma Sentinela e este é meu lar. É meu dever resistir e lutar.

— Morrer aqui conosco não protegerá seu lar — sussurrou Kalista. — Uma boa general sabe quando é impossível vencer uma batalha e quando a melhor opção é recuar. Vai doer, mas você vai viver. Viva você poderá reunir suas forças e encontrar pessoas a quem possa confiar suas armas. Depois volte e recupere esta cidade quando chegar a hora. Enquanto uma centelha arder, será possível banir as trevas. Continue viva *e mantenha essa centelha de esperança acesa.*

Jenda'kaya ficou angustiada.

— E para onde iríamos?

— Para o porto — respondeu Kalista. — Embarque no navio em que vim para cá, o *Daggerhawk*. A capitã, Vennix, é uma boa pessoa. Pode confiar nela. Ela a ajudará.

— Não posso simplesmente deixá-la aqui para morrer!

— É preciso. Vou contê-los aqui o máximo que puder e impedi-los de entrar na torre. Isso deve dar a você o tempo de que precisa. Agora vá!

A artífice parecia prestes a protestar.

— Vá! — gritou Kalista. — Se vou morrer aqui, pelo menos dê um propósito à minha morte!

Jenda'kaya a encarou. Pela primeira vez, seu sorriso constante desaparecera. Então ela assentiu.

— Adeus, lady Kalista. Que seus Ancestrais a recebam como a heroína que é. E obrigada.

Kalista voltou para o lado de Ledros na linha de frente da formação enquanto a artífice chamava os outros helianos, organizando-os rapidamente. Em instantes, Jenda'kaya os pusera em movimento e, com um último aceno para Kalista, tirou os cidadãos de vista.

— Quanto tempo acha que vai demorar? — perguntou Ledros.

— Não muito — respondeu Kalista.

Capítulo Vinte e Nove

— Lá vêm eles — rugiu Ledros.

Apareceu uma coluna de cavaleiros, todos usando os tabardos cinza-escuros da Ordem de Ferro. Ocuparam o espaço amplo da Via dos Eruditos, dirigindo-se ao imponente Arco da Iluminação, onde Kalista e seus soldados esperavam.

O Grão-Mestre Hecarim montava um cavalo de batalha preto à frente dos cavaleiros. Ele parou a cerca de cinquenta passos de distância, e toda a fileira de soldados se deteve com ele. Mesmo àquela distância, seu desprezo por aqueles que o enfrentavam era evidente.

Ostentando armaduras pesadas, com os corcéis imensos, bufantes, cobertos de aço e cota de malha, os cavaleiros da Ordem de Ferro eram gigantes em comparação com os guerreiros de armadura leve da Hoste. Os soldados ao redor de Kalista usavam peitorais de couro endurecido, elmos de bronze e grevas do mesmo metal na parte inferior das pernas, mas seus braços e coxas estavam desprotegidos. Cada um carregava um escudo oval alto, uma lança longa e uma espada curta presa à cintura, mas suas armas pareciam simples e frágeis diante da massa blindada da Ordem de Ferro. A Hoste se convertera numa força de combate excepcionalmente disciplinada sob a orientação de Kalista, mas a aristocrática Ordem de Ferro era a mais notável das Ordens de Cavalaria, com as melhores armas e armaduras que o dinheiro podia comprar.

A Hoste nunca havia enfrentado nenhuma das ordens, nem mesmo em treinamento, pois os cavaleiros nobres não aceitariam se rebaixar a esse ponto. Mesmo na guerra, os limites traçados entre a nobreza e a plebe se mantinham firmes.

Até agora.

Mas, em Ledros, a Hoste tinha um gigante todo seu. Com a armadura resistente e a cota de malha proporcionadas por seu novo posto, ele era meia cabeça mais alto até do que o maior cavaleiro da Ordem de Ferro, e sua presença dava forças aos companheiros soldados.

No entanto, havia apreensão nas fileiras, e Kalista se separou delas, dando as costas à Ordem de Ferro para se dirigir aos seus guerreiros. Os cavaleiros não estavam prontos para atacar. Ainda lhe restava algum tempo.

— Eles são apenas pessoas de carne e osso, nada mais! — declarou ela, caminhando ao longo da linha de frente. — Vão nos enfrentar e morrer na ponta das nossas lanças, assim como todos os outros adversários que encaramos e derrotamos! Ainda não nos temem, mas passarão a temer, e usaremos sua arrogância contra eles!

Todos os olhares estavam sobre ela. Eram os cinquenta melhores combatentes da Hoste, os mais leais e calejados em batalha. Todos eram veteranos que lutaram ao lado dela durante anos. Não a decepcionariam.

— Não importam os ornamentos e a riqueza, eles não são melhores do que nenhum de vocês — continuou ela. — São fracos, porque nunca tiveram que lutar pelo lugar que ocupam. Ganharam tudo numa bandeja de prata, todos os privilégios, todas as honras, enquanto vocês tiveram que lutar por tudo, em todos os dias de suas vidas. E isso torna todos vocês mais fortes do que eles *jamais* serão.

O olhar de Kalista passou por cada rosto.

— Eu sou do mesmo mundo privilegiado. Seria hipocrisia fingir que não. Ganhei tudo o que tenho. Nunca tive que batalhar por isso e nunca precisei temer que faltasse a minha próxima refeição. A diferença entre mim e eles é que *enxergo* a todos vocês. Eu os *conheço*. Lutei ao seu lado e sangrei com vocês. Conheço o seu valor como combatentes, como homens e mulheres. Agora, ouçam — rugiu ela, a voz se elevando — e, pelos Ancestrais, saibam que digo a verdade quando afirmo que vocês são melhores do que todos eles! Eles lutam por ganância. Nós lutamos por honra! E hoje vocês vão ensiná-los a ter medo! Hoje vamos matar todos os calhordas nobres que tentarem passar por aqui, fazendo-os pagar com sangue cada passo que derem!

A Hoste ergueu as lanças num saudação e rugiu de entusiasmo. Ninguém gritou mais alto do que Ledros, no centro deles, com a espada pesada em riste.

Kalista se virou e se juntou novamente às fileiras.

Na estrada, a Ordem de Ferro finalmente estava pronta para atacar. E, com um gesto de desprezo, Hecarim mandou cem cavaleiros adiante.

— Ele nem sequer vem nos enfrentar pessoalmente — rosnou Ledros.

— Ele virá — respondeu Kalista. — Quando destruirmos todos aqueles que ele mandar contra a Hoste, a vergonha e a fúria o trarão até nós. E o mataremos também. Os Ancestrais Venerados caçarão ele e sua ordem traiçoeira de perjuros na vida após a morte. Ele nunca terá paz.

Ouviu-se o som de uma corneta, e a Ordem de Ferro avançou, incitando os cavalos de batalha num galope.

— Pela general! — berrou Ledros, e cinquenta vozes ecoaram seu grito.

A muralha de cavalos e metais rugiu na direção deles, implacável como uma avalanche, mas a Hoste a enfrentou sem titubear. No entanto, seria um equívoco pensar que não tinham medo. A própria Kalista o sentia, o que fazia a respiração ficar curta e difícil, e o coração martelar no peito. Suas mãos estavam suadas e a boca seca como um deserto. A bravura, ela sabia, não era a ausência do medo, era fazer o que precisava ser feito *apesar* do medo.

A fachada estreita debaixo da arcada obrigou a formação dos cavaleiros a se retrair, impedindo-os de cercar a força adversária menor e de atacá-los por um flanco. Quando os cavaleiros já não estavam a mais de vinte passos de distância, Kalista deu a ordem:

— Agora! — rugiu ela, agachando-se e apontando a lança, fincando o pé de trás na base da arma para mantê-la firme. Toda a linha de frente fez o mesmo, assim como a próxima e a seguinte, formando uma parede com três fileiras de lanças erguidas.

A quarta fileira arremessou as lanças por cima das três primeiras, diretamente contra os cavaleiros inimigos. Cavalos gritaram e se empinaram, e cavaleiros desabaram das selas. Outros cavaleiros pisotearam os caídos, e seus corcéis tropeçaram e foram ao chão.

A linha de ataque que chegou à Hoste estava desarticulada e desigual, e muitos cavalos de batalha recuaram, virando-se e dando pinotes para evitar a muralha de lanças diante deles. Outros, impelidos pelo medo e pelo peso dos números atrás deles, avançaram.

Kalista enfiou a lança debaixo do queixo de um cavaleiro ao mesmo tempo em que Ledros arrancava outro da sela com um golpe brutal da espada.

Os cavaleiros lançados ao chão pelos próprios cavalos em pânico foram eliminados com eficiência pelos soldados de Kalista. Vários combatentes da própria Hoste pereceram, esmagados debaixo de cascos e de cavalos em queda ou abatidos por lâminas. Mas, naquele espaço apertado, cada um dos cavaleiros se viu diante de três ou quatro soldados plebeus de infantaria, e foram derrubados, um a um.

A força dos cavaleiros estava em sua velocidade e no poder de sua investida, mas, no espaço restrito abaixo do Arco da Iluminação, ambos perderam o vigor. A Hoste tinha resistido ao ataque dos cavaleiros, e agora a batalha virava a seu favor.

Não importava em quantas batalhas Kalista lutasse, o som ensurdecedor, a aglomeração claustrofóbica, o fedor e o horror puro da matança ainda eram chocantes, quase esmagadores. Não havia muito que fazer para se preparar para aquilo. Na verdade, ela ficaria apreensiva se um dia viesse a sentir somente indiferença.

A Ordem de Ferro perdera todo o ímpeto e agora hesitava. Com um grito de comando, Kalista intensificou a pressão contra eles. Levantando-se, a Hoste deu um passo à frente, golpeando com as lanças. Os cavaleiros foram forçados a recuar, e seus cavalos começaram a entrar em pânico ao colidir com os que estavam por detrás e os empurravam para a frente.

Ledros retalhava tudo o que se aproximasse dele, seus golpes pesados atravessando armaduras, carne e ossos, e cada ataque desesperado contra ele era barrado por seu imenso escudo. A lança de Kalista estava encharcada de sangue, mas sua mão não vacilava enquanto matava e matava.

A general arrancou a lança de um cavaleiro caído e descobriu que um espaço se abrira diante dela. Sem parar, arremessou a arma com um grunhido, derrubando outro inimigo antes de tirar mais uma lança dos dedos sem vida de um confrade abatido. Enquanto Ledros derrubava mais um, a determinação dos cavaleiros se fragmentou.

A batalha se transformou em um conflito desesperado, depois uma carnificina, com os cavaleiros sobreviventes tentando girar os corcéis e dar meia-volta. Presos entre os soldados implacáveis e metódicos da Hoste e seus próprios confrades, os cavaleiros foram dizimados sem piedade.

Em instantes toda a formação dos cavaleiros saiu em debandada, e dezenas foram mortos pelos soldados implacáveis que os perseguiam. Kalista gritou uma ordem, e a Hoste se deteve antes de deixar a área abaixo do Arco da Iluminação. Se tivessem se aventurado no espaço aberto adiante, seria fácil para Hecarim cercá-los e massacrá-los. Não a surpreenderia se esse fosse o plano do grão-mestre desde o começo. Na nobreza, muitos acreditavam que os soldados da plebe eram indisciplinados e impossíveis de controlar. Para Kalista, era um prazer provar o contrário.

Ledros enxugou o suor da testa, radiante.

— Foi uma vitória histórica! — urrou ele. — Ainda podemos sucumbir, mas quem ouvir falar deste dia nunca mais desprezará a Hoste.

Os soldados riam e gargalhavam, deleitando-se com o que haviam conquistado. Kalista estava extremamente orgulhosa e, embora não sentisse o mesmo júbilo — sabia que a vitória seria fugaz —, afastou sua exaustão e se esforçou para sorrir também. *Deixe-os aproveitar o momento.*

— Eles foram arrogantes e nos subestimaram — disse ela em voz baixa, para que apenas Ledros pudesse ouvir. — Não voltará a acontecer.

— Eu sei. — Ledros sorriu. — Mas este ainda é um momento para saborear.

Cansada, ela voltou o olhar para o campo de batalha, em direção a Hecarim. Ele estava sentado na sela, imóvel, as feições escondidas debaixo do elmo, mas sua postura rígida dizia muito. Estava fervendo de raiva e ardendo de vergonha. *Ótimo.* Um comandante furioso se arriscava e tomava decisões insensatas. E cada momento em que ela e a Hoste resistissem daria mais tempo para os helianos escaparem.

Cadáveres de cavaleiros, soldados plebeus e cavalos se acumulavam no espaço sombreado abaixo do arco, e o chão de pedra lisa estava escorregadio de sangue. *Isso será um problema.* Mas não havia muito que fazer a respeito, e era tão perigoso para o inimigo quanto para os soldados dela.

Mantendo-se atenta à Ordem de Ferro, Kalista mandou tirar os corpos da arcada. Os da Hoste foram levados depressa de volta à praça e dispostos em fileiras organizadas. Uma marca de sangue com três pontas foi desenhada entre seus olhos para acelerar sua passagem ao Além e garantir que os Ancestrais Venerados os reconhecessem e acolhessem. Todos os feridos, a não ser aqueles com ferimentos mais graves, permaneceram a postos, determinados a lutar até o fim.

Os corpos dos cavaleiros e de seus corcéis foram empurrados para a frente, formando uma barricada contra novos ataques da Ordem de Ferro.

— O rei está aqui — anunciou Ledros em voz baixa.

Kalista olhou além do espaço aberto entre as duas forças. Lá estava Viego, ainda com Isolde aninhada nos braços. O vigia espreitava ao seu lado, sussurrando veneno em seu ouvido. O rei estava furioso e esbravejava contra Hecarim. Suas palavras não alcançaram a Hoste, mas a intenção era óbvia.

Viego queria a morte de todos os que se punham no seu caminho. *Agora.*

— Espere! — sibilou Ryze, olhando além da esquina do prédio.

Atrás dele, Tyrus se agachava nas sombras do beco com as três crianças órfãs de quem cuidava. Ryze se encolheu, escondendo-se, enquanto um par de cavaleiros passava a galope. Esperou até que desaparecessem na próxima esquina, depois olhou para Tyrus. O Explorador-Perito segurava o menininho, Tolu, nos braços, enquanto as meninas gêmeas, Abi e Karli, vinham logo atrás dele. As três crianças estavam caladas e pálidas, de olhos arregalados.

— Temos que ir agora — disse Ryze.

Tyrus concordou.

— Estão prontas, crianças? Vamos! Depressa!

Ryze correu na frente, atento aos perigos. O caos era total. Estátuas tinham sido derrubadas, as cabeças arrancadas dos ombros, e carroças e carretas emborcadas. Uma oficina de encadernação de livros estava em chamas, ardendo ferozmente por dentro e enchendo o ar de cinzas e fumaça. Gritos e berros ecoavam pela rua, além do som pavoroso de homens rindo.

Corpos jaziam onde tinham sido abatidos. Ryze tentou não deixar que seu olhar se demorasse neles. Olhando para trás, viu Tyrus fazendo o que podia para proteger as crianças daquela visão, mas era quase impossível.

Uma das gêmeas ficou paralisada, fitando o cadáver de uma mulher. O coração de Ryze disparou. Ele ouviu o som de cascos se aproximando em meio à fumaça e sibilou para Tyrus:

— Outros vêm aí! Rápido!

Tyrus se ajoelhou ao lado da menina e fechou delicadamente os olhos da mulher morta. Ryze não conseguiu ouvir o que o mestre sussurrou para a garotinha, mas ela assentiu, enxugando as lágrimas, e pegou a mão de Tyrus.

— Por aqui! — chamou Ryze, indicando outra viela entre as ruas.

Parou na entrada da viela para ter certeza de que ninguém ficaria para trás. Uma dupla de cavaleiros surgiu ao longe, trotando pela rua, rindo e fazendo piadas. Ryze viu artefatos dourados saindo dos alforjes deles e sangue respingado nos tabardos. Suas mãos se fecharam em punhos.

— Agora não é o momento, Ryze — alertou Tyrus, junto do ombro dele.

Engolindo a raiva, ele concordou e entrou no beco atrás dos outros.

— Será que é melhor irmos para as câmaras abaixo da cidade? — perguntou. — Podemos nos esconder lá por meses sem que ninguém nos encontre.

Tyrus negou com a cabeça.

— Mesmo que ninguém nos descobrisse, acabaríamos sucumbindo à fome e à sede — respondeu de modo que apenas Ryze o ouvisse. — Não, precisamos sair da cidade. Vamos para o norte pelo Distrito dos Escribas. Lá as ruas são mais estreitas, será mais fácil continuarmos fora de vista. Então seguiremos para o norte em direção ao Bosque Ancestral.

— Há muito terreno aberto para percorrer antes de chegarmos à mata — observou Ryze.

Tyrus assentiu.

— Teremos que esperar o anoitecer.

Ryze olhou para o céu. Ainda faltavam pelo menos duas horas até escurecer.

— Precisamos encontrar um lugar onde nos esconder.

— Aqui não é seguro — disse Tyrus. — Estamos perto demais da via principal.

Como se para enfatizar seu argumento, ouviu-se um grito vindo da rua pela qual tinham acabado de passar.

— Revistem os prédios! — bradou uma voz rouca em camavorano. — Matem todos que encontrarem!

— Vamos em frente — disse Tyrus.

Ryze assumiu a liderança mais uma vez, guiando o grupo em meio à destruição de Helia.

A culpa o perseguia como uma sombra rastejante. Se não tivesse ajudado aquele vigia esquisito a ter acesso à Fonte das Eras, será que os camavoranos teriam voltado às Ilhas das Bênçãos? Tinha certeza de que a resposta era não.

Depois de meia hora, chegaram ao Distrito dos Escribas. Parecia que seguiam a força principal dos inimigos. As ruas exibiam as provas da violência, com portas arrombadas e chamas ardendo, mas não viram nenhum sinal dos camavoranos. Cacos de vidro estalaram debaixo das botas de Ryze enquanto ele olhava dentro da vitrine de uma loja abandonada. Tinha sido saqueada, com caixas e mesas viradas e quebradas.

— Parece servir — comentou Tyrus.

— O lugar já foi saqueado, então deve ser seguro se ficarmos quietos e fora de vista — concordou Ryze.

Tyrus assentiu e levou o grupo para dentro.

— Vamos nos abrigar aqui até o anoitecer. Será mais seguro sair depois do pôr do sol.

Depois de fazer uma barricada na porta, Ryze montou guarda, posicionando-se de modo a espiar pela janela fechada. Tyrus encontrou um pouco de comida numa cozinha dos fundos e, depois que as crianças se fartaram e se acomodaram, ele foi se sentar ao lado de Ryze. Deu um pedaço de pão para o aprendiz, e os dois dividiram um naco de queijo, cortando-o com uma faca pequena.

— Acha mesmo que Kalista nos traiu? — perguntou Ryze, mastigando o pão endurecido.

Tyrus suspirou.

— Não — respondeu por fim. — Receio que ela tenha sido manipulada, mas creio que fez apenas o que achou correto.

— Como conseguiram fazer a névoa se abrir?

— Vi um deles usar uma runa condutora de um modo que eu nem sabia que era possível — o perito admitiu. — Ele abriu a névoa como se fosse uma cortina para que toda a frota a atravessasse.

— Uma runa condutora? Mas como puseram as mãos nela?

Tyrus deu um suspiro profundo e baixou o olhar, encurvando os ombros.

— Pouco antes de Kalista partir, deixei que aquele vigia, Grael, falasse com ela. Lembra-se dele? O sujeito estranho que bateu à minha porta por engano? Agora, porém, imagino se foi de fato por engano.

À menção de Grael, Ryze ficou tenso, mas continuou em silêncio.

— Posso apenas supor que ele conseguiu encontrar uma runa condutora em algum lugar nas câmaras — continuou Tyrus — e que a deu para Lady Kalista. Como fui tolo por deixá-lo falar com ela! Sempre soube que havia algo estranho nele, mas nunca imaginei que tramaria a destruição de tudo o que construímos aqui em Helia. Tudo isso pode ser culpa minha.

Tyrus baixou a cabeça em desespero. Ryze nunca o tinha visto assim e não sabia ao certo como reagir. A vergonha e a culpa que sentia pesavam sobre ele, e por um momento quase confessou os próprios erros, mas não conseguiu fazê-lo. Ficaram em silêncio por um tempo, cada um ponderando as próprias falhas.

— Se o que supõe é verdade — começou Ryze, quebrando o silêncio —, a culpa é do *vigia*, não sua. — A afirmação soou vazia até a seus próprios ouvidos. Estaria somente tentando amenizar a própria culpa?

— Talvez — respondeu Tyrus. — E sem dúvida foi arrogância nunca termos considerado que a névoa falharia. Há muito os Sentinelas alertam para tal possibilidade e pedem que nos preparemos. Não demos ouvidos a eles.

— Será que eles... — Ryze se calou ao ouvir passos do lado de fora se aproximando e o vidro rangendo debaixo de botas pesadas.

— É sua imaginação — disse uma voz grave e rouca. Ryze percebeu na mesma hora que falava camavorano e se afastou da janela.

— Estou dizendo, ouvi vozes — respondeu uma segunda pessoa. — Aqui, todos são ricos como reis. Se houver sobreviventes, terão ouro.

— Isso é perda de tempo. Vamos, você ouviu a corneta do Precursor de Ferro! O grão-mestre chama!

Os passos passaram pela janela, e Ryze e Tyrus permaneceram imóveis, mal se atrevendo a respirar.

Houve silêncio...

Em seguida, um chute arrombou a porta.

Grael sorriu quando mais uma onda de cavaleiros avançou em direção ao nó apertado de soldados da Hoste reunidos abaixo do Arco da Iluminação. O sorriso se ampliou quando uma dezena de cavaleiros sucumbiu, atingida por uma salva de lanças.

Não lhe importava que Kalista e seus soldados empreendessem a defesa desesperada dos mestres nem mesmo que parecessem estar levando a melhor sobre os cavaleiros mais uma vez. A desordem e o caos o deliciavam, assim como o pânico e a confusão. Para ele, os gritos de agonia eram a música mais doce, e o divertia que os mestres aterrorizados no interior da torre conseguiam ouvir aquelas mortes sabendo que seu fim também estava próximo.

A defesa não ia durar, mas continuava firme. Estavam enfrentando aquela última investida com a mesma eficiência com que enfrentaram as anteriores. Na verdade, a nova onda pareceu ainda mais desastrosa para a Ordem de Ferro, pois a muralha inflexível da infantaria bloqueou o caminho, ao mesmo tempo que proporcionava certa defesa para os soldados.

Grael viu o homem gigantesco que saíra em defesa de Kalista no porto rechaçar cavaleiros em todas as direções, talhando-os como um açougueiro em sua tábua, e viu a figura ágil da general serpentear pelo confronto como uma bailarina, empalando inimigos a cada golpe de lança.

Mais uma vez, a investida vacilou, os cavalos escorregando e entrando em pânico, e mais cavaleiros foram derrubados das selas e esfaqueados até a morte enquanto suas montarias fugiam. O rei de Camavor rugiu em fúria, vociferando em descontrole.

— Não me importa se a sua ordem sangrar até o último cavaleiro, libere o caminho! — gritou com o líder, Hecarim. — Mande todos até lá!

Grael ria entre dentes, apreciando os disparates do rei estrangeiro. Ele perdia o controle rapidamente, mas para o vigia estava ótimo.

O grão-mestre, por sua vez, parecia igualmente furioso, o rosto vermelho por baixo do elmo. A entrada da arcada estava tomada por tantos corpos que uma nova investida de cavalaria seria inútil. Ele desceu da sela e jogou com raiva as rédeas para sua escudeira, rugindo ordens. Os outros cavaleiros seguiram o exemplo, desmontando e mandando que os cavalos fossem levados dali. Segurando com as duas mãos a espada de lâmina cruel, Hecarim ordenou o avanço, decidido a acabar com aquilo de uma vez por todas.

O rei parecia determinado a lutar também, ordenando que dois cavaleiros próximos carregassem sua rainha. O sorriso de Grael vacilou. Uma espada gigantesca e cintilante se materializou nas mãos de Viego, surgindo do nada, e o sorriso do vigia se transformou numa carranca. Aquilo não combinava com seu plano. Se o rei lutasse, poderia morrer. Não, Grael precisava dele vivo... pelo menos até os soldados dele liberarem o caminho para a Fonte das Eras.

— Majestade, há outro caminho para chegar à praça — sibilou Grael. — Um caminho menos protegido do que esse.

— O quê? — perguntou Viego, virando a cabeça de súbito na direção dele. — Por que não disse isso antes?

Grael deu de ombros.

— Não imaginei que seus cavaleiros seriam contidos por aquela ralé.

— Fale desse outro caminho — ordenou Viego, e o sorriso voltou aos lábios do vigia.

Capítulo Trinta

— Aí vêm eles outra vez — informou Ledros. — Será o último ataque.

A armadura dele estava bem amassada e rachada em diversos pontos, os elos da cota de malha por baixo dela raspados. Ele estava manchado de sangue — a maior parte dos inimigos, mas não só deles — e arfando.

Kalista sabia que ela própria não estava muito melhor do que ele. Havia sofrido uma série de ferimentos, mas o ímpeto da batalha e a iminente ameaça de morte embotavam a maior parte da dor.

Os cavaleiros haviam desmontado e agora caminhavam em direção à linha da Hoste. Hecarim parecia ter finalmente se cansado de esperar e decidido empregar a totalidade de sua ordem num único ataque arrasador para dividir as linhas inimigas. A Hoste tinha lutado bem, mas agora restava saber quanto tempo conseguiriam resistir.

Durante séculos, as Ordens de Cavalaria haviam menosprezado a infantaria, considerando a luta a cavalo a forma certa como um verdadeiro nobre travava guerra. Para Kalista, era um prazer ver a Ordem de Ferro ser forçada a encarar os soldados plebeus em pé de igualdade.

Contudo, Ledros tinha razão. O fim havia chegado.

Ela rezou para que tivesse conseguido dar a Jenda'kaya, Tyrus e os protegidos do Explorador-Perito tempo suficiente para fugir.

— Viu? Eu disse que tinha ouvido alguma coisa!

Dois cavaleiros entraram pelo batente partido da porta, armas na mão. Eram sujeitos enormes, cada um sem dúvida uma cabeça mais alto do que Ryze, e talvez com o dobro do peso dele, usando armaduras pesadas. Nenhum deles usava elmo, e ambos sorriram por baixo das barbas espessas enquanto avançavam.

— Fique atrás de mim, Ryze — ordenou Tyrus. — Proteja as crianças.

Ryze não fez menção de obedecer ao mestre, e quando um dos cavaleiros atacou com a espada, ele estendeu a mão com um grito, criando rapidamente uma forma rúnica.

— Não!

Runas roxas pulsaram sob a pele de Ryze, e uma coluna luminosa de energia apareceu ao redor do cavaleiro, enclausurando-o. Ao atingir a barreira, a espada do guerreiro ricocheteou com uma explosão brilhante de luz roxo-azulada, e pequenas runas tremeluziram no ponto de impacto antes de se dissipar.

Era a primeira vez que o rapaz conseguia conjurar uma prisão rúnica, e ficou quase tão surpreso quanto Tyrus, que se virou e olhou para ele, assombrado. Ryze sorriu e deu de ombros.

— Feitiçaria! — rosnou o cavaleiro. Ele tentou atravessar a barreira rúnica com um solavanco, mas houve uma nova explosão de energia e ele foi obrigado a recuar, com a armadura chamuscada e fumegante.

O segundo camavorano rugiu e investiu contra Ryze com uma espada pesada. O jovem se esquivou, depois se jogou para o lado quando o golpe seguinte quase atingiu seu pescoço.

— Crianças, fechem os olhos! — disparou Tyrus.

Ryze sabia o que estava por vir e fechou os olhos também. Os camavoranos, não entendendo a língua de Tyrus, não sabiam. Uma luz branca ofuscante se acendeu e o cavaleiro que atacava Ryze cambaleou para trás, perdendo a visão.

— Andem! — gritou Tyrus, incitando todos a saírem pela porta dos fundos. Segurando o pequeno Tolu, ele foi primeiro para a rua.

Ryze foi o último a sair. Estava começando a imaginar quanto tempo sua prisão rúnica duraria quando ela piscou e sumiu. O cavaleiro rosnou e avançou, mas Ryze derrubou uma pequena mesa contra ele, ganhando tempo para fugir.

Lá fora, o sol estava prestes a se pôr, colorindo o céu com tons fortes e pintando as ruas de vermelho-vivo. Devia ser uma bela visão, mas, essa noite, parecia cheia de agouros e ameaças.

— Corram! — gritou Ryze.

Grael seguia em frente com a lanterna, guiando o rei de Camavor e vinte cavaleiros a pé pela escuridão abaixo do Largo dos Eruditos. O caminho era estreito e sinuoso, e ele estava quase decepcionado por não terem encontrado resistência até então.

Dois cavaleiros carregavam a rainha morta. Grael sabia que não havia como devolver-lhe a vida, não da maneira como aquele tolo queria, mas convinha ao vigia que o rei acreditasse que sim. Com aqueles guerreiros a seu lado, ninguém poderia impedi-lo de chegar à Fonte das Eras. Obviamente, porém, ele sabia que os mestres *tentariam*, e se deliciou ao pensar no derramamento de sangue que se seguiria.

— Quanto falta? — indagou o rei de Camavor, logo atrás dele.

— Não muito — respondeu Grael, sem se dar ao trabalho de olhar para ele.

— Não gosto de estar aqui embaixo, rastejando feito uma ratazana.

Grael engoliu sua réplica. Não lhe serviria de nada contrariar o rei arrogante. Precisava dele, pelo menos por enquanto.

— É um desconforto necessário, Majestade.

Viraram uma esquina e se depararam com o que parecia ser um beco sem saída. A parede de pedra diante deles tinha entalhes de símbolos geométricos, mas parecia sólida.

— O que é isso? — rosnou Viego. — Você *já esteve* aqui antes, certo?

— Não — declarou Grael. — Apenas os mestres têm autorização para usar esta rota.

— Então por que nos trouxe por aqui, seu tolo?

Agora Grael se virou para encarar o rei, e, embora seu olhar estivesse frio e vazio, por dentro ele estava furioso. Ah, como gostaria de acorrentar o sujeitinho nas profundezas para poder desmontá-lo, pedaço por pedaço! Seus gritos seriam muito prazerosos.

O vigia se esforçou para sorrir.

— Conheço todos os caminhos ocultos no subterrâneo de Helia, mesmo que não os tenha percorrido — explicou. — E não preciso ser um dos mestres para usá-los. Nada tema, meu rei. Esta é a porta que procuramos.

Ele se virou e passou o dedo ao longo de uma das linhas esculpidas na parede, estudando os padrões. A linha se cruzava com outra, depois com várias outras, mas por fim ele encontrou o que procurava. Onde quatro linhas convergiam, ele tocou na pedra, e um pequeno orifício se abriu.

— Preparem-se — avisou ele para os que estavam atrás. — É provável que neste caminho tenha guardas.

Encaixou a runa essencial do mestre no lugar, e a parede se abriu silenciosamente. Entrou uma lufada de ar fresco, bem como os sons distantes da batalha. Uma escada de degraus de pedra estreitos se revelou, levando ao nível do solo. Com um ranger de mecanismos ocultos, o pesado portão de ferro forjado no alto dos degraus se abriu, provocando gritos de alarme. Grael sorriu.

Guardiões de armadura branca apareceram no alto da escada, de alabardas nas mãos. O sorriso de Grael se ampliou. Por muito tempo os guardiões o haviam feito se sentir fraco e impotente. Agora seriam massacrados.

— Eles pretendem impedi-lo — sibilou para Viego. — Querem guardar os segredos das águas só para si mesmos. Poderiam salvar a sua rainha, mas, por despeito e ciúme, preferem não o fazer. Eles *riem* do seu infortúnio.

— E pagarão por isso — jurou o rei, conjurando sua espada.

Grael recuou e estendeu o braço à frente.

— Por favor.

Viego olhou escada acima com os olhos avermelhados e repletos de dor e raiva, depois observou os cavaleiros agrupados no túnel atrás dele.

— Liberem o caminho.

Os cavaleiros passaram por seu rei e começaram a subir em fila única. Ergueram os escudos, preocupados com as armas longas dos inimigos. Foram atacados quando alcançaram os guardiões, mas a maior parte dos golpes colidiu com os escudos. Alguns passaram por eles, e os ganchos atrás das lâminas das alabardas obtiveram bons resultados, arrastando um escudo para baixo e desequilibrando cavaleiro. Os da frente foram mortos rapidamente, mas logo a Ordem de Ferro investia contra os defensores, e os guardiões começaram a morrer.

Chegaram ao topo da escada, escalando os corpos caídos. Viego e Grael os seguiram, assim como os cavaleiros que levavam Isolde. No chão, um guardião, com sangue espirrando dos lábios, agarrou a perna de Grael ao vê-lo passar.

— Ajude-me, irmão — gorgolejou.

Grael ergueu sua foice para o moribundo, saboreando a confusão e o medo no olhar dele.

— Isso é o que você merece — sibilou. — Você e todos os outros.

O homem tentou se defender, mas não pôde fazer nada enquanto Grael tirava sua vida devagar.

Ao terminar, Grael olhou para cima e viu que os cavaleiros haviam empurrado os guardiões para trás o bastante para sustentar uma posição lá em cima. Com o caminho livre, Viego subiu a escada e saiu no largo. Grael se apressou a segui-lo.

O rei de Camavor adentrou a luta, tirando vários cavaleiros do caminho. Alguns dos guardiões sobreviventes se voltaram contra ele, golpeando com as alabardas. Grael sibilou, esperando o monarca jovem e arrogante ser empalado, mas Viego simplesmente soltou um brado áspero numa língua estranha, fazendo um movimento de corte com uma das mãos. Uma força invisível colidiu com os guardiões, desviando suas armas enquanto avançavam na direção dele. Grael arregalou os olhos, chocado. Não sabia que aquele rei delirante tinha tal poder e percebeu que precisaria proceder com muito cuidado.

Tendo saído da escada estreita, Viego agora tinha espaço para manejar sua imensa lâmina. Abaixando-se apoiado num joelho, cortou um de seus atacantes antes de se virar, arrancando agilmente a espada do corpo do inimigo ao girar e matando o segundo atacante com um golpe brutal.

Grael observou, fascinado, os dois guardiões murcharem por dentro, como se toda a vida fosse sugada de seus corpos. Em segundos, já não passavam de carcaças ressecadas.

Os últimos guardiões restantes recuaram, com os olhos arregalados de pavor. A Ordem de Ferro avançou, cortando e perfurando. Os guardiões foram logo cercados e mortos, e, em meio ao caos, Viego atravessou o largo. A Horde ainda protegia o Arco da Iluminação, lutando arduamente contra a Ordem de Ferro, mas ele a ignorou. Seu olhar estava cravado nas grandes portas douradas da Torre Cintilante.

— Ela é protegida por dentro — informou Grael, andando ao lado de Viego. — Talvez precisemos...

Com um rugido, Viego estendeu a mão em direção às portas. Elas se amassaram para dentro como se atingidas por um aríete, arrancando grandes pedaços de alvenaria, e a barra pesada que as mantinha fechadas se partiu como um graveto. As portas desabaram no chão dentro da torre com um estrondo retumbante, revelando alguns mestres e guardiões aturdidos, piscando em choque.

O rei atravessou a porta destruída, sua terrível espada zunindo sem piedade enquanto cortava o ar. Três guardiões e um mestre foram abatidos, os corpos murchando antes mesmo de atingirem o chão. Os outros fugiram.

Viego se voltou para seus cavaleiros com os olhos iluminados por um brilho sinistro.

— Vocês dois, tragam a rainha — ordenou ele. — Os demais, matem os traidores.

Os cavaleiros pareceram mais do que felizes em sair dali. Fizeram saudações bruscas e correram em direção à luta sob o arco, investindo contra os soldados na retaguarda da Hoste. A dupla que levava a rainha se entreolhou, apreensiva, mas obedeceu a ordem, seguindo o rei torre adentro.

— Mostre o caminho, vigia — ordenou Viego.

O fim se aproximava, mas Kalista estava determinada a resistir à Ordem de Ferro até o último suspiro.

Ao lado dela, Ledros rugia como um urso ferido, matando todos os cavaleiros ao seu alcance. Sua espada cortava tanto a cota de malha quanto a carne, e golpes com o cabo dela e com a borda do grande escudo esmagavam metal e ossos. Fendas escancaradas haviam sido talhadas em sua armadura e na cota de malha por baixo dela, e ele sangrava dos cortes de espada e golpes de machado, mas não vacilava. Matou, matou e matou, um colosso de guerra imbatível, enquanto seu próprio sangue se esvaía.

Uma espada se cravou por uma fenda na armadura dele, alojando-se entre duas costelas. Urrando, Ledros girou e enfiou o cotovelo no rosto do espadachim, depois o atravessou com sua lâmina. O comandante o chutou com força no peitoral, libertando a espada e derrubando mais dois cavaleiros atrás do primeiro.

Kalista avançou a passos ágeis, matando os dois cavaleiros com golpes velozes de lança. Outro cavaleiro a atacou, e ela aparou o golpe com o cabo da lança antes de se abaixar apoiada num joelho e dar uma rasteira no guerreiro. Ele foi ao chão, xingando, depois se calou quando a lâmina de Ledros o cortou quase que ao meio.

Enquanto o comandante lutava com força bruta, Kalista lutava com velocidade, precisão e movimentos certeiros. Os outros soldados da Hoste tinham escudos de bronze, mas a defesa da general era mais do que hábil sem um deles: ela brandia a lança com uma técnica primorosa, desviando-se e rebatendo tudo o que ia contra ela.

Interceptou um golpe de espada acima da cabeça com a lança e, em seguida, bateu a extremidade robusta da arma na lateral do elmo do inimigo. Enquanto ele cambaleava, Kalista deu mais um passo e bateu outra vez, atingindo seu pescoço e esmagando sua traqueia. Uma clava com espinhos investiu contra ela, que habilmente passou a lança ao lado da arma, empurrando-a para longe do alvo e desequilibrando o cavaleiro que a empunhava. Com a lâmina da lança, a general cortou a parte de trás do joelho do oponente enquanto ele cambaleava, e deu cabo dele com um golpe preciso que deslizou pela viseira em fenda do elmo que cobria o rosto inteiro.

Os soldados de Kalista lutaram bravamente, em pé de igualdade com os inimigos aristocráticos e mais bem equipados, deixando a general orgulhosa. Suas lanças lhes forneciam um alcance muito maior, e ela os treinara bem.

Mais cavaleiros caíram diante dos golpes impiedosos e disciplinados dos lanceiros da Hoste. No entanto, a Ordem de Ferro tinha a vantagem numérica. Restavam menos de vinte soldados da Hoste, e cada um que caía deixava uma lacuna na formação, mas sempre havia mais cavaleiros avançando, com suas lâminas sedentas por sangue.

Além disso, a Hoste havia perdido terreno, encurralada passo após passo até chegar ao largo aberto atrás da arcada. Agora os cavaleiros podiam usar sua superioridade numérica de forma mais eficaz e começaram a cercá-los.

Ouviu-se um grito vindo da retaguarda, e Kalista xingou ao ver cavaleiros correndo pelo pátio aberto atrás dos soldados dela.

— Retaguarda! Meia-volta! — berrou ela enquanto matava outro inimigo. Quase derrubou a lança quando os cavaleiros atrás dele avançaram com vigor renovado, determinados a finalmente acabar com a resistência da Hoste.

Arriscando-se a olhar outra vez para trás, ela viu Viego marchando em direção à Torre Cintilante. *Ancestrais!*

— Precisamos detê-lo! — sibilou Kalista.

— Vá — rosnou Ledros, abatendo mais um cavaleiro da Ordem de Ferro com um golpe devastador. — Vamos contê-los aqui.

Antes que Kalista pudesse ao menos considerar a sugestão, alguém apareceu diante dela.

Hecarim.

Capítulo Trinta e Um

Ryze, Tyrus e as crianças amedrontadas se agacharam atrás de um muro baixo. Estavam nos limites de Helia, olhando para o Bosque Ancestral além dos campos. A fronteira das árvores estava tentadoramente próxima, mas havia uma dezena de cavaleiros posicionados no alto do morro entre eles e a segurança da mata, silhuetas sinistras ao sol poente, vigiando.

— Acha que podemos passar por eles? — perguntou Ryze.

Antes que Tyrus pudesse responder, alguns helianos saíram de um esconderijo a certa distância a leste, correndo desesperadamente em direção à floresta. Como cães atraídos pelo cheiro da presa, três cavaleiros giraram seus corcéis e partiram a galope para interceptá-los. Percorreram o terreno com uma velocidade alarmante, abaixados na sela, os cascos arrancando grandes nacos de terra. Sem desacelerar, saltaram por sobre os muros que separavam os campos e baixaram as lanças.

— Eles não vão conseguir nem chegar perto — arfou Ryze, horrorizado.

— Não olhem, crianças — disse Tyrus, passando os braços em volta dos pequeninos, aproximando-os de si.

Gritos ecoaram pelo campo aberto enquanto os cavaleiros perseguiam os helianos a distância. Os que sobreviveram ao primeiro ataque se espalharam, mas os camavoranos simplesmente se viraram e partiram atrás de cada homem e mulher em fuga. Foram metódicos e impiedosos, e, quando terminaram, riram e voltaram num trote para se juntar aos outros cavaleiros e retomar a vigília.

— Acho que isso responde à sua pergunta — observou Tyrus.

Ryze assentiu.

— E se esperarmos até a noite?

Tyrus balançou a cabeça, negando.

— Aqui é muito aberto. Acho que teremos que encontrar outra saída da cidade. Helia está tomada.

— Os portões do sul, talvez?

— São distantes demais. E as crianças estão exaustas.

Ryze franziu a testa ao considerar as alternativas.

— Sinto muito, Ryze — lamentou Tyrus, de repente.

O jovem olhou para ele, confuso com o inesperado pedido de desculpas.

— Pelo quê?

— Fui severo demais com você — o perito admitiu. — Guardei segredos de você. Sei que ficou frustrado por eu não o ajudar a dominar seu poder inato.

— Tudo bem — respondeu Ryze, sentindo uma pontada de culpa. Estava muito ciente do grande livro encadernado em couro preso ao seu cinto. Até então, Tyrus não havia perguntado a respeito dele. — Você só estava tomando conta de mim. Agora eu entendo.

— *Não está* tudo bem — insistiu Tyrus. — Eu estava tentando protegê-lo, mas me equivoquei em tudo, e por isso lamento. Agora vejo que você é capaz de fazer muito mais do que acreditei que fosse. Se sobrevivermos, prometo a você que tudo será diferente.

— Bom, não fui exatamente o aprendiz mais fácil de educar — argumentou Ryze, desviando o olhar. — Se sobrevivermos, talvez ambos possamos ser melhores. Começar de novo.

Tyrus assentiu.

— Mas primeiro precisamos sair da cidade.

— Que tal o porto? — sugeriu Ryze, inclinando a cabeça de lado.

— O que tem em mente?

— Acho que a maior parte dos inimigos está entrando cada vez mais na cidade ou está aqui fora, à procura de fugitivos. Já estamos atrás da força principal deles. Não deve haver uma grande retaguarda, afinal, o que poderia ameaçá-los? Não estamos longe do porto. Proponho seguirmos até lá, encontrar um barco e fugir por ali.

Tyrus coçou a barba curta.

— Não é má ideia — respondeu.

— Sério?

Tyrus assentiu.

— Vamos lá.

Grael percorreu a Torre Cintilante ao lado de Viego enquanto os dois cavaleiros que carregavam a rainha morta se apressavam a segui-los. Ele ria enquanto os mestres corriam apavorados diante deles. Sentia-se como um rei. Não havia ninguém para lhe negar o que desejava. Todo o privilégio e a arrogância, toda a riqueza e os contatos dos mestres não serviam para nada. Agora nenhuma das suas patéticas regras para manter gente como ele fora do seu clubinho exclusivo significava alguma coisa. Era *ele* quem detinha o poder. Agora rastejariam diante *dele*.

Chegaram a uma porta gigantesca, vigiada por dois guardiões com armaduras requintadas e armas cerimoniais abaixadas.

— Por decreto ancestral, ninguém a não ser os mestres da Sociedade da Luz, pode entrar — anunciou um deles.

— Agora *nós* somos seus mestres — sibilou Grael.

— Nosso juramento é nossa vida — acrescentou o outro guarda.

— O que estão dizendo? — rosnou Viego, não entendendo a língua.

— Que morrerão antes de saírem do caminho.

— Então a morte é o que terão.

Um instante depois estavam massacrados, esmagados contra a porta pelo poder da feitiçaria de Viego, as armaduras amassadas como se fossem de papel.

Grael abriu a porta, entrando sem hesitar no santuário mais sacrossanto da torre.

Tudo era mármore e ouro. Os tetos abobadados eram tão altos que se perdiam na sombra, e cada um dos arcos dos cantos da sala continha um emblema dourado reluzente. Uma luz arcana verde-azulada cintilava em arandelas instaladas nas paredes e nas colunas, iluminando o grupo de mestres encolhidos. Que visão patética formavam, agrupados e trêmulos como um rebanho de ovelhas nervosas. Mais dois guardiões estavam diante dos mestres, mas não havia como esses pobres pastores resistirem aos lobos.

— Isso é uma afronta e uma abominação! — declarou uma mestra, obviamente aterrorizada, mas ainda assim com postura desafiadora. — Retire-se agora! Não faça isso, Majestade! Quaisquer que sejam as promessas distorcidas que essa aranha perversa ao seu lado teceu, são mentiras!

Grael sorriu ao reconhecer quem falava.

— Hierarca Malgurza — disse ele, e seu sorriso era uma promessa de sofrimento. — Estava torcendo para encontrá-la aqui.

— Você é um verme repulsivo, Erlok Grael — rosnou Malgurza. — Não estava apto a entrar neste lugar sagrado quinze anos atrás, e agora, menos ainda. Você é uma vergonha, um homenzinho odioso que nunca foi capaz de aceitar as próprias falhas.

— E mesmo assim, quando o sol se puser, ainda estarei aqui, vitorioso, e você estará morta no chão. Ninguém se lembrará da sua existência.

— Chega de conversa — disparou Viego, adiantando-se com Santidade à mão, obviamente decidido a abater Malgurza e os outros.

— Espere — bradou Grael, abandonando a deferência servil ao rei.

Viego se virou para ele, os longos cabelos açoitando o ar. Seus olhos estavam desvairados de fúria.

— Como se atreve...

— Você *precisa* de mim — retrucou Grael, cuspindo as palavras. — Não pode chegar à Fonte das Eras sem mim. — Viego parecia prestes a dar cabo dele de qualquer maneira, e Grael suavizou o tom. — Paciência, grande rei. Sua rainha lhe será devolvida. Mas precisamos proceder corretamente.

Viego olhou para a mulher sem vida nos braços dos dois cavaleiros atrás deles, depois abanou a cabeça bruscamente.

— Trate de ser rápido — declarou ele, arrogante. — Pegue o que precisar desses miseráveis e vamos em frente.

Grael fez uma reverência zombeteira e se voltou para Malgurza:

— Vejo que tem uma runa essencial em volta do pescoço. Ficarei com ela.

A idosa ergueu a mão, tocando sem perceber a pedra triangular incrustada com o emblema de seu posto.

— Ah, sim, eu sei o que é e o que abre. — Grael riu. — Deve ser terrível saber que, no fim, foi *você* quem me forneceu a última chave para a Fonte das Eras.

— Não lhe servirá de nada.

— Porque preciso de duas delas? Sim, também sei disso.

Malgurza não conseguiu esconder a surpresa, mas logo se recompôs.

— Você pode pegar minha runa, mas nunca encontrará outra.

— Já tenho uma.

Ela estreitou os olhos.

— É mentira.

— Um mestre desapareceu mais de cem anos atrás, um mestre que usava o mesmo amuleto que você. Vocês, tolos, acreditaram que ele havia abandonado as ilhas e se perdido na história, talvez num naufrágio. Mas ele nunca partiu.

— O Ancião Holdon — sussurrou a Hierarca.

— O Ancião Holdon — Grael confirmou. Incapaz de resistir à oportunidade de se vangloriar, ele mostrou sua runa essencial a Malgurza. — É fabuloso ver que portas essas runas abrem. Sabia que podem destrancar até o Cofre do Explorador?

— Foi de lá que você tirou a runa condutora que deu aos camavoranos.

— Isso mesmo. Parece até que vocês, mestres, ganharam poder *demais*, não? Agora me dê sua runa.

— Não.

Grael sorriu.

— Estava contando com essa resposta.

Ele sacou a foice, e a lâmina cruel cravou profundamente o peito da Hierarca Malgurza com um baque horrível. A idosa olhou boquiaberta para a arma, sem entender, antes de desabar no chão.

Grael, com os olhos frios e opacos, se voltou para os mestres restantes.

— Agora pode matá-los, grande rei — declarou.

Furioso, Hecarim berrou ao girar sua glaive de lâmina curva.

Kalista se abaixou para escapar do golpe letal, e a lâmina cortou o pescoço de um cavaleiro próximo, abrindo um talho profundo. Ela desferiu um golpe de lança, mas o grão-mestre o desviou com o cabo da própria arma e continuou com uma investida que ela quase não conseguiu evitar.

— Ouça! — rosnou Kalista, antes que ele pudesse atacar outra vez. — Viego precisa ser detido!

Hecarim bufou de escárnio e atacou. Kalista desviou do golpe, mas a força do ataque fez suas mãos tremerem. Ainda assim, ela revidou duas vezes, atingindo-o no peito e no gorjal. Não chegou a feri-lo, mas fez Hecarim cambalear e recuar um passo, rendendo um momento de alívio.

— Hecarim, escute! — sibilou ela. — Se Viego chegar à Fonte das Eras, pode levar a um desastre! Ele não pode prosseguir com o que planeja!

— *Não me importa* o que ele pretende fazer. E você fala de desastre? — Hecarim riu. — Olhe à sua volta! O desastre já chegou. A cidade caiu!

Ele avançou mais uma vez, investindo com a glaive, mas Kalista se jogou para o lado e retribuiu o golpe, mirando seu rosto. Ele se virou no último instante, e a lança da general o atingiu no elmo, empurrando a cabeça dele para trás.

— Não seja tolo! Você não será poupado do que Viego pode provocar!

— Foi o que os mestres desta ilha disseram? — Hecarim balançou a cabeça, rindo. — E você acreditou?

Com um rugido, ele avançou para derrubá-la.

E então Ledros surgiu ao lado dela. Foi de encontro a Hecarim com o enorme escudo, desequilibrando o grão-mestre. A espada de Ledros cortou o ar, e Hecarim quase não conseguiu evitá-la, cambaleando desesperadamente para sair do caminho.

— Revide, covarde! — berrou o comandante, mirando um forte golpe de cima para baixo na cabeça de Hecarim.

O grão-mestre empurrou a espada para o lado com um movimento hábil da glaive e mirou em direção ao rosto de Ledros. O grandalhão virou a cabeça, mas a lâmina cruel talhou seu pescoço.

— Maldito plebeu! — rosnou Hecarim. — Você ousa *me desafiar*?

Ledros rugiu e bateu o escudo em Hecarim, forçando-o a se afastar ainda mais de Kalista. Mas ele havia se exposto ao sair da formação, e ela lutou desesperadamente para impedir que os outros cavaleiros o atacassem pelo flanco. Desviou um golpe direcionado ao lado que ele não enxergava e deu um salto, pisando nas costas de um guerreiro caído para mergulhar a lança no pescoço do cavaleiro.

Tentando ganhar espaço, Hecarim virava a glaive freneticamente. Ledros aparou o golpe com o escudo, que se estilhaçou, e revidou com um poderoso ataque impelido pela raiva, que Hecarim desviou em desespero.

Pela lateral, um cavaleiro se lançou contra Ledros, mas Kalista o viu antes e atacou primeiro, desferindo um golpe mortal. A general arrancou a própria arma, e o cavaleiro caiu, mas ela gritou ao ver Hecarim cravar a glaive no tronco de Ledros.

O grandalhão se livrou do escudo partido e agarrou o cabo da arma de Hecarim. O grão-mestre tentou libertá-la, mas era como se estivesse presa numa pedra. Com um golpe devastador, Ledros desceu a espada no ombro de Hecarim. O grão-mestre se retorceu e conseguiu escapar da força total do golpe, mas este amassou sua armadura, que afundou na carne.

Hecarim rugiu de dor e caiu de joelhos. Com uma careta, Ledros arrancou a glaive do grão-mestre do próprio corpo e a atirou de lado.

— Morra sabendo que foi um maldito plebeu que o derrotou — disse ele, erguendo a espada.

— Abaixem! Abaixem! — sussurrou Ryze, abaixando-se atrás de uma carroça virada. Tyrus e as crianças fizeram o mesmo.

— O que foi? — sussurrou Tyrus. — Inimigos?

Ryze levou o dedo aos lábios pedindo silêncio, e logo depois ouviram vários indivíduos se aproximando num passo ligeiro, as botas em marcha. Ele respirou fundo, reunindo forças, e runas luminosas apareceram dentro de seus antebraços quando cerrou os punhos.

Ele meio que esperava que seu mestre tentasse impedi-lo, mas Tyrus simplesmente acenou com a cabeça, concordando, e disse sem emitir som: *Tome cuidado.*

Os passos se aproximaram e Ryze pulou de trás da carroça, pronto para disparar… mas se deteve ao dar de cara com uma mulher pequena e feroz, de cabelos brancos, que apontava uma arma relicária para ele.

— Não está sendo perseguido por nenhum espírito errante hoje, está, aprendiz? — perguntou a artífice Jenda'kaya com um sorriso enquanto baixava a arma.

— Espírito errante? — perguntou Tyrus, saindo de trás da carroça.

— Não se preocupe com isso — respondeu Ryze, balançando a cabeça de leve para a artífice.

Jenda'kaya cumprimentou Tyrus com um meneio de cabeça, depois viu as crianças com ele e seu sorriso sarcástico vacilou. Ela se abaixou até a altura dos olhos delas e falou com seriedade:

— Acho que preciso agradecer a vocês três por manterem Tyrus e Ryze em segurança. — O menino, Tolu, assentiu, sério. — Bom trabalho, jovens Sentinelas. Continuem assim.

Havia dois assistentes acompanhando a artífice: um homem grande com um avental de couro, que Jenda'kaya apresentou como Piotr, e Aayilah, uma mulher esbelta de cabeça rapada. Esta levava o que parecia ser um arco embrulhado pendurado nos ombros, enquanto Piotr carregava uma espécie de marreta com cabeça de pedra. Também traziam um baú pesado de madeira escura com bordas de prata, obviamente arrastando-o entre os três. Jenda'kaya parecia pronta para uma longa viagem, com uma bolsa bem cheia pendurada no ombro e um estojo longo de couro amarrado às costas.

— É melhor ficarmos juntos — disse Ryze. — Estamos indo para o porto.

— Nós também — informou Jenda'kaya. — Lady Kalista disse que podemos confiar na capitã do navio dela. Imagino que um navio camavorano consiga escapar sem ser naufragado.

Ryze assentiu.

— Não pensei em pegar um navio camavorano. É uma boa ideia.

— Então a princesa está com você? — perguntou Tyrus, procurando atrás de Jenda'kaya e de seus assistentes.

A artífice suspirou.

— Não — respondeu, com a voz baixa e repleta de pesar. — Ela está lutando contra os outros camavoranos no Arco da Iluminação. Atraindo-os para si. Foi só graças a ela que chegamos até aqui.

Ryze olhou para a Sentinela, sem compreender imediatamente o que ela dizia.

— Ela vai se sacrificar para nos salvar — constatou Tyrus, com pesar.

Ryze xingou baixinho. Virou-se, de punhos cerrados, sentindo-se impotente e ainda mais impressionado do que nunca com Kalista. Gostaria, sinceramente, de não ter causado uma impressão tão ruim a ela. *Agora é tarde demais*, pensou, arrependido.

— Ela é uma tola — declarou Jenda'kaya —, mas ainda não conheci mulher melhor e mais nobre. Mas, vamos, o caminho está livre. Temos que nos apressar.

A Fonte das Eras ficava nas profundezas da Torre Cintilante. A rota era protegida pelos guardiões mais graduados e confiáveis, mas nenhum deles foi páreo para o rei estrangeiro, que os massacrou com desdenhosa facilidade, abatendo-os com sua espada espantosa e terrível, e drenando-lhes a essência vital.

— Já li sobre sua espada, mas pensei que as histórias fossem um exagero — refletiu Grael, enquanto desciam pelas galerias inferiores abaixo da torre, passando por cima dos cadáveres encovados das últimas vítimas da lâmina. — Ouvi dizer que se chamava *Rasga-almas*.

— Esse nome é um insulto — respondeu Viego, com a voz estranhamente desprovida de emoção —, dito apenas por inimigos do Trono Prateado. Esta é Santidade, a Espada do Rei. É a relíquia sagrada mais preciosa do meu reino. Todos os monarcas camavoranos, desde o primeiro, estão vinculados a ela pela própria alma.

— O que significa estar vinculado à espada pela própria alma?

— Santidade não foi forjada por mãos humanas nem neste plano mortal. Ela existe apenas nos Salões dos Ancestrais, o além-vida de Camavor, a menos que seja convocada por quem é vinculado a ela.

— E, quando morrer, sua alma ficará presa?

— Não. O vínculo se rompe no momento em que o portador morre. — Viego olhou para ele, estreitando os olhos. — Por que tanto interesse?

— Mera curiosidade, grande rei — respondeu Grael.

— Quanto falta para chegarmos à água?

— Não muito. Mas a Fonte das Eras é protegida por mais do que simples guardiões de carne e osso — explicou Grael. — Há três fechaduras que precisaremos abrir para alcançar as águas.

— E você tem as chaves dessas fechaduras, certo?

— Tenho. Aqui. — Grael tocou primeiro nos bolsos, depois no lado da cabeça. — E aqui.

Desceram até um espaço amplo e cavernoso, rodeado de colunas altas. Cada superfície era feita de mármore e ouro, com entalhes meticulosos de símbolos geométricos desconcertantemente complexos.

— Este é o Salão da Conjunção — declarou Grael.

Mesmo numa cidade de riqueza e opulência, aquela sala era especial. Cada ângulo, cada coluna e cada linha dourada atraíam o olhar para a altíssima cúpula do teto. Dezenas de milhares de pontos de luz cintilavam no interior da amplidão escura — um mapa perfeito do céu noturno, mostrando todas as estrelas, constelações e corpos celestes tal como apareciam naquele exato momento acima das Ilhas das Bênçãos. Embora fosse quase impossível ver a olho nu, os pontos tremeluzentes mudavam bem devagar, acompanhando com precisão o movimento de cada estrela. Enquanto olhavam para cima, uma estrela cadente riscou o céu acima da cúpula.

— Não existe nada semelhante em nenhum outro lugar do mundo — Grael falou em voz baixa. — E, até hoje, nenhum estrangeiro jamais teve o privilégio de pôr os olhos nisso. Você é o primeiro, bom rei.

Não acrescentou que também era a primeira vez que *ele*, Grael, o via. Tudo o que sabia sobre o lugar vinha das anotações, rabiscos e plantas baixas que tinha encontrado nas câmaras seladas sob a Grande Biblioteca.

A partir dali não havia mais escadas levando para baixo, pelo menos nenhuma que fosse óbvia à primeira vista. A sala era dominada por uma grande plataforma circular, erguida logo acima dos padrões geométricos esculpidos nas pedras ao redor. Para qualquer pessoa sem o conhecimento do que existia abaixo, os níveis subterrâneos acabavam ali.

— E onde está a água? — perguntou Viego.

— Ainda mais abaixo — respondeu Grael.

— Mais? — O rei olhou à sua volta, confuso. — Mas como chegaremos lá?

— A conjunção nos levará. — Grael apontou para cima, desfrutando da sensação de controle que o conhecimento secreto lhe concedia.

Viego seguiu o olhar dele, fitando o espetáculo das estrelas.

— Não vejo nenhuma conjunção.

— Pois é — concordou Grael. — E se houvesse alguma, não seria útil para nós! Não, a chave é a conjunção *exata* que aconteceu diretamente acima das Ilhas das Bênçãos na véspera do dia em que este salão foi concluído, e tal acontecimento astral só se repetirá daqui a dez mil anos. A construção deste salão foi cronometrada com uma precisão magistral.

Um lampejo de frustração faiscou nos olhos já instáveis do rei de Camavor.

— Não posso esperar dez mil anos. Se você pode abrir o caminho, abra-o. *Agora.*

Grael olhou para a lâmina afiada de Viego e assentiu, curvando a cabeça.

— Como desejar, meu rei.

O vigia foi até uma coluna com um nicho esculpido. Dentro dele havia hastes de latão paralelas e horizontais, cada uma com vinte contas de pérolas presas a ela. As contas podiam deslizar para a esquerda e para a direita, o que permitia dispô-las em intervalos específicos ao longo das centenas de pequenos chanfros entalhados nas hastes.

Grael começou a organizá-las num padrão preciso.

— A visão que temos acima é o mapa dos céus como estão no momento — explicou enquanto trabalhava. Satisfeito, recuou.

No instante seguinte, um brilho branco-prateado apareceu na borda da plataforma circular central, exatamente onde várias linhas cruzadas convergiam mais perto da coluna. Acenando com a cabeça, Grael foi até outra coluna, que abrigava um conjunto semelhante de hastes e contas, e as reorganizou também.

— Mas para ativar o resplendor dos alinhamentos, devemos reverter o tempo até aquele momento específico, séculos atrás.

Uma segunda luz começou a brilhar na borda do círculo, em outro ponto de convergência.

Grael acessou mais cinco colunas, fazendo com que mais luzes se acendessem no chão. Na oitava e última coluna, ele moveu um conjunto de contas e então se deteve.

— E na luz da conjunção abrir-se-á o caminho — sussurrou, pondo a última conta no lugar.

O céu na cúpula começou a se mexer, devagar no início, depois cada vez mais depressa. A lua e as estrelas subiram e desceram do oeste para o leste enquanto o tempo voltava. Logo estavam se deslocando tão depressa que se transformaram num borrão de luz, formando linhas sólidas de um lado a outro. Depois de um tempo, tudo começou a desacelerar, e logo todos os movimentos perceptíveis cessaram. O céu exibiu constelações que não eram vistas havia centenas de anos. E logo acima pendia a lua prateada, cercada por oito estrelas perfeitamente equidistantes.

As oito estrelas irradiavam uma luz intensa, e o brilho da lua cheia iluminava a plataforma circular, emoldurada por oito luzes iguais. Uma nona e última luz começou a brilhar no centro da sala, e uma miríade de runas e símbolos arcanos se tornaram visíveis, cintilando e fulgurando no chão.

— Cuidado para não cair, Majestade — sugeriu Grael, curvando-se, subserviente.

Assim que ele falou, o chão tremeu.

— Se a derrubarem, perderão a vida — rosnou Viego para os dois cavaleiros que carregavam sua rainha quando, com um rangido de pedra, todo o piso, até as colunas, começou a afundar.

Revelou-se que cada uma das luzes convocadas era projetada por um pilar pentagonal estreito, que se ergueu como um caule em crescimento quando o chão caiu ao redor deles. O pilar no centro era o maior, uma formação de oito lados que girava como uma flor desabrochando à medida que subia. E então raios de luz brilhavam entre cada um dos pilares, formando uma teia intrincada de feixes interligados acima de Grael e dos camavoranos conforme desciam com o chão.

Depois de afundarem duas vezes a altura de uma pessoa, as partes mais externas do piso pararam de se mexer, formando camadas em degraus, enquanto o restante do chão continuava a afundar. Era um feito estonteante de engenharia arcana. Quando o chão estava imóvel, as pedras se encaixavam com tamanha perfeição que qualquer um que passasse os dedos sobre elas não conseguiria perceber que havia tantas peças separadas.

De repente, a porta se escancarou e um pequeno grupo de guardas irrompeu. Atrás deles, apoiada pesadamente num dos guardiões, estava a Hierarca Malgurza. A idosa estava pálida, e as ataduras que haviam sido enroladas às pressas em volta de seu peito, encharcadas de vermelho.

Grael bufou, achando graça.

— Não sabe a hora de morrer?

— Não façam isso! — gemeu Malgurza, olhando-os de cima enquanto continuavam a descer. — Os mortos não podem ser trazidos de volta! Nossos fundadores tentaram, e isso só leva as pobres almas a ficarem presas deste lado do véu! Não sujeite sua esposa a esse horror!

Viego olhou para ela e sua expressão transbordava desconfiança e amargura.

— Você quer apenas guardar o poder para si! Não darei ouvidos às suas mentiras!

A hierarca se encolheu, e ficou óbvio que teria caído se não estivesse amparada.

— Você brinca com coisas muito além da sua compreensão — continuou ela, rouca. — Eu imploro. A runa é perigosamente instável! Se fizerem o que pretendem, poderá ser catastrófico!

— Runa? Que runa? — rosnou Viego.

— Ela pretende nos deter com subterfúgios e falsidades — sibilou Grael. — Os mestres fazem qualquer coisa para proteger seus segredos!

— A runa é a fonte — explicou Malgurza, dirigindo-se a Viego. — É o que dá poder às águas.

— Não me importa o risco — declarou Viego, embora Grael notasse a insegurança súbita dos cavaleiros ao lado do rei. — Só o que importa é recuperar Isolde.

— Que disparate! — gemeu a hierarca. Com um gesto, ela mandou os guardiões avançarem. — Detenham-no!

Eles se espalharam pela sala e desceram para o primeiro degrau com as armaduras retinindo. Enquanto a plataforma mais baixa continuava a afundar, Viego se virou com a imensa espada acompanhando os movimentos deles.

Por fim, a descida acabou. Grael gesticulou para que os outros recuassem, pois o círculo interno começou a se mexer, pedras em formato de pétala deslizando umas sobre as outras e descendo como a espiral de um saca-rolhas, girando e formando uma escada circular.

— Temos que nos apressar — avisou Grael.

Agora os guardiões estavam próximos, apenas alguns degraus acima deles. No entanto, receavam a espada de Viego, tendo visto o que ela fizera aos seus companheiros.

— Rápido — insistiu Grael, descendo a última escada.

— Me deem Isolde. — A espada de Viego sumiu no ar e ele pegou a rainha dos cavaleiros com delicadeza. — Contenham-nos — mandou, e seguiu Grael escada abaixo.

Os dois cavaleiros empunharam machado e espada enquanto os guardiões avançavam uma vez mais, encorajados pela ausência de Santidade.

Enquanto as armas se chocavam acima deles, Grael e Viego correram pela escada em espiral até a última câmara, uma ampla sala circular com símbolos em baixo-relevo em seu exterior. Era exatamente como o garoto, Ryze, havia descrito. Ele percebeu a pequena grade de pedra por onde o aprendiz havia entrado, depois voltou sua atenção para as gigantescas portas douradas — a última barreira entre ele e a Fonte das Eras.

Ouviram gritos e grunhidos de dor vindos do alto, e um dos cavaleiros desabou pela escada com um estrondo. Caiu imóvel no chão. Se foi a queda ou as alabardas dos guardiões que o mataram, Grael não sabia nem se importava.

Pouco depois, vários guardiões desceram até a câmara com os tabardos brancos manchados de sangue.

— Vou precisar de um momento para abrir as portas — informou Grael.

Viego deitou sua esposa-cadáver no chão, e a imensa espada apareceu em suas mãos mais uma vez. Com um gesto, ele puxou um guardião para si e o trespassou com a lâmina.

Grael fez um som de apreciação e foi até as gigantescas portas douradas. Gravado no centro delas havia um olho aberto cercado de chamas, e ele sentiu um formigamento ao pôr a mão sobre ele. Ouviu-se o som de engrenagens girando, e um par de orifícios triangulares se abriu.

Lambendo os lábios, com o coração acelerado, Grael encaixou as runas essenciais em seus lugares. As portas se abriram, e uma névoa branca saiu para recebê-lo.

As Águas da Vida eram *dele*.

Capítulo Trinta e Dois

Ledros estava diante de Hecarim, segurando a espada acima dele como a lâmina de um carrasco.

— *Espere* — mandou Kalista.

Ele congelou.

— Por quê?

Kalista sabia que obedecer àquela ordem exigia toda a força de vontade do comandante. No chão, o olhar de Hecarim corria entre ela e seu possível executor, talvez percebendo uma chance inesperada de sobreviver. Soldados de ambos os lados pararam para ver como a situação se resolveria.

— Se o deixarmos vivo, poderemos evitar um *total* desastre — explicou Kalista, aproximando-se e pousando a mão no ombro de Ledros. Ela o sentiu tremer de fúria. — Acima de tudo, precisamos deter Viego.

— Este canalha desonrado merece a morte. — As palavras saíram por entre dentes cerrados.

— Merece. Mas há mais do que isso em jogo.

— Ouça sua general, soldado — disse Hecarim, com um sorriso transparecendo na voz.

Naquele momento, Kalista quase o matou ela mesma, e sentiu Ledros se retesar.

— Contenha-se — sibilou, tanto para si mesma quanto para o comandante gigantesco.

— Cavaleiros da Ordem de Ferro! — berrou Hecarim no chão. — Recuar! Parem de lutar!

A batalha se interrompeu devagar enquanto outros cavaleiros repetiam a ordem e se afastavam. Havia apenas nove guerreiros da Hoste ainda de pé. A Ordem de Ferro os cercara completamente, mas Kalista observou, orgulhosa, que havia muito mais cavaleiros espalhados pelo chão do que soldados dela.

Finalmente, a contragosto, Ledros baixou a espada. Grunhindo de dor, Hecarim se apoiou num dos cotovelos, começando a se levantar, mas Kalista o impediu, apertando a ponta da lança no pescoço dele.

— Não — disse ela.

Hecarim engoliu em seco, espiando a lança, e afundou de novo no chão.

— O que propõe? — perguntou ele. — Posso estar à sua mercê, mas vocês estão cercados. Se me matar, você e todos os seus soldados morrerão. Não está exatamente na posição de negociação mais vantajosa.

— Eu iria de bom grado para o túmulo sabendo que o levei comigo — rosnou Ledros. Ele ergueu a espada mais uma vez, e o grão-mestre se encolheu.

Kalista se colocou na frente de Ledros, empurrando-o para trás, embora mantivesse a ponta da lança no pescoço de Hecarim. Ela olhou para o grão-mestre, enojada.

— Tenho nas mãos a única coisa com a qual você se importa: sua vida miserável. Diria que estou numa posição de negociação *muito* vantajosa.

Hecarim olhou para ela com frieza.

— O que você quer?

— Tenho que ir atrás de Viego. Você viverá e, em troca, seus cavaleiros nos deixarão passar.

Hecarim riu.

— Só isso?

— Só isso. Precisamos detê-lo.

— Poderíamos tê-lo afastado e resolvido o problema antes de chegar a este ponto — retrucou Hecarim. — Mas a sua honra não permitiu isso. Lembra?

— Ele foi longe demais — sussurrou Kalista, mas as palavras de Hecarim a atingiram. Ela *podia* ter evitado tudo aquilo.

— Ah, eu diria que ele foi longe demais há *muito tempo* e você se recusou a admitir. — Ele abanou a mão com desdém. — Mas tudo bem, tudo bem! Vá fazer o que precisa fazer! A Ordem de Ferro não a impedirá.

— Ele não tem honra — rosnou Ledros. — Não podemos confiar nele.

Hecarim revirou os olhos.

— Ouçam minhas palavras, cavaleiros da Ordem de Ferro! — gritou ele. — Saibam todos que Kalista vol Kalah Heigaari e esses bravos soldados de Camavor estão sob minha proteção! Qualquer um que os machucar enfrentará o julgamento de ferro e será executado por traição ao seu juramento! Deixem-nos passar.

Kalista o encarou.

— Não me importa se os seus últimos soldados vivem ou morrem — explicou Hecarim —, mas me importa, *sim*, viver para ver outro dia. Tenho ambições que ainda não se concretizaram.

— Covarde até o fim — rosnou Ledros, e olhou para Kalista. — Deixe-me matá-lo. Todos morreremos de bom grado por você, general. — Murmúrios de concordância dos sobreviventes da Hoste acompanharam a declaração.

— Não sou covarde — corrigiu-o Hecarim. — Apenas não sou tolo.

Kalista estreitou os olhos.

— Que garantia você pode me dar de que não rescindirá sua ordem assim que não houver nenhuma lâmina em seu pescoço?

— Ancestrais no céu, não sou nenhum selvagem, Kalista. Não quero que você *morra* — afirmou ele, depois sorriu. — Quero que *nos casemos.*

— Sério? — bufou Kalista. — Depois de tudo isso?

— Como eu disse, tenho ambições. Você é uma mulher de palavra: jure que honrará nosso noivado depois que tudo isso se acabar.

A risada de Kalista se transformou numa carranca.

— Por que eu faria isso?

— Para garantir sua segurança. — O sorriso de Hecarim aumentou. — Não faria muito sentido para mim matar aquela que fará de mim um rei, não é?

— Kal — alertou Ledros. — Não dê ouvidos a ele.

— E os meus soldados? — perguntou Kalista.

— Se isso a persuadir, deixarei seus soldados em paz. Até este aqui — disse lançando um olhar para Ledros. — Eles fizeram jus a você. *Mais* do que isso. Lutaram muitíssimo melhor do que eu jamais esperaria. Depois que você cuidar de Viego, vou deixá-los partir ilesos. Mas *você* virá comigo e governaremos Camavor juntos.

— Não faça isso — implorou Ledros.

Kalista se virou para olhar nos olhos dele. Odiava Hecarim, odiava-o com todas as suas forças, mas o entendia. Era poder que o grão-mestre queria, e com aquele casamento, ele o conseguiria. Faria qualquer coisa para garantir que sim — e isso dava a ela algo com o que negociar.

Pousou a mão com carinho no braço de Ledros.

— Se houver ao menos uma chance de salvar você, tenho que aceitar — afirmou. — Você precisa entender.

Partia seu coração saber que não ficariam juntos, mas valeria a pena saber que podia proteger Ledros.

— Prefiro morrer!

— Você é o melhor dos homens, Ledros. Nunca deixe ninguém o fazer pensar o contrário — declarou ela.

— Isso tudo é muito comovente, mas o tempo está acabando — alertou Hecarim. — Viego entrou naquela torre há um bom tempo. Quem sabe até onde já chegou?

Kalista arriscou um olhar para a torre, com as portas demolidas. Lentamente, afastou a lança de Hecarim, que rastejou para trás e se levantou, grunhindo de dor. Ele agarrou sua glaive enquanto uma escudeira chegava depressa com o cavalo.

Kalista se aproximou enquanto ele subia na sela, estremecendo com o esforço.

— Concordo com os seus termos — respondeu ela.

— Kal, você não pode... — começou Ledros, atrás dela, com a voz angustiada. Então ele grunhiu e logo depois o chão tremeu.

Ela se virou para ver o enorme guerreiro de joelhos.

— *Não* — sussurrou.

Só então percebeu a verdadeira extensão dos ferimentos que Ledros sofrera. Kalista largou a lança e se aproximou, cobrindo com a mão o ferimento logo abaixo do peito dele enquanto o ajudava a se deitar no chão. A glaive de Hecarim o atingira profundamente. O sangue quente vertia através dos dedos dela, e a general o olhou com horror.

— Você não pode morrer. Não pode!

— Kalista... — sussurrou Ledros, de rosto pálido.

Ela segurou o rosto dele. A vida já começava a se esvair daqueles olhos, tal como o brilho do sol coberto pelas nuvens. Ela tocou os lábios dele com os seus, as lágrimas escorrendo pelo rosto. Foi o primeiro beijo deles... e o último.

— Não era para estarmos juntos nesta vida — sussurrou Ledros.

Kalista soluçou.

— Mas ficaremos juntos na próxima. Espere por mim nos Salões dos Ancestrais.

Os olhos de Ledros tentaram focar algo acima do ombro dela.

— *Kal*! — gritou ele, tentando se levantar.

Ela sentiu então uma presença, e ouviu o som dos cascos de um corcel no chão de pedra atrás de si. Levantou-se e começou a se virar...

A glaive de Hecarim perfurou as costas dela e a lâmina atravessou-lhe o peito.

— Você de fato acredita *demais*, Kalista — disse Hecarim. A voz dele soou estranhamente abafada, como se ela a ouvisse debaixo d'água. — Meus cavaleiros vão jurar que nos casamos durante a travessia no Oceano Eterno, antes de você ser *tragicamente* abatida pelos mestres perversos de Helia. Eu a vinguei, é óbvio.

Kalista piscou, olhando para a lâmina que brotava de seu peito. Levou um instante para perceber o que acontecera.

Hecarim a havia traído. Era óbvio que faria isso. E agora ela estava morrendo.

Tentou falar, mas uma dor lancinante a atingiu e ela arfou, caindo de joelhos.

Sua visão oscilou, e ela viu pessoas ao redor, banhadas por uma luz brilhante. *São os Ancestrais Venerados. Vieram me receber.* Tentou dizer a eles que não estava preparada, que ainda havia coisas a fazer, que precisava deter Viego e proteger Ledros, mas não conseguiu reunir forças.

Uma das figuras transcendentais pôs a mão sobre ela, e toda sua dor desapareceu. Tudo estava se tornando indistinto, e de repente sentiu-se cansada, muito cansada. Seus olhos começaram a se fechar. Agora podia descansar.

Ela então se lembrou de tudo, e seus olhos se abriram mais uma vez.

— *Traidor* — sussurrou. Era uma maldição e uma acusação.

Aquele não seria o fim, jurou ela. *Não irei para o Além pacificamente. Vou encontrar um modo de fazê-lo pagar por isso.*

Sua força finalmente se esvaiu e ela desabou no chão. Ledros olhava para ela, piscando, lutando para continuar consciente. Então ele rugiu de fúria, negação e pesar. Seus olhos brilharam com vigor renovado, e ele se levantou, a espada ainda firme na mão.

Hecarim lutou para tirar a arma do corpo de Kalista, depois desistiu, soltando-a e puxando as rédeas do cavalo de batalha para escapar da fúria de Ledros. O gigante o golpeou, mas Hecarim já estava fora de alcance.

— Matem-no! Matem todos eles! — berrou Hecarim, e a Ordem de Ferro avançou.

Kalista assistiu a tudo do chão, em seus últimos suspiros, incapaz de se levantar. Viu Ledros matando frenética e indiscriminadamente, desesperado para abrir caminho até Hecarim, mas o grão-mestre já tinha partido.

Finalmente Ledros caiu, perfurado por dezenas de lâminas, e a vida se esvaiu dos olhos de Kalista.

O fim havia chegado.

Depois que o último dos guardiões caiu dizimado por Santidade, Viego voltou e pegou com delicadeza a esposa morta nos braços, mas Grael não prestou muita atenção a ele. O vigia-oficial entrou devagar pelas portas daquela última sala, a que abrigava a Fonte das Eras, e arregalou os olhos.

Era como se conhecesse intimamente aquele espaço, tendo passado tantas horas debruçado sobre os desenhos do antigo projeto. Mas vê-lo agora era completamente diferente.

A água logo atraiu seu olhar. Uma luz pálida brilhava sob a superfície. O que quer que fosse, era funda e luminosa demais para ver com clareza, mas isso pouco importava. *Ele tinha vencido.*

Com uma gargalhada de triunfo, Grael correu adiante e caiu de joelhos, pegando ganánciosamente a água brilhante nas mãos e bebendo-a em grandes e longos goles. Era aquilo que os mestres lhe tinham escondido, guardando-o para si próprios. Mas agora estavam mortos, e tudo pertencia a ele.

Foi então que notou as sombras ao redor da piscina, cerca de uma dezena delas. Observavam-no, imóveis e impassíveis. Viego, por sua vez, pareceu não notar nem as sombras, nem o poder e a promessa da fonte da luz na água. O rei delirante parecia absolutamente perdido nas próprias ilusões.

Viego olhava para sua esposa morta com um sorriso de adoração, embora o rosto dela exibisse um doentio tom de cinza e sua carne tivesse começado a apodrecer. Grael não sabia o que o rei via, mas não era nada próximo da realidade.

— Está sentindo o sol, minha querida? — sussurrou o rei. — Não é fabuloso seu calor? Volte para mim e poderemos viver juntos para sempre sob a luz do sol.

Grael balançou a cabeça e resistiu ao impulso de rir da ilusão do rei. A única luz ali era o fulgor etéreo emitido pelas águas.

Carregando a rainha nos braços, Viego entrou na piscina. Estava de costas para Grael, e sua espada continuava enfiada no corpo murcho do último defensor da fonte. Agora era a hora de atacar.

Grael agarrou o cabo de sua foice. Seria tão fácil. Só o que precisava fazer era se aproximar e enterrar a lâmina na nuca do rei. Não havia ninguém para impedi-lo, e a utilidade de Viego havia acabado. E, além disso, supunha que o rei não ficaria muito contente ao perceber que a rainha não voltaria, pelo menos não do modo como ele imaginava.

Ainda assim, Grael conteve a mão, com uma curiosidade mórbida. Tinha visto o que umas poucas gotas das águas sagradas fizeram ao cadáver de um rato. O que fariam quando um cadáver humano fosse mergulhado nelas? Tinha certeza de que o resultado não seria como o rei esperava, mas *queria* ver o que aconteceria.

Ondulações percorreram a superfície da fonte quando Viego avançou piscina adentro e baixou a esposa na água. A expressão dele era de pura reverência quando a soltou com cuidado. Ela boiou de costas, o cabelo pálido espalhando-se como um leque sobre a água, que tremeluzia iridescente ao redor dela.

Grael se aproximou, observando com grande interesse.

Uma luz forte cintilou nas profundezas da piscina, como nuvens iluminadas por dentro durante uma tempestade. O corpo da rainha logo começou a afundar, como se puxado para baixo por um grande peso. O cadáver mergulhou cada vez mais fundo, mas não foi isso que fez Grael prender a respiração. O corpo havia afundado, mas restava uma forma sombria flutuando na superfície.

Era uma réplica etérea da rainha, perfeita em cada detalhe, absolutamente imóvel.

Seus olhos se abriram.

A sombra da rainha olhou para a escuridão acima dela, sem piscar, os olhos transbordando uma luz pálida. Ela então se levantou da água. Nenhuma ondulação irradiava ao seu redor enquanto se movia, tampouco a água escorria de seu corpo.

— Meu amor — sussurrou Viego.

Ela olhou ao redor, vendo os próprios braços sombreados, depois o cadáver apodrecido que jazia no fundo da piscina. A luz lá embaixo havia diminuído mais uma vez, desvanecendo-se na escuridão. Quando o espectro olhou para Viego, mostrou o semblante contorcido de horror, repulsa e pânico.

— *O que você fez?* — disse ela. Sua voz estava vazia e sepulcral, como se viesse de longe.

— Eu a salvei, minha querida — respondeu Viego, caminhando na direção dela. — Eu a trouxe de volta para mim!

— *Mande-me de volta* — implorou o espírito, balançando a cabeça. — *Mande-me de volta!*

— Você está viva, meu amor! Agora tudo ficará bem!

— *Mande-me de volta!* — gritou ela, cobrindo o rosto com as mãos. — *Eu estava na luz! Eu estava em paz!*

— Agora podemos ficar juntos para todo o sempre! — disse Viego, caminhando pela água na direção dela, de braços abertos.

O espírito espiou por entre os dedos. Olhou para Viego, que se aproximava com um sorriso amoroso nos lábios, depois para Grael. Os olhos dela se encheram de raiva, e o vigia recuou cambaleando perante a determinação por trás deles. Ela voltou sua atenção para Viego e se elevou acima dele.

Flutuando para o alto, fitou, pesarosa, o marido, que olhava para cima arrebatado, como se ela fosse uma aparição divina. A fúria se irradiava de Isolde em ondas palpáveis. O vestido e os cabelos flutuavam languidamente ao seu redor, como se continuasse submersa. Grael se afastou ainda mais, mas Viego continuava perdido em suas ilusões, estendendo os braços para ela como se ansiasse por seu abraço.

Isolde avançou num borrão desvairado, passando por Viego e riscando o ar em direção a Grael, os olhos deixando um rastro de chamas verde-azuladas. Grael gritou em choque ao senti-la *atravessar* seu corpo, e uma frieza gélida agarrou seu coração, fazendo-o ofegar. Era como mergulhar num lago coberto de gelo. Ele não conseguia respirar. Não conseguia sentir nada.

O borrão que era o espírito da rainha girou pela câmara, passando por cima do cadáver do guardião ainda empalado por Santidade, e deu a volta por cima da piscina de água sagrada. Ela voltou para a frente de Viego, pairando sobre ele, e Grael finalmente conseguiu respirar, ainda gelado após a passagem do espírito. Só então percebeu que a rainha agora segurava a enorme Espada do Rei em suas mãos espectrais.

— Venha até mim, meu amor! — gritou Viego, alheio ao perigo que ela oferecia.

Ela fez o que o rei pediu.

Com o rosto retorcido de raiva, a rainha espectral avançou e atravessou o corpo do rei com a lâmina de sua própria arma. A ponta da espada traspassou as costas de Viego, e ela a afundou até o guarda-mão tocar no peito dele.

Só então a expressão do rei vacilou, e seu sorriso delirante deu lugar ao choque.

O sangue de Viego escorreu para a água e uma súbita profusão de clarões ofuscantes emergiu das profundezas. A energia cintilante dançou pela superfície da piscina, e Grael pulou para trás. Lembrou-se do aviso medonho de Malgurza e, alarmado, percebeu que a velha megera podia mesmo ter dito a verdade.

O corpo de Viego murchou diante de seus olhos, a vida e o espírito do rei drenados pela imensa lâmina. Ao mesmo tempo, a água se iluminou ainda mais, a magia atuando para curá-lo. O rosto do rei estava contorcido de sofrimento enquanto a espada e a água atuavam para destruí-lo e restaurá-lo num ciclo interminável e agonizante.

As águas começaram a escurecer e se agitar em volta do corpo trêmulo de Viego. Uma névoa escura vazou do ferimento fatal do rei, sangrando dele em espirais. Agora as águas estavam tão turbulentas quanto um mar em fúria, ao mesmo tempo que a luz nas profundezas piscava e tremeluzia de forma errática, ficando cada vez mais intensa.

Grael ficou paralisado quando o espectro ergueu Viego no ar. O sangue formou uma poça na água sagrada como se fosse óleo. A névoa branca se torceu e contorceu como uma criatura viva, afastando-se do casal unido em seu abraço mortal.

— *Você nunca me amou* — a visão fantasmagórica da rainha sibilou, com o rosto feroz próximo ao de Viego. — *Se tivesse algum afeto por mim, teria me deixado partir!*

A expressão de Viego se estilhaçou como um vaso quebrado, as palavras dela ferindo mais do que a espada que o matara jamais poderia ferir.

Com um grito de fúria, Isolde mergulhou, inclinando a espada para baixo e levando o rei consigo. Atingiram a água com força, e ela continuou indo cada vez mais fundo, em direção à fonte da luz que agora piscava descontroladamente nas profundezas.

Viego deixou um rastro de trevas, que vazavam de seu ferimento fatal, corrompendo ainda mais as águas.

A câmara de pedra da Fonte das Eras rangeu com uma força que deve ter feito toda a cidade de Helia estremecer.

O pavor invadiu Grael. Uma catástrofe estava prestes a acontecer. Ele se virou e correu dali.

A Ruination começou.

Capítulo Trinta e Três

A Fonte das Eras foi consumida pela luz ofuscante.

Erlok Grael estava a meio caminho da escada em espiral quando a onda de choque o atingiu com a força de um furacão. Ele gritou ao ser obliterado, mas não se podia ouvir nada acima do rugido da ruína.

A explosão se irradiou em todas as direções, estilhaçando rochas e pedras. Demolindo todos os níveis inferiores da Torre Cintilante, e as almas vivas que se encolhiam no seu interior morreram instantaneamente, os corpos consumidos no turbilhão.

Pedaços gigantescos da torre voaram sobre a cidade antes de desabarem com efeitos devastadores. Pedregulhos e grandes pedaços de alvenaria esmagaram bibliotecas e casas, quicando e ricocheteando pelas ruas, causando massacre e pânico. Romperam cúpulas douradas, antes imaculadas, e estilhaçaram vitrais centenários. Reduziram pilares a fragmentos e levaram prédios inteiros ao chão, matando todos dentro deles. As pedras despencaram no porto e na baía, afundando navios e matando indiscriminadamente, erguendo grandes colunas de água.

O largo diante da torre ondulou como se ali houvesse caído um tijolo. Os cavaleiros da Ordem de Ferro e os poucos soldados que restaram da Hoste contemplaram, horrorizados, enquanto a onda de choque os atingia, aniquilando-os num piscar de olhos.

Ledros jazia perfurado por uma dezena de lâminas, com a espada quebrada perto do corpo. Sua força vital o abandonava. Ele não percebeu a onda estrondosa de destruição que ia ao seu encontro — via apenas Kalista, deitada imóvel ao lado dele, com os olhos vazios e fixos. Estendeu a mão e fechou os dedos blindados de sua manopla em volta da mão dela, pálida e morta.

— Eu a verei nos Salões dos Ancestrais, meu amor — sussurrou.

A onda passou por ele, reduzindo-o a nada.

O velho conselheiro do trono, Nunyo, a viu chegar enquanto arrastava os pés na direção do porto.

— Maldição — disse ele com um suspiro resignado. Fechou os olhos com força quando a onda de devastação o atingiu.

— Estamos quase lá! — gritou Ryze para trás.

Agora faltava cruzar apenas uma plataforma acima do porto. Só uma escadaria estreita — uma rota muito mais direta a partir de sua posição atual do que a Via dos Eruditos — e umas poucas ruas e chegariam lá.

Enquanto esperava que os outros o alcançassem, ele olhou o porto em busca do *Daggerhawk*, mas não conseguiu distingui-lo entre a flotilha de navios camavoranos ancorados lá. Curiosamente, viu uma das embarcações estrangeiras *saindo* do porto, seguindo na direção da muralha protetora da Névoa Sagrada, embora estivesse longe demais para saber se era o navio que procurava.

Antes que Ryze pudesse relatar essa descoberta, porém, um clarão abrasador tomou conta do céu. O jovem xingou, momentaneamente sem conseguir enxergar. Logo depois da luz ouviu-se um estrondo retumbante, que sacudiu com violência as construções e o solo.

— Deuses, o que eles fizeram? — sussurrou Tyrus, e Ryze viu um medo genuíno nos olhos de seu mestre, algo que não se lembrava de jamais ter visto.

Em seguida, a plataforma ondulou como água, rachando e trincando o piso de pedra. Os prédios ao redor rangeram, e grandes rachaduras apareceram em suas paredes. Ryze cambaleou, agarrando-se a uma balaustrada próxima para manter o equilíbrio sobre uma pedra que, de repente, ficou muito menos estável do que o convés de um navio durante uma tempestade. Tyrus caiu de joelhos, ainda segurando o pequeno Tolu nos braços, e as gêmeas Abi e Karli gritaram ao cair no chão. Jenda'kaya e seus assistentes,

Piotr e Aayilah, largaram o baú pesado e se abaixaram completamente, olhando em volta, alarmados.

Ryze ajudou as gêmeas a se levantarem, verificando se estavam ilesas. O caminho que haviam percorrido atraiu seu olhar, e ele arregalou os olhos.

Devia conseguir ver a Torre Cintilante acima deles, erguendo-se à distância — a construção era visível de quase todos os pontos da cidade —, mas ela tinha... desaparecido. Em seu lugar havia uma tempestade de energia verde-azulada, crescendo a uma velocidade colossal. Ryze soube então que nunca chegariam ao porto antes de a tempestade os alcançar.

Os outros pareceram chegar logo à mesma conclusão, pois nenhum deles fez menção de correr. Ficaram paralisados pelo terrível espetáculo enquanto a onda de devastação rugia na direção deles, engolindo tudo no caminho.

— O que causou isso? — sussurrou Ryze, mas, mesmo enquanto falava, teve certeza de que tinha a ver com aquela runa antiga escondida na Fonte das Eras. A vergonha se apertou dentro dele como um nó de forca.

Um grupo de cavaleiros surgiu, galopando em disparada pela Via dos Eruditos numa tentativa inútil de fugir da explosão que se aproximava depressa, com seus corcéis espumando pela boca. Ryze reconheceu o que estava à frente como o líder daqueles cavaleiros. O cavalo dele, enorme, corria como o vento. Ainda assim não foi rápido o bastante para escapar.

A parede de luz dolorosamente forte, crepitando com sua energia verde e azul, atravessava a cidade. Edifícios se estilhaçavam diante dela como o gelo que se quebra sob um martelo. Em instantes alcançou os cavaleiros camavoranos, que se perderam dentro dela. O líder rugiu num desafio enquanto tentava ultrapassá-la, mas também foi consumido.

A onda avançava com um barulho estridente, bem na direção deles, a uma velocidade impossível, aniquilando tudo no caminho.

— Fiquem perto de mim! — bradou Tyrus. — Todos vocês! Depressa! Você também, Ryze!

Todos o cercaram num grupo apertado. Tyrus segurou Tolu junto de si, protegendo o menino da vista da devastação implacável, enquanto as gêmeas se agarravam às vestes dele. Jenda'kaya se agachou, passando os braços em volta das meninas e dando às costas à onda, e fechou os olhos com força. Piotr envolveu Aayilah em seus braços com cicatrizes de queimaduras.

Ryze não desviou o olhar. Se aquela era a hora de sua morte, ele a encararia de cabeça erguida.

Ele rugiu quando a explosão começou a passar por eles. Assim que os atingiu, uma luz branca ofuscante os cercou, e Ryze não conseguiu ver nada. Houve um barulho ensurdecedor, como o som de dez mil almas gritando de agonia e horror. Então o som se esvaiu, assim como a luz ofuscante.

Ryze se virou para Tyrus — os últimos indícios da luz se dissipavam dele, e o amuleto em volta de seu pescoço brilhava.

Estavam vivos! A sinistra onda de luz havia passado por eles.

Mas, à sua volta, a cidade estava em ruínas. Até onde a vista alcançava, não restava um único prédio de pé — tudo fora arrasado e reduzido a escombros. Ryze não tinha dúvida de que eram os únicos ainda vivos na cidade.

Olhando para o porto abaixo, viu que os navios haviam sofrido um destino semelhante ao da própria Helia. Foram esmagados como gravetos, os mastros e cascos despedaçados. Aquela onda de choque continuou a avançar pelo porto, embora estivesse nitidamente perdendo a força. Ele a viu passar pelo distante navio de guerra camavorano, quase emborcando-o, mas o poder da tempestade diminuía e o navio perdurou.

— Acabou? — sussurrou Jenda'kaya.

Os últimos vestígios da explosão mágica chegaram à borda da Névoa Sagrada, no horizonte. A luz verde-azulada lampejou como um raio misterioso e etéreo dentro de nuvens, e a muralha adquiriu um tom cinza horrível, como o de nuvens de tempestade.

— Acho que não — respondeu Ryze.

A Névoa Sagrada escureceu ainda mais, exalando perigo. Crepitando, arcos duplos de energia continuavam a piscar dentro dela, que logo ficou azeviche como a tinta dos escribas. Então ela desabou.

O navio distante desapareceu de vista, obscurecido pela névoa lúgubre, ainda faiscando luzes etéreas.

— Aquilo está se *aproximando*? — perguntou Jenda'kaya.

De fato, estava.

Uma névoa negra, mais escura do que uma noite sem lua, agora avançava na direção deles. Deslocava-se com movimentos ondulantes, enervantes, com tentáculos estendendo-se diante dela, como se aquela massa agitada fosse uma fera voraz e desprovida de olhos.

Ryze olhou para seu mestre:

— Consegue fazer aquilo de novo?

Tyrus negou com a cabeça. Seu rosto estava encovado e pálido, e ele ofegava.

— A barreira esgotou meu amuleto — arfou ele. — Vai levar um tempo até ele se reestabelecer.

Ficou óbvio que o poder da névoa negra não era igual ao da onda de choque que desintegrara pedra e carne, embora não fosse menos aterrorizante.

Enquanto recuava de volta ao porto, contorcendo-se e engolindo navios e atracadouros, parecia reverter os danos causados pela explosão. Mastros e cascos rompidos se refaziam, e imensos pedaços de pedra se ergueram para serem devolvidos aos seus lugares de origem, embora de modo imperfeito. Os prédios próximos do porto, despedaçados momentos antes, foram renovados, com suas estruturas congeladas no momento da própria destruição. Pedaços de alvenaria pairavam no ar, cercados por uma luz verde-azulada, capturados exatamente uma fração de segundo depois de a onda inicial tê-los atingido. As árvores que outrora ocupavam os terraços voltaram como cópias etéreas, fantasmagóricas, com folhas transparentes voando num vento que já não existia.

— Abaixem-se! — gritou Jenda'kaya, puxando as gêmeas consigo e agachando-se atrás do baú pesado enquanto a névoa corria na direção do grupo.

Cobrindo os olhos, como se encarasse uma tempestade de areia sibilante, Ryze se protegeu, abaixando-se ao lado da artífice.

A névoa negra passou por cima deles, e foi como ser jogado na água gelada. Ele arfou quando todo o calor foi extraído de seu corpo. Foi como se garras gélidas agarrassem seu coração, sua alma, e ele caiu de joelhos em estado de choque. Sussurros angustiantes e gritos longínquos vieram de todas as direções, e o desespero e o desalento pesaram sobre ele, pressionando-o no chão. Fechou os olhos com força e gemeu. Só queria afundar na escuridão. Só queria que aquilo acabasse.

A mão de alguém o puxou, colocando-o de pé e arrancando-o do sofrimento, e ele abriu os olhos para ver o rosto preocupado de Jenda'kaya defronte.

Ele piscou, olhando ao redor. Agora a cidade estava envolta na escuridão da névoa negra, tornando impossível enxergar além de algumas centenas de metros. Tyrus e os outros olharam ao redor, chocados e horrorizados, todos obviamente sofrendo a mesma experiência que ele. As crianças estavam de olhos arregalados e rosto pálido.

A cidade fora restaurada, de certa forma, mas de modo incorreto e enervante. Helia voltara a existir, mas tudo estava distorcido e contorcido, como se em agonia.

Numa breve abertura na névoa negra, Ryze vislumbrou a grande Torre Cintilante acima da cidade, renovada de maneira imperfeita. Parte de seus andares mais baixos permanecia congelada no processo de explosão, de modo que a maior parte da torre não tinha suporte abaixo dela, mas também não desabava. Pairava no ar acima da cidade, imóvel, enquanto a névoa serpenteava ao redor.

— Temos companhia — advertiu Jenda'kaya.

Ryze olhou para baixo. Várias silhuetas surgiam dos edifícios. Nem todos os cidadãos tinham sido massacrados pelos saqueadores camavoranos — muitos haviam se escondido e agora saíam de seus abrigos secretos. Ficou óbvio, no entanto, que a restauração macabra não se limitara aos prédios da cidade.

As figuras que surgiam não eram seres vivos, mas sombras fantasmagóricas, com formas imateriais, nebulosas e indistintas. Eram como as criaturas que Ryze vira antes assombrando a Fonte das Eras, e o sangue gelou nas veias dele.

Alguns daqueles espectros estavam cientes da própria nova e horrenda existência, gritando e protestando contra o destino, enquanto outros pareciam confusos e perdidos ou alheios às mudanças que lhes foram impostas.

— Há algo muito errado aqui — murmurou Tyrus.

— Você acha? — comentou Ryze.

— O véu entre os reinos deve ter se rasgado — continuou Tyrus, ignorando o sarcasmo do aprendiz. — Ou as almas dos mortos, de alguma forma, foram arrancadas do reino espiritual. Isso não é bom.

— É uma *catástrofe* — sussurrou Jenda'kaya. — Deve ter acontecido a cada alma da cidade. Talvez a cada alma de todas as ilhas.

A maior parte dos espíritos os ignoravam ou ainda não os tinham percebido, mas Ryze viu que os cavaleiros camavoranos reduzidos a nada também tinham voltado. Estavam a certa distância, parcialmente ocultos pela névoa escura, mas Ryze conseguia ver que o líder se convertera numa mistura aterrorizante de homem e animal, com sua forma humana fundida à do cavalo de batalha. Seus cascos rasgavam o solo enquanto balançava a cabeça coberta com o elmo de um lado para o outro, avaliando seu novo eu pós-vida.

Ele fixou os olhos em Ryze, talvez sentindo sua atenção, e uma luz verde, fria e fulgurante se derramou de dentro do elmo. O colosso monstruoso começou a andar na direção dele, com aquele fogo pálido ardendo nos olhos. Sua carne era imaterial, mas restava nele uma presença pesada, pois usava uma armadura resistente e escura, e sua arma era bem verdadeira.

— Temos que ir! — Bradou Ryze.

— Será que ainda sobrou algum navio? — perguntou Jenda'kaya.

Ryze achava improvável, mas não havia tempo para pensar num plano diferente.

— Depressa, desçam a escada!

Como um cão de caça incapaz de resistir ao chamado para a caçada, a monstruosa fusão de homem e cavalo começou a trotar, depois a galopar, enquanto Ryze levava os outros escada abaixo.

— Mais rápido! — pediu Ryze. No meio do caminho, arriscou-se a olhar para trás. Nada. *Sem dúvida, aquela criatura não consegue nos seguir por estes degraus íngremes e estreitos. Não é?*

Chegaram ao pé da escada e correram até uma pequena praça com uma fonte ornamental no centro. Havia estátuas parcialmente estilhaçadas na fonte, vertendo das bocas uma água escura e corrompida. Como se fossem uma só, elas viraram a cabeça para ver os recém-chegados, com uma luz cruel cintilando nos olhos.

— Vamos em frente! — gritou Ryze, assumindo a liderança mais uma vez e seguindo para uma viela que ele sabia levar ao porto.

No momento em que entravam na viela, ouviu-se um estrondo retumbante atrás deles.

— Ah, deuses — choramingou a assistente Aayilah, e Ryze olhou para trás, vendo que o cavaleiro monstruoso saltara para a praça, os cascos ardentes espalhando uma teia de rachaduras onde pousou. Ele os viu e avançou, apontando a glaive gigantesca para eles.

Jenda'kaya sacou uma de suas armas relicárias e disparou um feixe de pura luz contra o cavaleiro monstruoso. Acertou-o em cheio, abrindo um buraco em seu tronco blindado, mas ele não se dissipou como o espírito da Fonte das Eras que havia seguido Ryze nem diminuiu a velocidade. Rugindo, partiu contra eles com fúria renovada.

Eles correram.

A viela serpenteava de um lado a outro. No espaço apertado, o cavaleiro ficou em desvantagem. Colidiu com as paredes ao virar uma esquina depressa demais, deslocando tijolos, e seus cascos derraparam nas pedras lisas do calçamento, mas ainda era óbvio que ia atropelá-los. Outra rajada de Jenda'kaya iluminou a escuridão, mas o tiro foi disparado às pressas e errou a cabeça do cavaleiro, deixando de atingi-lo por menos de um palmo.

— Por aqui! — gritou Ryze, empurrando com o ombro a porta dos fundos de uma loja.

A porta era estreita, e ele imaginou que o cavaleiro não conseguiria entrar. Dava em um escritório de cartografia, ao qual Ryze fora enviado várias vezes ao longo dos anos para buscar mapas para Tyrus, e sabia que a porta da frente os aproximaria ainda mais do porto.

A sombra do velho cartógrafo estava sentada à sua mesa inclinada, mas, tendo sido obliterado e depois retornado naquele pós-vida, Ryze quase não o reconheceu. O corpo tinha desaparecido, e agora ele era pouco mais do que rolos de pergaminho e mapas retorcidos, unidos na forma rudimentar de um homem pela névoa escura e por uma energia fulgurante. O cartógrafo ainda segurava a elaborada caneta de pluma que usara por toda a vida e rabiscava freneticamente numa folha de pergaminho esticada.

A última a entrar pela porta foi Jenda'kaya. Ela disparou um raio com sua arma relicária para trás e depois fechou a porta. Os outros derrubaram rapidamente uma estante de livros para bloquear a entrada, mas todos recuaram quando os cascos bateram na porta do lado de fora.

— A porta não vai aguentar — disse Tyrus.

— Vamos pela frente! Depressa! — bradou Ryze.

O cartógrafo-fantasma ergueu o olhar enquanto o grupo invadia seu escritório, pisando em vidros quebrados, pisoteando mapas espalhados e derrubando objetos na pressa. Enraivecido com esse sacrilégio, ele se levantou com um uivo oco e furioso, seus braços e pernas de pergaminho desenrolando-se e açoitando como cobras dando o bote.

Um deles se enrolou em volta do pescoço de Aayilah, o outro agarrou com força um dos braços de Tyrus. A assistente da Sentinela caiu de joelhos, arregalando os olhos enquanto tentava respirar, mas foi libertada quando um golpe pesado de marreta estilhaçou o cartógrafo fantasmagórico numa forte explosão de luz branca. Ryze olhou para a arma brilhante nas mãos de Piotr e acenou com a cabeça para o corpulento assistente num gesto rápido de respeito enquanto Jenda'kaya ajudava Aayilah a se levantar.

A porta atrás deles cedeu, desmoronando para dentro com estalos de madeira. O enorme cavaleiro tentou entrar, mas era grande demais e, com um rosnado de fúria, girou e galopou pela viela à procura de outra entrada.

— Estamos perto! — gritou Ryze, guiando-os naquela fuga frenética e irrompendo pela porta da frente.

Agora estavam à beira-mar, e o porto despontava logo adiante. Continuaram correndo, mas o ímpeto de Ryze diminuiu à medida que se aproximavam.

— Por que está parando? — arfou Tyrus, mas em seguida viu o que Ryze estava olhando e se deteve.

Todos os navios ancorados tinham sido estilhaçados, depois parcialmente renovados por qualquer que fosse a magia vil que se espalhara pelas ilhas, mas agora eram destroços distorcidos e assombrados.

As figuras de proa olhavam ao redor, grunhindo e rosnando, e os espíritos sombrios dos marinheiros estavam nos conveses, lançando olhares malignos aos últimos sobreviventes da cidade.

— Valeu a pena tentar, rapaz — consolou Tyrus, pondo a mão no ombro de Ryze.

Erlok Grael olhou para suas mãos refeitas e espectrais, maravilhado, admirando sua translucidez brilhante e as pontas que agora terminavam em garras perigosas, semelhantes a facas.

Olhou ao redor e um sorriso largo e predatório repuxou seu semblante pavoroso. Não parecia mais o homem que tinha sido. O rosto era o de uma caveira, os olhos ardiam em fogo e os dentes eram tão numerosos e afiados quanto os de um tubarão. As trevas de sua alma agora refletidas na aparência exterior.

Ao redor dele, a Fonte das Eras estava refeita, embora o espaço secreto no momento estivesse tomado pela névoa negra e turbulenta. Levado pela curiosidade, deslizou pelas portas até a piscina onde o rei camavorano fora morto. Agora, as águas puras e curativas eram um lodo escuro e corrompido, a superfície lisa e reflexiva como óleo. Não viu nenhum sinal dos espíritos do rei e da rainha. E o que quer que fosse a luz no fundo da piscina tinha desaparecido.

Subindo pelos andares da Torre Cintilante, apreciando o espetáculo de cada nova maravilha, Grael se deparou com um espírito ávido trajando as vestes de um ancião.

— *Bartek* — disse ele, abrindo um largo sorriso.

— Grael? — O espírito estremeceu, torcendo as mãos. — É... é você?

— Sim — respondeu Grael, brandindo a foice e avançando. — Sou eu.

O espírito do mestre gemeu de medo, distendendo a mandíbula de maneira impossível. Tentou fugir desesperadamente, mas Grael o alcançou num instante, a foice encontrando o alvo. Ele ergueu Bartek do chão, saboreando o pavor e a dor irradiando do espírito. Após um momento de agonia, a forma do mestre se dissipou e, em seguida, amalgamou-se numa esfera de luz.

— Que interessante — sibilou Grael. A bola de luz trêmula ainda parecia sentir dor, e o vigia sorriu. Passou a esfera devagar por sua lâmina, saboreando o modo como ela pulsava e se dilatava de aflição.

Embainhou a foice e, com um gesto, uma lanterna escura e retorcida se materializou em sua mão. Era semelhante à que ele carregara em vida, mas sua estrutura era feita de ossos. Lançou a esfera de luz dentro da lanterna, que começou a brilhar intensamente.

Olhando-a com atenção, viu a alma de Bartek presa dentro da lanterna, debatendo-se em pânico.

— *Muito* interessante — disse ele.

Erguendo o olhar, viu outros espíritos amedrontados, outros mestres fugindo dele, e seu sorriso de predador se alargou ainda mais. Agora o poder era dele. E, nesse novo estado, podia infligir àqueles que se atreveram a frustrá-lo toda a dor e tortura que quisesse, sem temer represálias. E tinha toda a eternidade para fazer isso.

Durante anos, todos o menosprezaram. *Era só um Umbreiro*, zombavam eles. Fizeram dele o que era e agora sofreriam as consequências de sua arrogância e crueldade mesquinha.

— Erlok Grael morreu — sibilou ele. — Agora só existe Thresh.

Ele começou a rir.

— É — disse Thresh. — Vai ser ótimo...

Os espíritos dos mortos se reuniam na névoa negra. *Centenas* deles. Lançavam olhares maldosos a Ryze e aos outros, com chamas fracas ardendo nos olhos. Alguns arreganhavam os dentes, rosnando, enquanto outros espreitavam na escuridão, andando de um lado para o outro como lobos além da luz da fogueira, esperando o sinal para atacar.

Entre eles, havia espíritos menos ameaçadores, mas talvez mais lamentosos. Estes permaneciam nos fundos, com expressões perturbadas, puxando o próprio rosto e os cabelos finos e etéreos. Alguns gritavam por socorro, enquanto outros chamavam, pedindo aos vivos que fossem até eles. Ryze reconheceu alguns deles, e seu horror redobrou quando alguns o chamaram pelo nome, implorando que os ajudasse a alcançar a paz.

— Não dê ouvidos — advertiu Tyrus. — Não são as pessoas que conhecemos. Não mais.

O pequeno Tolu ainda estava nos braços do mestre, e as gêmeas se agarravam às vestes dele.

— Há mais deles chegando — alertou a artífice Jenda'kaya. Segurava duas de suas armas relicárias: a longa e elegante que Ryze já a vira usar e uma lâmina grande com uma runa relicária encaixada no punho. Seus dois assistentes estavam igualmente armados, Piotr com o enorme martelo relicário e Aayilah com um arco branco reluzente com uma runa relicária no centro. O arco não tinha corda, mas Ryze não duvidava de seu poder. Estava muito feliz por ter a artífice e suas armas no grupo, pois já testemunhara sua eficácia.

— Pode ser que nossa essência vital os esteja atraindo — ponderou Tyrus. — Como o sangue atrai as sanguessugas.

— Essa analogia parece adequada *até demais* — comentou Jenda'kaya.

Um espírito mergulhou através da névoa, avançando para eles com os braços estendidos. Mal parecia humano, com a mandíbula distendida muito além do que deveria e os dedos terminando em garras afiadas. O feixe intenso de luz incandescente da arma relicária de Jenda'kaya rasgou o espectro, que gritou dolorosamente ao se desfazer como fumaça em um vento forte. Outro se lançou na direção deles e foi obliterado pelo arco relicário.

Com as mãos, Ryze formou um símbolo rúnico no ar antes de estender os punhos em direção a outro espectro agressor. Uma onda de energia roxa com um rastro de formas rúnicas irrompeu de suas mãos, e o espírito se contorceu ao se dissipar num vapor escuro e oleoso.

Nas proximidades, alguém resmungou um palavrão. Ryze se virou para ver dois espíritos sombrios arrastando Piotr em direção à névoa. Ele golpeou com o martelo, reduzindo um deles à fumaça, mas outros avançaram para agarrá-lo. Jenda'kaya destruiu um, e os outros foram banidos quando o arco de Aayilah se acendeu.

Os gritos das gêmeas Abi e Karli chamaram a atenção de Ryze. Outro espírito belicoso, com o rosto pingando como cera derretida, tinha se aproximado e agarrado Tyrus de lado, desequilibrando o perito.

— Mestre! — gritou Ryze, mas, antes que pudesse agir, Tyrus pôs a mão aberta na testa do fantasma que o segurava e faíscas lampejaram da ponta de seus dedos. A cabeça do espírito se acendeu por dentro com uma explosão brilhante, e ele se desfez em fumaça escura.

Mais fantasmas se lançaram contra ele, mas Ryze os destruiu com uma rajada de poder rúnico.

Formaram um círculo, de costas uns para os outros, com as crianças encolhidas no centro. Agora os espíritos receavam se aproximar deles e recuavam, pelo menos por enquanto.

— Precisamos encontrar um jeito de sair dessa névoa — disse Ryze. — Estão vindo cada vez mais deles.

Ryze viu o olhar que seu mestre e a artífice trocaram. Achavam que nenhum deles sobreviveria, mas ele se recusava a desistir. Tinha orgulho da sua capacidade de entrar — e sair — de lugares onde nem devia estar. Essa situação não era diferente.

— Esperem — sussurrou, lembrando-se do que tinha vislumbrado no porto. Com um rápido olhar ao redor, ele subiu no pedestal de mármore de uma estátua próxima para conseguir uma visão melhor do mar.

— O que está procurando? — perguntou Tyrus.

— Ali! — gritou Ryze, apontando. Mesmo em meio à névoa negra ele conseguia enxergar com dificuldade o navio camavorano ao longe, indo para o alto-mar. — Lady Kalista nos deu essa oportunidade pagando com a própria vida. Não podemos desistir agora.

Tyrus franziu a testa, confuso.

— Você quer nadar até lá?

— Não. Quero que você confie em mim — pediu Ryze.

Ele desceu do pedestal e começou a folhear seu livro de feitiçaria rúnica, procurando desesperadamente a página de que precisava. Encontrou-a e leu rapidamente o cuneiforme icathiano.

— O que é *isso*? — sibilou Tyrus, só então prestando atenção ao livro, sem deixar de vigiar os espíritos reunidos. — Ryze, onde arranjou isso?

Ryze dispensou a pergunta, os olhos ainda percorrendo a página.

— Conto depois. Eu consigo. *Acho* que consigo fazer.

— O que quer que vá fazer, faça logo — exortou Jenda'kaya. — Olhem!

A mistura gigantesca e apavorante de cavaleiro e cavalo percorria a névoa a galope na direção deles.

Avançou através do turbilhão de espíritos menores, jogando uns para o lado com sua glaive e pisoteando outros. Jenda'kaya e Aayilah dispararam feixes da luz abrasadora contra ele, mas isso não o desacelerou. Ryze conjurou uma prisão rúnica, porém o cavaleiro monstruoso a arrebentou, batendo os cascos.

Piotr se colocou à frente deles, erguendo o imenso martelo. Era um ato nobre, ainda que imprudente.

Incapaz de resistir a esse óbvio desafio, o cavaleiro direcionou sua investida ao assistente, erguendo a glaive.

Piotr continuou firme diante do enorme agressor, esperando até o último momento para agir. O golpe do seu martelo colidiu com a fera de lado numa explosão de luz, mas, ao mesmo tempo que atingia o alvo, o cavaleiro girou a glaive, rasgando Piotr.

O cavaleiro tropeçou e caiu de lado, derrapando e escorregando pela rua de pedra.

Piotr caiu, e Ryze só precisou de um olhar para saber que não se levantaria. O golpe fora fatal. Ele ainda não estava morto, porém, e, enquanto lutava para se levantar, foi atacado por um bando de espectros vorazes, que o arrastaram para a escuridão.

Aayilah gritou e tentou ir atrás dele, mas Jenda'kaya a impediu.

— Ele se foi, Aayilah. Ele se foi.

Ryze olhou ao redor. O cavaleiro gigantesco havia se levantado e, embora fosse óbvio que o golpe de Piotr o havia ferido, não o destruíra. Ryze achava que nenhum deles sobreviveria a um segundo ataque.

— Mestre?

— Faça, Ryze — bradou Tyrus.

Ryze atraiu mais poder para si do que jamais fizera, e runas roxas arderam dentro de sua carne.

— *Sinto os grãos de areia debaixo das mãos* — murmurou, movendo as mãos e os braços para criar rapidamente uma forma rúnica no ar.

Um círculo de outras runas apareceu ao redor deles, girando suavemente, e Ryze sentiu a energia tentando dominá-lo.

— Sinto os grãos de areia debaixo das mãos! — rugiu, e o círculo se completou.

A névoa negra se aproximou deles, e o cavaleiro gigante atacou, manejando a glaive para abatê-los... mas eles já não estavam mais lá.

Um círculo de runas pálidas e ardentes apareceu no convés do *Daggerhawk*, provocando novos gritos de alarde.

— O que foi agora? — a capitã Vennix quis saber, virando-se com a cimitarra longa e curva já nas mãos.

Com um horror silencioso, ela testemunhara Helia ser consumida, e ainda estava abalada pela sensação horrenda e arrepiante da névoa negra no momento em que a muralha branca escurecera e desabara em cima de seu navio. Estar cercada pela névoa branca fora revigorante, com a magia dentro dela fazendo sua herança vastayesa vibrar, mas o toque da versão sombria e corrompida daquela névoa era vil. Foi como se lhe arrancassem a alma do corpo.

Um pequeno grupo de silhuetas se materializou dentro do círculo rúnico, com uma energia ondulante cintilando ao redor deles. No começo, eram imateriais como espíritos, e Vennix e sua tripulação prepararam as armas. Então a luz começou a se apagar e as silhuetas se tornaram mais sólidas. Ela viu crianças pequenas no centro do grupo e baixou a espada.

— Deu certo! — exclamou um jovem magro, caindo de joelhos. Parecia completamente esgotado. Runas desbotadas brilhavam debaixo de sua pele. Vennix o reconheceu como o aprendiz do homem mais velho com quem Kalista tinha viajado para as ilhas na primeira visita.

O mesmo homem se ajoelhou e passou o braço em volta do jovem aprendiz.

— Você se saiu bem, meu rapaz — elogiou ele.

— Que gracinha, mas seus problemas ainda não acabaram — rosnou Vennix. — Olhem!

Cavaleiros espectrais da Ordem de Ferro galopavam pelo porto na direção deles, carregados pelos ares dentro de uma massa crescente de névoa negra. À frente deles, cavalgando com furiosa determinação, estava seu grão-mestre, Hecarim, ainda que agora fosse um híbrido monstruoso de homem e corcel. Seus olhos emitiam uma luz sobrenatural, e seus cascos em chamas não tocavam a superfície da água agitada.

Vennix tinha visto muitas coisas nos anos que passara navegando pelos Doze Mares, mas cavaleiros e cavalos mortos atravessando o oceano não estavam na lista. A *impossibilidade* daquilo era tanta que a encheu de horror, mas ela não deixaria sua tripulação ver o quanto estava nervosa.

— Preparem-se para repelir os agressores! — rugiu Vennix, e a tripulação saltou para o lado de estibordo do navio, sacando espadas e empunhando bastões. — Vamos mostrar a esses malditos que era melhor terem continuado mortos!

— Suas armas serão inúteis contra eles! — gritou uma dos recém-chegados. Era a mulher diminuta de pele escura que ela vira na multidão naquele dia. Seu cabelo branco parecia prata derretida.

— Então o que sugere?

Como se em resposta, a mulher apontou uma arma pequena e elegante para os cavaleiros etéreos e disparou um feixe de pura luz. O disparo voou por sobre o mar escuro e fez com que um dos cavaleiros se dissipasse num halo ofuscante. Os outros se abaixaram nas costas de suas montarias ferozes, instando-as a acelerar. Ao lado da primeira mulher, outra, de cabeça raspada, apontou um arco estranho para os espíritos que se aproximavam, e as duas lançaram a luz branca contra os inimigos.

— Você tem mais dessas armas? — gritou Vennix.

A mulher de cabelos brancos disparou outro raio contra os espectros, depois soltou depressa o longo estojo de couro amarrado às costas e o jogou para Vennix.

— Pegue!

Vennix abriu o estojo e tirou dele uma arma longa, diferente de tudo o que já tinha visto. Assemelhava-se a uma espécie de besta gigante, embora não tivesse gatilho, corda nem virotes, e sua pele formigou quando a tomou nas mãos.

— É preciso treinamento e tempo para se adaptar a ela — explicou a mulher de cabelos brancos. — Você não conseguirá disparar, mas a magia das runas deve fazer dela pelo menos uma clava eficaz.

Vennix apoiou a arma no ombro. Pensou em como Kalista havia usado a runa condutora para abrir a névoa e supôs que essa arma provavelmente era operada por um método semelhante.

— Dispare, desgraçada! — gritou ela, e uma torrente de luz irrompeu da ponta da arma, consumindo um dos cavaleiros.

As três mulheres se juntaram, disparando sem parar. Os cavaleiros avançavam em meio à tempestade de luz, até que o grão-mestre, rosnando de fúria e dor, finalmente se desviou do curso. Fora atingido dez vezes ou mais, sua armadura escura com rombos gigantescos, e restavam apenas alguns de seus companheiros. A própria névoa negra recuou diante das rajadas ofuscantes, e a tripulação comemorou quando o último dos cavaleiros espectrais retrocedeu de volta às ilhas envoltas na escuridão.

Surpresa, a mulher de cabelos brancos olhou para Vennix, abaixando a arma.

— A maioria das pessoas leva meses para tirar uma simples faísca dessas armas, isso quando conseguem fazê-lo... — sussurrou ela.

Vennix piscou para ela.

— O que posso dizer? — respondeu. — Não sou a maioria das pessoas.

— Parece mesmo que não — disse a mulher, avaliando-a com interesse. — Lady Kalista disse que você era uma boa pessoa. Vou acrescentar "intrigante" a essa descrição.

Vennix registrou na memória que devia agradecer a Kalista... mas tinha a horrível sensação de que não seria possível.

— Ela também escapou, certo? — perguntou, já temendo a resposta. — Por outro caminho, talvez?

A expressão sombria no rosto dos sobreviventes foi a resposta que Vennix recebeu.

— Ela se sacrificou para que pudéssemos escapar — explicou o homem mais velho e corpulento, Tyrus. — Ela atraiu a Ordem de Ferro para si. Foi assim que conseguimos fugir.

Vennix baixou a cabeça, sentindo como se alguém tivesse acabado de dar um soco forte em seu estômago.

— Parece mesmo o tipo de coisa que ela faria, a maldita, tão nobre e tola — murmurou ela. — Imagino que só vocês tenham sobrevivido.

— Acreditamos que sim — respondeu Tyrus.

Vennix enxugou uma lágrima, mas não conseguia mais se conter.

— Então acho bom que vocês sejam dignos do sacrifício dela.

Traidor...

Os olhos de Kalista se abriram. Ela se levantou, gemendo com a sombra da dor, e olhou para a lâmina escura que brotava de seu peito.

Traidor...

Rangendo os dentes ela arrancou a glaive, produzindo um guincho metálico, e a deixou cair no chão. Uma imagem espelhada, fantasmagórica e reluzente daquela arma ainda saía de seu peito, e Kalista a fitou sem entender. Tentou arrancá-la, mas a mão a atravessou. Horrorizada, viu que seu braço estava luminoso e translúcido, tão imaterial quanto fumaça, e que agora seus dedos eram alongados e terminavam em garras.

Se ainda fosse capaz de respirar, o ar teria ficado preso em sua garganta quando olhou para si mesma. Sua armadura e suas armas estavam inteiras, embora escurecidas e rachadas, como se tivessem passado pelo fogo. Mas de sua carne não restava nada.

— *Kalista* — ecoou uma voz. Parecia ao mesmo tempo próxima e distante.

Ela se virou para ver uma aparição gigantesca diante de si. A armadura preta estava rasgada por golpes de batalha, e o corpo transparente brilhava através das rachaduras. Segurava uma espada quebrada numa das mãos, uma ponta espectral mostrando como a lâmina era antes de se quebrar.

Kalista olhou para o semblante fantasmagórico debaixo do elmo escuro e arregalou os olhos de horror.

— Ledros? — sussurrou ela.

— Sim, meu amor — assentiu ele, e a dor e a tristeza que Kalista sentiu foram quase inimagináveis. O homem orgulhoso, forte e leal que ela havia amado desaparecera. Agora restava apenas aquele espectro quebrado, um arremedo vil do nobre guerreiro que ela conhecera em vida.

Ela se virou e absorveu a visão da cidade destruída.

Todos os cinquenta soldados da Hoste que haviam lutado e morrido sob o Arco da Iluminação estavam diante dela em fileiras rígidas, aguardando seu comando. O fato de também estarem presos ali a fez entrar em desespero. Só estavam lá por causa dela.

Ela condenara a todos.

— Por favor, tem que ser um sonho — gemeu Kalista.

— É um pesadelo — disse Ledros. — Mas é real.

A névoa negra se enrolava e se contorcia ao redor deles como uma criatura viva a respirar.

Traidor...

— Quem disse isso? — rosnou Kalista, virando-se de repente.

— Não ouvi nada.

Kalista se virou para Ledros, franzindo a testa:

— Então estamos mortos — disse ela. Foi uma declaração, não uma pergunta. — E é só isso que existe.

Ledros assentiu.

— Mas não estamos nos Salões dos Ancestrais Venerados.

— Eu me lembro de uma luz quente — disse Kalista. — Havia vozes dentro dela, e estavam me dando as boas-vindas, mas fui arrastada para longe. Então acordei perante à desgraça.

— Vamos desfazer o que quer que tenha sido feito aqui. E depois poderemos descansar, juntos, como devia ser.

Traidor.

Kalista estreitou os olhos.

— *Viego* — sibilou, finalmente percebendo. — Foi *ele* quem fez isso.

Traidor.

A raiva e a fúria justificadas tomaram conta dela, sufocando todo o resto, toda a tristeza, a compaixão, a perda e a dor.

Ledros pegou o colar que havia tentado dar a ela antes, em Alovédra.

— Pegue — disse, oferecendo-o para ela. — É um símbolo do meu amor, e é sincero mesmo após a morte.

Kalista mal percebeu o que ele fazia. Todo o seu ser tremia de fúria.

Traidor.

Sua vida fora *definida* pela traição. Viego. Hecarim. Enquanto pensava nesses dois nomes, um par de lanças fantasmagóricas apareceu em suas costas, salientes como espinhos. A dor foi intensa quando se materializaram, fazendo-a sibilar, mas ela a acolheu. A dor apenas fortalecia sua determinação, mantendo nítida e afiada a lembrança das traições.

Aqueles dois eram os principais traidores, mas estavam longe de ser os únicos. Nunyo Necrit. Rhazu Ferros. Erlok Grael. E os outros. Lembrou-se de todas as traições que sofrera ao longo da vida, por menores que fossem, e cada uma a enchia de fúria e amargura. Sua nobreza fizera dela uma tola, traída várias e várias vezes.

Mais lanças surgiram em suas costas.

— O que está acontecendo com você? — sussurrou Ledros.

Kalista não respondeu. Não existia nada além da necessidade de se vingar de todos aqueles que a haviam enganado.

— *Traidores, todos eles* — disse ela.

— Não se entregue — pediu Ledros. — Fique comigo!

Uma lacuna se abriu na névoa, revelando um grupo de espectros nefastos de olhos luminosos. Estavam sentados na sela de animais espectrais e blindados que podiam já ter sido cavalos, mas que no momento pareciam muito mais predadores, com fumaça saindo das narinas e dentes semelhantes a presas saindo da boca.

— A Ordem de Ferro — rosnou Ledros, adiantando-se e posicionando a espada e o escudo.

Kalista olhou com ódio para os cavaleiros fantasmagóricos que espreitavam à beira da névoa, os olhos dela faiscando e vertendo uma luz sobrenatural.

— *Traidores…* — sibilou.

Kalista sentia o ódio arder como fogo dentro de si. Havia uma lança brilhante e etérea em sua mão, embora não se lembrasse de estar com ela momentos antes.

— Fique comigo, Kal! Lutaremos contra eles juntos — disse alguém perto dela, mas Kalista não reconheceu quem era. Não importava mais. Não existia nada além da vingança. Sem hesitar, ela avançou e arremessou a lança.

A arma fantasmagórica atingiu um cavaleiro no pescoço, derrubando-o da sela. Os outros cavaleiros manobraram os corcéis ferozes e atacaram. A Hoste baixou as lanças em uníssono, e uma nova arma se materializou nas mãos de Kalista.

— Morte a todos os traidores! — gritou ela.

Ryze observava a ruína despedaçada de Helia se afastar do navio, envolta em névoa negra. Agora aquela mesma escuridão nefasta se espalhava por todas as ilhas.

Ele estremeceu ao pensar quantas pessoas haviam morrido. Quantas almas estavam agora presas naquelas trevas infernais?

Somos os únicos que escaparam.

Remorso, culpa e vergonha pesaram sobre Ryze. Ainda não tinha assimilado o horror absoluto do que acabara de acontecer. Acima de tudo, sentia-se total e completamente esgotado. E sabia que nunca mais seria o mesmo.

Aquele vigia perverso dissera ver nele um semelhante, e isso o assombrava. Seria mais fácil desprezar aquelas palavras se não houvesse nenhuma verdade nelas. Tinha visto o que poderia se tornar caso se entregasse à amargura e ao egoísmo. Mas havia no mundo questões muito maiores em jogo do que suas próprias preocupações mesquinhas — ali, naquele momento, ele entendia isso — e jurou nunca mais se deixar levar pela ambição.

— E agora, o que acontece? — ponderou.

Não percebeu que havia alguém ao alcance de sua voz até que Jenda'kaya respondeu:

— Faremos o que a capitã disse. Vamos garantir que o sacrifício de Kalista não tenha sido em vão.

Ryze olhou para ela. A artífice e a assistente que lhe restava tinham guardado as armas relicárias em seus estojos, mas Jenda'kaya havia tirado uma delas e agora a revirava nas mãos, como se a visse pela primeira vez.

— Mas como? — perguntou Ryze.

— Acho que cada um de nós terá que descobrir isso sozinho — respondeu ela.

— O que *você* vai fazer?

— Ainda não sei ao certo. — Jenda'kaya deu de ombros. — Mas essas armas fazem um belo estrago nos espíritos. Não seria nada mau fabricar mais, treinar novos Sentinelas para usá-las e retornar a Helia para acabar com tudo isso.

Ryze voltou a olhar para a cidade. Mesmo daquela distância, viam-se centenas de espíritos, parados como estátuas no litoral, observando-os partir para longe no *Daggerhawk*. Ele sabia que aquela era apenas uma fração do total. Parecia uma tarefa impossível.

— Vai precisar de muitos Sentinelas — observou.

— É preciso começar de alguma forma.

A artífice deixou Ryze com seus pensamentos taciturnos, e ele continuou a olhar até que a névoa negra cobrisse completamente as ilhas.

Durante milênios foram conhecidas como as Ilhas das Bênçãos, mas, na opinião de Ryze, esse nome já não servia. Agora eram algo completamente diferente.

— *As Ilhas das Sombras* — murmurou.

Então deu as costas e se afastou.

Epílogo

Trinta anos depois

Sinto dor. Meus ossos estão cansados. Já não enxergo bem e tenho câimbras nas mãos enquanto escrevo estas palavras. Qualquer beleza que eu possa ter tido se esvaiu há muito tempo... No entanto, Vennix permanece ao meu lado, leal até o fim.

Implorei a ela que partisse. Não quero que se lembre de mim como este destroço envelhecido e frágil. Quero que se lembre dos bons momentos... E, ah, vivemos muitos desses! Ela obviamente não mudou quase nada — sua herança vastayesa garante isso. Continua tão decidida, feroz e cheia de vida e amor quanto sempre foi.

Tyrus deu as costas à causa há muito tempo, levando Ryze consigo e alegando que havia coisas mais importantes do que as ilhas em jogo. Ele tinha razão, é óbvio... As Guerras Rúnicas resultaram na morte de incontáveis seres. Nações inteiras foram destruídas num piscar de olhos. E nada disso teria acontecido se Helia não tivesse sido arruinada.

Ao longo dos anos desde a Ruination, tentei dar fim à maldição das ilhas. O que mais poderia fazer? Todas aquelas almas, presas por toda a eternidade, incapazes de seguir em frente. Elas merecem a paz, principalmente Kalista, que permanece perdida lá, em algum lugar.

Quantas incursões na Névoa Negra empreendi até hoje? Perdi a conta. E cada viagem de volta às ilhas me custou muito. Cada dia que se passa lá é um ano roubado da vida, mas recuperamos um bom número de runas relicárias, que desde então incorporei a novas armas.

Conseguimos até mesmo retirar das câmaras alguns artefatos, perigosos demais para ficarem desprotegidos. Assusta-me pensar em quantos outros foram roubados por caçadores de tesouros audaciosos.

Minha missão de desfazer o horror desencadeado pela Ruination permanece e ainda há esperança. O altruísmo de Kalista nos permitiu isso. Posso descansar sabendo que seu sacrifício não foi em vão, pois há outras pessoas que vão assumir a luta. Eu as recrutei e treinei o melhor que pude, equipando-as com armas capazes de banir a escuridão. A maior parte desse círculo crescente de novos Sentinelas nunca viu as Ilhas das Bênçãos como já foram, mas não descansarão até que a maldição seja quebrada. Sei que farão o que deve ser feito.

Já provaram seu valor incontáveis vezes, salvando inúmeras vidas. Anos atrás, a Névoa Negra começou a ultrapassar as fronteiras das ilhas, reivindicando as almas de todos que perecem ao seu alcance. Mas, onde quer que ela ataque, meus Sentinelas resistem.

Nosso novo posto avançado está quase concluído. Aqui, novos Sentinelas serão treinados e iniciados nos nossos costumes. Todo nosso conhecimento coletivo e nossas armas relicárias ficarão armazenados aqui. É também aqui que escrevo este diário e onde encerrarei meus dias.

Talvez agora tudo esteja escuro, mas ainda há uma centelha de esperança.

E mais dia, menos dia, tal centelha se tornará uma chama, e a escuridão finalmente será banida.

Sentinela-Artífice Jenda'kaya

Agradecimentos

Escrever um romance pode ser um desafio até nas melhores circunstâncias... e as circunstâncias não foram das melhores! Muitas coisas aconteceram durante a escrita deste livro e, por um tempo, fiquei extremamente inseguro quanto à possibilidade de terminá-lo. Mas terminei, em grande parte graças à ajuda das pessoas aqui listadas.

Primeiramente, não haveria a menor possibilidade de este livro ser concluído sem o apoio dos meus sogros, Trish e Gary Wilson. Sua ajuda durante um momento difícil foi inestimável.

Também devo um enorme agradecimento a Cate Gary, minha editora, que foi uma grande cúmplice, apoiadora e aliada durante cada passo deste livro.

Também gostaria agradecer ao restante da divisão editorial da Riot: William Camacho, Greg Noll, Mike Rozycki, Morgan Ling, Ariel Lawrence, Ghiyom Turmel, Roderick Pio Roda, Stephanie Lippitt e Glenn Sardelli.

Ainda na Riot, agradeço a Bridget O'Neill, Michelle Mauk e Greg Ghielmetti pela direção de arte, fontes de consulta e ícones, respectivamente, e a Dan Moore pela localização de termos. Muitos agradecimentos a Paula Allen, cujos conhecimentos ajudaram a tornar este livro possível.

Agradeço também ao meu editor na Orbit, Bradley Englert, e a Lauren Panepinto, por sua direção de arte.

Para Graham McNeill: seus apontamentos foram, como sempre, inestimáveis. Molly Mahan, Ian St. Martin, Laurie Goulding e Michael Wieske também me deram opiniões essenciais sobre o manuscrito. Obrigado, pessoal. Vocês deixaram este livro muitíssimo melhor do que seria sem o seu apoio.

É certamente minha imensa gratidão vai para Brandon e Marc, os fundadores da Riot, por darem o pontapé inicial deste universo e por permitirem que pessoas como eu fazer parte dele.

E agradeço também a Larry Ray, que fez a arte conceitual original de Kalista, e ao Kudos, o estúdio de arte por trás das ilustrações de miolo do livro.

Acima de tudo, quero agradecer a toda a comunidade jogadora e fã de *League of Legends*. Vocês são incríveis e são o motivo pelo qual podemos continuar a contar histórias em Runeterra. Obrigado.

Kalista

Viego

Erlok Grael

Ryze

Hecarim

Jenda'kaya

Vennix

Soraka

Este livro foi composto na tipografia Minion Pro,
em corpo 11/15,5, e impresso em
papel off-white no Sistema Cameron da
Divisão Gráfica da Distribuidora Record.